赤い衝動

サンドラ・ブラウン
林　啓恵 訳

集英社文庫

赤い衝動

〔主な登場人物〕

ケーラ・ベイリー………………… ローカルテレビ局リポーター
ジョン・トラッパー………………… 私立探偵。元ＡＴＦ捜査官
フランクリン・トラッパー……… 〝少佐〟。ペガサスホテル爆破事件の英雄。ジョンの父親
デブラ・トラッパー…………………………………… 少佐の妻
カーソン・ライム……………………… 弁護士。ジョンの友人
グレン・アディソン……………………… 保安官。少佐の友人
ハンク・アディソン……………………… 牧師。グレンの息子
グレーシー・ランバート……… プロデューサー。ケーラの同僚
ピーティ・モス……………………………… 少佐を襲った男
ハービィ・ジェンクス………………………………… 保安官助手
トマス・ウィルコックス………………… 不動産業を営む大富豪
グレタ・ウィルコックス………………………………… トマスの妻
ティファニー・ウィルコックス……………………… トマスの娘
マリアン・コリンズ………………………… 元ＡＴＦ捜査官。ジョンの元婚約者
デービッド………………………………………… マリアンの夫
ジェイムズ・カニンガム………………………… ケーラの父親
エリザベス・カニンガム………………………… ケーラの母親
バークリー・ジョンソン……………………………… 情報提供者
レスリー・ドイル・ダンカン…………… 少佐襲撃事件の容疑者

プロローグ

「ご自分が死ぬかもしれないとは思われなかったんですか?」

少佐がとがめるように唇をすぼめる。「許可した一覧にはない質問のようだが」

「なので、カメラのまえではお尋ねしませんでした。でもいまここにいるのはわたしたちふたり、オフレコです。命の危険を感じなかったんでしょうか? 死が頭をよぎることは?」

「そんな余裕はなかった」

ケーラ・ベイリーは首をかしげて探るように少佐を見た。「形式的なお答えに聞こえますけれど」

七十歳になる少佐は、国民の心をとりこにしたあの笑みを浮かべた。「まさに」

「わかりました。この質問は謹んで撤回いたします」

あっさり引きさがることができるのは、すでに来訪目的を達成しているからだった。この三年間、マスコミを避けていた少佐からインタビューを取ることができた。少佐の自宅から生中継を行った今夜までの数日のうちに、ふたりは親交を深めてきた。活発な議論を交わし、対立することも少なくなかった。

ケーラは暖炉の上に掲げられた雄鹿の頭部の剝製《はくせい》を見あげた。

「死んだ動物に見おろされるなんてぞっとしないわ。やはり、その意見は変えられません」

「鹿肉は食料だ。それに、種を保存するためには頭数を減らさなければならない」

「科学的見地からしたら正論なのでしょうが、わたし個人として人間味のある意見を述べさせていただければ、あんなに美しい動物に引き金を引けるなんて、信じられません」

「この議論は勝ち負けがつかない」少佐が言ったので、同じかたくなさでケーラは答えた。

「わたしたちはどちらも譲歩するということを知りませんものね」

少佐が笑った。その短い笑い声が、かさついた咳《せき》に変わる。「まったくだ」彼は広い部屋の片隅にある背の高いガンキャビネットを見た。肘掛けに手をかけて茶色の革のリクライニングチェアから立ちあがり、ガンキャビネットまで行ってガラスの扉を開く。

そして一丁のライフル銃を取りだした。「あの鹿をしとめたときに使っていたのはこのライフルでね。妻からの最後のクリスマスプレゼントになった」青みを帯びた銃身を片手で撫《な》でる。「デブラが亡くなってからは、一度も使っていない」

元軍人の感傷的な一面に触れて、ケーラは胸を揺さぶられた。「奥さまと一緒にこのインタビューを受けていただけたら、どんなによかったか」

「本当に。妻のことを思わない日はないよ」

「奥さまはどう思っていらしたんでしょう？　夫がアメリカの英雄であることを」

「ああ、それはもう、いたく感激していた」愉快そうに笑いながら、少佐はキャビネットと壁の隙間にライフル銃を立てかけた。「おかげで、汚れた靴下を床に脱ぎ捨てずに洗濯カゴに入れろと注意されるのは、一日おきですんだ」

ケーラは声をたてて笑いながらも、思いは少佐の息子に飛んだ。息子は少佐の名声に対する反感を隠そうともしていない。ケーラはなかば義務として彼にも出演依頼をした。せめて番組の最後のコーナーだけでも、少佐と一緒に出てもらえないか、と。息子は誤解しようのない明確な言葉で断ってきた。こちらにしたって好都合。

少佐は造りつけのバーカウンターに近づいた。「あれだけ話すとさすがに喉が渇く。一杯飲《や》ろう。なにがいいかね？」

「わたしはけっこうです」ケーラは立ちあがり、椅子の脇に置いておいたバッグを持ちあげた。「スタッフが戻ったら、すぐにおいとましますので」

少佐はケーラと五人の撮影スタッフのために、近所のレストランにフライドチキンのセットを注文してくれた。配達された料理をみんなで食べ、機材を片付けるのに、一時間かかった。すべてが滞りなくすむと、ケーラはほかの五人にダラスまで二時間かかるから車にガソリンを入れてきてほしいと頼み、自分だけ残った。ほかに人のいないところで、あらためて少佐に謝意を伝えたかったのだ。

「少佐、どうか聞いてください」

少佐が振り向いて、さえぎる。「もう聞いたよ、ケーラ。何度も。くり返さなくていい」

「少佐はもうじゅうぶんでも、わたしのほうは足りません」感極まって、声がかすれる。

「心からの感謝の気持ちを受け取ってください。そう……なにもかも。いくら感謝してもしきれません。ええ、この思いには際限がないんです」

ケーラの真心に応《こた》えて、少佐も真摯《しんし》に応じた。「どういたしまして」

ケーラは少佐に笑いかけ、小さく息を吸った。「ときどき連絡してもかまいませんか？　近くまで来ることがあったら、またお邪魔させていただきたいのですが」

「嬉《うれ》しいね」

ふたりは長いあいだ見つめあい、言いつくせない深い思いを沈黙に託した。そのあと、湿っぽいムードを追いやるように、少佐が両手をこすりあわせた。

「本当になにも飲まないのかね？」

「ええ。でも化粧室をお借りします」ケーラはコートを椅子に残して、バッグを肩にかけた。

「場所は知っているね」

少佐宅を訪問するのはこれで四度めなので、家の間取りは頭に入っていた。ここのリビングはさながら小規模なテキサス博物館だ。年代物の硬材の床には牛皮のラグが敷かれ、レミントン作の躍動的なカウボーイのブロンズ像の複製がならんでいる。いずれも大型の家具に囲まれているせいで、少佐のリクライニングチェアがミニチュアのように見える。

メインルームとなるリビングは廊下にもつながっている。廊下の左側の最初のドアが化粧室だった。だがそこに置いてあるハンドソープのディスペンサーは、化粧室などという女性的な呼称には不釣りあいな、長い角を持つ雄牛をかたどったものだ。

ケーラは洗面台のまえで手を拭き、額縁のついた鏡に映る自分を見ながら、いつもの美容師に予約を入れようと頭の片隅にメモをした。顔まわりの髪にもう少しハイライトを入れようかしら？　そのときドアの掛け金ががちゃがちゃ鳴っていることに気づいた。「少佐？　スタッフが戻ってきましたか？　すぐ行きます」

答えはなかったが、ドアの向こうに人の気配を感じた。

洗面台の横の壁に取りつけられた鉄製のリングにハンドタオルを戻し、ショルダーバッグに手を伸ばしたそのとき、なにかが破裂するような音が聞こえた。バン！

ふと、少佐がキャビネットからライフル銃を取りだしたまま戻していなかったことを思いだした。あのライフルを戻そうとして暴発したのだとしたら……どうしよう！

ドアに駆け寄ってノブをつかんだものの、すかさず手を引っこめた。少佐のものではない声がする。「死んでいくのはどういう気分だ？」

ケーラは手で口を塞いで驚きと恐怖の悲鳴をこらえた。リビングルームを歩きまわる足音が聞こえる。ひとり、それともふたり？　聞き分けるのはむずかしく、恐怖のために頭の働きが鈍っている。それでも、スイッチに手を伸ばして明かりを消すだけの冷静さはあった。

息を殺して耳をそばだて、足音の行方をたどった。それはラグを横切って硬材の床を進み、なんと恐ろしいことに、廊下に出てきた。そしてついに化粧室のまえで足音が止まった。

ケーラはなるべく音をたてないように後ずさりをして、暗闇のなか、ドアから離れ、手探りで洗面台とトイレの脇を通り、化粧パネル張りの壁までたどり着いた。息を押し殺しつつも、唇は一心に同じ言葉を唱えている。助けて、助けて、助けて。

ドアの向こうにいる人物がノブをまわそうとして、鍵がかかっていることに気づいた。もう一度。そして、力ずくで開けようとドアを揺さぶる。鍵のかかったドアが意味することはただひとつ。なかに人がいるということだ。

見つかってしまった。

別の足音がリビングから足早に近づいてくるのを、ケーラは聞いた。ふたたびドアを叩く音が響く。ライフルの銃床で叩いているようだ。

武器を持った暴漢から身を守るすべはない。もしこの連中が少佐を実際に撃ったのだとすれば、このドアが破られたとき、自分も殺される。

逃げるしかない。いますぐに。

背後の上げ下げ窓は小さいが、生きて外に出るには、その窓しかない。手探りで窓の錠を探してひねると、下の窓枠に手をかけて、力いっぱい上に押した。びくともしない。

バン、バン、バン、バン！　立てつづけに叩かれると、ドアの掛け金がゆるみ、それを支える木部が飛び散った。

もはや声をひそめるまでもない。ケーラは嗚咽《おえつ》まじりに大きな音をたてて何度も息を吸った。助けて、助けて、助けて。危険な状況から救いだされたい一念で、自分よりも強い力を持つ存在に向かって祈った。さもないと無力感に呑《の》みこまれてしまう。

持てる力を振り絞るうちに、窓が上に開いた。一瞬、あっけにとられるほどすんなり開いた。ドアにさらなる一打が加えられ、掛け金の金属部品が壊れてはじけ飛んだ。床に部品が落ちる音がする。

　ケーラは片脚を窓枠の向こうに出し、文字どおり体を半分に折って頭と両肩を隙間に通した。頭と肩が外に出ると、わが身を投げだした。

　肩から地面に落ち、鋭い痛みに息を呑《の》んだ。左腕が痺《しび》れて動かない。腹這《ば》いになり、右腕で支えて体を起こした。よたよた歩いてバランスを取るや、脱兎《だっと》のごとく駆けだした。化粧室のドアが力任せに開かれた音が背後から聞こえてくる。

　ショットガンの銃声が耳をつんざき、頭上のメスキートの若枝が飛び散った。ケーラは走った。さらに発砲が続き、こんどは散弾に砕かれた大きな玉石の破片がダーツの矢のように脚に突き刺さった。

　命中するのは時間の問題だ。あと何度、外れてくれるだろう？

　銀色の月明かりのみで、町の明かりはなかった。暗いので狙いを定めにくいだろうが、ケーラにしても足元しか見えない。玉石や茂みや地面の凹凸によろけつつ、無我夢中で地面を蹴った。

　助けて、助けて、助けて。

　そのときふいに足元の地面が消えて、まえに投げだされ、ケーラは空《くう》をつかんだ。なすすべもなく地面に叩きつけられ、すべって、転がって、落ちていった。

1

六日まえ

なかば昏睡《こんすい》状態にあったトラッパーの耳にノックの音が届いた。

「かんべんしてくれよ」クッションに顔をうずめてつぶやいた。いま起きあがったらクッションの生地の跡が顔に残っているだろう。起きあがれば、の話だが。とにかくいまは動く気がしない。目を開けることすらうとましい。

ノックは夢なのかもしれない。じゃなきゃ、このビルのどこかで工事中の作業員が柱の位置を探るために壁を叩いているのかも。あるいは、都会に住むキツツキとか？　とにかくそんなやつだ。無視していれば、そのうち聞こえなくなるだろう。

ところが、静けさにほっとしたのもつかの間、十五秒すると、またはじまった。トン、トン、トン。トラッパーはしわがれ声で答えた。「営業時間外だ。出直してくれ」

ノックはしつこく、さらに三度、続いた。

ぶつくさ言いながらあお向けになると、オフィスの奥からドアへ向かってよだれで湿ったクッションを投げ、まぶしい日の光を腕でさえぎった。窓のブラインドはわずかしか開いていないが、その隙間から差しこむ明るく細い日差しで眼球がずきずきする。

片目を閉じたまま、片足をソファから床に下ろした。立ちあがると、脱ぎ捨ててあったブーツにつまずいた。大きな足の先が床に転がっていた携帯電話に当たり、椅子の下にすべりこむ。果たしていまかがんで拾ったら、起きあがれるかどうか。自信がなかったので、そのまま放置することにした。

そう頻繁に電話がかかってくるわけでもなし。

掌《てのひら》の付け根で脈打つこめかみを押さえ、片方の目を閉じたまま、なにかにぶつかることなく、無事にオフィスの反対側までたどり着いた。なぜだか理由は忘れたが、金属製のファイルキャビネットのいちばん下の引き出しが開けっ放しになっていたのだ。

ドアの上半分にはめこまれた曇りガラス越しに、こぶしを上げてもう一度ノックしようとする人影が見えた。これ以上、苦痛を与えられてはたまらない。トラッパーは錠を開けて、ドアを少しだけ開いた。

女の品定めには二秒とかからなかった。「オフィスがちがうぞ。もう一階上の、エレベーターを降りて右側のひとつめだ」

ドアを閉めかけると、女が言った。「ジョン・トラッパー？」

まずい。約束を忘れていたのか？　彼は頭のてっぺんを掻《か》いた。その部分の毛根が痛い。

「いま何時だ？」

「十二時十五分」

「何曜の?」

女はひとつ息を吸い、ゆっくり吐きだした。「月曜の」

トラッパーは女を眺めまわしてから、視線を顔に戻した。

「どちらさん?」

「ケーラ・ベイリー」

名前を聞いてもぴんと来ない。とはいえ、頭蓋骨のなかで削岩機の音が響いているようなありさまなので、聞き取ることさえ困難だった。「ああ、パーキングメーターの件か?」

「このビルの正面の? 倒れてぺしゃんこになってる、あれのことかしら?」

「修理代は払う。その他の損害も償う。書き置きを残そうと思ったんだが、あいにく書くものが手元になくて――」

「パーキングメーターの件じゃありません」

「ふうん、そう。約束してたんだっけ?」

「いいえ」

「だったら、いまはあいにく都合が悪くてね、ミズ……?」名前が出てこない。

「ベイリー」女は〝月曜の〟と言ったときと同じいらだたしげな口調で答えた。

「そうだった、ミズ・ベイリー。連絡してくれれば日程を――」

「重要な用件なので、すぐにお話しさせてください。入っていいかしら?」彼女は五センチほどしか開いていないドアを指さした。

どんな用件にしろ、こんな外見の女をはねつけるのは主義に合わない。だが、まいったことに、頭はボウリングの球のようにずっしり重かった。シャツははおっただけで、裾をズボンにしまっていない。せめて前立てのファスナーは閉まっていてもらいたいが、万が一のことを考えると、確認するのもはばかられる。かえって彼女の注意を引いてしまう。そして、息はといえば、吹きかければ時計でさえ止めてしまいそうな強烈なにおいだった。

背後の雑然とした室内に目を向けた。スーツのジャケットとタイは椅子の背にかけてある。ブーツはソファのまえ、片方は立っているものの、もう片方は横向きに転がっていた。肘掛けから垂れさがった黒い靴下。その片割れのありかは、神のみぞ知る。デスクの角に置かれたドン・ペリニヨンの空き瓶は、いまにも転げ落ちそうになっている。

早くシャワーを浴びなければ。それより緊急なのは小便だ。

だが、喉から手が出るほど欲しいのが顧客であり、女の全身に〝金持ち〟と書いてあった。ハンドバッグなど、一見してそうとわかる。小型スーツケースくらいの大きさのバッグに、有名デザイナーのロゴがちりばめられている。訪ねてきたのが上の階の税理士だったとしても、貧民街見物もいいところだ。

とはいえ、悩めるご婦人を拒んでいいのか？

トラッパーは一歩下がってドアを開き、デスクの正面に置かれた背もたれのまっすぐな二脚の椅子へと女を導いた。途中でファイルキャビネットの引き出しをかかとで蹴飛ばして閉じつつ、彼女より先にデスクにたどり着き、悪臭を放つ中華料理の空容器と、『マクシム』の最新号をかろうじて片付けた。今月号の表紙グラビアは歴代トップテンに入るお気に入りだが、その巨大な乳輪に目のまえのご婦人は眉をひそめるかもしれない。

彼女は椅子に座り、もうひとつの椅子にバッグを置いた。トラッパーはデスクの奥へまわりながらシャツの真ん中のボタンを留め、よだれの跡がないかどうか、口と顎を片手で撫でた。デスクの椅子にどっかり座る。彼女が重力にあらがうシャンパンの空き瓶を見ているのに気づき、デスクの角にあった瓶を回収して、そっとゴミ箱に入れた。「友人が結婚してね」

「昨日の夜ですか？」

「土曜の午後」

彼女は片方の眉を吊りあげた。「さぞかし盛大な式だったんでしょうね」

トラッパーは肩をすくめ、椅子の背にもたれた。「誰の紹介でここに？」

「誰のでもありません。ウェブサイトで住所を知りました」

トラッパー本人は、ウェブサイトがあったことすら失念していた。大学生に七十五ドル払って、インターネット上にウェブサイトとやらを作成してもらったはいいが、それきり放置している。そのおかげでやってきた顧客はこれがはじめてだ。

この女ならもっとましな事務所に依頼できるだろうに。

「連絡なしに押しかけて、ごめんなさい」彼女は言った。「今朝、何度か電話したんですが、何度かけても留守番電話につながってしまって」

トラッパーは携帯電話がもぐりこんでいる椅子の下をちらりと見た。「結婚式だったんで着信音を切ってた。そのまま戻すのを忘れたらしい」膀胱に空きスペースを作ろうと控えめに姿勢を変えてみたけれど、効果はなかった。

「で、すぐに話をとのことだが、ミズ・ベイリー。ただ重要な用件といっても、予約を入れるほどの重要性はないと。で、どういった用件で？」

「わたしからのインタビューをお引き受けくださるよう、お父さまを説得していただきたいんです」

言い方はいろいろありえた。〝もう一度、言ってもらえるか？〟とか、〝なんだって？〟とか、〝よく聞こえなかったんだが〟とか。だが、彼女の発音は聞きまちがいようもなく明瞭だった。「たちの悪い冗談か？」

「いいえ」

「マジな話、誰の差し金だ？」

「誰のでもありません、ミスター・トラッパー」

「トラッパーでかまわないが、呼び方はどうでもいい。なぜなら、話しあうべきことなどないからだ」トラッパーは席を立ち、ドアへ向かった。

「まだわたしの話を聞いてもらっていません」

「いや、聞いた。さて、おれはこれで失礼して、小便してくる。そしてひと眠りして二日酔いを醒まさなきゃならない。出てくときドアを閉めてくれよ。こんな界隈《かいわい》だからな、きみの車が停《と》めた場所に残ってるといいが」

トラッパーは裸足《はだし》で歩きだし、くすんだ茶色の廊下を男性用トイレへ向かった。小便をしてから洗面台のまえに立ち、ひび割れた薄汚い鏡に映る自分を見つめた。犬のクソのほうがまだましだ。

腰をかがめ、手で水道水をすくって飲んだ。喉の渇きがおさまると、蛇口の下に頭を突きだした。濡れた髪の水分を振り払い、紙タオルで顔を拭く。これで体裁は保てる。鏡にひとつうなずきかけて、シャツのボタンを留めながらオフィスに引き返した。

彼女はまだそこにいた。驚きもなかった。そう簡単にあきらめるタイプには見えない。帰れと言うより先に、向こうが言った。「少佐がインタビューを受けることに反対される理由は？」

「おれには関係ないが、少佐はインタビューを受けない。でも、もう知ってるんだろう？でなきゃここには来てない。なぜなら、少佐を説得するのにおれぐらい不向きな人間はいないからな」

「どうして？」

トラッパーは彼女がしかけた巧妙な罠《わな》を見抜いた。その手には乗らない。「当ててやろうか。おれが最後の頼みの綱なんだろう？」彼女の表情はそうだと認めているに等しかった。

「ここに来るまえに、何回、少佐に頼んだ？」

「十三回、電話したわ」

「何度、切られた？」

「十三回」

「無礼なやつだ」

彼女が小声でこそっと言った。「親子そろって」

トラッパーは笑顔になった。「唯一、その点だけは共有してる」しばし彼女を見つめる。

「きみはしつこいたちらしい。ふつうは十三回も電話せずに、あきらめる。どこで働いてる？」

「ダラスにある直営局よ」

「テレビに出てるのか？　ダラスの？」

「特集番組を担当しているわ。一般の興味をそそるネタで。ときにはキー局の日曜夜のニュース番組で取りあげられることもあるわ」

その番組ならよく知っているが、観たことがあるかどうかは定かでなかった。彼女を見たことがないのはまちがいない。ローカル番組であっても、見ていたら覚えているはずだ。ストレートの明るい茶色の髪は艶があり、顔のまわりだけ明るいブロンドにしている。鹿のようにぱっちりした大きな褐色の目。左の目尻から二センチほど下に瞳と同じ濃いチョコレート色のほくろがあった。クリーム色の肌に、ふっくらしたピンク色の唇。どれだけ見ても見飽きない唇だが、しぶしぶ視線を外した。

「残念だが、無駄足だったな」

「ミスター・トラッパー――」

「時間の無駄だ。少佐は何年かまえに公の場から身を引いた」

「正確には三年まえね。それに単に身を引いたというより、隠遁《いんとん》に近いわ。なぜだかご存じ？」

「あのことを話すのに飽きたんじゃないか」

「あなたはどうなの？」

「とうのむかしに飽き飽きしてる」

「あなたは何歳だったの？」

「爆破事件のときか？　十一歳。五学年」

「お父さまが突然、有名人になって、あなたも影響を受けたでしょうね」

「そうでもない」

彼女はしばらくトラッパーを見つめてから静かに言った。「それはありえないわ。お父さまと同じように、あの事件はあなたの人生にも劇的な影響を与えたはずよ」

彼は片目をすがめた。「そういう話の運びようをなんと言うか知ってるか？　誘導尋問だ。おれまで取材するつもりなら、あいにくだな。少佐のことも、おれやおれの人生についても、話すつもりはない。どんな相手にも、絶対にだ」

彼女は大型のバッグから六つ切りサイズの写真を取りだし、それをデスクに置いて、トラッパーのほうへ押しやった。

トラッパーはろくに見もせずに押し戻した。「その写真なら見たことがある」ふたたび立ちあがると、出入り口まで行ってドアを開け、両手を腰に当てて待ちの体勢をとった。

彼女はすぐには動かなかったものの、やがてため息をつき、バッグを肩にかけてドアまで移動した。「悪いときに来たようね」

「いや、おおむねこんなもんだ」

「また会ってもらえないかしら。時間があって……」彼の悲惨な状況を身ぶりでざっくり示した。「気分がいいときに。こちらの希望のあらましを説明させてもらうわ。なんなら食事でもしながら」

「話すことはない」

「食事代はこちらで持つわ」

トラッパーは首を振った。「そりゃどうも」

彼女は頬の内側を噛《か》み、説得の手立てを考えているようだった。彼のほうからみだらな行為を持ちかける手もあるが、さすがにそれは受けないだろう。万が一、彼女が応じたとしても、するだけのことをしたら、どのみち彼女の申し出ははねつける。

彼女はオフィスを見まわしてから、トラッパーに視線を戻した。人さし指の先でドアの曇りガラスに書かれた文字をたどった。「私立探偵」

「そう書いてあるな」

「あなたの仕事は、調査をして、謎を解くこと」

トラッパーは鼻を鳴らした。それは前職での仕事だ。近ごろはもっぱら、夫の浮気の有無を知りたい哀れな妻たちに雇われている。証拠の写真が撮れれば報酬は倍になる。取り乱した親たちから金を受け取って、家出した思春期の子どもを探すこともある。たいていはヘロイン欲しさに裏通りでフェラチオをやっているのだが。

そんな仕事を謎解きとは言わない。調査でもない。

だが、こう答えた。「フォートワースのシャーロック・ホームズってところさ」

「州の許可証は?」

「あるとも。拳銃も銃弾もなにもかも」

「拡大鏡も?」

まじめな口調だけに、まごついた。彼女は真剣だった。「なんのために?」

ピンクのふっくらした唇に謎めいた笑みが浮かぶ。彼女がささやいた。「謎を解くために」

彼女はトラッパーを見たまま、バッグの内ポケットから名刺を取りだした。それを直接手渡さず、曇りガラスとドア枠の隙間に差しこんだ。彼の職業を記した文字の隣に。

「気が変わったら、名刺にわたしの携帯電話の番号があるわ」

地獄の火が凍ってもありえない。

トラッパーは隙間から名刺を引き抜くなりゴミ箱に捨て、彼女が出ると同時にドアを叩きつけるように閉めた。

早くうちに帰って、もっと快適な環境でぐっすり眠り、二日酔いをやり過ごしたい。ソファの肘掛けにあった靴下の片方を拾ったトラッパーは、その思いを胸にもう一方を探した。むしゃくしゃしながらやけに凝った冒瀆《ぼうとく》の言葉を唱えつづけること数分、靴下はブーツのなかから見つかった。これで靴下はそろったものの、アスピリンがなければ身支度もろくにできない。デスクまで引き返し、鎮痛剤の瓶が入れっぱなしになっているのを祈りつつ天板の下の薄い引き出しを開けた。

あのいまいましい写真はそこにあって、見落としようがなかった。

だが、その写真を見ようが、あるいはなんらかの形で存在を認めようが——はたまた否定しようが——トラッパーがその写真から完全に解放されることはありえなかった。ケーラ・ベイリーに言ったことは嘘だった。二十五年まえ、彼の人生はあの写真が世に出るや一変した。

トラッパーはデスクの椅子にどさりと腰を下ろして、呪われた写真を見つめた。いまだ頭は痛み、目はざらつき、喉や口は干からびている。そんなことをしても自分を痛めつけるだけだと知りつつ、手を伸ばして写真を引き寄せた。

世界じゅうの誰もがこの四半世紀のうちに一度はこの写真を目にしている。決定的な瞬間をとらえた有名な報道写真——硫黄《いおう》島に掲揚された星条旗、第二次世界大戦の終結を喜びタイムズスクエアでキスをする看護師と水兵、ナパーム弾から裸で逃げるベトナムの少女、炎を上げて崩れゆくワールド・トレードセンターのツインタワー。そんな写真とならび称される一枚だった。

そして九・一一のまえにあったのが、ダラスのダウンタウンで起きたペガサスホテル爆破事件だった。その事件によってケネディ暗殺の悲劇をいまだ引きずっていた街は揺さぶりをかけられ、ランドマークであった建物は倒壊して、百九十七名もの人命が奪われた。重傷者の数もその半数におよんだ。

逃げまどうわずかな生存者を煙のあがる瓦礫《がれき》のなかから安全な場所へと導いた人物、それがフランクリン・トラッパー少佐だった。

ダラスの新聞社に所属していたあるカメラマンがローカルニュースの編集室でデニッシュを食べていたそのとき、一度めの爆発があった。耳をろうする大音響だった。激しい振動で社屋が揺れ、デスクの下のコンクリートの床に亀裂が入って、窓ガラスが砕け散った。

しかしそのカメラマンは職業柄、事件現場へすっ飛んだ。カメラをひっつかみ、三階分の非常階段を駆けおりて、社屋を飛びでると、すでにもくもくと立ちのぼって空を黒く染めていた煙の発生源へと突き進んだ。

彼は救急隊員より先に混沌とする恐怖の現場にたどり着き、すかさず撮影を開始した。そのとき撮られた一枚が事件を象徴する写真となった。そう、煙に包まれたビルからアメリカ陸軍を退役したばかりのフランクリン・トラッパー少佐が哀れな人々を先導して出てくる写真だ。茫然自失の人、火傷《やけど》を負った人、血を流す人、咳きこむ人。少佐の腕には子どもが抱きかかえられ、彼のコートの裾にはひとりの女性がつかまり、すねに無数の破片が突き刺さった男性が少佐を杖の代わりにしていた。

すでに故人となったカメラマンは、その写真でピュリッツァー賞を受賞した。フィルムにとらえられた英雄的行為のおかげで、カメラマンと写真はたちまち不朽の命を得た。そしてトラッパーが身をもって知るように、不朽の命はついえることがなかった。写真に付随する物語と被写体となった人々が話題になったのは、もう少しあと――病院に運ばれた被害者の身元が特定されてからだ。

だが、そうした話が広がるころには、ダラス郊外にあったトラッパー家の前庭にはマスコミが陣取っていた。少佐――の呼び名で知られるようになった――フランクリン・トラッパーは、勇敢で犠牲的な行為を示す全国的なシンボルとなり、一九九二年のあの日から数年、講演者として引く手あまたの状態が続いた。ありとあらゆる栄誉や賞を授けられ、そのなかの多くは彼のために創設されたものだった。政権が変わるたびにホワイトハウスに招かれた。晩餐会で外国の来賓に紹介されるたび、その勇気を称えられた。

長い年月のうちには、新たな事件が起き、そのたびに新たな英雄が生まれた。たとえば一九九五年のオクラホマシティの連邦政府ビル爆破事件では、赤ん坊を抱きかかえた消防士がその栄誉を担った。そのたびに少佐の名声は一時的にかすんだものの、テレビのトークショーのゲストやテーブルスピーチをする講演者のリストに返り咲くのにたいした時間はかからなかった。そして二〇〇一年九月十一日のあの事件によって、少佐には新たな光が当てられた。不特定の人に対する少佐の英雄的行為と、無名の英雄たちによる日々の行為とが対比して語られるようになったのだ。こうして二十年以上にわたって、少佐は時の人として語りつづけられた。

ところが三年まえのある日を境に、少佐はきっぱりと公の場から身を引いた。現在はスポットライトを避け、公の席への誘いもインタビューの申し出も拒んで、ひっそりと暮らしている。

だが、彼の伝説は生きている。だからジャーナリストやら伝記作家やら映画プロデューサーやらがひっきりなしにやってきて、売りこみの時間を持とうと少佐と話したがるが、少佐は一度としてそんな連中に応じなかった。

今日まで、著名な父親に近づくため、トラッパーの力を借りようとしたものはいなかった。ケーラ・ベイリーの厚かましさは、いらだたしいこと極まりない。ところがいまいましいことに、彼女が口にした〝拡大鏡〟のひとことに興味を引かれてしまった。何万回と見てきたあの写真のなかに、いったいなにがあるというのだろう?

熱いシャワーが浴びたい。アスピリンが欲しい。ベッドとやわらかい枕が恋しい。

「くそっ」彼はデスクの浅い引き出しを開き、頭痛薬を探す代わりに、奥まで手を突っこんで、長らく入れっぱなしになっていた拡大鏡を引っ張りだした。

それから四時間後、彼はいまだデスクについていた。酒くさいのも、頭が痛いのも、目がざらつくのも、相変わらずだった。だがそれ以外はすべてが変わってしまった。

拡大鏡を机に置き、両手を髪に差し入れて、頭を抱えた。「なんなんだよ」

2

「《アメリカ野郎《グリンゴ》》という店だ。きみにぴったりだろ」

ジョン・トラッパーの口ぶりは皮肉めいていた。だが、彼から待ちあわせの場所と時間を伝えるそっけない電話があると、ケーラは彼のオフィスを訪ねたときのパンツスーツを脱ぎ、ジーンズと格子縞《こうしじま》のウールのポンチョというカジュアルなスタイルに着替えた。

彼も、せめてシャワーを浴びてきてくれるといいけれど。

レストランには早めに着いた。席の順番待ちのリストに名前を書き、入り口が見えるカウンターのスツール席に座った。できることなら、こっそり彼を観察したい。

ところが、彼は入店するなり、たちまちケーラを見つけた。独特の色合いをした青い瞳からレーザー光線でも放たれているようだ。エレクトリック・ブルー。ネオンライトのような煌《きら》めきのある青。そして、ケーラに気づくと、その瞳から敵意があふれた。

案内係の女性が彼を出迎えた。彼がにっこり笑ってなにかを言うと、案内係がくすくす笑って、ケーラのいる場所を示した。彼はうなずいてこちらへ歩いてきた。

着たまま寝たせいでしわだらけだったスーツのズボンは、膝に穴が開きそうなほどはき古したジーンズに変わっていた。ほつれた裾がカウボーイブーツにかぶさっている。そして、ボタンではなくパールのスナップがついたウエスタンカットの白いシャツに黒い革ジャケットをはおっていた。シャツの裾は出したままだ。

彼は近づいて来てもなにも言わず、突っ立ったままケーラを見おろしていた。ヒゲを剃《そ》ってはいないものの、シャワーは浴びていた。石鹸の香りがする。革の香りも。黒っぽい髪は清潔ながら、無造作に伸ばしたままで、整えられることなく、昼に訪ねたときと同じように豊かな巻き毛が勝手気ままな方角を向いている。こんなにすてきな髪なのに、どうしてくしゃくしゃのままにしておくのかしら？　ケーラはふとそんなことを考えていた。

ふたりが黙って見つめあっていると、バーテンダーがやってきた。「こちらのご婦人にはマルガリータのロックをお作りしてますが、そちらのカウボーイはなんにされます？」

「ビール。ドス・エキスを頼む」

「テーブル席に届けますか？」

トラッパーがケーラに先んじて答えた。「そうしてもらおう。ありがとう」

彼はケーラの肘をつかんでスツールから立ちあがらせ、道路案内板と同じくらい巨大なメニューを持って待っている案内係のほうへうながした。案内係に連れていかれたのは、ふたり用のテーブル席だった。

「ボックス席はあるかい？」トラッパーが尋ねた。「騒がしくなくて、考えごとができそうな」彼が甘い笑顔を見せると、案内係は笑みを返し、ただちにレストランの奥へと案内された。照明が落とされたそのあたりなら、民俗舞踊《マリアッチ》の音楽もうるさくない。

向きあって座ると、ケーラは言った。「まだ二日酔い？」

「ビールが薬になってくれる」

「よく飲んだくれるの？」

「よくってほどじゃない」

敵意に満ちたまなざしを見るのがいやで、ケーラはあたりを見まわした。天井に這わせてあるデコレーションライトを見つめながら、緊張感をやわらげようと、あたりさわりのない話題を探した。「ダラスからフォートワースへはいつ引っ越したの？」

「ダラスがやけに気取った街になったときだ」

問題なのは話題ではなくて、この人だ。自分がなにを言っても、彼の神経を逆撫でする。ウェイトレスが酒を運んでくると、ケーラは前置きをすっ飛ばして本題に切りこんだ。「見たのね？」

「見なかったらここにはいない」

「ほんとに拡大鏡を使ったの？」

彼が答えるまえにウェイトレスがバスケットに入ったトルティーヤ・チップスとサルサ・ソースを運んできた。「ご注文はお決まりですか？」

ケーラはメニューの品数の多さに圧倒されながら、最初のページに目を走らせた。「ずいぶんいろんな料理があるのね」思わずつぶやいた。

「肉は食べるのか?」

食べないのは罪だとでも言いたげな口ぶりだ。ケーラはうなずいた。

彼はケーラからメニューを受け取り、自分のメニューと重ねてウェイトレスに渡した。

「ファヒータ二人まえ。チキンとビーフを半分ずつ。つけあわせは全種類。トルティーヤは半分に切ってくれ。おれはもう一品、チリをかけたビーフのエンチラーダ。チーズ・ソースならいいが、ランチェラ・ソースはかんべんだ」笑顔でウインクしながら、つけ加えた。

「頼んだよ」

ウェイトレスが上機嫌で引きさがると、彼はテーブルの上で腕を組み、ケーラのほうへ身を乗りだした。その顔には笑みもウインクもない。「訊きたいことがふたつある」

「ふたつだけ?」

「なぜおれを訪ねてきた?」

「理由は明らかじゃないかしら。少佐の肉親で存命なのはあなただけよ」

「ふん。少なくともきみには明らかじゃなかったことがある。おれが期待外れのできそこないの息子だってことだ。おれが仲介すれば話が進むと思ってるんなら、残念ながら大まちがいでね。実際、おれが介入したらかえってきみの不利になる」

「そのリスクは承知のうえよ。ほかに手がないの」

「どういうことだ?」

「少佐のご自宅の敷地は立ち入り禁止になっているわ。わたしが単身で約束もなしに玄関先に現れようものなら、自己紹介する間もなく、不法侵入罪で逮捕されるかもしれない。でも、あなたが同行してくれれば——」

「ひとりのときの倍の早さで追い払われる」

「でも、それは少佐にもできない。不動産の登記簿にはあなたの名前があるの。お母さまが亡くなって、その持ち分がお父さまではなく直接あなたに移ったからよ。あなたにもあの土地の所有権があるってこと」

「そうよ」

　彼は腹立たしそうにバスケットのトルティーヤをつかんで、サルサ・ソースにつけた。口に入れて咀嚼《そしゃく》しながらケーラを見つめている。「予習はばっちりってか」

「なにが成し遂げたくて、自分の秘密を公表しようとしてる?」

「成し遂げる?」

「とぼけるな」彼は言った。「二日酔いのところは見られたが、おれはばかじゃない」

「それが知りたいことのふたつめなの?　わたしがなにを成し遂げたいかが?」

「いいや、察しはついてる」

「どうかしら」

「世間をあっと言わせたいんだ」

　ウェイトレスが焼きたての肉が載った大皿を持って現れ、ふたたび会話が中断された。ウエイトレスはテーブルの中央に大皿を置き、そのまわりにサイドディッシュをならべた。トラッパーが分けると言ったエンチラーダをケーラは断ったが、ファヒータのほうはそれぞれで巻いた。

「おいしいわ」ひと口食べてケーラは言った。

「牛の街《カウタウン》、フォートワースにもっと来るべきだ。ダラスじゃ、テクス・メクス料理にまでマッシュルームを入れる」彼はナプキンで口を拭いた。「知りたいことのふたつめだが」

「どうぞ」

「いつからこの計画を温めてた？」

「しばらくになるわ」

「しばらくとは、こりゃまた、あいまいな。なぜいまになって急にやる気になった？」

「突然に見えるでしょうけど、そうではないの」ケーラは答えた。「少佐には何カ月もまえから接触を試みてきた。でも取りつく島もないまま、時間切れになりそうで。こんどの日曜は爆破事件から二十五周年、絶好のタイミングよ。世間をあっと言わせる番組になるわ」

「視聴率とかいう、くだらんあれか」

「あなたにとってはくだらないかもね、ミスター・トラッパー。わたしにはちがう」

「ただのトラッパーでいい」彼はしばらく食べてから言った。「その日曜が今日から六日後なのは、わかってるんだろうな」

「待ったなしよ。昨日、少佐から十三回めの電話を切られて、あなたのことを調べたわ。必死なの」

彼は食べるのをやめた。「なるほど、それでおれのオフィスのドアをノックしつづけたわけだ。必死だから」ケーラが否定しないでいると、彼は軽蔑したように鼻を鳴らして、食事に戻った。「さっきも言ったとおり、おれがなにか言ったところで、あいつは動かない」

「かまわないわ。玄関まで連れていってくれたら、あとは自力でなんとかする」

トラッパーは皿の上でフォークを振りながらケーラを見ていた。その目つきに妙に体がほてって、居心地が悪くなった。マルガリータに手を伸ばし、塩をまぶしたグラスの縁に口をつけた。「どのくらいかかったの？」

「気づくのにか？」

ケーラはうなずいた。

「もっと早く気づくべきだった。勘が鈍ってる」

刺激の強いマルガリータだったが、ケーラは景気付けにもうひと口飲んだ。足場の悪い斜面に近づいていた。檻《おり》の柵の隙間から垂れさがるライオンの尻尾をつかもうとしていると言ってもいい。「インターネットにはあなたのことがずいぶん載っていたわ」

彼は聞こえないかのように、最初はなんの反応も示さなかった。口のなかの食べ物を咀嚼してビールで流しこんでから、青い炎をたたえた目でこちらを見た。「もったいぶらずに教えてくれよ」

「あなたはアルコール《A》・タバコ《T》・火器および爆発物《F》取締局にいた」

「ああ」

「五年間」

「と、七カ月」

「そして、怒りの制御に問題があって、馘《くび》になった」

「こっちから辞めたんだ」

通りかかったウェイトレスが足を止め、ほかにご注文は、と尋ねた。彼はケーラを見つめたまま礼を言ったものの、無造作にうなずいて注文がないことを伝えた。

ウェイトレスが立ち去ると、ケーラは静かに言った。「さっき、少佐が一夜にして有名になったことであなたの人生は影響を受けたかと訊いたら、あなたは受けなかったと答えたわ。でも影響はあった。そうでしょう？」

「それはもう。ダラス・カウボーイズのホームゲームで、特等席のチケットを手に入れられたのは、学年でおれひとりだった。二度ばかり、オーナー席に招待されたこともある」

「ペガサスホテル爆破事件に影響を受けなかったのなら、なぜ職業として爆弾や爆発を捜査する取締機関を選んだの？」

「団体保険がよかったからね。たいていの保険には歯科治療費が含まれない」

ケーラは眉をひそめた。「ふざけないで。こちらはまじめに話をしているのよ」

「こっちもいたってまじめさ」彼は声を尖《とが》らせてささやいた。「おれからなにか聞きだそうとするのはやめろ。この件できみに話すことはいっさいない」

「だったらなぜ今夜、会おうと電話してきたの？」

それに対する答えは用意してこなかったようだ。よしっ！　ケーラは心のなかで歓呼の声を上げた。「あなたは職業上も、性格上も、謎があったら調べずにいられない。謎が大好きで、未解決のまま放っておけない。ＡＴＦ時代は、謎が解けて容疑者がわかるまで、徹底して捜査にあたった。あなたが辞めたのは上司に従うのがいやだったからで、やる気や才能がなかったからではないわ」

「おおっと。知りあって数時間の人間にしては、ずいぶんおれのことに詳しいじゃないか。ただの知ったかぶりにしても」

「わたしには、わたしが残していった謎にあなたが興味を引かれずにいられないのがわかっていたわ。発見したものが、あなたにとって予期していたよりもずっと重要だったことも。ちがう、トラッパー？　ちがうんだったら訂正して」

彼はなにも言わずにビールをひと口飲み、そのままグラスを持っていた。そこへスタッフが皿を片付けに来た。ウェイトレスが勘定書きを持ってくるとすぐにケーラはクレジットカードで支払った。

その間ずっと、ふたりは気詰まりな静けさに包まれていた。ふたりきりに戻り、ケーラはグラスのなかの氷を揺らした。グラスに飾られたライムで縁をなぞって円を描く。つぎにトラッパーのほうを見ると、彼が目でその動きを追っていた。ケーラはそれを見て……妙な気分になった。両手をテーブルの下の膝に置き、ひと息ついて心を鎮めた。「なにに腹を立てていたの？」

「いつ？」

「馘になったとき」

「辞めたんだ」

「辞めさせられるまえにでしょう。怒りの原因はなに？」

「その部分は調べなかったのか？」

「具体的なことまでは、わからなかったの」

「ほかの誰にもわからなかった」彼は独り言のように低い小声でつぶやいた。そしてテーブルの下で脚を組み替えて、身を乗りだした。「辞めたときは明確な理由があった。誰がこんな仕事をするものかと上司に言ってやった」

　彼には、それが事実なのだろうと思わせる雰囲気があった。緊張感がみなぎり、いまにも爆発しそうだ。ケーラは穏やかに言った。「いまも怒りの制御に問題がありそうね」

「ああ。大ありさ。なにより鼻につくのは、自分が美人で賢いと思ってる女だ。わざわざおれを訪ねてきたのに、なぜさっさと伝えなかった？」

「本当に拡大鏡を使ったの？」

　彼は愚弄する彼女をにらみつけた。頭を傾けてケーラのグラスを指す。「全部、飲むつもりか？」

「いいえ」

　彼はグラスをつかんでマルガリータの残りを飲みほし、手ぶりで席を立てと指示した。ケーラの華奢《きゃしゃ》な腰に大きな手を当てて、混みあうレストランの店内を進んでいく。まるで追いたてられているようだが、あえて指摘しなかった。彼の手の存在に気づいていることすら悟られたくない。

受付のまえを通り過ぎるとき、案内係の若い女性がうっとりした目でトラッパーを見ておやすみなさいとあいさつをした。外に出ると、ケーラは大きく息を吸ってテキーラの酔いを醒まそうとした。

「ごちそうさん」彼は言った。

「どういたしまして」

「車はどこだ?」

「まだ話が終わっていないんだけど」

「とうに終わったさ。車はどこだ?」

「ウーバーの配車サービスで来たの」

彼はジャケットのポケットから携帯電話を取りだして、配車サービスのアプリを開いた。

「自分で手配できるわ」

それを無視して、彼は住所を尋ねた。ケーラは答え、彼が車を手配した。

「二分で来る。シルバーのトヨタで、運転手はラルフ。あそこで待とう。風を避けられる」

彼はケーラの肘をつかんで、建物の脇に引き入れた。「確かにここのほうがましね」ポンチョを着ていても、震えがくる。「気温が下がってきたから——」

ケーラの言葉は途中で切れた。彼が両肩に両手を置いて、レンガの外壁に押しつけたのだ。そのショックも消えやらぬうちに彼が体を寄せてきて、頭から寒さのことが吹き飛んだ。けれど、彼の手からのがれようとするより、自分の反応に対する葛藤のほうが大きかった。

「どういうつもりなの？　わたしから離れて」

トラッパーが顔を近づけた。「よく聞いて、頭に叩きこめよ」彼は低い声で淡々と言った。「おれはあいつじゃない。気高くもなければ、紳士でも英雄でもない。わかったか？」

「聞くまでもないわね」

辛辣な言葉を投げつけたら怒るだろうと思っていたのに、彼の仕返しは、冷たい頬にそっと手のひらを押しあて、親指でほくろを撫でることだった。

「このほくろにはすぐに気づいた。そしてきみはおれのむさ苦しいオフィスにいるあいだ、しゃれた都会人の服装で知ったかぶりの粋な女を演じながら、その実、おれの頭のなかでなにが起きてるのか知りたくてたまらなかっただろう？」小さなほくろの真上で親指の動きを止め、口をケーラの口のすぐそばに近づけてささやいた。「当ててみろよ」

と、彼はふいにケーラを突き放し、悠々と立ち去りながら、振り返って言った。「ラルフが来たぞ」

トラッパーはアパートに戻るなり寝室へ直行し、ブーツを脱いで、ジーンズ一枚になった。ベッドの端に腰かけて友人のカーソン・ライムに電話をかけた。

トラッパーのオフィスのあるビルの一階に事務所をかまえる刑事事件担当の弁護士だ。高速道路をはさんだ向かいの立地が悪かったために、詐欺罪で訴えられた入浴習慣のある罪人は寄りつかない。だが、カーソンの顧客となる、ろくに体も洗わない重罪人にとっては、裁判所と郡刑務所と保釈金立替業者が近い分、好立地と言えた。

　三度試みて、ようやくカーソンが電話に出た。

「なんなんだ、トラッパー？　電話はやめろ。こっちはハネムーン中なんだぞ。それとも、おとといの土曜におれが結婚したのを忘れたか？」

「なにを偉そうに。四度めだろ？」

「五度めだ。結婚式、楽しんでくれたか？」

「結婚式じゃなくて、披露宴だろ」

「だな。なかなかのパーティだったろ？　投げたガーターベルトは受け取れたか？」

「いいや、花嫁の付添人が受け取ったよ」

「どっちの？」

「金髪の」

「おっぱいがでかいほうか？　痩せっぽちのほうか？」

「覚えてないな。ケーラ・ベイリーって知ってるか？」

「テレビに出てるあの女か？」

「知ってるんだな？」

「もちろん。地元テレビ局のリポーターだが、ときどきキー局の――」

「彼女が今日、唐突におれのオフィスに現れた」

言葉を失ったのち、カーソンは笑いだした。「よせやい！　冗談だろ？」

「いいや」

「おまえに会いにきたのか？」

「ああ」

「なんの用があって？」

トラッパーは写真ならびにそれに付随する驚くべき新事実については触れることなく、ケーラが少佐にインタビューしたがっていることを伝えた。「おれに仲介を頼んできた」

「で、おまえはなんと？」

「たっぷり悪態をついて、要するに返事はノーだと言ってやった。だが向こうはまだ頼む気でいる」

「なぜわかる？」

「そうにおわせてる」

「におわせてる？　おもしろそうじゃないか。ちょっと待てよ」カーソンが新婚ほやほやのミセス・ライムになにやら謝る声が聞こえた。そのあと衣擦れの音が何秒かして、ドアが閉まる音が続いた。「さあ、洗いざらい聞かせてくれ」

カーソンが無遠慮に便器に放尿する音を聞きながら、トラッパーはケーラの突撃訪問がどんなだったかを要約して伝えた。話し終えるとカーソンが尋ねた。「おまえが親父さんと仲良しとは言えないことを彼女は知ってるのか？」

「いまは知ってる。だがそんなことで引きさがる女じゃない。いまでもおれが役に立つと信じこんでる」

「力を貸してやるのか？」

「状況による」

「たとえば？」

「なあ、カーソン。おまえがハネムーンとやらのまっただ中なのはわかってるが、おれがあのときハッピーアワーのトップレス・クラブに連れてってやらなかったら、おまえは花嫁と出会えてないんだよな」

カーソンは呑みこみが早かった。ため息をつく。「で、なにがお望みだ？」


トラッパーはカーソンとの電話を切ると、ジーンズを脱いでベッドに入った。ただし、ノートパソコンを持ってだ。

そしてユーチューブを開き、ケーラ・ベイリーの番組やインタビューを手当たりしだいに閲覧した。あらが見つかるといい、垢抜《あか》けない素人だといい、と思いながら。だが、カメラに映る彼女は、有益な情報を視聴者に伝える冷静かつ頭の回転の速いリポーターであり、それでいて温かみと親しみやすさがあった。機知に富み、切れ味鋭く、手ごわいが、陰険さはなく、思いやりをなくすほどのプロ意識を前面に出すことはなかった。

二時間近く動画を閲覧したあげく、停止ボタンを押し、彼女の顔をアップにしてほくろを凝視した。彼女の素性を明らかにしたほくろ。これまで一万回は見てきたのに、コンピュータの画面で一万倍に拡大するまでは、注目することがなかった。

名前を知ったのは今日だけれど、トラッパーは十一歳のときから彼女を恨んできた。父親からもっとも愛される子どもという特等席を奪われたからだ。

彼女のせいで、完全に父親を失った。

彼女のせいで、トラッパーの人生は手に入れられないと決まったものを取り戻そうとする長いゲームとなった。

それもこれも、彼女のせい。燃えさかる瓦礫と化したペガサスホテルから父が救いだした、この少女のせいだった。

3

ケーラが朝のニュース番組用のネタを拾おうと、各局を切り替えながらテレビを見ていると、携帯電話が鳴った。「はい？」

「外にいる」そのひとことで、トラッパーは電話を切った。

ケーラはベッドに電話を投げつけて、つぶやいた。「無礼者め」

すでにシャワーを浴びていたので、身支度には時間がかからなかったが、わざと五分ほど遅れていった。無作法な呼び出しにいそいそと駆けつけたと思われたくない。彼のことはきっぱりと無視して、みずから隠遁した少佐の心を開かせる別の方法を探すべきかもしれない。

だが、すでに一日無駄にしている。いまから日曜まで、一分一秒が貴重になる。

それに昨夜あんなことをしたトラッパーに、そのせいで及び腰になっているとか、怖じ気づいているとか、思われるわけにはいかない。

分譲マンションの回転ドアから外に押しだされると、まばゆい日差しが待っていた。冷たい北風のせいで、目に涙が滲《にじ》む。それでもトラッパーは見のがしようがなかった。建物に面した通りの向こう側で、車の助手席側にもたれている。フロントグリルがちょうどパーキングメーターの大きさに深くへこんでいるので、彼の車だとわかる。ケーラが呼び出しに応じるものと決めてかかっているようだ。

昨晩とほとんど同じ服装だが、今日は革のジャケットの下に青いシャンブレーのシャツを着て、サングラスをかけていた。足を交差させて腕を組み、黒い髪をなぶる風にも頓着していないようだ。

ケーラはさっきのひとことを訂正した。なんてセクシーな無礼者なの。

配達用トラックを一台やり過ごしてから、中央のブロックを越えて道を渡り、トラッパーのもとへ直行した。「テキサスって暑いんじゃなかった?」

「二月はちがう」

「冬から逃げたくて、ミネアポリス・セントポールから引っ越してきたのよ」

「ここにしばらく暮らせば、暑さ寒さが極端な土地柄なのがわかる」彼は助手席のドアを開けて乗れと手ぶりで示して、反対側にまわった。運転席に座るためには、駐車禁止の標識と車のあいだをすり抜けなければならなかった。

ケーラは標識に注意をうながした。「車、レッカー移動されていたかもしれないわよ」

「かえって助かる。ボンネットから煙が出はじめてた。ラジエーターがいかれたらしい」

「倒されたパーキングメーターにくらべればましよ」

トラッパーはそれには答えず、左肩で運転席の窓にもたれてケーラのほうを向いた。居心地が悪くなるほどしげしげと見つめて、言った。「この二十五年間、みんながあの写真の少女の身元を突きとめようとしてきた」

「昨晩はずいぶんとご機嫌斜めで、実際どうやってほくろを見つけたか話してくれなかったわね」

「あの写真を携帯で写して、コンピュータに取りこみ、めいっぱい拡大した。拡大鏡とかってやつで、二、三センチ四方ごとにじっくり調べた。それも二回にわたって。きみの顔は半分以上少佐の胸と腕で隠れていたが、見えてる部分の目の近くに小さな点があった」

「発見《エウレカ》！」

「最初の反応はそんなじゃなかった」彼は言った。「きみが写真に細工をしたんだと思った」

「わたしの誠実さを疑ったの？」

「疑った？　そんな生やさしいもんじゃない。きみは忽然《こつぜん》と現れて、こいつを突きつけたんだぞ。ペテン師にちがいないと思った」

「その意見がひるがえったのはなぜ？」

「『タイム』誌の表紙を含めて、当時の写真をいくつも見てみた。その気になって見れば、どの写真にもほくろがあった。いまのほくろより小さくて色が薄いが、確かにそこにある。きみは謎の少女に関するもろもろの仮説に終止符を打とうとしてるわけだ」

「わたしの正体については、ずいぶん大胆な仮説がいくつかあったわね」ケーラは小さく笑った。「わたしのことを生身の人間ではないと主張するテレビ伝道師までいたのよ。奇跡的にフィルムに映しだされた天使で、あの爆発で命を失った子どもたちを天国へ導くためにつかわされたとかって。信じられる？」

「おれは奇跡など信じない」ひと呼吸置いて、彼は続けた。「きみはまちがいなく生身の人間で、天使でないほうに喜んで賭ける」

ただの修辞的な質問だったので、答えが返ってくるとは予想外だった。その答えで下腹部を軽く撫でられたような感覚を覚えるとは、ますます予想外だった。彼が黒いサングラスをかけているので、わざときわどい発言をしたのかどうかは判断できない。たぶん知らないまのほうが、身のためなのだろう。

トラッパーは続けた。「きみをかたる偽者が現れたとき、いらだたなかったのか？」

「いらだつより、愉快だったわ」

「十五分もすれば化けの皮が剝《は》がれるとわかってたからだろう。誰も自分があの少女だと証明できなかった。だが、きみならできる」

ケーラは目の下のほくろに触れた。「これなら一目瞭然でしょ？」

「拡大鏡関連の株を買わないとな。きみの登場によって、拡大鏡が飛ぶように売れそうだ」

「あら、話が戻ったわね。わたしがなにを成し遂げたいか」

「おれが思うに、富と名声だな」

「ところが、そうじゃないの」

「見返りは求めてないのか？」

「見返りはおのずとついてくる」

「そりゃそうだ」

「でもわたしが名乗り出るのは、それだけが理由じゃないわ」

「聞かせてもらおう」

「命の恩人にお礼を伝えること」真実だった。「少佐はわたしから感謝を受けて当然だと思わない？」

「とうに時効だ。なぜいままで放置した？　そうか、わかったぞ。大々的に登場できる二十五周年を待ってたんだ」

「いいえ。待っていたのは、父が亡くなることよ」

なにを言うつもりだったにしろ、彼は絶句した。しばし視線をそらせたのち、サングラスを外してケーラを一瞥《いちべつ》した。「最近のことなのか？」

「八カ月まえ」

口にこそ出さないものの、彼の表情から哀悼の意が伝わってきた。

「父にとっては救いだった」ケーラは言った。「長いあいだ苦しんで、人間らしい幸せには無縁の人生だったの」

トラッパーが探るような目で彼女を見すえる。

「そもそものはじめから話しましょうか？」ケーラは言った。

「爆破事件の日から？」

「聞きたい？」

「ああ」

「この先も独断的で皮肉っぽいコメントを差しはさむつもり？」

「控えめにする」ケーラがたしなめるような目で見ると、彼は小声で言った。「冗談だ」

「そんな真顔で言われたら、冗談だかどうかもわからないわ」

「話を聞かせてくれ」

ケーラは大きくひとつ深呼吸して、話しはじめた。「五歳の誕生日の数週間後のことよ。わたしたち家族はカンザス・シティに住んでいた。仕事の打ちあわせがあるというので、父がダラスに出張になってね。それで母とわたしも同行して、わたしの誕生日プレゼントとしてシックス・フラッグスの遊園地に遊びに連れていってもらえることになったの。

ホテルに泊まること自体が冒険だったわ。ルームサービスなんてはじめてだったもの。母はわたしに朝食の注文をさせてくれた。食後に家族そろってエレベーターに乗った。父は行ってくるよとキスをして、中二階の会議場へ向かった。母はわたしを連れてショッピングしてまわる予定だった。ふたりで一階まで行ったわ。わたしがロビーをスキップしながらエントランスに向かっていたそのとき、爆発が起きたの。ドアマンがわたしに笑いかけてなにかを言おうとしていた。その彼が目のまえで……ぱっと消えた」

トラッパーはそっぽを向いてフロントガラスの外を眺めながら口元と顎を撫でていた。

「十時四十二分。最初の爆発だ。厳密には十時四十二分三十三秒」

「どうしてそれを？」

「ATFの局員は全員、ペガサスホテル爆破事件を学ぶ。教本になってるんだ。合計六回の爆発があった。同時に爆発するようにしかけてあったが、数秒の時差があった」

「大きな爆発が一回だったように感じたけど」

「もっとも鮮烈に記憶に残ってることは?」

「恐怖。なにも聞こえず、煙と粉塵《ふんじん》でなにも見えなかった。息をするたびに咳きこんだ。母を探して叫んだけれど、母は見つからなかった。いろんなものが落ちてきた。建物が崩れるすさまじい音がした。でも、死の恐怖を覚えるには幼すぎた。もっとも鮮烈な記憶は、迷子になるのが怖かったことよ」

「子どもなら当然だろう」

「母は消防士に発見された時点では生きていたの。でも胸が圧迫されていて、内臓破裂も広範囲におよんでいたんで、一時間もしないうちに病院で亡くなったわ。父は生き延びたけれど頭部と脊椎《せきつい》の損傷がひどくて、首から下が麻痺《まひ》して動かず、残りの人生は介護施設で人工呼吸器につながれて生きることになった」

「やりきれないな」トラッパーはこんども視線をそらしてから、ケーラに戻した。「ベイリーという名前の被害者はいなかったが」

「ジェームズ・カニンガムとその妻エリザベスよ」

「じゃあきみは、どういう経緯で別の姓に?」

「わたしの怪我は比較的軽かったんだけど、ふた晩入院したの。父は生命維持装置につながれて集中治療室《ICU》にいた。だから退院したわたしは、近親者として知らせを受けてダラスに駆けつけてくれた母方の叔母夫婦に託された。

大騒ぎになっていると聞かされたわ。とくに写真の少女を探しだそうとして、マスコミが躍起になってるって。早くも世界じゅうの通信社に写真が配信されていたの。

叔母と叔父は、身元が明らかになれば、わたしがさらにトラウマを負うと見越して、病院の関係者や当局に、わたしの名前を漏らさないようにと厳重に申し入れた。マスコミの猛攻撃からわたしを守りたかったのね。すでに少佐やあなたやお母さまはマスコミの猛襲にさらされていたから。

叔母はわたしを連れて、叔母夫婦が暮らしていたバージニア州へひそかに戻った。それから数カ月は叔父が父の世話をするためにダラスとのあいだを行ったり来たりしていたんだけれど、そのうちに父も叔母夫婦の家の近くの施設に移すことができたの。

カンザス・シティのわたしの家は叔父が整理した。すべて売却して、父の治療費の足しにしたの。父は容体が悪くて、母の葬儀にも参列できなかった。体が衰弱して長くは生きられそうになかったから、父はわたしを正式に養子にして叔父夫婦の姓に変えてくれと、せかしたそうよ。子どものいなかった叔父夫婦は、わたしを実の子同然に育ててくれた」

「きみの頭のなかはどうなってた？」

「どういう意味？」

「変化が大きすぎて、頭が大混乱をきたしてたんじゃないか？」

「悲劇の大きさを完全に理解するには、幼すぎたわ。なにか恐ろしいことが起きたということしかわからなかった。ママは天国へ行き、パパはひどい病気で、もう自分の家では暮らせない。カンザス・シティでインコを飼ってたの。あの鳥がどうなったか、わからずじまいよ。家にあったブランコを恋しがっていたら、叔父が裏庭に作ってくれたわ。

　おおむねわたしは幸せだったし、ふつうの子どもだった。でもお見舞いに行くたびに、父が見ていられないほど大泣きしてね。子どもにとって、大人の涙ほど不安にさせられるものはないわ。なによりつらいのがそれだった。それと悪夢」

「悪夢を見たのか？」

「ええ。時間がたつにつれておさまったけど、最初のころは爆破事件を思わせる恐ろしいものだった。といっても、当時は悪夢に爆破事件を結びつけていなかった。煙や息苦しさや流れる血が夢に出てきた。母がいて、何度も何度もわたしの名前を呼んでいた。悲鳴をあげて目を覚まし、叔母や叔父に、みんなまちがってる、ママは死んでない、と訴えた。ママは生きてる。ママが見える、声が聞こえる、手を伸ばしてわたしの手をぎゅっと握って、でもそのうちに……」

　トラッパーは身じろぎもせず沈黙を守っていた。

　ケーラは唾《つば》を飲みこんだ。「そのうちに母の手が離れる。母はその手を振って、駆け足で横を通った男性を呼び止める。泣きながら叫ぶ。止まって。お願い。助けて。男性は立ち止まってわたしを抱きあげた」

「少佐だな」

「わたしは大暴れしたのを覚えてる。彼を叩いた。母のところへ戻りたかったの。男性がわたしを胸に抱えて、なにも心配いらないと言った」

「だが、それは嘘だったんだよな?」

「ええ。でもよかれと思ってついた嘘よ」

トラッパーはしばらく間を置いてから尋ねた。あれこれ考えあわせて結論に至ったのはいつだったのか、と。「悪夢が〝恐ろしいこと〟の記憶だと気づいたのはいつだ?」

「何年もわからなかった」

トラッパーはケーラに鋭い視線を投げた。

「信じられないでしょうけど、事実よ。周囲は誰も爆破事件の話をしなかったし、わたしは子どもだった。テレビで観るのは〈シックスティー・ミニッツ〉みたいなドキュメンタリーじゃなくて、〈セサミストリート〉だった。三年後にオクラホマ・シティで連邦政府ビル爆破事件が起きたときも、まわりの大人たちはずいぶん動揺してたけど、わたしは無関係でいられた」

「ペガサスホテル爆破事件の発生した日と母親の死んだ日を重ねあわせたことはなかったのか?」

「ついに気づいたのは、まさにそれがきっかけよ。わたしは中学生で、十二歳か十三歳だった。爆破事件が起きた日に先生がその話をしたの。学校から家に帰ると、叔母がリビングに座って、母と一緒に写ってる写真を見ていた。なぜ泣いているのと尋ねたら、〝この日になると決まって悲しくなるのよ〟と叔母は答えた。〝あなたのお母さんが亡くなった日だもの〟と。それでふいに腑《ふ》に落ちたの。煙、炎、連れ去られるわたしを見送る母。なぜ自分がそんなリアルな悪夢を見るのか。

叔母と叔父は認めたがらなかった。無理ないわよね。結局そうなったわけだけど、知ったが最後、わたしは爆破事件に取り憑《つ》かれた。わたしはすべてを知りたかった。ありとあらゆる本を読み、記録映像や生存者のインタビューを片っぱしから観た。もちろん、あの有名な写真も目にしていたけど、とくに気にかけたことはなかった。なぜって、それもわたしには無関係なものだったから。

でも叔母からこれがあなただと教えられると、自分はもちろんだけど、助けてくれた男性の顔を見たの。そのとき、それまではただ夢のなかで、死にゆく母の願いに応えてくれた見知らぬ人物だった少佐が、実在の人物となった」

「なぜその時点で世間に公表しなかった？」

「叔母からさとされたから。あなたのお父さんにとって、それがどんなにつらい試練になるか考えてみて、と。少佐は生来の権利のように、英雄の役割をあてがわれた。でも父はやさしい話し方をする控えめな人だった。状況を考えたら、弱っている父をスポットライトにさらすのはあまりに酷だった。それで少なくとも父が生きているあいだは表に出ないと叔母と自分に誓ったの。以来その誓いを守ってきた」

「何年だ？　十七、八年か？」

「そんなものね。そのあいだもわたしは自分の人生を生きてきた。幸せで健康なふつうの女の子としての人生を。学校を卒業して大人になり、キャリアを積んだ」

「そしてその日に備えてきた」

「その言い方だと、ずっとそのために準備してきたように聞こえるわ、トラッパー。父の死を願ったことはないのよ。けれど亡くなった。そして、そう、そのときのわたしには記者証があって、発表に適した立場を得ていた。それで少佐に連絡を取ることにしたの」

　黙って考えこんでいたトラッパーが、口を開いた。「〝ベイリー〟という名前は少佐にはなんの意味も持たない。自分が何者で、なぜインタビューしたいのか伝えてないんだろ？」

「ろくに話もしないうちに、電話を切られてしまうの」

「なぜメールを送らない？　手紙とか」

「直接、お目にかかって自己紹介がしたいから。それに、あのとき助けられた少女だと言って接触してきた女性がたくさんいたはずよ」

「確かに」

「また調子のいい女が連絡してきたと思われるのが関の山でしょうね」ケーラは押しとどめるように片手を上げた。「なにも言わないで」

「言わないさ。皮肉にもならない」例によって即座に言い返されたが、彼は黒い眉を寄せていた。おもしろがっている表情ではない。「きみがその少女だと何人が知ってる？」

「叔母と叔父とわたし。あなたを入れて四人ね」

「このまま突き進めば、みんなが知ることになる」

「あら、もちろん突き進むわよ、トラッパー。あなたが協力してくれようとくれまいと、なんとしても実現する方法を見つけるわ」

トラッパーは小声で悪態をついてフロントガラスの外に目をやり、レッカー移動の警告標識を延々と見つめていた。ケーラは横槍《よこやり》を入れることなく、じっと待った。

ようやくトラッパーが彼女を見た。「おれの協力なしでやってもらうしかない」

「トラッパー――」

「悪いが」

「少佐に直接お目にかかれるまで、あきらめないわ」

「勝手にしたらいい。おれはかかわらない」彼はサングラスをかけて車のエンジンをかけた。「拒絶されたら素直に引きさがることだな。少佐はきみを一歩も家に入れず追い払う。せいぜい実り多き人生を送ってくれ、ケーラ」

ケーラは、爆破事件当時に五歳の少女だった生存者の視点で話をすれば、トラッパーの態度を軟化させられるかもしれない、と思っていた。彼の心の琴線に触れた、辛辣な胸のうちにある繊細な心の糸をとらえたと思った瞬間も何度かあった。だが、甘かった。

トラッパーは昨夜のように怒ってもいらついてもいない。超然として無関心だった。これ以上なにを言っても、さらに気むずかしく無礼になるだけだろう。彼に満足感を与えるようなことはしたくない。

「お会いできてよかったと言いたいところだけど、ミスター・トラッパー。あなたは粗野で無礼で、貴重な時間の無駄づかいだったわ。実りのない時間をありがとう」ケーラは車のドアを開いた。

「最後にひとつ」トラッパーが言った。

ケーラは振り向いた。「なに？」

「もしやりなおせるなら、きみが望むとおりのキスをしてやろう」

「地獄に堕ちるがいいわ！」ケーラは乱暴に車のドアを閉め、まったく振り返ることなく通りを渡った。

そして自宅の建物のエントランスを大股《おおまた》で通り抜け、受付へ行った。コンシェルジュの女性がにこやかに用件を尋ねた。

ケーラは自分の車を駐車場から出すように頼んだ。「一時間後にお願いね」

「なにがわかった？」

「ごあいさつだな。〝やあ、調子はどうだい？　ハネムーンなのに割りこんで悪いな〟じゃないのか？」

「いま機嫌が悪いんだ、カーソン。くだらない冗談はよしてくれ」

トラッパーは、ケーラが小走りで通りを渡ってガラス張りのエントランスのなかに消えるのを見送ったあと、車を出した。だがほんの数ブロック先で空いていた荷積みスペースに車を停めると、友人に電話をかけた。

昨夜、カーソンに頼んでおいたのは、ありとあらゆる情報源を使ってケーラ・ベイリーの経歴を調べることだった。

「おまえが自力で調べられるようなことしかつかめなかった」カーソンは不満げに言った。

「こちとら忙しいんだ」

「おれがそうじゃないとでも言いたいのか？」

「それに、おれだと合法ルートでしか情報を入手できない」

「こまかいことで難癖つけるつもりなら――」

「くり返すぞ。なにがわかった？」

「三十分まえに全部メールで送った」

「そりゃどうも。だが運転中でね」トラッパーは嘘をついた。「要点だけ頼む」

カーソンは憤慨しつつも、話しはじめた。「五歳で叔母と叔父の養女になった」

「実の親がどうなったかわかるか？」

「裁判所の養子縁組の記録は非公開扱いになってる」

ケーラの身元と過去を守ろうとする叔父夫婦の気持ちは半端なものではなかったということだ。「なるほど」

「中流の、典型的なアメリカ人家庭で育ち、スキャンダルはなし。実際のところを知りたいというなら、退屈なほど平凡でまっとうに育てられてる」

「なるほど」

「地元バージニア州の短大へ行き、そのあとコロンビアに移った」

「サウスカロライナのか？」

「いや、ニューヨークのコロンビア大学だ。ジャーナリズムで学士号を取得して卒業。テレビ局を渡り歩いてきた。つねにより大きな局に間をおかず移り、昨年はじめに、ダラスでいまの仕事についた。キー局の地元系列会社だ。テレビにもずいぶん出てて、キー局も彼女のローカル番組を全国ネットで流してる。ユーチューブにも彼女の番組がごまんとアップされてるぞ」

トラッパーはすでに何時間もかけてそれを見たことを言わなかった。

「車のナンバーと運転免許証の番号を手に入れた」

「メールで送ってくれたんなら、言う必要はないぞ」

カーソンが続けた。「住まいはダラスのダウンタウン。ビクトリー・パーク近くの大きなガラス窓のしゃれた分譲マンションだ」

さっきまでそこにいたことは言わずに、尋ねた。「ひとり暮らしなのか？」

「マンションは本人名義、郵便受けにも彼女の名前しかない。こむずかしい法律用語をならべて、マンションのコンシェルジュとおしゃべりしてみたら、彼女があそこに住むようになってからルームメートがいたことはないそうだ。あとは……なんだっけかな？　そうそう、シアトルで一度、逮捕されてる」

「なんの罪だ?」

「抗議デモ。多数の逮捕者が出た。公判で彼女は罪を認めて罰金を払った」

「なんの抗議デモだったんだ?」

「同僚が情報源を明かさなかったために法廷侮辱罪で拘留されてな。で、彼女は職務に対する情熱と合衆国憲法修正第一条、つまり表現や宗教の自由を守ろうとして罪に問われた。これが唯一の汚点ってやつだ、トラッパー。

税金はきっちり払ってる。借金は住宅ローンのみ、請求書の支払いにも遅れはない。野心家で、資質にも恵まれてる。少佐にインタビューすればすばらしいものになるだろう。以上だ」

そうだろうとも。トラッパーは心のなかで皮肉をつぶやいた。「ほかには?」

「とくに注目すべきことはない。あとはこまごました情報だ。詳細を知りたきゃ、メールを読んでくれ」

「恩に着る、カーソン」

「さて、ハネムーンに戻っていいか?」

「もうひとつだけ、頼みがある」

カーソンがうめいた。

「これを片付けてくれたら、あとは思う存分ヤリまくれるぞ」

4

フランクリン・トラッパー少佐の家に続く私道まで来たケーラは、そこに停まっていた黒いSUV車から一メートルほど離れた反対車線に車を停めた。エンジンをかけたまま車を降り、そろそろと黒い車の運転席に近づく。

サイドミラーで彼女のようすをうかがっていたトラッパーには、その顔から彼女が運転席にいる人物に気づいた瞬間が見て取れた。足早になった彼女は、運転席のすぐ脇まで来ると、乱暴にガラスを叩いた。

トラッパーは窓を開けた。「やあ」

「ここでなにをしているの?」

「きみを試した。おれの協力があろうとなかろうとやると言ったのが本気かどうか。まさかここまでばかとはな。だが、どうやら……」頭を動かして彼女の車を示す。「ついてこい」

ケーラはためらっていた。殺してやろうか、どなりつけてやろうか、それともここに彼がいるのだから利用してやろうか。結局、三番めの選択肢を選び、きびすを返して、自分の車に戻った。

トラッパーは彼女が運転席に戻ると、SUVのギアをドライブに入れ、上り勾配《こうばい》になった砂利敷きの私道を進んだ。

少佐の家は木々に囲まれた高台にあり、この時期、針葉樹以外の樹木はどれも丸裸だった。石灰岩と木材でできた平屋には、急勾配の屋根がついている。家の幅いっぱいに奥行きのあるポーチが取りつけられ、四角い柱がひさしを支えていた。

トラッパーはSUVを正面階段の間近に停め、ポーチ沿いにならぶ縦長の窓を見た。そのうちのひとつから少佐が近づいてくる二台の車を見ているのは確実だが、ガラスに光が反射しているせいで、こちらからはその姿を確認できない。

トラッパーが車を降りると、ケーラもやってきた。「このSUVは誰なの?」

「友人に借りた」カーソンがもうひとつの頼みごとを聞いて、修理工場を手配してくれた。おかげで自分の車を修理してもらうついでに、そこから代車を借りることができた。オフロード用の大型タイヤを装着したそのピックアップトラックは、あらゆる装備が満載だった。

ケーラは少佐の家と周辺の風景に見とれていた。「とびきりの眺めね」彼女はつぶやいた。

「とうに知ってる。行けるか?」

ケーラは顔を戻し、片手を目の上にかざして西日をさえぎった。「こんなこと言うのは癪《しゃく》だけど、トラッパー、あなたがいてくれてよかった。いまになって怖くなってきちゃった。来てくれてありがとう」

「礼を言うのは早いぞ。犬の群れをけしかけられるかもしれない」

「犬の群れがいるの？」

トラッパーは顔をゆがめて笑った。「さあな」

「最後にここに来たのは？」

「何年かまえだ」

「喧嘩《けんか》の理由は？」

「インタビューの相手は少佐か、おれか？」

ケーラはいらだたしげに首を振ると、先に立って階段を上りはじめた。ノックする間もなく玄関のドアが開き、そこに少佐が立っていた。

トラッパーは自分と父親の視線がぶつかったとき、火花が飛び散るのを感じた。もしその場にケーラがいなければ、どちらも譲ることなく相手をにらみつづけただろう。

「トラッパー少佐ですか？」

少佐は彼女を見て笑顔になり、トラッパーとケーラを驚かせた。「こんにちは、ケーラ」

ケーラは一歩下がった。「わたしをご存じなんですか？」

「もちろんだとも。〈チャンネル・シックス〉。きみのリポートを楽しませてもらっている」

「光栄です」ケーラは玄関口で手を伸ばして少佐と握手した。「トラッパーがここへ連れてきてくれました。お邪魔してもかまいませんか？」

この程度の嘘なら嘘のうちに入らない。少佐はわずかにためらったのち、トラッパーをちらっと見ると、後ろに下がってふたりを招き入れた。

先に入ったケーラに、トラッパーは小声で言った。「結局、この家の敷居をまたぐのにおれはいらなかったな。どうやらきみのファンらしい」

少佐はふたりにソファを勧めた。ケーラはソファに腰を下ろし、トラッパーは布張りの肘掛けの端に腰かけた。少佐がなにか飲むかと尋ねた。

トラッパーは「いらない」と答えた。

同時にケーラが「もう少しあとにします」と答えた。

少佐がリクライニングチェアに腰を下ろす。軽くとがめるようなしかめ面で少佐はトラッパーの頭のてっぺんから爪先までを眺めまわした。「調子はどうだ、ジョン？」

「上々だ。そっちは？」

「ぼちぼちだ」

それきり話題はなく、こんな型どおりのあいさつですら、ケーラがいたから口にしたにすぎなかった。そのまま立ち去る手もあるが、これから数分の展開にはトラッパーもいたく興味を引かれていた。

少佐が形だけの仏頂面でケーラに言った。「この何カ月か、うちにしつこく電話をかけてきた若い女性はきみだったのかね？」

「しつこいと言ったら、少佐も同じくらいしつこく電話を切りつづけられました」

「きみだと知っていれば――」

「電話は切らなかった？」

「切っただろう」少佐は答えた。「だが、もっと丁重に切った」

ケーラは軽く笑い声をたてた。「どちらにしても、わたしと話したくないというお気持ちは伝わりました。だから最終手段としてご子息を探しだし、こちらへの同行をお願いしました」

少佐がトラッパーを見た。「わたしがもうインタビューを受けないことを言わなかったのか？」

「十回は言った」

「ならばなぜ連れてきた？」少佐はケーラを見て表情をやわらげた。「とはいえ、きみに会えて嬉しいが」

「わたしもですわ」

トラッパーはにこやかにお互いを称えるふたりに割りこんだ。「あきらめろと言ったんだが、いくらだめだと言っても聞かなかった。本人に言われれば納得するかもしれない。断ってくれ。そうしたらおれは彼女を送りがてら、《デル・ランチョ》のチキンフライドステーキのサンドイッチを食べにいく。わざわざここまで運転してきたんだから、せめてそれくらいは食べないとな」

少佐は不機嫌そうにトラッパーから視線を外して、ケーラを見た。「もうインタビューは受けないんだよ」

ケーラは落ち着いていた。「すばらしいインタビューになります」

「みなそう言う」

ケーラはほほ笑んだ。「でも今回は本当なんです」

「その根拠は？」

ケーラはかがんでバッグから写真を取りだし、体を起こして少佐に差しだした。「再会ですから」

「再会？」少佐は受け取った写真ではなく、説明を求めてケーラを見ていた。

彼女は少佐に体を寄せて、写真の少女を指さした。「この子の顔をよくご覧になって」

数分後、トラッパーは玄関から出ていった。ふたりはそのことに気づいてもいなかった。

トラッパーはドライブインのレストランに車を走らせた。物心ついてから変わらずにありつづけるこの店は、ファストフードのチェーン店の進出にも負けることなく、いまも車まで飲食物を運ぶサービスを提供してくれている。彼はカーラジオでカントリーミュージックを聴きながらサンドイッチにありついた。

ここのサンドイッチが名物扱いされるのには、それだけの理由がある。たっぷりバターを使って焼いた円形のやわらかい肉は、タイヤのホイールキャップのように大きくて、パンの縁からはみだしている。ところがそんなにもおいしいのに、心配の種が喉を塞いでいて、ひと口かじるごとにそれを一緒に呑みこむことになった。少佐の家ではいまどうなっているのか。ケーラはどんな理屈で少佐の説得を試みるだろう？　果たして少佐はやすやすと屈するのか、否か。

食事を終えると、フォートワースに戻るべく州間高速道路へ車を走らせたが、まさに人生の岐路、交差点で車を止めると、携帯電話を取りだした。番号は連絡先に登録されていた。長年、マールボロを吸いすぎたハスキーな女性の声が答えた。「はい、保安官事務所」

トラッパーが保安官本人につないでくれと言うと、アディソン保安官はすでに今日の仕事を終えて帰宅されました、とのこと。「保安官の留守番電話サービスの番号をお伝えしましょうか？」

「いや、けっこう」

電話を切り、フロントガラスの外に広がる田園風景を眺めた。暮れゆく空はラベンダー色に染まり、右手には牛が数頭ずつ群れる放牧地がある。左手では冬の枯れ草が強い北風になぶられていた。

つぎの高速道路の進入口でI－20号線の東行き車線に乗るべき理由を挙げてみた。いまならダラス・マーベリックスのバスケットの試合がはじまるまえに帰り着き、缶ビールを開けることができる。

だが、結局は自分の愚かさをののしりながら、ブレーキから足を離し、左折して田舎道を走りだした。

数分後、丘を上りきると、アディソン家が見えてきた。どの部屋も明るく灯り、家を取り囲むように乗用車やピックアップトラックが停まっている。少佐の長年の友人を訪問するつもりだったトラッパーは、たちまちその気を失った。

ところが車を方向転換させていると、正面の庭でサッカーボールを蹴っているティーンエイジャーのなかから少女がひとり近づいてきた。少女はこちらに駆けてきながら、彼のSUVを水の流れていない用水路に寄せて停めるよう、細い両腕を振って誘導した。トラッパーはそのとおりに車を動かし、運転席の窓を下ろした。

少女が肩で息をしながら、車のドアに近づいてくる。「遅れて来た人には路肩に停めてもらえって言われてて」

目がちかちかするほど鮮やかな赤毛とそれ以上に赤い頬をした少女の歯には、ずらりと矯正器具がならんでいる。トラッパーはたちまちこの少女のとりこになった。「遅れて来たって、なにに？」

「聖書の勉強会。そのために来たんじゃないの？」

トラッパーはエンジンを切って車を降りた。「どう思う？」

少女はじろじろとトラッパーを見て、にんまりした。「ムリ」

「はあ？」

「あの集まりには入れないってこと」

トラッパーは笑った。「だな」

「ジョン・トラッパーでしょう？」

「なぜおれの名を？」

「みんな知ってるよ。〝黒い羊〟だって」

どうやら、ロダルの住民たちのあいだでは、少佐の不出来な息子のことがうわさになっているらしい。子どものまえではそれとなく隠語でも使っているのだろうか。もっともいまどきは、子どもたちのほうが仲間内でしか通じない言葉を使っているが。

「あたしはトレーシー」少女が言った。

「会えて嬉しいよ、トレーシー」

「会ったことあるのよ。あたしが六歳のときの感謝祭に。あなたと少佐とお母さんがここに来てて。あたし、便器から足が抜けなくなっちゃって、あなたに助けてもらったの」

「あれがきみ？」

「そう」誇らしげに彼女は言った。

「なぜ便器に足を突っこんだんだか、おれにはさっぱりわからなかった」

少女は薄い肩をすくめた。「あたしにもわかんなかった」

トラッパーはまたもや噴きだした。「保安官はいるかい？」

少女は振り返って家を見ると、顔を寄せてひそひそ言った。「表の部屋はヨブ記を学んでる執事や信徒の女の人たちでいっぱいなのに、保安官はキッチンでビールを飲んでるの」

ビールではなくジャックダニエルだった。トラッパーがノックもせずに勝手口脇のマッドルーム（汚れた服や履き物を脱ぐための部屋）を抜けてキッチンへ入ると、グレン・アディソンがブラックコーヒーに酒を注ぎかけていた。

トラッパーの登場にぎょっとしたグレンは、椅子を倒しそうな勢いで立ちあがると、テーブルの奥から出てきて、力任せに抱きしめた。「なんだ、この野郎」トラッパーの背中を叩いて彼は言った。「なぜここに？」

「いや、ヨブ記を学びに来たわけじゃないんだ。聖書の勉強会を開いてるのはハンクか？」

「なんともはや」グレンは当惑ぎみに首を振った。「どこで育て方をまちがえたんだか」

「一家にひとりくらい聖職者がいるのも悪くないさ」

「そうとも。自分の家族でなけりゃな」

トラッパーはアルコール入りのコーヒーカップを指さした。「こんなんじゃ誰もごまかされないぞ」

「なあに、ここはおれの家で、この界隈を取り締まってるのもおれだ。ウイスキーぐらい飲まないとやってられない。おまえも一杯飲《や》らんか？」

「遠慮しとくよ。フォートワースまで運転しなきゃならない」

グレン・アディソンと少佐は少年時代からの友人だった。十二年間、ずっと仲良く学校生活を送り、テキサスA&M大学に入学後は、ルームメイトとして四年を過ごした。大学卒業後、少佐は陸軍に入隊した。グレンは故郷の町に戻り、保安官に立候補して当選した。以来、保安官として事務所を預かり、おおむね対立候補なしで再選されてきた。

「あの信徒たちにかかったら、《ゴールデン・コーラル》のデザートビュッフェも形無しだ」グレンはカウンターにずらりとならんだ保存容器を指さした。「好きなだけ食べてくれ。

ブラウニーがうまい。リンダが焼いたんだ」

「リンダは元気にしてるのか?」トラッパーは保安官の妻のようすを尋ねた。

「いまじゃジムに通ってる。ズンバのフィットネス・クラスでな。おれまで誘いこもうとしてる」

「で、誘いこめる勝算は?」

「よしてくれ」保安官はトラッパーをじろじろ見た。「ヒゲを剃って髪を切ったらどうだ? ブーツを磨いても罰は当たらんぞ。そのジーンズにアイロンをかけたことはあるのか?」

「いいや。これからもないだろうね」

「まだいい出会いはないのか?」

「土曜の夜にひとり見つけたよ」

保安官は感心しないとばかりに顔をしかめた。「かみさんをもらって、子どもを作れ」

「そんな恐ろしいこと」

「少佐は孫が欲しいだろう」

挑むような口調だった。トラッパーはひと呼吸してから答えた。「こっちはいらない」

「そう思いこんでるだけじゃないか」

トラッパーはわざと投げやりに肩をすくめた。「どうでもいいさ。子どもを作る気はない」

「じゃあ、仲直りに帰ってきたんじゃないんだな」

「ああ。というか、どちらかと言うと……厄介事を持ってきた」

グレンの灰色の眉が寄った。「誰に？」

「アディソン保安官、あんたに」

グレンはウイスキーのボトルをつかんで、カップの上で傾けた。「もう少し入れたほうがよさそうか？」

「残念ながら、そうだね」

保安官はどぼどぼ酒を注いで、ごくりと飲んだ。「で、どういうことだ？」

「ケーラ・ベイリーって聞いたことあるか？」

「テレビに出てるあの若い女性か？」

「なんでおれ以外はみんな知ってんだ？」トラッパーはぶつくさ言った。とはいえ、理由はわかっている。ふだんからスポーツ専門チャンネル以外、ほとんど観ないからだ。とくにニュースは避けていた。いつなにが飛びだすかわからず、どこかにそれを恐れる気持ちがある。

「で、彼女がどうした？」グレンが尋ねた。

「少佐にインタビューしたがってる」

ケーラが事務所を突撃訪問してきた話をすると、グレンは興味津々で耳を傾けた。「こっちはひどい二日酔いだってのに、少佐に取りついでくれと頼まれて、いっきに酔いが醒めた。おれは大笑いして断った。冗談はよしてくれと」

「だが、おまえはここにいる」

ケーラとふたりでディナーを食べたことは言わず、今朝ふたたび彼女に会ったと話した。

「少佐と直接、顔を合わせるまで絶対にあきらめないと言われた。いい人生を送れと別れを告げて、きっぱり手を切った」

グレンは酒くさいげっぷをした。「もう一度言うぞ。だが、おまえはここにいる」

「彼女がばかなことをしそうで心配だった。そうなったら、おれが責任を負わされるかもしれない。それを避けるため、彼女が現れるまえにこの町に来て、少佐の玄関まで送り届けた。これでおれ的には、義務は果たした。お役御免、あとは彼女の腕の見せどころだ」

「ふむ。そりゃみものだな」グレンが言った。「隠居以来、少佐は取材依頼を全部断ってきた。大御所からの依頼もだ」

「ケーラ・ベイリーは突破するかもしれない。少佐が彼女のファンらしくて、歓迎してた」

「彼はオプラ・ウィンフリーのファンでもある。だが彼女の依頼を断った」

ケーラがなぜ特別なのか、グレンには言わないことにした。他人が明かしていい秘密ではない。だが、ケーラの正体を知ったとたんに少佐の態度が一変したのを、トラッパーはまのあたりにしていた。少佐が驚きに目をみはるなか、ケーラはずっと言えずにきた、命を救ってもらった礼を述べた。ふたりは握手を交わし、トラッパーがそっと家を出たときには、ふたりきりの会話に没頭してそれにも気づかなかった。

「インタビューができるとしたら、放送日はいつだ?」グレンが尋ねた。

「こんどの日曜の夜」

「こんどって、おまえ、こんどの日曜か?」グレンは日にちを数え、勢いよく椅子の背にもたれた。「爆破事件のあった日だな」

トラッパーは陰気な顔でうなずいた。「彼女は少佐の自宅だの、あたりの景色だのに見とれてたから、ダラスのスタジオじゃなくて、あそこから中継するつもりなんだろう。そういうわけで今夜、寄らせてもらった。少佐がそれに同意したら、あんたの町が、いやこの郡全体が、大騒ぎになる。これはその警告だ。最悪の事態に備えたほうがいい」

グレンはうなった。

その手のイベントの余波として、起こりうる騒動が頭に浮かんだにちがいない。それでも、グレンにはまだ半分しかわかっていない。ケーラが計画どおり日曜の夜に爆弾を落とせば、ロダルの英雄に対する興味は弥《いや》が上にも燃えあがる。そしてその混乱をコントロールする役目は、誰あろう、グレン・アディソンと彼が率いる保安官事務所が担うことになる。

だが、トラッパーにとって最大の懸念はそこではなかった。交通渋滞とはくらべものにならないほど不吉なことだった。

グレンが暗い顔でトラッパーを見た。「ただの取り越し苦労に終わるんじゃないか？　少佐は彼女を追い払うかもしれん」

「それもないとは言えない」トラッパーは立ちあがった。「さて、おれは帰るよ」

「あいさつもせずにか？」グレンは祈りの言葉が響く背後のリビングを親指で指さした。

「家族のみんなによろしく伝えてくれ」

グレンは体を大きく傾けてテーブルの端につかまり、ふらつきながら立ちあがった。「知らせてくれてありがとうな、トラッパー」一瞬のためらい。「おまえが戸口に現れたとき、少佐がどんなだったか、訊いていいか？」

「礼儀を踏まえつつ、堅苦しかった」

「その女性がいなかったら、もっと冷ややかだったかもしれんな」

「その女性がいなかったら、おれはあの家の戸口には行ってない」

「最後に少佐と話したのはいつだ？」

「おれがＡＴＦを辞めた週だ」

「悲しんでたぞ、ジョン。おまえが馘になって」

「辞めたんだ」

「免職寸前にな。当人から聞いたわけじゃないが、少佐が世間に背を向けるようになったのはそれが理由だろう」

「ああ。おれが英雄のイメージに傷をつけた。おれのせいで神々しさにケチがついたんだ」

「そう言うな。少佐は――」

「ウイスキーはほどほどにしろよ」

「トラッパー、少佐は――」

「会えてよかった、グレン」トラッパーは立ち去った。

なかにいるうちにすっかり日が暮れていたが、庭の端を歩いているとうまくトレーシーの注意を引けたので、ＳＵＶまで来てくれと身ぶりで伝えた。彼女はやってきて、その場で少しだけジグを踊った。「いまさっきゴールしちゃった」

トラッパーは彼女とこぶしを突きあわせて偉業を称えた。「ひとつ頼まれてくれないか？」

「いいよ。トイレ事件でお世話になったもの」

「なかに行って、ハンクに親父さんを見てやるよう伝えてくれ」

「なんで？」

「酔っ払ってる」

トレーシーはにっこりした。「任せて」

「こっそり頼むよ。誰にも気まずい思いをさせたくないんだ」

「わかってる。ちゃんとやるから」

「言っていいかな、トレーシー？」

「なに？」

「きみと結婚したいよ」

笑うと、トレーシーの口元で金属がきらりと光った。「やっぱり、みんなの言うとおりだね。あなたはたちが悪いって」そしてもう一度、彼とこぶしを合わせてから、走り去った。

帰りの車中で考えていたのは、グレンのことを告げ口するような形になって残念だったことだ。グレンは生まれたときから知っているトラッパーのことをもうひとりの息子のようにかわいがってくれた。

同じ法の執行官だったこともあり、おのずと息子のハンクよりトラッパーとの共通点のほうが多かった。理想に燃える楽天家であるハンクは、人物にしろ状況にしろ、いい面ばかりに目を向けて、善悪が分かちがたくあるグレーな領域を探ろうとはしない。彼のような人間にとっては、グレーな領域など存在しないに等しいのだ。

トラッパーは善良さとか明るさを信じていなかった。人や制度は堕しやすくて信用ならず、運命は残酷な野獣のようなものだ。すべてが丸くおさまればラッキーだが、災難に備えるのが習い性となっている。そう、いまもそうしているように。

5

「あなたもきっと気に入るわ！」ケーラは言った。

「それはもう、理想的な舞台なのよ」

「いまあたしの頭には、〈ダラス〉に出てくるサウスフォーク牧場《ランチ》が浮かんでるんだけど」

「いいえ、平屋でね、もっと牧場の邸宅らしくて、堅苦しくないの。リビングルームの天井は聖堂みたいに梁《はり》がむきだしで、人がなかに立てるくらい大きな天然石の暖炉があるわ。その部屋でインタビューを撮ったらどうかしら。少佐には革のリクライニングチェアに座ってもらって」

　興奮しすぎて、座っていられなかった。プロデューサーのグレーシー・ランバートに電話で少佐の家のようすを語りながら、ケーラはモーテルの部屋のベッドとタンスのあいだの狭い空間を行きつ戻りつしていた。

「それから？」グレーシーが先をうながした。「メモするから。少佐はどんな人？」

「理想的な人物よ。強いけれど偉ぶらない。やさしい瞳。何度もカメラに映ってきたから、練習の必要はないわ。でももっとお互いのことを知るために事前に何度か会っておくつもり。

日曜の夜、打ち解けて話ができるように。最初のおしゃべりは明日の昼まえの予定よ。ドーナツを持っていくと約束したわ」

「ドーナツにおしゃべりですって？　この数年、誰ひとり近づけなかったのに」

有頂天とまでは言わないまでも、今夜のグレーシーははしゃいでいた。ケーラ自身も浮きたつ心を抑えられない。

「それをあなたがやってのけるとはねえ」グレーシーの声がはずんでいる。「いったいどうやったの？」

トラッパーのことを思いだし、昂《たかぶ》っていた心が沈んだ。彼に助けてもらわなくとも、実現することはできただろう。だが、こんなに……おもしろい展開にはならなかった。とはいえ、彼のことをグレーシーに伝える理由は見あたらなかった。少なくとも今日はいい。いや、このまま言わずにおいたほうが、いいのかもしれない。

ケーラはプロデューサーの質問に簡単に答えた。「何度もあきらめずにお願いしたのよ」

「でなきゃ、魔法の杖でも振ったんじゃないの？」

写真のなかの少女だと伝えたことが魔法の杖となって少佐の防御が崩れた。少佐は平静さを失わなかった。歓喜の涙も、長い抱擁もなかった。しかし、感極まって声がうわずっていた。

だがそのことをグレーシーに話せば、ロケット花火のごとく、いっきに舞いあがる。それがわかっているから、インタビューの数時間まえまで明かさないと決めた。もちろん制作スタッフにはまえもって知らせておかなければならない。放映時、最大限のインパクトを与えられる角度にカメラを設置するためだ。だとしても、彼らが秘密を知るのは膨大な数の一般視聴者に先んじること、わずか数時間でしかない。

「そこ、なんて名のモーテル？」グレーシーは尋ねてから、低くつぶやいた。「まさかこのあたしがモーテルなんて単語、知ってたとはね。しかも実際に口に出すなんて」

ケーラは笑った。「〝豪華ホテル〟って名前ではないけど、それほど悪くないわよ」

「ちゃんと部屋にトイレやシャワーはついてるの？」

「シャワーとトイレがついてるのは、高級スイートルームだけなの」ケーラはからかった。「今夜から撮影スタッフを集めるけど」と、グレーシー。「撮影に必要なものは、ディレクターがすべて許可してくれるわ。そのまえに心臓発作を起こすだろうけど。そりゃ、発作ぐらい起こすわよね。明日の夜までにみんなでそっちに着けるように準備するから。遅くとも木曜の昼には」

ケーラは言った。「それまでに、わたしもやることが山積みよ。少佐は――」

ドアをノックする音がしたので、言葉を切った。「ちょっと待って、グレーシー。ピザが届いたみたい」電話を胸に押しあてて、ドアを開いた。

ピザではなかった。

こんなピザの配達人は見たことがない。ドア枠の高いところに両手をついてもたれ、ドアの開口部を体で塞いでいる。いつでも戦闘に入れそうだ。

「あとでかけなおすわね」グレーシーが言い返すまえに通話を終えて、携帯をマナーモードに切り替えた。「ピザの配達かと思った」

トラッパーのしかめ面がさらに険しくなった。「確かめもせずにドアを開けるのか?」

「ピザの配達人しか考えていなかったの。まさかあなたとはね」

「厄災《やくさい》は忘れたころにやってくる」

「どうやってわたしの居場所を突きとめたの?」

「もう帰宅したころだと思って、きみのマンションに電話した」

「誰もあなたには明かさないはずよ」

「女のコンシェルジュに取り入って、おれがきみとつきあってると打ち明ければ話は別さ」

「つきあってる覚えはないんですけど」

「そうだ。だが、彼女は今朝、おれの車にきみが座っていたのを見てた。そうだな、三十分くらいはいたか? そして彼女には、〝地獄に堕ちろ〟というきみの別れの言葉が聞こえてない」

「あなたにぴったりの場所よ」

「まったくだ。まさにふさわしい。キスの話は、きみを怒らせるために持ちだした」

「だったら、してやったりだったわね」

その言葉に彼の険しい表情がやわらいだ。笑顔と見まがうほどに。

それでも怒りのおさまらないケーラは、腰に手を当てた。あなたがそのつもりでも、部屋には入れないわよ、と言わんばかりに。「なにがあったの?」彼女は尋ねた。「途中でいなくなるなんて」

「気づくまでにどれぐらいかかった?」

「わたしは気づかなかった」ケーラは嘘をついた。「気づいたのは少佐よ」重ねて嘘をつく。

嘘だとばれているようだった。トラッパーは皮肉っぽく鼻を鳴らした。「どうでもいいさ。で、きみは今夜フォートワースに戻りそうになかった。ロダルにはたいして泊まれるところがない。それで、二軒めにここに来たら、きみの車が駐車場にあり、フロントできみがチェックインしたのを確認できた」

「フロント係が部屋番号を教えたの?」

「お忘れかな、おれは探偵免許を持ってる」

「それでわたしの部屋番号を聞きだしたの?」

「プラス、五ドル紙幣で」

「あなたの頼みを断れる人はいないのかしら?」

トラッパーは泣き笑いのような表情を浮かべた。「いるとも。それこそが真に頼りになる人間たちだ」

ケーラはなんと応じればいいかわからなかった。

トラッパーは、ケーラの背後を見た。ベッドの上に開いてあるスーツケース、テーブルで充電中のノートパソコン、ドレッサーにならべた化粧品。「泊まる準備をしてきたんだな」

「荷物をまとめて持ってくるぐらいには、楽観してたの」

「少佐とうまくいってるわけだ」トラッパーは言った。「じゃなきゃ、ここにはいない。ここで、そんなに……」彼の視線が、ケーラの頭のてっぺんでラフにまとめられた髪から、フランネルのパジャマ、そしてふかふかの室内ばきへと移動する。「くつろいでない」

ケーラは自分に言い聞かせた。わたしが腕組みしているのは、物憂げな目つきでじろじろ見られたこととは無関係よ、と。「トントン拍子に運んだわ。いまの電話の相手はプロデューサーで、日曜夜のインタビューは少佐の家から生中継することになったの」

「そりゃまたずいぶんとねんごろになったもんだ。なにより、なにより」

「おかげさまで」

それから数秒、ふたりは無言で見つめあった。ついにケーラが口を開いた。「あの、冷たい風が吹きこむから、閉めさせてもらえないかしら」

「悪かった」これで彼を閉めだせると思いきや、トラッパーがケーラを押しのけるようにして部屋に入ってきた。

「トラッパー――」

「少佐は楽しみにしてるのか?」

ケーラはついさっきの会話を思い返さなければならなかった。「少佐が? ええ、そうね。意外なほど」そしてまえもって打ちあわせをする約束をしたことを伝えた。「お得意のチリ料理をふるまってくださるそうよ」

「それだけでもきみはダラスに戻るべきだ」

ケーラは笑った。「そんなにまずいの？」

トラッパーはうなずいたが、うわの空のようだった。部屋に入ってきてから、ずっと室内をうろついている。バスルームをのぞき、クローゼットのドアを開け閉めし、開けたままのスーツケースの雑然とした中身を見おろす。なかには見られたくないものもあるが、とりわけそんなものに興味を引かれているようす。ケーラはスーツケースに近づいて蓋《ふた》を閉じた。

「荷ほどきを終わらせたいの。それにもうすぐ食事が届くから――」

帰ってくれと言いかけた言葉が途切れた。トラッパーが窓の近くにあるテーブルまで行き、ノートパソコンを開いたのだ。画面をのぞきこんでから、振り向き、ケーラのほうにパソコンの画面を向けた。見せられるまでもない。そこに表示されているのは、トラッパーの写真入りの新聞記事だ。

彼は問いかけるように片方の眉を吊りあげた。

「インタビューの下準備をしていたのよ」

「インタビューの相手はおれじゃないぞ」

「でもあなたは関係――」

「ない。おれにかまわないでくれ」

「そうかりかりしないで、トラッパー。心配しなくていいから。家族に関する質問はＮＧだと、少佐から条件を出されてるの。それは――」ケーラはパソコンを指さした。「あくまでも身上調査のためよ」

「知りたいことがあるなら、なぜおれに直接、尋ねない?」

「答えてもらえないから」

「質問による。言ってみろ」

「わかったわ。お母さまのことを教えて」

「名前はデブラ・ジェーン。生年月日は――」

「それはもう知っているから、どんな人だったか教えて」

「少佐から聞いてないのか?」

「いくらか、なんとなく人柄が把握できる程度には。怒ったり、下心があるんじゃないかって勘繰ったりしないで、たまには素直に教えてくれたらどうなの?」

トラッパーはしばらく考えてから答えた。「すばらしい人だった。期せずして有名人の妻になったが、あてがわれたその役割を受け入れた。おれは手に負えない子で――」

「でしょうね」

「――夫は二度、海外に派兵された。湾岸戦争でクウェートに一年。彼がその任務を終えて退役すると、母は夫が軍務を終えて帰宅したことをありがたがってた。そこへペガサスホテルの爆破事件が起きた」

トラッパーがさも興味なさそうに肩をすくめたが、ケーラの目はごまかせなかった。

彼は続けた。「軍人の妻だったから、夫のいない家でひとり、家を切り盛りしておれの面倒をみることの覚悟ができてたんだろう」

「少佐もあなたのお母さまについて、ほぼ同じことをおっしゃってたわ」

「かんべんだな、少佐に似てきたとは」

「それはないわね。少佐は気に入らない質問をされても喧嘩腰でどなったりしないもの。ご丁寧に、まえもって避けるべき話題を指示してくれたわ」

「おれのことと、ほかにはなんだ?」

「狩りについて」

「狩り?」

「インタビューのまえに壁に飾ってある剝製を片付けたらどうかと提案したの。〝冗談じゃない〟ですって。いくつかの話題については意見が合わないという意見で一致したわ」

トラッパーは皮肉な笑みを浮かべて同じ質問をくり返した。「おれのことと、ほかにはなんだ?」

「じつはあなたに関しては、少佐と完全に意見が一致したのよ。皮肉屋で、すぐむきになり、敵意をむきだしにする」

「たちが悪い、というのを忘れてる」

「そこまでは言わないけど」

「さっきある人にそう言われた」

「誰から?」

「かわいい赤毛に」

「いつ？」

「今夜」

「そう」急に怒りが湧いてきた。「なにをしたの？」

「結婚を申しこんだ」

ケーラは笑ったものの、ありそうな話だと思った。そして、にやりとするトラッパーの顔――確かに、たちが悪い――を見れば、こちらの思いが見透かされているのがわかる。

ノックの音がした。こんどはのぞき穴を見て、ピザの配達人だと確認した。若者に料金を払い、風にあらがってドアを閉め、テーブル上のパソコンをどけてピザの箱を置くスペースを確保した。箱からはうっとりするようないいにおいが立ちのぼっている。「少しいかが？」

「いや、けっこう。おれは帰るから、ごゆっくり」

ところがトラッパーはドアではなくナイトテーブルに近づき、かがみこんだ。ケーラの目はジーンズの尻ポケットのかぎ裂きや、革ジャケットに包まれた広い肩に吸いよせられた。

彼はモーテルの備品であるちびた鉛筆で、電話の隣に置いてあるメモ帳になにかを書きつけていた。書き終えると、そのメモ用紙を破り取ってケーラに差しだした。〝グレン・アデイソン保安官〟とあり、その下に電話番号が書かれていた。

「少佐の古い友人で、とにかくいいやつだ」トラッパーは言った。「少佐の家を退散したあと、彼に会って、きみとインタビューのことを伝えてきた」片手を上げて、口をはさもうとしたケーラを制した。「全部、打ち明けたわけじゃない。もし保安官が爆破事件とのからみできみが何者か知るとしたら、少佐からだ。おれからは言わない」

「少佐がわたしを拒絶すると決めてかかってた人にしては、インタビューが行われるのを前提にして、まっすぐ保安官のところへ行ったのね」

「あの時点では確実だった。例の写真がすべてを変えたんだ。あれに少佐がどう反応したか、この目で見たからな。彼のエゴは英雄になる機会を見のがさない」

「いまだって英雄よ」

「だが、いまやテレビの有名人、ケーラ・ベイリーを救った男だ。とにかく、テレビ局の撮影班が来れば、大騒ぎは避けられない。そのことを保安官にひとこと伝えておくべきだと思った。郡都とはいえ、ロダルは基本的には小さな町だ」

まだ数時間しかこのあたりを見ていないケーラにも、ここがどんな場所なのか、あらかた把握できていた。ダラスやフォートワースの市街地とちがって、町とその周囲の牧場はのどかそのものだ。土地柄も、そして雰囲気や人の気質においても。

「わたしたちがいることで、騒ぎを巻き起こすわね」ケーラは認めた。

「インタビューのニュースは山火事のように広がり、明日の昼には、知らない者がいなくなる。なにかあったらすぐに連絡できるように、携帯に保安官の番号を登録しておけ」

ケーラは笑った。「そこまでの騒ぎにはならないと思うけど」

「笑いごとじゃないぞ、ケーラ。グレンの番号を短縮ダイヤルに入れておくんだ」

いぶかりながらも彼の真剣な口調に気おされて、彼女はそうすると約束した。

まだなにか言いたそうだったが、トラッパーはピザの箱を一瞥した。「冷めるぞ」

ケーラはドアまで彼を送った。「日曜の夜は番組を観てくれるの？」

「いいや」

彼は間髪を入れずに答えた。意外ではなかったものの、がっかりした。なんとなく気まずく、なぜか気持ちが沈んだ。「これでお別れになりそうね、トラッパー」

「そうだな」

「帰り道、運転に気をつけて」

「一滴も飲んでない。今夜はパーキングメーターも無事さ」

ケーラは小さくほほ笑んで、手を差しだした。「あなたにご面倒をかけたこと、お詫びするわ。あなたの人生にとっては、歓迎せざる突然の闖入者《ちんにゅう》者だもの」そして彼の言葉を引用した。「厄災は忘れたころにやってくる、のよね」

「いいこともだ」彼の低い声を聞いて、体の奥に熱が広がった。トラッパーは差しだされた手を握る代わりに、右手をケーラのうなじにまわして引き寄せた。ケーラは爪先立ちになった。「きみにキスをする話をしたよな……」

「もし、やりなおせるなら？」

「ああ、やりなおす」

唇が押しつけられ、彼の男っぽさにくらっときた。快感にうなじがぞくぞくする。彼の唇は自分の求めるものと手に入れ方を熟知していて、わがもの顔の巧みな舌の動きでケーラの唇を奪った。

それもつかの間のことだった。トラッパーは唇を離し、うなじに片手を置いたまましばらく探るように彼女の目を見つめていた。

一陣の寒風が吹きつけ、気がつけば、すでにトラッパーの姿はそこになかった。

6

現在

「いや、まったく、信じられるか？　あのインタビューからわずか数時間、彼女は戦車に轢《ひ》かれたようなありさまだし、少佐のほうは……」

意識と無意識のあわいをさまようケーラの頭に、ささやき声が漂いこんできて、うとましかった。ぬくぬくとした忘却の繭にくるまれていたいのに。

同じ声が続けて尋ねる。「少佐には会ったのか？」

「まだ面会させてもらえない」

「そのほうがいい。目も当てられない状態だ。おまえに嘘はつけん」

「連絡してもらって助かったよ、グレン」

「現場に着くなり、惨状が目に飛びこんできてな。悲惨だった」

「あんたも、つらかっただろう」

おしゃべりをやめてくれたらいいのに、とケーラは思った。医療関係者にさっき聞いた話によると、彼女はいま〝朦朧《もうろう》状態〟にあるのだという。怪我の診察をして治療するあいだ、受け答えには困らなかった。ケーラ、腕を上げられますか？　痛みますか？　ちくっとしますよ。ちゃんとした画像が撮れるように、動かないでくださいね。

さんざん痛めつけられた末に、ようやくひとりで眠ることが許された。けれどいま、望んでもいないのに目覚めが忍び寄っている。ケーラは明るくてつらい場所へしぶしぶ戻った。そこには恐ろしい記憶が待っている。

だが、逃避は臆病者がすることだ。ケーラは目をこじ開けた。

ベッドの足元に男性がふたり立っていた。

制服を着ているのはアディソン保安官。彼には今週に入って二度、会っている。そのときかぶっていたカウボーイハットは、いまは脱いで腋にはさまれている。

その隣にトラッパー。レーザー光線のように鋭い目つきでこちらを見ている。

保安官が話していた。「インタビューのあと、ほかの連中はガソリンを入れに行ったんだが、彼女だけ残っててな。プロデューサーの話によると、ふたりきりで少佐にあいさつをして、〝究極のインタビュー〟を引き受けてくれた礼を述べたかったらしい」ひと呼吸置いて続ける。「なあ、ジョン。このまえうちに来たとき、彼女が写真の少女だと知ってたのか？」

「ああ」

「なぜ言わなかった？」

「おれが話していい秘密じゃない」

保安官が深いため息をついた。「ケーラも少佐も、びっくり仰天を取っておきたかったたってことか」

トラッパーが暗い声で言った。「その点じゃ、ふたりのもくろみどおりになった」

ケーラの心臓が締めつけられた。やはりあれは悪夢ではなかった。少佐が亡くなり、自分はその銃声を聞いた。ケーラはふたたび目をつぶり、ありがたい忘却の霧のなかに戻ろうとした。

でもそれを台無しにする会話は続いている。

「彼女を迎えにきた撮影班が、玄関の戸口で倒れてる少佐を発見して、９１１に通報した。最初に現着した警官によると、テレビ局の連中は全員バンのなかで身を寄せて震えてたそうだ。不審者を見かけたわけじゃないんだが、連中にしてみたら殺人者はまだそのへんをうろついてて、いまここで眠る友人が見あたらないことも恐怖をあおる材料になった。

そのころおれは、保安官事務所に居残ってデスクワークをしてた。そこへ突然、保安官助手のひとりがやってきて、少佐の家で緊急事態が発生した、と言う。どんな緊急事態だと尋ねたら、わからないと。ところがどっこい、わかってて、おれを直視できずにいた。

大部屋に行くと、誰だったか、おれのまえに立ちはだかり、もう初動捜査にあたっているから行かなくていい、と言いやがった。手まわしよくハンクにも知らせてあって、いまこっちに向かってると。

だが、動かずにいられるか。なにもせずに、輪になって祈ってる場合じゃない。だが正直、ポーチの階段を上がって少佐を見たときは、その場にへたりこみそうになった」保安官は苦しげな声を漏らし、咳払いをした。

そこでやめて、とケーラは心のなかで頼んだ。聞きたくないし、知りたくない。

だが保安官は平静を取り戻して、話を再開した。「あれに対処するだけでもきついのに、彼女の行方がわからないときた。廊下に小さな洗面所があるだろ？　掛け金が叩き壊されてた。窓は開けっ放し、外の地面に足を引きずった跡があった。なんとか逃げおおせてくれることを祈りはしたが、実際のところ、死体を発見することになるんじゃないかと気が気じゃなかった。犯人どもは本気だった。保安官助手のひとりから――」

「待ってくれ」トラッパーが言った。「犯人どもって――複数なのか？」

「少なくともふたりはいたようだ。少佐は九ミリ拳銃で撃たれた。だがドアの掛け金を壊すのに使われたのは、拳銃より大型の銃だ。たぶんショットガンの銃床だろう。木の枝の先端を吹っ飛ばしたり、玉石を砕いたりしたのは、ショットガンの散弾のようだ。洗面所の窓から撃ったんだろう」

部屋のなかに沈黙が広がる。だが、保安官の話は終わっていなかった。「ケーラは保安官助手が発見した。ほれ、家の裏手にある小川に続く急斜面でな。崖の縁を乗り越えたあと、下まで転がって止まったようだ。大雨でも降らないかぎりあそこは岩場なんで、満身創痍《そうい》で寒さに凍えそうになってたが、命はあった」彼はひと息ついた。「運がよかったとしか言いようがない。それを言ったら、おれたちもだ。少佐を撃った犯人の目撃者がいるんだから」

誤解を解かなければ。ケーラは目を開けて、保安官に焦点を合わせようとした。保安官はケーラが目を覚まして話を聞いていることに気づいて、ベッドの足元に近づいてきた。「ミズ・ベイリー、ここがどこかわかるかね？」

「病院」

「そう。わたしがわかるかね？」

「もちろん」

「このトラッパーは知ってるね」

「ええ」

トラッパーは黙って突っ立っている。

「わたしはいつから病院に？」

「二、三時間まえだ。まもなく午前四時になる。月曜の」やさしい口調ながら、保安官はさっそく仕事に取りかかった。「昨晩のことは覚えてるね？　テレビのインタビューとか、そのあと起きたこととか」

目に涙が溜《た》まり、唾が喉につかえた。どうにかうなずいたものの、頭を動かすとくらくらする。

「いくつか尋ねさせてもらって、かまわんかね？」

「まだ頭がぼんやりしてて」いまは目をつぶって忘却にひきこもりたい。ふだんの自分からは考えられないことだ。恐ろしいことが頭に浮かぶ。「わたし、脳に傷を？」

「いや、わたしが聞いたかぎりじゃ」保安官は答えた。「深刻な損傷はないそうだ。ぼんやりしているのは薬のせいでね」点滴を指さした。「斜面を転がって、人形みたいに乱暴に投げだされた。覚えてるかね？」

「誰かがロープを伝って下りてきた」

「消防士だ。下に着いてきみのそばに行くまで、生きているか死んでいるか、わからなかった。大声で名前を呼びながら、一時間近く捜してたんだ」

ホテルの爆破事件のあとと同じように、前日の夜の記憶がいきなりよみがえった。断片と断片のあいだに大きな空白がある。鮮明な記憶もあった。肩に激痛が走ったこと。ひどく寒かったこと。だが、それ以外は曖昧模糊《あいまいもこ》としていた。

硬い地面にあおむけに横たわっていたのは覚えている。吹きすさぶ強風も、ぱらぱらと落ちてくる冷たい雨も。自分の名を呼ぶ大声を聞きつつ、声を上げる力が出せなかったことも。

その一方で恐れてもいた。自分の居場所を知らせることで、運命が決するかもしれない。そう、少佐を殺した犯人が谷の上に現れて、見通しのいい場所から自分をしとめるかもしれない。

内臓の損傷で死ぬか、見つかって死ぬか。どちらかで命を落としそうで、怖くてたまらなかった。母は大惨事で落命し、父の死からはまだ日が浅い。そこに横たわっている時間が長引けば長引くほど、死ぬ可能性は高くなる。一度ならまだしも、二度めまで死をまぬがれることができるとは思えなかった。

そう思いこんでいたので、救助隊が来てくれたときにはほっとしたのと、ありがたいのとで、支離滅裂になった。ストレッチャーに固定されながら、本当に助かったのかとくり返し念を押した。救命士は彼女を励ましつつ、ヒステリーを抑えるために鎮静剤を打った。

いまケーラは熱い涙を頬に感じている。「ごめんなさい、本当にごめんなさい」

「なにを謝ることがあるか」アディソン保安官が言った。

そのとき手術着の男性がやってきて、トラッパーと保安官を見て驚いたようだった。「ここでなにをしてるんです?」

アディソン保安官が答えた。「目撃者と話をする必要があるんでね」

「いまはだめです、保安官。こちらは?」

「ジョン・トラッパー」

「ああ……これは失礼、ミスター・トラッパー」医師はケーラをちらりと見てふたりに視線を戻した。「彼女はいましばらく意識の安定しない状態が続きます。だからなにか言ったとしてもあてになりませんよ。時系列も、正確さも、筋が通っているかどうかも。彼女が質問を受けられるようになるには、少なくともあと数時間はかかります。ぼくが見てだいじょうぶだと思ったら、外の保安官助手に言って、あなたに連絡させます」

「しかし――」

「失礼ながら、患者を診察しなければならないので」医師は強硬な態度を崩さなかった。

グレン・アディソンは不服そうな顔をしながらも、ケーラに会釈しておやすみと言い、カウボーイハットでドアを示して、トラッパーをうながした。

　トラッパーは相変わらず突っ立ったまま猛獣のような目でじっとケーラを見ていたが、ぷいっと向きを変えると、ひとことも発さないまま保安官のあとに続いた。ケーラはその姿を目で追った。彼が出ていき、ドアが閉まる。あの冷淡でよそよそしい男が、ほんとにわたしにキスをしたの？　夢でも見ていたのかもしれない。

「災難でしたね」医師はベッド脇に移動してカルテを確認すると、ケーラに笑いかけた。口を取り囲むように生やしたヒゲは、きれいに整えられている。「具合はいかがですか？」

「わたしは撃たれたんですか？」

「いいえ。脊髄の損傷も骨折も内出血もありませんよ。奇跡と言っていい。あやうく低体温症になるところでしたが、緊急治療室《ER》に運ばれるまでに救命士が平熱まで回復させてました。そう言えば左肩を脱臼《だっきゅう》してたんで、肩をぐいっと押しこみました。これは記憶してないほうがいいですね」

「よかった、覚えていません」

「整形外科の専門医にＭＲＩ画像を送りました。こちらでも複数で確認しましたが、回旋筋に異常はないようです。左の鎖骨に細いひびが入ってます。あとは無理をしないで、六週間ほど激しい運動を避けていれば、自然によくなるでしょう。

　擦過傷や裂傷が多数あって、石の欠片《かけら》や枝の裂片を取りださなければなりませんでした。だいたいは浅い傷ですが、右大腿部の傷はふた針縫いました。感染症の予防として抗生剤を点滴しています。最悪のダメージは、頭部打撲による脳震盪《のうしんとう》です。視界に靄《もや》がかかっていませんか？」

「かかっています」

「一時的なものですよ。いま何月かわかりますか？」

「二月」

「吐き気は？」

「あったりなかったり。横になってじっとしていればだいじょうぶ」

「痛みは？」

「とくに痛むところはありませんが、全身がずきずきして不快です。頭痛も」

「一から十で表すとどのくらい？」

「五」

「点滴を続けましょう」医師はカルテに書きこんだ。「質問はありますか？」

「いつまでここにいなければならないんですか？」

「二、三日ですね。まずは明日、ベッドから出てトイレへ行けるかどうかです。もう一度、頭の検査をして、撮影した画像を神経科の医師に見せます。それでさらに詳しいことがわかるでしょうが、このぶんだと一日、二日でよくなると思いますよ」

「うちの撮影班がどうしているかご存じですか？　みんな、無事でしょうか？」

「あなたを案じてますよ。あなたが運びこまれてからずっと、ここの待合室に陣取ってましてね」

　みな精神的に打撃を受けている。そして、自分のことを本気で心配してくれているのもわかる。だが、たとえ善意の同僚だろうと、五人もの人に見守られているのは気が重かった。

「お手数ですが、わたしはだいじょうぶだと伝えて――」

「面会謝絶、そう言っておきましょう。医者の命令だと。休養が特効薬です」医者はベッドの上の照明を消した。「こんなときになんですが、あなたのファンでしてね」

「ありがとうございます」

「少佐のインタビュー、観ましたよ。すばらしかった」

「どうもありがとう」

　医師はケーラの膝を軽く叩き、「では、また明日」と言って、出ていった。

　ケーラは体を動かして、楽な姿勢になった。目を閉じてみたけれど、さっきまで自分を守ってくれていた心地よい朦朧状態には戻らず、激しいパニックが津波のごとく押し寄せた。あの化粧室に引き戻されて、確実に迫る死とわずかドア一枚で隔てられていた。動こうにも力が出ず、壁や天井が迫ってきて、耳の奥で鼓動がどくどく鳴っている。

　パニックをパニックのまま受け止めようと、鼻と口を両手でおおい、息を深く吸って、ゆっくりと吐くよう意識した。呼吸に集中すれば過呼吸にならずにすむ。思ったとおり、過呼吸からくる両手両足の痺れが治まってきた。

　だが鼓動はまだ激しかった。恐怖で全身から汗が滲みでた。

窓から這いでた体験がよみがえり、肩から地面に落ちたときの激痛に襲われた。迫りくる銃声に追いたてられながら暗闇をがむしゃらに走ったあのとき。吹きつける風の冷たさを肌に感じる。そしてふたたび足元で地面が消えた。

実際に落ちていく感覚があり、落下を食いとめようとシーツをつかんだ。それでもどんどん転げ落ち、激しく地面に打ちつけられて息が切れた。

あえぎながらぱっと目を開いた。

トラッパーがベッドの横に立っていた。

喉が締めつけられて、声が出せない。力なくつぶやくことも、叫ぶこともできなかった。唇を湿した。いや、そうしようとした。口と舌がからからに乾いて、息が激しく速かった。

トラッパーは、サイドテーブルの上にあった蓋付きの水のカップを手に取り、ケーラの口に近づけて、ストローを唇のあいだに差し入れた。

ケーラは水をひと口すすり、さらに続けて飲んだ。視線を合わせたまま、水がなくなるまで飲みつづけ、空になると、そのカップを彼がテーブルに戻した。

「ありがとう」水を飲んだのに声がかすれていた。

「おやすいご用だ」

「保安官は?」

「ひと眠りすると言って家に帰った」

「保安官から言われて戻ってきたの?」

「いや」

「あなたがまたここに来ていることを保安官は知っているの？」

「いや」

「じゃあ、なぜ？」

「テレビで他人にインタビューしてるわりには、間の抜けた質問をするんだな」

彼は巨体でおおいかぶさるように立っていた。顔は険しく、無愛想だった。それでも、迷惑なだけかというと、そんなことはなかった。この人がいてくれたら、どんなものにも傷つけられずにすみそうな気がする。

また彼に会うとは思ってもみなかったが、ただたわむれに、あんなキスをしたふたりが再会したときのことを想像してみたことはある。思い描いた場面のひとつは、色も香りも甘い、バラを思わせるロマンティックなもの。たとえばピンクの花びらが降りそそぐ満開の桜の下で行うピクニックのような場面だ。もうひとつは、官能が燃えさかる野性的な場面。寝乱れたベッドで裸の肌を合わせて熱烈に交わるふたりの姿だった。

それがまさか、こんな悲劇的な状況で再会することになろうとは。

トラッパーはいつもと変わらない恰好《かっこう》だった。髪は風に吹かれたまま。火曜日の夜、モーテルの部屋からたちまち消えたときと同じむさくるしさだが、あれから一睡もしていないように、目の下にくまができている。彼にはこの先もしばらく眠れない日が続きそうだ。

「トラッパー」感情が込みあげて声がかすれた。「ごめんなさい」

「グレンも言ってただろ、きみが謝ることはない」

「この国から英雄がひとり失われたのよ。あなたはお父さまを亡くした。少佐が殺されたことインタビューにどんな関係があるかわからないけれど、どう考えて――」

「待てよ、ケーラ。少佐が死んだと思ってるのか？」

ケーラはびっくりして、息を吸った。

「少佐は上のＩＣＵにいる」トラッパーは言った。「危篤状態だが死んじゃいない。頭を怪我した。浅い傷じゃないが、致命傷でもなかった。だがその傷はどのみち関係ないかもしれない。九ミリ弾で左肺をやられて、風船が破裂したように、肺がつぶれた。大量の出血もしてる。生き延びられる保証はないが、いまのところ持ちこたえてる」

ケーラの頬を安堵《あんど》の涙が伝った。「でも男が……死んでいくのはどういう気分かと少佐に尋ねていたのよ」

トラッパーは椅子に足をかけてベッドに近づけ、腰を下ろした。膝に肘をつき、つきあわせた指に顎を当ててケーラを見つめた。「誰が言ったんだ？」

「少佐を撃った男。少佐をしとめたと思ったのね。わたしもそう思った」

目の端からこぼれた涙が髪の生え際を濡らす。その動きを目で追っていた彼は、やがてケーラの顔を見すえた。彼の姿が幾重にも滲んで、吐き気がした。

「すべて話してくれ、ケーラ。最初から最後まで」

「無理よ、トラッパー。いまはだめ。めまいがする。先生も面会は禁止だと」

「おれは言われてない」

「だったらわたしがあなたに言う」

本当はひとりになりたくなかった。けれど、質問に答えろと強要されるのもたまらない。

トラッパーが言った。「さっきおれが来たとき、きみはパニックを起こしてた」

「ええ」

「なんでそうなった？」

「とくに理由はないけど。はじめてしっかりと意識したの。ひとりきりで、孤独だと感じた。それで恐ろしくなって、すべてがいっきによみがえった。だから……」

「また死の危機に直面していると感じた？」

「ええ」

「ペガサスホテルでの記憶がよみがえったのか？」

「いいえ。すべて昨夜のできごとよ。また化粧室のなかにいて、ドアの外にいる何者かに怯《おび》えていた」

鍵がかかっているかどうか確かめるように、ドアの掛け金が動かされていたことを思いだした。かすかな金属音は、目に見えないガラガラヘビのように恐怖をあおった。

トラッパーの視線の強さを感じて、ケーラは落ち着きを取り戻した。

「パニックは治まったわ。もうだいじょうぶ」

彼がケーラの手を見おろした。いまもシーツを握りしめている。ケーラは苦労して指の力をゆるめ、生地を手放した。

「グレンの推測は正しいのか？」トラッパーが尋ねた。「窓から逃げだしたのか？」

「それで肩を脱臼したの」

「洗面所でなにをしてた？」

「ふつう人が洗面所ですることを」

「隠れてたわけじゃないんだな？」

「最初はちがうわ」

「最初はちがう」詳しく話せとせっつく口調。「きみは用を足そうと洗面所へ行った。そして……？　そのあとどうなった？」

「トラッパー、お願い。まだあのことを話せる状態じゃないの。生々しすぎて。何日かして、少し距離を置けるようになれば――」

「距離を置けるようになるにはもっとかかるし、おれとしては距離を置いてからじゃなくて、生々しいうちに話を聞きたい」

「でも記憶が錯綜《さくそう》してる」

「グレンの番号を携帯に登録したか？」

「え？」混乱して頭の働きが悪かったが、少しして思いだした。「ええ、登録したわ」

「恐ろしかったなら、なぜ保安官に連絡しなかった？」

そうだ、どうしてしなかったのだろう？　短縮ダイヤルに保安官の番号を登録したときは、トラッパーとの約束だからとしか思っていなかった。笑いごとじゃないと言われたのに、警告として受け止めなかった。だが、これからはちがう。なにか不穏なものが隠されていそうなのに、いまのケーラにはその理由がつかめない。それを特定して検討するには、頭の靄が晴れるのを待つしかなさそうだ。

ケーラは言った。「気分がよくないの。それに捜査当局の事情聴取を受けるまでは、ほかの人に話さないほうがいいと思う」

「おれはそこらの誰かじゃない。上の階で生死の淵をさまよってるのは、おれの父親だ」

「あなた個人にとって重要なことなのはわかってる。でも警察には踏むべき正式な手順というものがあるはずよ」

「確かに、半分は正しい。警察には正式な捜査手続きがあるが、杓子《しゃくし》定規に守らなきゃならないわけじゃない。実際問題として、おれは手続き全般を好まない。正式な手続きとやらはなおさらだ」

「だとしたら、誰にとってもあなたがこの事件を捜査する立場になくて幸いだわ」

「なぜそんなことを考えた？」トラッパーはゆっくりと立ちあがり、マットレスの端にこぶしをついて、身を乗りだした。「ケーラ、あそこで誰を目撃した？」

「誰も見ていない」

それでもトラッパーの視線はそれなかった。ケーラがきっぱりと否定したにもかかわらず、その目は厳しく鋭く、彼女を見つめたまま動かない。

「わたしは誰も——」ケーラはくり返した。「なにも見ていない」

重苦しい時間が過ぎた。やがてトラッパーは体を起こして、ドアへ歩きだした。

ケーラは苦心して半身を起こした。「トラッパー、誓ってもいい。見てないのよ。信じてくれないの？」

「おれが信じるかどうかの問題じゃない、やつらが信じるかどうかだ」

「警察が？」

「いや、あそこにいたやつらがだ」

7

「窓まで行ったころにゃ、女は家から逃げだしててさ。知ってのとおりあのあたりじゃ外は真っ暗、闇に呑まれたようだ」ピーティ・モスはテーブルの下で膝をもぞもぞ動かした。テーブルの上にはケーラ・ベイリーのショルダーバッグの中身が広げられている。

中を検《あらた》めていた男は、平たい財布のカード入れにあったプラスティックのカードを一枚引き抜いてテーブルの上に放った。「フィットネス・クラブの会員証」

ピーティの顔がゆるんだ。「なるほど、鍛えてたのか。どうりで鹿みたいに走れたわけだ」

「あの女がなぜ逃げおおせたのか、いまだに理由がわからない」

「ええと、まず、まさかあそこに女がいると思ってなくてさ」

「だが、女を発見して――」

「おれたち――」

男が片手を上げて制した。「最初から説明するんだ」

ピーティは唇を舐《な》めた。「ええと、少佐が玄関に来てドアを開けて、顔を突きだした。まさかライフル銃を持ってると思ってなくてさ。ジェンクスは少佐の死角にいた。で、ショットガンの尻で殴った。ここを」自分の右耳の後ろに触れる。「少佐は倒れた。で、おれが少佐の胸を撃ったんだ。きっと感じる暇もなかったぜ」

「いまごろ感じてるだろう」

「なんだって？」

「殺しそこねたんだ」

ピーティは眉間《みけん》を大型ハンマーでがつんと殴られたような顔になった。「ありえねえ」

「死体安置所じゃなくて、郡立病院にいる。死んでない。女も死ななかった。つまりおまえたちはふたつ失敗をした」穏やかに語る男は、その間にも、化粧品類をおさめた小さなポーチの中身をひとつずつ調べていた。

口紅のキャップを外してにおいを嗅《か》ぎ、キャップを戻してテーブルに置いた。「少佐は危篤状態だ。おそらく助からないだろう。だが、あてにはできない。生き延びる可能性も残されている」

いまにも嘔吐《おうと》しそうなピーティの顔。

「だが実際は少佐よりも女のほうが問題だ。たいした怪我もなく、話ができる。しかも、しゃべることがなりわいだ。そこで、ピーティ、教えてもらおうか。いますぐ知りたいんだが、おまえたちは彼女に見られたのか？」

ピーティは慌ててぶんぶん首を振った。「いや。女は便所に鍵をかけて閉じこもってた」

男は思案顔でケーラのキーホルダーをいじった。「なぜ彼女が便所にいるのがわかった？」

「少佐を撃つとすぐに、便所のドアの下から明かりが消えたんだよ。で、確認しに行ったら、案の定、鍵がかかってやがった。鍵を壊したときには女は窓から逃げてた。ジェンクスが女をしとめようと撃ったんだが――」

「闇のなかに消えてしまった」

「そうなんだよ」

「なぜ追いかけなかった?」

「時間がなくて。表通りから曲がってくる車の音がしてさ。私道に入ってくる車のヘッドライトが見えたんで、おれたちは裏口からずらかった。で、そのまえに女のバッグを持ってくることを思いついたんだ」

「姿は見られなかったんだな?」

「ああ、絶対だ。女は命からがら必死に逃げてて後ろを振り返らなかったし、近づいてきた車のなかにいたやつらには、家が邪魔になっておれたちが見えなかった」

「テレビ局の撮影班のバンだ。五人乗ってた」

「あいつらには見えっこない。ジェンクスは家から一キロ近く離れたとこに車を停めてて、暗いなかを車まで戻った。めっちゃ寒くて、歩いてるうちにタマまで凍りそうでさ。そんなこんなで町まで戻って、広場のバーベキューの店でリブを食った。あんたに言われたとおりアリバイ工作をしたんだ」

「少佐が生きていてはなんの意味もない」

「助かりっこないって。賭けてもいい、機械で生かされてるだけだ」

「ケーラ・ベイリーは機械につながれていない。そのうちに知ってることを洗いざらい話しだす」男はキーホルダーをいじりながら、しばらく黙っていた。キーホルダーを下に置き、ピーティに近寄れと合図して、声を落とした。「わたしは心配なんだよ、ピーティ」

「絶対、女には見られてないって」

「女のことじゃない。ジェンクスのことだ」

ピーティはぎょっとしてたじろぎ、閉まったドアをちらりと振り返った。隣の部屋でジェンクスが自分の番を待っている。

顔を戻してピーティは小声で尋ねた。「ジェンクスがなんだっていうんだよ?」

「なぜジェンクスは少佐が玄関に出てきたときにショットガンをぶっ放さなかったんだ?」

「少佐がライフルを持ってるのを見て驚いちまったんだろ」

「なるほどな。困ったものだ。そこまで臆病だと頼りにならない」

「ちがうって、やつは鉄の神経だって。めちゃしっかりしてるんだ。本当だぜ」

「おまえの忠誠心には頭が下がるぞ、ピーティ。だがジェンクスのおまえに対する忠誠心はどうだろう? 命を懸けられるか? ベイリーという女はおまえがアメリカの英雄の胸に銃弾を撃ちこむのを目撃していなかったかもしれない。だがジェンクスは見ている」

ピーティは目を泳がせて、また唇を舐めた。考えこんでいる。「あいつはしっかりしてるって」彼はくり返したが、さっきまでの熱意はなかった。

「おまえ自身やわたし、それにわたしたち全員を守るためになにをすべきか、わかるな」

ピーティはごくりと唾を飲んだ。「なにが言いたいんだか、よくわかんねえな」

「わかってるはずだ」男はわずかな沈黙をはさんで、続けた。「獣にあさられないように死体は深く埋めるんだぞ。おもりをたっぷりつけて絶対に浮かびあがらないようにして〈ピット〉に沈めてもいい。わかったな？」

ピーティは理解した。わかりすぎるほどに。額《ひたい》に汗が噴きだしている。なんと哀れな。

「いつ？」

「すぐにだ」

「じきに夜が明けちまう」

「ならばぐずぐずしてる暇はないだろう？」

ピーティは何度もまばたきした。「やつとはダチになったんだ」

「知っている。だがおまえにも自分の置かれた状況の深刻さはわかっているだろう？　少佐には見られなかったと言ったな。ふたりとも」

「ああ、見られるまえにジェンクスが殴り倒した」

「ケーラ・ベイリーにも目撃されていない」

ピーティは首を振った。

「つまりおまえの脅威となるのはただひとり。そいつはわれわれの脅威でもある。ハービイ・ジェンクス。ちがうか？」

うなずくピーティは、半べそをかいている。

男はテーブル越しにピーティの手をつかみ、手を貸すようにして席を立たせた。「ジェンクスに入るように言え」

「なんで?」

「彼とも話さないと、あやしまれる」

ピーティはとぼとぼとドアへ向かい、ドアを開けると、おおむねふだんどおりのおどけた調子で言った。「あんたの番だよ」

それから二十分、ハービィ・ジェンクスも同様の質問を受けた。その答えも、ピーティとほぼ一言一句、同じだった。「女を始末する時間がなくなったから、バッグを持ち去ることにした」いまや中身をごっそり取りだされたルイ・ヴィトンのことだ。「彼女が転落死しなくて残念だ」

「まったくだ。いまもなお少佐の心臓が動いているのも残念だ」

ジェンクスがびくりとした。鼻筋をこすりながら頭を整理している。「ピーティのやつ、むやみに拳銃を振りまわしやがって。どうせならせめて二発は撃たないと」

「少佐が玄関に出てきたときに、おまえが撃たなかった理由は?」

「らしいな」

「少佐はライフルを持ってた」

「撃ち返してくるかもしれなかった。反動で引き金を引く可能性もあった。それがおれたちに当たれば、血痕が残って証拠になる。だから殴り倒して動けないようにしたんだ」

「ショットガンで頭を撃てば動けなくなった」

ジェンクスは悔しそうに顔をしかめた。「いま思えば」

男は考えこむように唇をすぼめた。「ピーティのミスだ。確実にしとめるべきだったのに、それができなかったせいでわたしたち全員が窮地に陥っている。彼の失敗はこれがはじめてではない。あいつは興奮しやすいし、しかもなにかというと、自慢げに吹聴してまわる癖がある。これは危険だ。もはや見すごせない」テーブル越しに身を乗りだし、指で近寄れと合図して、声をひそめた。

数分後、ジェンクスが部屋を出ていった。数分まえの相棒と同じ命令を受けて。さて、戻ってくるのはどちらだろう？　戻ってくるのは、こちらの指示どおりに動く、血も涙もない操《あやつ》り人形ということになる。

男は椅子の背にもたれ、ケーラ・ベイリーの携帯電話のしゃれた革ケースを撫でた。彼女はインタビューで驚くべき告白をした。さらなるキャリアアップをもくろんでいたにちがいない。

命を狙われることになるとも知らずに。

トラッパーはケーラが火曜日から宿泊していたモーテルにチェックインし、ひと心地つくと、カーソンに電話をした。

「こういう電話は、いいかげんやめろよ、トラッパー」カーソンはうめいた。「夜中に誰かと話したいなら、おまえも嫁さんをもらえ」

「少佐が撃たれた」

沈黙が続くこと数秒、カーソンが尋ねた。「銃で撃たれたのか？」

「一命は取りとめたが、生死をさまよってる」

またもや沈黙。「冗談じゃないんだよな？」

「ああ」

「なんてことだ。信じられん。さっき嫁とふたりでちょいと休憩して、あのインタビューを観た」

「その数時間後のことだ」

「こっちはテレビを消して早々にベッドに入っちまった」

トラッパーはカーソンに事件のあらましを説明した。「いま病院から帰った。彼女は映画のロッキーみたいにあざだらけだし、少佐は危篤だ」

「まったく、トラッパー、なんと言ったらいいか。インタビューは観たろ？　ふたりの爆弾発表には度肝を抜かれた」一瞬のち、彼はうめいた。「すまん、言葉の選び方が悪かった」

「いいさ。爆弾発表だった」

「おまえはだいじょうぶなのか？　なんだかんだ言っても、実の父親だ」

「だいじょうぶだ」

「おまえは精神的にコンパートメント化してる」

テレビで引っ張りだこの心理学者、ドクター・フィルの受け売りなのだろうが、言い得て妙だ。

「ずっとそっちにいるつもりか?」

「ああ」トラッパーは答えた。「いるしかない。おれの車の修理がまだなんで、代車に乗ってくるしかなかった。修理店が数日分の貸し出し料を加算するというなら、そうしてもらってくれ」

「わかった。こっちから連絡しとく。多少延びたってなんの問題もないさ」

「助かる」

「なにが起きたのかわかってるやつはいるのか? 被疑者は?」

「ほら、少佐の友人に保安官がいるだろ。その保安官事務所が捜査してるが、テキサス・レンジャーと連邦捜査局《FBI》も捜査に加わることになりそうだ」

「よかったじゃないか。その保安官と少佐は実の兄弟みたいなものなんだろ? 当然、客観的にはなれない」

「おれも彼にそう言った」

「とくに、もし少佐に万が一のことがあれば」

「グレンは、もしそんなことになったら、誰であろうと少佐を殺した犯人をめちゃくちゃにしてやると息巻いてる」

「おまえだって、同じだろ」

トラッパーは答えなかった。「で、ハネムーンは終わったのか？」

「この電話をもって終了だな」カーソンは皮肉を込めて答えた。「嫁さんがおまえにはうんざりだとよ。まあ、どのみちふたりとも今日の朝から仕事だが」

「もう朝だ。そろそろ五時半だぞ。ローカルテレビがすでに銃撃事件の速報を流してる。朝のニュース番組になったら、事件の全容が報道される。オフィスの外に目を光らせて、嗅ぎまわりにくるやつがいたら、教えてくれ」

「マスコミが集まってくるな」

「誰かがおれを探しにくるかもしれない。だがおれが恐れてるのはマスコミじゃない」

「マスコミ以外のどこのどいつが来るっていうんだ」

「とにかく外を見張って、あやしげなやつがうろついてたら知らせろ」

「おれの顧客をのぞいてってことだな」

「それからケーラ・ベイリーの身辺を詳しく調べてくれ」

「片手間でいいのか？」

「料金は払う、カーソン。ハッカーだろうと個人情報泥棒だろうとかまわない。おまえの客だったやつの誰かに頼んでくれ。ケーラに関することならすべて知りたい。早急に」

「なにを探ってるか教えてもらえると助かるんだが」

「わからない」

「予感ってやつか？」

「ああ、悪い予感だ」


恐怖に揺すぶられて、はっと目が覚めた。

自分の体が打ち身とあざだらけだったのを思いだしたのは、とっさに飛び起きたあとだった。痛みが稲妻のように頭部を駆け抜け、鎖骨のひびが声高に存在を主張する。胃が喉元までせりあがり、中身を膝に吐いた。

手探りでコールボタンを見つけ、看護師を呼んだ。ケーラは汗にまみれたガウンと湿ったシーツに包まれ、なかなか来てくれない看護師を震えながら待った。

ようやく看護師がやってくると、ケーラはよごしてしまってとごめんなさいと謝った。

「悪夢を見たの」

「みたいね。まるで強風になぶられる木の葉みたいに震えてる」

看護師は応援を呼び、ケーラのガウンと寝具は五分で取り換えられた。ふたたびひとりになったケーラは、リモコンを使って夜間灯をつけた。

乾いた清潔なガウンに着替えたのに、歯の根が合わないほどの震えが続いていた。

これまでもっぱら悪夢を占めてきた爆破事件の余波が、ひとりで化粧室にいたあのときに入れ替わっていた。そして夢に出てきたあることがケーラの眠りを吹き飛ばし、忘れていたことを気づかせた。そう、銃声を聞くまえに何者かが化粧室を開けようとしていたことだ。

意識下にしまいこまれていたその事実が、悪夢によって浮かびあがった。

医師は先ほど、アディソン保安官に説明していた。意識を取り戻した直後の発言はあてにならない、ものごとの前後関係がおかしくなるかもしれない、と。あのとき詳しいことを思いだせなくてよかった。人に話すまえに時間をかけ、その意味をじっくり考えたい。重要なことでないともかぎらないのだから。

そうだ、重要なことだと感じている。

銃声のまえに誰かがドアを開けようとした。あのときは少佐だと思って「すぐ行きます」と応じた。だが、返答はなく、そのあと銃声がした。

ドアを開けようとしていたのは誰なのか。

少佐ではない。少佐なら返事をしただろう。だいたい少佐なら、ケーラが化粧室を使っているのを知っていたのだから、ドアの鍵がかかっているかどうか確かめる必要がない。犯人たちでもない。殺害を企てていた犯人たちは玄関のまえにいた。

共犯者が家の奥の部屋にいたということ？　ひょっとしたら、ずっと？　そしてわたしが化粧室に行くのを見ていた？

ある名前が頭に閃《ひらめ》き、腕の皮膚が粟《あわ》立った。今夜、保安官を連れずに戻ってきたその人物は、〝あそこ〟で誰を目撃したかと詰問した。

そう、トラッパーは。

8

トラッパーがベッドに入るころには夜が明けていた。眠りながらも半分電話を意識して、杞憂《きゆう》に終わることを願いつつも、病院関係者から連絡が入るのをなかば覚悟していた。連絡はなかった。十時過ぎに目を覚まし、簡単にシャワーを浴びて着替えて、病院へ向かう途中のドライブスルーでソーセージ・スコーンを調達した。

ＩＣＵのある階でエレベーターを降りると、ハンク・アディソンと鉢合わせをした。手に聖書を持っていた。

「おう」トラッパーはわざと物憂げに言った。「さては見張ってたな。おれがちゃんとここに来るかどうか番をしてたわけだ」

ハンクは不興げにトラッパーを見て、すり減ったブーツに顔をしかめた。「それがいちばんいい恰好なら……」

「恰好なんぞ、クソ食らえだ」

父親の遺伝子をあまり受け継いでいないハンクは、グレンよりも痩せていて、体つきも小さい。金髪で褐色の目は母親のリンダ譲り、おっとりした笑顔も母親にそっくりだった。

父親同士が懇意だったせいで、子ども時代は息子たちも自然と一緒に過ごすことが多かった。トラッパーのほうが年下ながら、家族ぐるみで休暇や休日を過ごすとき、乱暴なことをはじめるのはつねにトラッパーのほうだった。いたずらを考えだすのもやはりトラッパーで、ハンクを丸めこんで仲間に引きずりこんだものだ。

この牧師のなかにかつての悪童ぶりのなごりが垣間《かいま》見える機会は限られている。たとえばいま、トラッパーの野暮ったさをあざ笑ったように。ふたりは握手して、抱きあい、互いの背中を叩いた。「今朝、教会の朝食会で祈禱《きとう》したよ。きみのためにはどれだけ祈っても祈り足りないぐらいだ」

「祈るだけ無駄だ」トラッパーは言った。「だが、気持ちはありがたく受け取っておく。このまえはあいさつもせずに帰って悪かったな」

「おまえには似合わない場だった」

「ヨブはいまでも辛酸を舐めつづけてるのか?」

「おまえみたいなもんさ」ハンクは重々しい口調に切り替えた。「こんなことになって……わけがわからないよ、トラッパー」

「まったくだ」トラッパーはハンクの背後で閉ざされているＩＣＵの両開きのドアを見た。「少佐に会ったか?」

「いや。数時間ごとに、ひとりだけ面会が許される。父さんと一緒に待合室で待ってたんだが、父さんの入室が許されたんでね」

「グレンの今朝のようすは？」

「こんなに動揺している父さんを見るのははじめてだ。いまは捜査と騒動の収拾にかかりきりになってる。だが、少佐が亡くなったら、大打撃だろう。ぼくたちみんな、国じゅうが」

　トラッパーはうなずいた。

「おまえはどうなんだ？」ハンクが尋ねた。

「世間一般と同じさ。驚いて言葉もなかった。いまだ釈然としない」

「最悪の事態になれば、おまえも大打撃を受ける。話し相手が欲しいときは言ってくれ」

「ありがとう。だいじょうぶだ」

　ハンクは納得のいかない顔をしていたが、それ以上は深追いせずにエレベーターのボタンを押した。「これから教会の信徒に会ってくる。看護師が面会は数分と言ってたから、父さんもうすぐ出てくると思う」

「グレンはケーラ・ベイリーのことをなにか言ってたか？」

「いや、すまない。彼女も災難だったね」

「ああ、そうだな」

　エレベーターが到着した。ハンクは乗りこんでから、ドアを手で押さえた。「ぼくが思うに、父さんと少佐が不仲になったのを知っていることは、言わないほうがいいかもしれない。少佐は引かないし、父さんも知ってのとおり強情だからね。で、絶交状態でいたら、昨夜、知らせを受けた。そんなこともあって――」

うっかり秘密を漏らしたことに気づいて、ハンクは口をつぐんだ。うなじに手をやり、床に目を落とした。「くそっ、しまった」

「聖職者のくせにくそだと?」トラッパーは舌打ちして、尋ねた。「不仲になった原因は?」

「たいしたことじゃないんだ。本当に」

「おまえは嘘のつけないやつだろ、ハンク」

エレベーターのドアが閉まりかける。「おまえに知ってもらいたければ、父さんが話す。じゃあまた」ハンクが手を下ろし、ドアが閉まった。

「腰抜けめ」トラッパーはつぶやいた。

ハンクを本当の楽しみに引き入れたいときは、彼の腕をねじあげてやらなければならなかった。たとえば「プレイボーイ」誌をこっそり持ちだすとか、大人の目を盗んでボトルから酒を失敬するとか、コンビニから嚙みタバコの缶を万引きするとか。そしてハンクは、親たちがまだそんなささやかな悪事が行われたことに気づいてもいないうちに告白して、泣きながらごめんなさいとくり返したものだ。

トラッパーはちがった。たとえあとで吐くことになっても冒険するだけの価値があったと考えた。

ICUのドアが開き、グレンが出てきた。例によって折り目正しい制服姿だが、足取りがいつもとちがい、顔も憔悴《しょうすい》しきっている。トラッパーに気づき、待合室までついてこいと合図した。誰もいない。ふたりはならんで腰を下ろした。

「どんなようすだ？」トラッパーは尋ねた。

グレンはカウボーイハットを膝に置いた。「胸の傷についちゃ、ダラスの外傷センターで二十五年働いた外科医がいてくれた幸運の星に感謝だ。その医者が昨夜の当直でな、自分の仕事をよく心得てた。でなきゃいまごろ少佐はこの世にいない」

「頭の傷は？」

「頭蓋が陥没してる。このくらい」グレンは親指と人さし指で輪を作った。「運びこまれたとき瞳孔に反応があって、いまも反応してる。いい兆候だ。医者によると、いまいちばんの懸念材料は脳の腫《は》れだと。悪化すれば、頭蓋に穴を開けなきゃならんらしい」

トラッパーは両手で顔をこすった。

「幸い」グレンが続けた。「バイタルは強い」

「そりゃすごい」トラッパーは言った。「意識のないまま長生きできそうだ」

「脳は機能してる。程度はまだわからんが」

陰鬱な沈黙に支配された。トラッパーがそれを破った。「帰り際のハンクに会ったよ」

「朝食の祈禱会は大盛況だったそうだ。みんなが少佐のために集まった」

「グレン、なぜ少佐と不仲になったんだ？」

ふいを衝《つ》かれて驚いたグレンは、やがていまいましげな顔になった。「あのおしゃべりめ」

「あいつは秘密を守れたためしがない。いつもぺらぺらとしゃべっちまう」

グレンは深いため息をついた。「ジョン、いまそういうことは――」

「あんたは深刻な話でなければおれをジョンと呼ばない。それに、どんな理由にしろ、少佐と仲直りができなかったとしたら、かなり深刻なことだ」

「だから話したくないんだ。詳しいことがわかったら――」

「いや、いまだ」

グレンは小声で毒づいた。「対人犯罪課の刑事が前立腺がんを患ってな。あまりよろしくない状態で、早期退職することになった」

「不運だな。つらい話だ。それがこの話となんの関係がある?」

「代わりの刑事が必要になった。そいつやおれより若くて頭の切れるやつを補充したかった。で、いのいちばんに頭に浮かんだのがおまえだ。少佐にそのことを伝えたら……」グレンは口を閉じ、息を吸って、吐きだした。

トラッパーは待った。とはいえ語られていない部分にあてはまる言葉がいくつも頭に浮かび、グレンが言いよどんでいることの要点がつかめた。

「少佐はおれに最後通告を突きつけた。おれがおまえを呼び戻し、おれのために腰を据えて働いてもらうか」

「もしくは?」トラッパーは静かに尋ねた。

「もしくは、おれが少佐と友人関係を続けるか。どちらか選べと言われて……」グレンはごつい肩をすくめた。「選択の余地はない。だが、そのことで少佐に対する怒りがおさまらなかった」

恥じ入るグレンがあまりに痛ましいので、トラッパーは彼の気を楽にしてやった。「自分を責めるなよ、グレン。話をもらってもおれは断った」それでも対人犯罪課のことを考えると残念だった。自分にぴったりの仕事。だがタイミングが悪かった。それを言えば、場所も悪かった。

「だろうとは思ったが」グレンが言った。「おまえに声をかけたかった。おまえは能力を無駄にしてる。私立探偵じゃ、話にならん。それに、おまえがこっちに戻れば、親子の和解の第一歩になるんじゃないかと思った」

「ありえないよ、グレン」

「一朝一夕にはいかんだろうが、時間をかけたらわからんさ」ちらりとトラッパーを見る。「少佐がただのフランクリン・トラッパーから英雄になったとき、おまえはその変化のあおりを受けた。少佐は有名人になるのを受け入れ、順応した。気の毒なことに、デブラは取り残されたくなけりゃ、その道に従うしかなかった。だがもっと気の毒だったのはおまえだ。いまだから言えることだが」

「おれのためなら、涙はいらないよ」

「そうだ、おまえは乗り越えた。ひどく道を踏みはずすこともなく、まともに育った。おまえの人生は軌道に乗り、おまえと少佐は一見うまくいっているようだった。おまえがＡＴＦを辞めるまでは。あれはただの親子喧嘩じゃない、断絶だった」

「そのとおり、少佐にはあれがこたえた。おれのあやまちを許せなかったのさ」

「なにをあやまったんだ？　おまえはなにをしていた？」

「機密事項なんだ、グレン。話せない」

「たわごとを言いおって」

「まあね。話すつもりがないんだ」

グレンはトラッパーを凝視した。友人や父親代わりの目ではなく、嘘の裏に横たわる真実を見抜こうとする警官の目だった。「おまえがＡＴＦを辞めたせいで少佐と険悪になった。それだけなのか？」

トラッパーはつとめて無表情を保った。「それだけだ」

グレンはなおも疑り深げに見つめていたが、やがて立ちあがって、帽子をかぶった。「保安官事務所に連絡してくる。おまえはここに残るか？」

「ああ。面会を許されるまでこのあたりにいる」

グレンはトラッパーの肩をつかんだ。「つらいな。おまえは少佐を愛してる」

トラッパーはなにも言わなかった。グレンはわかっていると言いたげにうなずき、手を離して去っていった。

彼がすっかり遠ざかると、トラッパーはつぶやいた。「そこがつらいところさ」

ケーラは夜が明ければ恐ろしさがやわらいでひと心地つくだろうと思っていた。

だが一日がはじまると同時に、ショルダーバッグがなくなったこと、そしてどこへいったのか誰も知らないということが判明した。

ケーラはサイドテーブルに置かれた病院の電話で、グレーシーに連絡して状況を説明した。一時間後、グレーシー・ランバートが両手に買い物袋を持って病室に入ってきた。

グレーシーの姿が懐かしい。白髪まじりの頭髪に鮮やかなオレンジ色の眼鏡をかけたその姿に、後光が差しているようだった。母親にも軍人にもなれるグレーシーは、心臓が一拍を打つうちに両者を行き来できるという巧みな技を持つ名プロデューサーだ。今朝のグレーシーは母親モードだった。

「まあまあ、顔が見られて嬉しいこと」グレーシーは言った。「みんながどれだけ心配してるか。一緒に来たがったけど、ここが人でごった返してもいけないものね」

「今朝はそうね」ケーラは言った。「でも心配してくれてありがとう。わたしのバッグのこと、みんなに訊いてくれた?」

「ええ。全員、同じことを言ってた。インタビューが終わると、自分たちは機材をすべて片付けてバンに積みこんだ。バッグはあなたが自分で持ってた」

ケーラもそう思っていたが、自分の記憶ちがいであることにかすかな期待をかけていた。自分がバッグを持っていたとスタッフにも確認できたことで、不安と心細さがつのる。

グレーシーが尋ねた。「病院の関係者がどこかにしまったんじゃないの?」

「わたしの所持品は全部、ERでビニール袋に入れられたわ。その袋はこの部屋のクローゼットにしまってくれてある。今朝起きると、看護師を呼んだの。唇が乾燥してたから、化粧品のポーチからリップクリームを出してもらおうと思って。でも、ポーチはなかった。ショルダーバッグも。ほかのものはすべて、ずたぼろになった服や靴まであったのに」

「だったら、警察が保管してるんじゃないの？」

「さっき保安官事務所から刑事がふたり来たわ。一時間ぐらい根掘り葉掘り尋ねられたけど、医者が巡回してきてふたりを追いだした。昼食後にまた来るから、それまでに現場に最初に駆けつけた警官に確認しておくと言ってくれたけれど、バッグが見つかるとは思っていないみたい。その人たち、少佐の家で集めた証拠品の目録を持っていたの。わたしの持ち物はリビングの椅子に置いてあったコートだけだったわ」

「ルイ・ヴィトンはなかったのね」

ケーラはうなずいた。

「見落とすようなものじゃないのにね」グレーシーが言った。「あんなに大きいんだから。現金はどれぐらい入ってたの？」

「なくして嘆くほどは入ってなかったけど」

「価値のあるものは？」

「値が張るのは中身よりバッグね」

「少なくともこれはある」グレーシーはケーラにノートパソコンを手渡した。「インタビューのときバンに置いてたから。クレジットカードなんかのパスワードはこれに保管してるんでしょ」

ケーラはぼんやりうなずいた。カードを停止するには面倒な手続きがいるだろうが、それより気がかりなのは、犯人がバッグを持ち去ることで自分に接近する手段を手にしている場合だ。毎日使うスケジュール表や電話、キーホルダー、運転免許証、そこに書かれたさまざまな個人情報。言ってみれば、ケーラの人生への侵入経路を確保したようなものだ。

「はい、新しい携帯」グレーシーが近所のスーパーマーケットの買い物袋をひとつ差しだした。「まえみたいなハイテクじゃないけど、数日なら問題ないでしょ。番号は画面に出てるから、あたしも控えといた。一時間かそこらで充電できる。それと化粧品なんかも適当に見繕ってきたから」

「ありがとう」ケーラは袋を脇に置いた。ショルダーバッグをなくしたことで気が動転していて、新しい携帯電話や身なりを整えることにまで気がまわらなかった。

「叔母さんとは話をしたの？」

「二度」ケーラはサイドテーブルに置かれた病院の電話を指さした。「来ると言ってくれたんだけど、叔父が人工膝関節手術のリハビリ中なの。わたしより叔父のほうがずっと叔母の手を必要としてる。そんな叔父を放りだして、ただここに座って手を握っていてくれなんて言えないから、心配してくれる人たちに囲まれているからだいじょうぶだと言っておいた」

グレーシーは品定めするようにケーラを眺めまわし、ベッドの端に腰を下ろした。「はいはい、強がりはそれぐらいにして。ほんとのとこ、どうなのよ？　痛み止めは足りてる？　それとも傷のほかになにか引っかかることでもあるの？」

トラッパー。彼のことが引っかかっている。身じろぎもせず黙って自分を見ていた彼の姿が頭を離れない。彼はなにを探っているの？　保安官に内緒で引き返してくるほど、自分が犯人を目撃したかどうかを知りたがっていたことが気になる。彼の立ち去り際の言葉を思いだすたび、いやな予感がして胸が苦しくなった。

けれど、それをグレーシーに打ち明けたいとは思えない。彼女はいまもケーラが少佐の息子と連絡を取っていた――会っていた――ことを知らない。そしてまだ、ケーラがあの事件を象徴する写真の少女だということを放送の数時間まえまで秘密にしていたことを完全には許してくれていない。もちろん、それとは別の次元で、インタビューができることに有頂天になっていたけれど。ケーラがトラッパーと交流があると知ったら、さっそく利用しようとするだろう。

この件でマスコミがトラッパーに襲いかかったときの彼の反応を考えると、それだけで身震いが走った。

グレーシーの質問に答えて、ケーラはすっかりまいっていると打ち明けた。「怖がりなほうじゃないんだけど、命を脅かされる経験をしたのは、人生でこれで二度めよ」

「少し休まないとね」

「それだけじゃないの。あなたやスタッフまで危険に巻きこんだかもしれないと思うと気分が悪くて」手を伸ばしてグレーシーの手を握った。「あなたたちが五分早く、いえ一分でも早く戻ってきてたら、犯人と鉢合わせして、みな殺しにされていたかもしれない」

「正直に言うと、あたしたちもそんな話をしたのよ。昨夜はトロイの部屋に簡易ベッドを入れて寝たわ。ばかみたいだけど、ひとりになりたくなくてね」

自分がパニックを起こしたことや悪夢を見たことを思いだして、ケーラは小声になった。

「ちっともばかみたいじゃないわ」

「あたしたちはもう事情聴取をすませたのよ。帰っていいって」

「聞いたわ」

刑事から五人個別に事情聴取したと聞いていた。全員の供述が一致したので、ダラスに帰る許可が出たそうだ。ただし、捜査の進捗《しんちょく》状況によっては、あるいはうまくいって犯人が逮捕、起訴されたら、その段階でふたたび召喚される可能性は残る。

「いつ発《た》つの？」

グレーシーは眼鏡をかけなおして、みずからを鼓舞するように深く息を吸った。「報道担当ディレクターからあなたにもう一度頼めとはっぱをかけられてるてね」

ケーラは即答した。「だめよ。いまはインタビューをすることさえ考えられない。無神経だし、立場を利用するなんてあまりに悪趣味よ」

「マスコミが無神経じゃなかったことがある？　この業界は立場を利用し、悪趣味なことをして栄えてきたのよ」

「でも、わたしはちがう。少佐を尊敬してる。彼は命懸けの闘いをしているの。そんなときにあんまりよ」

誘導するような口ぶりでグレーシーは言った。「少佐には息子がいるのよね」

ケーラはあいまいにうなずいた。「少佐から息子についてはNGだと条件をつけられてる」

「でも、少佐はいま昏睡状態よ。その息子が唯一の家族だし、日曜日にインタビューを行ったことを考えたら、息子にも接触が可能なはずだけど」

「これ幸いと利用する気にはなれない」

「あなたは立場を変えないと思うと報道担当ディレクターには言っておいたけど、彼がどんな人間か、知ってるわよね。心臓の代わりにニールセンの視聴率が体に入ってるような人。それに、今回は彼もただの代弁者なの。つまりキー局からの要請ってこと。すばらしい続報になるわ、ケーラ」

「あなたは誰の味方なの？」

「あなただけど」プロデューサーは答えた。「でも天文学的な数字の最高視聴率が取れることを別にしても、意義のある仕事になると思わない？」

ケーラはグレーシーをにらみつけた。「そう言うと思った」

「あなたとふたりきりでいた最後の時間に少佐がなにを言ったか、世間に伝えるべきじゃないかしら。どうやらそうなりそうだけど、もし助からなかったら、あなたはこの世で少佐と話をした最後の人物ってことになる」

「内々の会話だったのよ、グレーシー。少佐が見せたのは、世間向けの顔じゃなかった。わたしだってそう。わたしたちが話したことは〝世間〟を啓発したり教化したりするものじゃなかったの」

グレーシーはためらいつつ、切りだした。「ねえ、おまるを投げないって約束してくれる？」

「なにが言いたいの？」

「本気でこんなチャンスを投げだすつもり？　前代未聞、ジャーナリストなら夢のシナリオよ。このチャンスを生かさないなんて、あなたの正気を疑う人もいると思うんだけど」

「そう言うあなたはどうなの？」

「あなたは傷ついて、いまもまだ動揺してる。今日は打ちひしがれ、あざだらけで生きてるだけでもありがたいって気分になってる。でも一週間もすれば回復するわ。で、いつもの生活、いつもの仕事に戻る。このチャンスを生かせば、あなたはすぐにもキー局へ飛びたてる。でも、ここで二の足を踏んだら、二度とこんなチャンスはめぐってこないかもしれない」

「脅しに聞こえるんだけど」

「脅しちゃないわよ、ハニー。現実よ。ありのままを話してんの。選り好みしたり、いい子ぶったりしてたら、この業界ではスターになれない」

どっと疲労が押し寄せてきた。ケーラは枕に頭を戻して天井を見つめた。

グレーシーがケーラの手を軽く叩いて、離した。「撮影班とあたしはあのモーテルにまたチェックインしたし、キー局からは別のリポーターが派遣されてきた。少佐の容体の最新情報や、亡くなった場合の荘厳な葬儀のようすを伝えるためにね。でもあたしたちはあなたからの連絡を待ってる。やる気になったらいつでも言って。よく考えてね」

この日はほとんど無為に過ごした。唯一の例外が、保安官事務所の刑事から事情聴取を受けたことだ。

夕方になると食事のトレーが運ばれてきたが、食欲をそそるような代物ではなく、どのみち空腹も感じていなかった。

夜はキー局のニュースを観た。報ずる側から報じられる側になるという、いつもとはまったく異なる視点でテレビを観ることになった。これまで自分がスポットライトを当ててきた、人生の大事件に巻きこまれた人たちに深い同情を覚えた。

ダラスやフォートワースの局の報道はさらに包括的だったし、ペガサスホテル爆破事件のあらましを併せて伝えた局もあった。保安官事務所の広報からは、殺人未遂犯をかならず特定、逮捕し、正義の裁きを受けさせるとの発表があった。複数の局が、病院の外で少佐のためにキャンドルを灯して祈る人たちの姿を生中継した。

夜は更けて、そろそろ就寝時間が近づいていた。

朝のうちに病床で体を拭いてもらったとはいえ、洗面所へ行き、グレーシーが持ってきてくれた化粧品を使ってもう一度自分で体を清めた。歯を磨き、髪をとかした。

洗面所は煌々《こうこう》と明るく、情け容赦がなかった。顔を含めた全身に無数の切り傷、擦り傷、あざがあった。大きなあざが口の端から顎の下まで広がっている。まるで顎にアッパーカットを食らったようだ。もうひとつは眉毛から髪の生え際まで広がっている。どちらも触るとずきずきした。色が引くのに何日ぐらいかかるだろう？　だがこの程度ですんでよかった。もっとひどい怪我を負ってもおかしくなかった。

死んでいてもおかしくなかった。

白い靴下をはき、患者用の新しいガウンを着てうなじで紐を結んだ。そして照明を消して病室に続くドアを開けたが、そこから一歩も動けなくなった。

トラッパーが来ていた。

9

ケーラの心臓がどくんと脈打った。だが、その理由がわからない。恐怖？　それともまったく別の理由があるの？

とはいえ、不快感以外の感情を表に出してはならない。「勝手にわたしの部屋にこっそり忍びこんで、どういうつもりなの？」

「まだ二回めだ」

「お願いだから帰って」

「あいにく、あまのじゃくなたちでね」

「それは確かね」

自分の体を上下に移動するトラッパーの視線が気にかかった。患者用ガウンの薄さと丈の短さ、それに自分の無防備さをいやでも意識する。「さっさと帰ってくれる？　それともわたしに大騒ぎさせたい？」

「今夜の警護の保安官助手を相手にか？　彼は――」

「わたしに警護がついているの？」ケーラはドアを見た。

「そうだ、ケーラ。警護がついてる」その事実を知らないこと、そして必要性を認識していないことを非難するような口ぶりだ。「警護員はアディソン保安官の部下で、グレンとおれが親しいことを知ってる。おれが入ろうとしてもなにも尋ねなかったぐらいだから、おれを追い払うとは思えない」トラッパーはケーラを手で示した。「もう点滴はいいのか？」

いきなり話題が変わって、一瞬めんくらった。ケーラは彼の視線をたどり、自分の右手を見た。管がつながれていた場所に絆創膏が貼ってある。「今日の午後、外れたの」

「だったら、よくなってるんだな」

〝よくなる〟にはまだ一日以上かかりそうだが、ケーラはそのとおりだという顔をした。

「少佐には面会できた？」

「今日は二回」

「それで？」

「よくはなってないが、悪くもなってない。安定してる。現時点ではなによりさ」

「今夜のニュースでもそう言っていたわ。確認できてよかった」

「天気が崩れてきた。一時間ほどまえからみぞれが降ってる」

「看護師もそんなことを言ってた。仕事が終わっても帰れるかどうかあやしいって。でもそんな天候でもマスコミは退散しないみたいね」

「ああ、集まったままだ。手負いの獣を狙って上空を旋回するハゲタカよろしく、死ぬのを待ってる」

「ずいぶん陰惨なたとえね」

「ぴったりだろ」

そのとおりだと認めないわけにはいかなかった。いまはこうして病院にいるが、そうでなければ自分も外にいてライバルとスクープ合戦をくり広げていたと思うと後ろめたかった。

「人だかりを通り抜けてくるのは大変だったんじゃないの？」

「いいや、おれには回避技術がある」

「どんな？」

「うせろ、と言ってやるのさ」

「わたしには言わなかったわね」

彼はなにかを言いかけてやめた。残念。彼の言い分を聞いてみたかった。代わりに彼は、入院はいつまでか、と尋ねた。

「このまま順調なら、明日には退院できそう」

「なるほど。だがまだ力がなさそうだな。ほら」トラッパーはベッドの上に差し渡したテーブルをどけた。「ベッドに入れ」

ケーラはその場から動かなかった。

「さあ」トラッパーがうながした。「いまにもぶっ倒れそうだ。そうなったら尻丸出しのガウンのきみを抱きあげて助けを呼ばなきゃならない。それこそ大騒ぎだ」

こんなに長くベッドを離れていたのは、入院以来はじめてだ。悔しいけれど、彼の観察眼はあなどれない。力が入らず、目がまわっていた。ケーラはせいぜい威厳を保ちながらお尻に手をまわしてガウンをかきあわせ、小股でベッドまで歩くと、端に腰を下ろした。

「横になるか？　手を貸すぞ」

彼が手を差しだしたが、ケーラは身をすくめてよけた。「座ってるわ」お尻の下からシーツの端を引きだして、膝や腿をおおった。「なぜ、戻ってきたの？」

「少佐のインタビューがユーチューブにアップされてたんで、ようやく観たよ。いいインタビューだった」

「ありがとう」

「これを持ってきた」トラッパーはセロファンと派手なリボンで包んだ、しおれたカーネーションの花束を出し、それをテレビ局から贈られた背の高い優雅なバラをいけた花瓶に差しこんだ。

「ありがとう」

「花には困ってないようだが」

今日になって続々と花が運びこまれた。「みんなが気にかけてくれて」

「マークって誰だ？」

ケーラはあきれ顔で彼を見た。「封筒入りのカードを全部、読んだの？」

「これだけだ」

カラーと白いアジサイの豪華なフラワー・アレンジメントだ。「なぜそれを？」

「ひときわ派手だったから、特別な間柄だろうと思った」

「そうよ。とても特別な男友だちよ」

「へえ？」彼は視線をケーラの膝に向け、また目を合わせた。「体が疼《うず》いたとき、都合よくそばにいてくれる友人か？」

意味深な一瞥とその発言とで、頬がかっとほてった。さっき洗面所の鏡で見たときには異様に青白かったのに。トラッパーの厚かましさは許しがたく、それよりなお許しがたいのは、そんな彼に反応して、どぎまぎする自分だった。「あなたには関係ないけど、ええ、そうよ」

笑顔にはならなかったが、トラッパーの目が愉快そうに輝いた。キスしたとき、ケーラがいやがったり、抵抗したりしなかったのを思いだしているのかもしれない。そうする間もなく、彼のほうからキスを終わらせたのだ。

しかし、あの短くも濃厚なキスの思い出はすぐに押しのけられ、代わりに、少佐の家からからくも逃げだすまえになにを目撃したのかと彼から問い詰められた記憶がよみがえった。

トラッパーの大きな体と横柄な態度のせいで、周囲の空間が縮まったような気がする。彼は脚を開いてジーンズの尻のポケットに両手を突っこんでいるため、ジャケットの胸元が開いている。そして突き刺すように鋭くて威圧的な、あのいまいましい青い瞳。

まるで猛禽《もうきん》のようにパニックが襲いかかってきた。その大きな翼で明かりがさえぎられ、けたたましい羽ばたきの音で息ができなくなる。ケーラは喉に手をやった。「気分が悪い」

「吐きたいのか？」

つぎの瞬間、トラッパーがそこにいた。ケーラの体におおいかぶさるようにして、プラスティックの洗面器を彼女の顎の下にあてがっていた。もう一方の手は背中の中央の、ガウンが開いたところに置かれている。熱い素肌に押しつけられた指一本一本の冷たさと、大きな手のひらの重みが伝わってくる。

熱いものが胸からせりあがってきて、頭に広がった。耳たぶが熱くて燃えるようだ。頭皮から足の裏まで汗が噴きだした。うつむいたまま、また嘔吐しないことを祈った。実際には吐かないにしろ、えずく音だけでも決まりが悪い。

「口から息を吐いて」

指示に従うと、吐き気が引いてきた。やがて闇と騒音が薄れ、そのうち完全に消えた。体のほてりがおさまる。「もうだいじょうぶ」ケーラは洗面器を押しのけ、背筋を伸ばしてじかに触れる彼の手から離れた。

「水を飲むか?」

ケーラは首を横に振った。

「ほかに欲しいものは?」

もう一度、首を振る。

「横になったらどうだ?」

ケーラはトラッパーを見あげた。「帰ったらどうなの?」

「いくつか訊かせてもらったら帰る」彼は洗面器をサイドテーブルに戻すと、前回と同じ椅子に腰かけ、前回と同じように腿に肘をついた姿勢で、ケーラの目を見つめた。「保安官事務所の刑事から事情聴取を受けたろ？」

「ええ、二回」

「どうだった？」

「問題ないわ」

「問題ない？」

「問題ないわよ」

「ダラスに帰っていいと言われたのか？」

ケーラは青い炎のようなまなざしから目をそむけた。「まだだけど」

「そうか。だったらきみの事情聴取は問題なかったとは言えない」

「供述調書に署名するまえにもう一度、あの……テキサス・レンジャーに話を聞かせてほしいと言われたの」片眉を吊りあげたトラッパーから鋭い突っこみが入りそうだったので、急いで先を続けた。「言い忘れていることがないかどうか念のためにね」

こちらを見つめるトラッパーは無言だが、その疑わしげな表情を見ていると、つい弁解がましくなる。「捜査機関に勤めていたんだから、そのくらいわかるでしょう」

「わかるとも。で、経験上なにがいちばん印象に残ってるか教えてやろうか、ケーラ？　人は嘘をつくということだ」

「わたしはつかない」

「そうか？」彼は窓辺にならんだフラワー・アレンジメントを頭で指し示した。「マークだったか？　きみたちはコロンビア大学在学中、マンハッタンの西一一〇丁目にあるアパートでルームシェアしてた。現在、彼は出身地のボルチモアで建築家として成功してる。彼はゲイだ。結婚して幸せに暮らしてる。彼とパートナーはつい最近ふたりめの養子を迎えた」

あまりの驚きで、声を出すのもやっとだった。「どうしてそんなことまで知ってるの？」

「どうということのない大学時代の友人のことで嘘をつくぐらいなら、殺人未遂事件についても嘘をつくと思っていい。事件の最中になにを目撃し、なにを聞き、なにを感じたか、その後、なにが起きたか。

刑事たちもきみが多くの情報を言い残してるのを感じてるから、テキサス・レンジャーを同席させて三回めの事情聴取があるんだ。さあ、なにを隠してる？　なにをごまかしてるんだ、ケーラ？」

「なにも。それに、捜査中の事件については他言しないように言われてるわ」

「誰にもか？　それともとくにおれに？」

「誰にも」

「だったら気にするな。すでにおれたちはたんなる誰かじゃない関係を確立してる」

トラッパーはいまにも椅子から飛びかかってきそうだった。ケーラを締めあげてでも答えを得たいと思っている。だがケーラの不安を察したのか、彼は引きさがって肩の力をゆるめ、声を落とした。「何人だったんだ？」

なにかを答えないかぎり、彼を追い払えそうになかった。きっぱりおしまいにしたほうがいいかもしれない。ケーラは膝の上の両手を見おろした。強く握りしめているせいで、関節が白く浮いている。「ふたり。たぶんまちがいないわ」

「なにか言ってたか？」

「ひとりがあざけるようなことを」

「〝死んでいくのはどういう気分だ？〟か。聞いたのはそれだけか？」

ケーラはうなずいた。

「姿は見なかったんだな？」

ケーラは首を振った。

「ケーラ？」

トラッパーを見て答えた。「ええ」

「ちらりとも？　服とか靴だけでも見てないのか？」

「いいえ。なにも。このまえもそう言ったでしょう」

「きみはマークがそういう関係の友だちだとほのめかした。きみたちに肉体関係がないのはとうに承知だったが」

ケーラは目にかかった髪を振り払い、深呼吸して彼の目を直視した。「少佐を撃った男はどちらも見ていないわ。わたしはリビングルームに少佐を残して席を立ち、銃声が聞こえたときは化粧室にいた」

「銃声は一発か？」

「ええ。最初は少佐の狩猟用のライフルが暴発したのかと思った」

「なぜそう思った？」

「そのまえに狩りについて話をしてらしたからよ。そのことは話したわよね？　少佐はガンキャビネットを開けて、お母さまのプレゼントだというライフル銃を見せてくださった」

「母からの最後のクリスマスプレゼントだ」

「ええ。その銃をしまおうとして暴発したのかもしれないと思った。でも銃声は軽い音で、ライフルほど大きくなかった。千分の一秒のあいだにそんなことが頭をよぎったわ。でも、そのとき〝死んでいくのは……〟と問いかける声が聞こえて、事故じゃないのがわかった。それで少佐が殺されて、見つかったらわたしも殺されると思ったの」

　言い終えるころには気力がついえていた。腹のまえで腕を組み、肘を抱えた。「錠を壊そうとドアを叩く音がした。死にたくなかった。逃げる方法はひとつしかなかった。だからそれを選んだ。刑事にはそう話したわ。本当のことよ」銃声のまえに誰かがドアを開けようとしたという部分を差し引いた真実だ。本能的にそのことは胸のなかにしまっておいたほうがいいと思った。

　ケーラが隠しごとをしているのを感知しているように、トラッパーはにらみつづけていた。だが長いあいだ見つめたあと、ふっと緊張を解いた。「なぜ撮影班はいまだにここをうろついてる？」

「その話はさっきしたはずよ。ロダルはマスコミ関係者であふれてるわ」

トラッパーはなにも言わず、握ったこぶしで顎を軽く叩いていた。

ケーラは凝視されることに耐えられなくなった。どのみちすぐにわかることだ。「少佐とふたりきりになった最後の数分のことを語ってくれという話が来てるの」

「テレビでか？」

「ええ。キー局が夜のニュースでわたしにインタビューしたいそうよ」

「ニューヨークで？」

「いいえ、ここから。衛星中継、できれば生放送で」

「やるつもりなのか？」

「まだ決めてない」

「どうなれば決心がつく？」

「やるほう？　それともやらないほう？」

「訊くまでもないだろ？」

まさに予期したとおりのトラッパーの反応だった。反対ということだ。「あなたがどう思うかが気になってる。ためらっているいちばんの理由はそれよ」

「ほう、ためらう理由はおれの思いで、きみが有名人の殺人未遂事件の重要参考人だということとはなんの関係もないってか？　唯一の関係者なんだぞ」

「わたしはマスコミの人間でもある」

「ああ、そうか」

「ああ、そうよ！　わたしの職業なの、トラッパー。テレビで報ずるのが仕事なの」

じっくり考える時間があったので、グレーシーの指摘がもっともであることも認めていた。もし断ればキャリア上、修復不能な傷がつくかもしれない。今朝話をしたあとも、グレーシーからは二回、電話があった。よく考えてくれたか、賢明な決断ができたか、と。〝プレッシャーをかけるつもりはないんだけど〟と言い繕いながら。

そしていまはトラッパーから逆のプレッシャーをかけられている。「なぜやみくもに反対するの？」

「常識的に言って、とんでもない話だ。アディソン保安官や事件を担当するほかの捜査官にはその話をしたのか？」

「まだよ。提案されただけで、まだ引き受けていないもの」

「やるとしたら覚悟がいる。テレビに出演して、銃撃までの一部始終を語る？」あきれたとばかりに首を振る。「それがどんなに危険なことか、わかってないようだな。きみの登場は脅威になる」

ケーラは片手を上げて、恐怖をあおる彼の言葉をさえぎった。いま彼がここにいることで、彼が前回の帰り際に残したひとことに対する恐怖が強まっている。「わたしが誰かの脅威になるとは思えないわ。インタビューを受けたら、わたしには犯人がわからないことを強調する。だって見てないのよ。それ以外にないでしょう？」

「本気でそう思ってるのか？」

「ええ。ほかにどう言ったらいいの？」

「すべておれに打ち明けてるんなら、それでいい」

ケーラは彼を納得させるべく、一語ずつ強調して言い、ドアを指さした。

「さあ、あなたの質問には答えたわ。その義務もないのにね。疲れたから、帰って」

「わかった。あとひとつだけ訊いたら帰る」

あっさり折れられると、かえって疑心暗鬼になる。その思いが顔に出たらしく、彼はつけ加えた。「約束する」

「どんな質問？」

トラッパーはクッション張りの椅子の肘掛けに手をついて立ちあがると、ベッドの横に腰かけているケーラに近づいた。ケーラのむきだしの脚にデニムの生地が触れる。ケーラは彼のシャツの胸にならんだパールのスナップを目でたどり、喉元、そして顔まで視線を上げた。表情が読み取れない。

ケーラはもう一度、尋ねた。「どんな質問？」

トラッパーは人さし指を曲げてケーラの顎の下に置いた。そこのあざをたどり、擦りむけた敏感な唇の端に指の関節で触れた。「痛むか？」

「少し」

彼は軽く口を開いて自分の親指にキスをし、その親指で傷ついた場所を撫でた。思いがけない彼のしぐさは、甘くやさしかった。それでいて、奥深いところから呼び覚まされるのは、純粋に官能的な興奮だった。

親指を離してからも、トラッパーは愛撫で湿った箇所を見つめていた。やがてジャケットの内側に手を入れ、胸ポケットからなにかを取りだした。「きみが正当な所有者だ。インタビューのあいだ、これをつけてた」ケーラの手を取って、手のひらにそれを置いた。

ケーラはあっけにとられて彼の目を見つめた。と、彼はなにも言わずに回れ右をして、ドアへ向かった。彼が出ていき、ドアが閉まる。

ケーラは開いた手のひらを見た。ゴールドのイヤリングの片方。インタビューのあと外して、左右一緒にルイ・ヴィトンのショルダーバッグのポケットに入れたものだった。

トラッパーがケーラの部屋を出たとき、警護を担当している保安官助手は、廊下の突きあたりにある水飲み器のまえにいた。彼とは来たときもあいさつを交わしている。廊下のなかばで落ちあうと、保安官助手が尋ねた。「花束は気に入ってもらえたか？」

「花はよかったみたいだ」おれについては自信がないが。一度は舌を触れあわせた仲だが、いままでは近寄るたびに、身を引かれてしまう。

「彼女の具合は？」

「まあまあかな」トラッパーは言った。「ひどい転げ落ち方をしてるから」怪我もかなりのものだが、さらにいけないのは恐怖心だ。本人が思っているほど、うまく隠せていない。

「なにがあったか話したか？」

「いいや。その件は話すなと指示されてるそうだ」

「捜査中だからな」

「ああ。捜査妨害になるようなことはしたくない」トラッパーは肩をまわし、首の関節を鳴らした。

「こう言っちゃなんだが、トラッパー、ずいぶんしょぼくれた顔をしてるぞ」

「まあな。だが、帰るまえにもう一度、上で少佐を見てくる。仕事に戻って、しっかり見張ってくれよ」

「任せとけ」

「頼りにしてる。じゃあな、ジェンクス」

10

トラッパーはサイドテーブルのほうに寝返りを打ち、小さく鳴っている携帯電話を手に取った。電話が鳴るたび、最悪の知らせではないかと身構えてしまう。昨夜ケーラの病室を出てから、ICUの待合室で何時間も過ごしたが、少佐に面会を許されたのは一度きりだった。容体は安定していて変化がなかった。

ここにいてもいいことはない、と担当の看護師から説き伏せられた。看護師は彼の携帯電話の番号を控え、いい知らせでも悪い知らせでも、なにかあったら連絡すると請け合ってくれた。

だがこの電話は看護師からでも病院関係者からでもなかった。トラッパーは開口いちばんに言った。「このまえ、おかしな時間に電話した仕返しのつもりか?」

「ベッドの隣に裸の女がいるのか?」カーソンが尋ねた。

トラッパーはがらんとした空間に目をやり、ケーラの薄っぺらな患者用ガウンの下を探ったらかならず得られるであろう喜びを思った。「いいや」

「だったら、仕返しにならない。こんな早朝に連絡したのは、仕事を委託した人間が――」

トラッパーは鼻で笑った。

「――おまえが興味を持って、すぐに知りたがりそうな情報を探りだしたから」

トラッパーは片手で顔をこすると同時に、みだらな妄想をぬぐい去った。ケーラの体の起伏を思い浮かべ、どうやって探索するかを想像して楽しんでいたのだ。「聞かせてくれ」

「おまえがATFと揉《も》めたのは、ウィルコックスという男の捜査をしてたときだよな?」

トラッパーは体をこわばらせた。

「トマス・ウィルコックス?」カーソンが続けた。

「機密事項だぞ」トラッパーは尋ねた。「なぜ知ってる?」

「おまえが酔っ払ったことがあったろ。そのときこのダラスを牛耳る大物について、ぐだぐだ愚痴ってた」

カーソンに鬱憤《うっぷん》をぶちまけた記憶はないが、わだかまりを抱えていたのは事実だ。ウィルコックスの名を口にするだけで荒々しい衝動が呼び起こされる。「そいつがどうした?」

「ケーラ・ベイリーがダラスのテレビ局と契約して、最初にインタビューをした相手のひとりがウィルコックスだった」

長い沈黙が続き、カーソンが言った。「トラッパー? おい、いるのか? 聞こえたか?」

トラッパーは咳払いした。「いるとも。そうか」

「関係があるかどうかわからないが、知りあいの知りあいを六人たどれば世界じゅうがつながるってやつだな。そういうことだ」

「わかった。ありがとう、カーソン。また連絡する」

「おっと、もうひとつ。あのぴかぴかのＳＵＶだが――」

「修理店に日割りでレンタル料を払うと伝えてくれたか？　悪天候のせいもあって、どのみちすぐには返せない」

「だが――」

「切るぞ。誰かから連絡が入ってる。病院かもしれない」ちがった。画面の表示を見るとグレンだった。いまは話したくない。それよりカーソンからたったいま聞かされた、トマス・ウィルコックスとケーラのつながりについて考えてみたい。だが少佐に関する知らせかもしれない。そう思いなおして、トラッパーはグレンの電話に出た。

「あきらめて切るところだった」保安官が言った。

「ほかの電話に出てたんだ」

「朝食を食わんか？」

「いらない」

「一時間で迎えに行く」

「これから病院なんだ」

「少佐との面会がすんだら連絡しろ。病院の外で拾ってやる」通話が切れた。

「ちくしょうめ」トラッパーはうめき、上掛けを跳ねのけた。この先が思いやられる一日のはじまりだった。

トラッパーは少佐の主治医である外傷センターの医師と、ICUのベッドをはさんで向かいあわせに立っていた。少佐があいだで寝ている。

医師が言った。「今朝は少し希望が持てる状態になりました」

トラッパーとしては、その言葉を額面どおりに受け取るしかない。ベッドで力なく横たわる患者と、最後に見た父親の姿をくらべてみる。ケーラを連れて少佐の家を訪問したとき、突然の訪問だったにもかかわらず、少佐は誰に会っても恥ずかしくない、糊《のり》がきいてぴしっと折り目のついたカーキ色のズボンをはいていた。フランネルのシャツの生地は着古して張りがなくなっていたが、きちんとズボンにたくしこまれ、大きな銀のバックルのついた、型押し模様の幅の広い革ベルトを締めていた。いつもながらブーツはぴかぴかだった。きれいにヒゲを剃って、肌がつやつやしていた。髪の毛一本の乱れもなかった。高齢にもかかわらず、かくしゃくとしていた。半分の年齢でも通りそうなほど、健康そのものだった。

それがいまはどうだろう。肩と首のあいだに点滴のポートがあり、さまざまな管がつながれている。患者用のガウンの胸がだぶつき、顎にはぼさぼさと白いヒゲが生えていた。透明の管でつながれ、ベッドの柵に引っかけられた袋には、尿が溜まっていた。

少佐も人の子だったということだ。

「昨日の同時刻とくらべると、腫れが大幅に引いています」医師が説明していた。

「では穴を開ける必要はない？」

「この先なにかあれば別ですが、おそらく問題ないでしょう。手足に動きが見られます。反射反応ですが、だとしてもいい傾向です。バイタルはしっかり安定しています。いまだ危機を脱したわけじゃありませんが」医師は強調した。「これだけ改善点が増えていると、希望が持てます」

「ダラスの医師たちにも報告したんですか？」

主治医は当初から、ダラスの元同僚である専門医チームに相談しながら治療にあたっていた。「彼らもやはり楽観視しています。お父上の状態は安定しているので、ご希望なら、ダラスかフォートワースに移送が可能です。なんならこちらで手配しますが、この天候だと……」彼は最後まで言わずにトラッパーを見た。「決めるのはあなたです」

「先生に診《み》てもらって回復しているので、このままここでお願いできますか」

「よかった、ミスター・トラッパー。任せてもらえて感謝します」

医師はさらにいくつか少佐の容体の詳細を説明した。おおかたの専門的医療用語はトラッパーの頭を素通りしたが、要は患者の容体は快方に向かっているということだった。

トラッパーはこの話を、保安官の泥だらけのパトカーの助手席に乗りこんでシートベルトを締めながらグレンに伝えた。グレンが回転灯を点灯しながら車を病院の出入り口に乗りつけてくれたおかげで、リポーターに群がられることなく病院を出られた。報道陣はバリケードの向こうに押しとどめられていた。冷たい風に背を向けて、足踏みをして体を温めようとむなしい努力をするリポーターもなかにはいるが、だいたいはマフラーからもうもうとガスを吐きだす車のなかで待機していた。

「そりゃいい知らせだ、よかったよかった」グレンは言いながらパトカーを表通りに出した。「問題が全部なくなったわけじゃないんだ。医者はあまり期待させたくないようだった。だが、明るい見通しを抱いてる。で、これからどこへ？」

「朝めしを断られたから、このあたりをぐるぐるまわるぞ」

「ドライブにはもってこいの日和だ」トラッパーはみぞれが打ちつけるフロントガラスを見ながら言った。

「邪魔の入らない場所で話がしたい」グレンが言った。「コーヒーを買ってきた」

トラッパーはコンソールのホルダーからカバーを巻いた紙コップを手に取り、蓋を外して飲んだ。ぬるくなっているが、いまはカフェインの刺激がありがたい。

ふたりを乗せたパトカーは、町営の公園を通りすぎた。木々の枝が氷でおおわれていた。

「おまえの父親のために町が主催した祝賀式典を覚えてるか？　ちょうどあそこだった」グレンが運転席の窓の向こうを指さした。「七月四日に町をあげてのバーベキューだ。テキサス工科大学の楽隊。横断幕。覚えてるだろう？」

「ああ」よく覚えていた。少佐が町からの名誉賞と議会からの勲章を受け取る際に隣にいろと言われて、リトルリーグの決勝戦に出られなかったのだ。あの驚くべきイベントに参加しないという選択肢などありえなかった。

だが記憶の小道をたどるためにグレンが自分をここに連れてきたとは思えない。「どうしたんだ、グレン？」

「昨晩、ケーラ・ベイリーに見舞い客があったと聞いてな。きれいなピンクの花を持ってたそうだ」

グレンが知っていても意外ではなかった。ジェンクス保安官助手が報告したのだろう。それに、病室を訪ねたことを秘密にしていたわけでもない。

「実際はみっともないリボンをかけた赤い花だ。コンビニにビールを買いに行ったら、大安売りしてた」

グレンはなにも言わずにパトカーを走らせつづけた。

「インタビューを観たんだ」トラッパーは言い訳がましく聞こえないように気をつけた。

「いい仕事だったと彼女に伝えたかった」

「そうか。そのまえのときはどうなんだ？　おれと一緒に病院を出たあとで、おまえひとりで戻ったときだ」

言外の叱責《しっせき》を受けたトラッパーは、狭苦しい空間に精いっぱい脚を伸ばして、ことさらのんきにコーヒーを飲んだ。「医者から追いだされて、訊きたいことが訊けなかった」

「訊きたいこととは？」

「少佐を撃ったやつらを目撃したかどうか」

「彼女に尋ねたのか？」

「ああ」

「答えは？」

「見てないと言ってた」

　グレンは信号でパトカーを停め、カップホルダーに置いてあるコーヒー入りの保温ボトルに手を伸ばし、トラッパーを見ながらキャップ越しに飲んだ。「彼女と話をしたことをおまえはおれに言わなかった」

「ほかのことで忙しいだろうと思ってさ」

「忙しければ、そう言う。いいな？」

　トラッパーはしぐさで、わかったと答えた。

　グレンは保温ボトルをホルダーに戻した。「彼女の話に戻るが、昨晩はなにか情報をくれたか？」

「ちらりと内腿を見せてくれたよ。といっても偶然だけどね」

「おれの言いたいことは、わかってるな？」

「ああ、わかってる。ノーだ。なんの情報もくれなかった」

　グレンは左のウインカーを出して慎重に左折した。「バッグがなくなったと言ってたか？」

　ふいを衝かれてトラッパーは両脚を引いた。紙コップをそっとホルダーに戻し、なにげない口調を保った。「なんのバッグ？」

　グレンは〝まったくもって、ありきたりの〟バッグだと言い、両手をハンドルから離しておおよその寸法を示した。トラッパーの知っているバッグだった。

「昨日は受け渡し品目の確認であらかたつぶれた」グレンが言っている。「だが、結局のところ、バッグは行方不明で、それについてはみな口をそろえて知らないと言ってる」

グレンは肩をすくめた。「テレビに出ている有名人の高価な持ち物となれば、盗まれてもおかしくないから、病院関係者がくすねた可能性もある。ERは知ってのありさまだ。だが、保安官助手に病院の防犯カメラを調べさせたが、バッグを持ってる人物は映ってなかった。それに彼女を運びこんだ救命士は、バッグは見てないと供述した。したがって論理的な結論として、犯人が持ち去ったことになる」

「刑事たちの意見は？」

「バッグについて？」

「捜査全般について」

「ケーラの事情聴取二回分の報告書が上がってきたんで、重要そうな箇所に目を通した」

グレンが語った重要箇所は、ケーラから聞いたものと重なっていた。

「だが、捜査に進展があったかと問われたら」グレンが言った。「ないと答える。当日、午後から夜にかけて、あの家には七人いた。フライドチキンの夕食を配達したレストランの店員二名をのぞいてだ。午後は撮影スタッフが常時うろつき、機材の出し入れをしたり、奥の部屋のコンセントからリビングまでコードを引いたりしていた。実質的には、あの家のあらゆる部屋にはどの時間帯も人がいたと言っていい」

「つまりあそこには百の事件に匹敵するくらい物的証拠が残ってるわけだ」

「そうだ。集めた証拠はタラント郡の保安官事務所の鑑識にまわした。ここみたいに小さなところとちがって、いい機材がそろってる。その反面、忙しいから仕事が溜まる。サンプルに目を向けるだけでも数日かかるかもしれない」

鑑識の結果が欲しいのに待たされるいらだちがトラッパーにも伝わってきた。被疑者不詳のまま、痕跡はどんどん薄れていく。「ほかにわかったことはないのか？」

「犯行現場からか？　たいしてないんだ。あいにく厄介なことに──」グレンが言っているのは天候のことだ。「犯人が逃走したときはまだ雨が降ってなくて、地面がからからでな。乾燥した岩場から痕跡なんぞ採れやしない。うちの連中に二十四時間態勢で捜査にあたらせて、そこにいまはテキサス・レンジャーが加わった。悠々とご登場あそばして、ケーラ・ベイリーの聴取をさせろときたもんだ」

そのことはすでに知っていたが、言わなかった。シートにもたれて考えながら窓の外を眺めた。「で、おれは彼女に洗いざらいしゃべらせた」

「そのようだな。だからこうして呼びだした。おまえにそんなことをする権限はないんだぞ、トラッパー」

「ああ、わかってる」

「彼女には言い聞かせておいたんだが──」

「彼女のせいじゃない。おれが脅してしゃべらせた」

それきり黙ったトラッパーをグレンがうながした。「で？　なんと言ってた？」

「化粧室のなかでのようすを話してくれた。怖かった、ドアの向こうの人物に捕まったら殺されると思ったと。やけにまわりくどい言葉を使ってだ、グレン」

保安官はトラッパーを見た。「なにが言いたい？」

「シンプルでわかりやすい言葉じゃなかったってことさ。まえもって選び、練習してたのがわかった。つまり彼女はおれを納得させようとしたか、もしくは嘘をついたかだが、そこまで嘘がうまくなかったってことだ」

「しかし、なんだ？　顔をしかめてるぞ」

「しかし……」トラッパーはため息をつき、いらだたしげに首を振った。苦い顔になったのは、ケーラがなにかを隠し、そのせいで怖がっているのを感じたからだ。そして今朝カーソンから、こともあろうにあの名を聞かされたからだ。トマス・ウィルコックスという名を。あの男がケーラと出会っていた。世にもまれなる偶然かもしれないし、そうでないかもしれない。いずれにせよ、うなじの毛が逆立った。

「彼女が供述している以上のなにかを見てると思うか？」グレンが尋ねた。

「わからない」

グレンは病院の駐車場に戻り、あらかじめ空けさせておいた消防車専用スペースにパトカーを停めた。「ジョン、いいか」

「かかわるな、だろ」トラッパーは先回りした。

「そうだ。かかわるな。おまえは事件の捜査には加われん」

「おれは探偵の免許は持ってる」

「そして被害者はおまえの父親だ。おまえたちがどうして仲たがいしたか、そのことはこの際どうでもいい。なんにしろ、おまえが客観的でいられるはずがないんだ」

「客観性など必要ない。捜査に加わるつもりなどないからな。なあ、なんでこんなことでおれに説教するんだ？」

「おまえが夜遅くにこそこそ被害者を訪ねて、四十三分間居座ったからだ」

トラッパーは悪態をついた。「やりやがったな、ジェンクスめ。正確には、たったの四十二分三十秒だったんだが」

「おれはそれよりうんと短い時間でリンダにハンクを身ごもらせた」

「へええ。そんなに早撃ちなのか？」

保安官は座ったままトラッパーのほうを向き、ハンドルの下に太鼓腹を押しつけた。「ジョン、頼む、一度でいいから――」

「なあ」トラッパーはまたもや先回りした。「あんたがおれをジョンと呼ぶのは深刻な話か、こっちが頼みもしない助言を与えたがってるときだけだ」

「生意気な口をききおって。だが、これだけは言っておくから、耳の穴をかっぽじってよく聞けよ。むやみに人を怒らせるな。一度、通った道だろう？　その結果どうなった？」

「辞めたさ」

「なんにしろ、おまえは失職した。そこからなにも学んでないのか？」

「学んだされ。つまらないお役所仕事を必要以上に我慢しすぎたということをね」

「だったらなにか、いまは職場で無上の幸福を味わってるとでも言うつもりか?」

トラッパーは頰の内側を嚙んでいたが、しばらくしてドアの取っ手をつかんで引いた。

「用がある」

「どこへ行く?」

「ここじゃないところへ」


ケーラは午前中いっぱい使って、ようやく退院を許された。医師の最終診察は五分間、退院に必要な書類すべてに署名するのに五時間かかった。書類の手続きが終わるころには、ベッドに戻りたくなっていたが、ふたりの保安官助手に付き添われて病院を出た。

保安官助手の車で病院から直接、郡庁舎の保安官事務所に連れていかれ、取調室に通された。テキサス・レンジャーがふたりとアディソン保安官が待っていた。

ケーラは保安官と握手をした。「最後に会ったときより、うんと具合がよさそうだ」保安官が言った。

「ずいぶんましになりました。少佐の容体になにか変化はありましたか?」

「いい知らせだよ」保安官は知っていることを話し、指を交差させた。幸運を願うしぐさだ。

「わずかな前進とはいえ、三十六時間まえにはひと晩持つかどうかあやぶまれてた」

ケーラは胸に手を当てた。「それが聞けてほんとに嬉しいです」

ふたりがそんなやりとりをするあいだ、テキサス・レンジャーはそばに立って待っていた。保安官が彼らを紹介した。全員がテーブルを囲んで席につき、この会話は録音されるという説明があって、レンジャーのひとりが聴取をはじめた。

「こちらの刑事たちに話は聞きました、ミズ・ベイリー。ですが、こんどは直接あなたからうかがいたい。われわれのために、最初からお願いできますか。覚えていることを細大漏らさず話していただきたい」

「最初にお話ししたことと変わりません」ケーラは言った。「ただひとつ細かいことが。いえ、正確にはふたつかしら。どちらも重要かどうかわかりませんけれど」

保安官は興味を引かれたようだった。やや驚いたようすで、テーブルの上の大きな両手を握りあわせた。「聞かせてもらいましょう。重要かどうかの判断はこちらでします」

ケーラとしてはどちらも重要でないことを願っているが、そうは問屋が卸さない気がする。手のひらが湿ってきた。「ひとつは起きたことの順番にかかわることです」

ケーラは銃声を聞くまえに誰かが化粧室のドアを開けようとしたと説明した。「その直後から一連のできごとが起きました。薬や脳震盪のせいで、刑事さんたちにお話ししたときには時系列が混乱していましたが」

「あとになって矛盾に気づいたんですね？」保安官が尋ねた。

「ええ。少し頭がはっきりしてきたときに」悪夢の最中に思いだしたと言えば、正気を疑われるかもしれない。「でも、いまは最初の銃声のまえに誰かがドアを開けようとしていたのを確信しています」

「犯人だな」

「だと思います」ケーラは答えた。「でも彼らは銃声のあと、リビングから近づいてきたんです。銃声のまえじゃなくて。それに足音を忍ばせていなかった。だから足音の動きをたどることができたんです」

レンジャーのひとりが尋ねた。「最初に誰かがドアを開けようとしたときには、近づいてくる足音が聞こえなかったんですか？」

「ええ。掛け金が音をたてはじめて、人がいることに気づきました」

レンジャーは続けて尋ねた。「ほかにも誰かが家のなかにいたと言いたいんですか？　第三の人物が？」

「わたしはそんなことは言っていません。ただ、いまになって思いだしたことを話しているだけです」

しばらく全員が黙りこんでいたが、やがてもうひとりのレンジャーが話しだした。「撮影班が出かけてからあなたが化粧室へ行くまで、少佐とふたりでいたのは時間にしてどのくらいでしたか？」

「十五分から二十分です」

「そのあいだずっとリビングにいたんですか？」

「ええ。わたしが席を立つまで、どちらもそこを離れませんでした」

「ということは誰かが家の裏のドアか窓から入ってくることができた?」

「だと思います」

「ほかの部屋の明かりはついてた?」

「いいえ」ケーラは小さくほほ笑んだ。「機械の据えつけに大容量の電力が必要で、いくつか電源を使わせてもらいました。そうしたら少佐はつぎに請求書が届くのが怖いと文句をつけて、わたしたちをからかったんです。でも、スタッフは使い終わったライトをこまめに消すように気をつけていました。

リビングから廊下に出ると、とても暗くて」化粧室のドアを閉めるまえに明かりをつけ、自分がいると悟られると気づいたときに慌てて消した、とケーラは話した。

保安官が言った。「不審な人影や、いま考えると誰かが奥の部屋のどこかにいたと思えるような気配はありませんでしたか?」

「まったく」

三人の男たちが目を見交わしたのはなぜだろう? 保安官がケーラに目を戻した。「ケーラ、これから話すことは内密にしてください」

「わかりました」

「どう解釈していいかわからないので、公表を控えてるんです。犯人が見つかり、取り調べることになれば――」

「犯人がそれに気づいているかどうか確かめたいんですね。どういうことかはわかりませんけれど」

「そのとおり」保安官はひと息置いて、言った。「最初に警官が駆けつけたとき、少佐の鹿撃ち用のライフルがすぐそばにありましてね」

「少佐が片付けようとしていたのかもしれません」

三人はまた目を見交わした。レンジャーのひとりが尋ねた。「少佐はあなたが部屋にいるときにガンキャビネットからライフルを取りだしたんですか?」

「はい」ケーラはライフル銃が少佐にとって大事な思い出の品なのだと説明した。「少佐はわたしに見せてから、壁に立てかけて、酒を注ごうとバーへ行きました。片付けようとしていた矢先に襲われたんだと思います」

三人が椅子の背にもたれる。その動作で捜査機関が関心を抱いていた問題に納得のいく説明がついたのだとわかった。アディソン保安官が言った。「われわれはこう考えてたんですよ。少佐が家の奥で物音を聞いた、もしくは犯人がポーチの階段を上がってくる音を聞いて、身を守るためにライフルを取りに行ったんだと。弾《たま》は込められてませんでしたがね、装塡済《そうてん》みと思わせて威嚇することはできる」

ケーラは小声でつぶやいた。「その暇があったらどんなによかったか」

保安官が暗い顔でうなずき、こぶしを口に当てて咳払いをした。「重要かどうかわからない二番めのこととは?」

唇をすぼめると、唇の端の擦り傷がひりひりして、ケーラは自分がこうも恐れている理由を思いだした。これが倫理的にも法的にも正しいことだと思えばこそだった。「わたしのなくなったバッグと関係があります」

「見つかったんですか?」

「いいえ、保安官。でもそのなかにまちがいなく入れていたものが返ってきました」

保安官は驚きをあらわにした。「誰からです?」

11

保安官事務所から帰宅を許されたらさぞかしほっとするだろう。ところが、パトカーの後部座席に身を縮めるケーラの気分は沈みがちで、これといった理由もなく悲しかった。

頭の痛みは鈍いものの、途絶えることなく続いていた。コートを返してもらったとはいえ、シベリア気団がもたらす寒風には太刀打ちできるわけもない。ノーステキサスの平原には風をさえぎるものとてなく、有刺鉄線のフェンスだけが張りめぐらされている。午後に入ると、道路はさらに危険度を増した。

自分の車はいまだモーテルの駐車場で氷に閉じこめられている。日曜日の朝、少佐宅までの短い道のりは、撮影班とプロダクションのバンに同乗したのだ。それが遠い過去のできごとに思えた。

グレーシーはまえに泊まったのと同じ部屋を手配してくれていた。すでに集まっていた仲間たちが大盛りあがりのなかに、ケーラは保安官助手に送りとどけられた。悪い意味で不意打ちを食らったケーラは、呆然としたままスタッフ全員と再会した。悪天候にもかかわらずハンバーガーとビールが用意され、人でごった返した部屋のあちこちにヘリウムガスを入れた風船が結びつけられてふわふわと揺れていた。

ケーラは感謝を示して浮かれた雰囲気に合わせようとしたが、沈鬱な気分でいることをグレーシーには見抜かれたようだ。ハンバーガーが食べつくされるとすぐに、グレーシーはほかのスタッフを帰した。

「退院したばかりのあなたに、このお祝いはやりすぎだったかもね」グレーシーは言いながら、ケーラのベッドの中央に腰かけ、脚を組んで膝にタブレット端末を置いた。「でも明日の詳細を詰めないと」

「グレーシー、インタビューの話なら、〝明日〟はないかもしれない」

「だいじょうぶ、許可されるわよ。だから準備しとかなきゃ」

ケーラは少佐とふたりきりで過ごした時間についてインタビューを受けるかどうかで大いに迷った。プラスとマイナスを天秤にかけ、グレーシーのアドバイスの的確さに軍配を上げた。悲劇ではあるけれど、この特別な一連のできごとを利用すべきではないか。今日までがんばってきたのは、こんなところで足元をすくわれるためではない。熾烈《しれつ》で容赦のない業界でこの機会をのがすことは、みずからキャリアを投げだすに等しかった。

だがトラッパーの予想どおり、事情聴取の最後にこの話を持ちだすと、アディソン保安官もテキサス・レンジャーも、いい顔をしなかった。

反対の理由や不安材料がいくつも挙げられた。妥協点を探りあいながら議論は行きつ戻りつした。だが最終的には、検討のうえその結果を翌朝、連絡してもらう約束をどうにか取りつけることができた。

それなのにグレーシーは、既成事実のようにチェックリストを読みあげている。「殿下がインタビューの舵《かじ》取りをしたがってるの。彼にはできなかった少佐のインタビューをあなたが取ったもんだから、すねてるのよ」殿下というのは、キー局の大御所キャスターで、彼がニューヨークのスタジオでこのインタビュー番組を取りしきることになっている。

「でも彼に主導権を握らせちゃだめよ、ケーラ。国民はあなたから話が聞きたいんだから。そう、あなたからね。どんなに驚き、心が痛んだか、どんなに……とまあ、そんなことよ。人間味を出してね。もし泣けるんなら、涙のひとつふたつ、こぼせば効果大よ。撮影は病院の一階ロビーでするつもり」グレーシーはしゃべり続けた。「リアリティが出るから。生死の淵をさまよう英雄。彼を尊敬する世界じゅうの人々が奇跡を祈っている。そんな感じでお願い」

話題は衣装に移った。目下の問題は、ケーラのスーツケースが車のトランクにあって、取りだせないことだ。ケーラの手元に車のキーはなく、あったとしても、車は凍りついていて開けられない。

「それはこっちでなんとかする」グレーシーはあっさり言ってのけ、ケーラの顔のあざの話に移った。「朝いちばんでいいコンシーラーを探してくるけど、考えてみたら、あざがあったほうがいい――」

「グレーシー、お願いだから、ひと息つかせて」ケーラは口をはさんだ。「どうしたらいいかわかってるし、うまくやる。でも、偉大な人物がいまも危篤だという事実を忘れないで。少佐は亡くなるかもしれない。急変して危険な状態になった直後にわたしが登場ってこともありうるのよ」ケーラは顔を伏せて、額を押さえた。

「そういうやつよ、明日、見せてほしい感情は」グレーシーが声を張りあげた。「まさにそんな感じで。悲嘆に暮れたあなたの姿。慰めようもないほどに」

ケーラはグレーシーの無神経さに愕然《がくぜん》とした。

「もちろん、本気で苦しんでるのはわかってる」グレーシーが慌ててつけ足した。「あたしはあなたをちょっと元気づけたいだけ。いつもあたしと組んでる敏腕リポーターはどこ？いつもの元気はどうしたの？」

「ごめんなさい。いまはないの」ケーラは答えた。「それに、こんな会話をしても無意味かも。だから帰ってもらえないかしら。横になりたいの」

強引すぎたことに気づいたグレーシーは、荷物をまとめてドアへ向かった。「ごめん、はりきりすぎて、見境がなくなっちゃった」

「いいのよ。あとは自分で考えるから」できればそんなことはしたくないが、グレーシーを帰すのが先決だった。

「必要なものはある？　だいじょうぶ？」

「ひと晩ぐっすり眠ればだいじょうぶ」ケーラはドアを開けた。

グレーシーは部屋を出ながら、言った。「ほら、あたしは夜更かしだから、なにかあったら——あれは誰？」

ケーラは顔を動かしてグレーシーを驚かせた人物を見た。

今夜の彼は革のジャケットではなく、羊のなめし革の厚いコートを着ていた。立てた襟でほとんど見えないとはいえ、顎が花崗岩のようにこわばっているのがわかる。

駐車場から近づいてくる。世界の破滅を描く映画に登場する復讐の化身のように、冷たい霧のなかから現れ、雨をものともせず、凍りついた地面を断固とした姿勢と足取りで歩いてくる。いかなる力をもってしても阻めそうにない。彼を止められるものがあるとしたら、神かはたまた悪魔か。

「ジョン・トラッパーよ」

グレーシーがオレンジ色の眼鏡の奥の目をみはった。「息子の？」

「そう」

「会ったこと、あるの？」

ケーラは唾を飲んだ。「一応」

戸口が低いので、彼はかがむようにして入ってきた。グレーシーなどいないかのように、ケーラの胸骨に両手の人さし指を当てて部屋のなかに押し戻す。ふたりの背後でドアが閉まった。

彼はケーラの脇をすり抜けて、室内を見まわした。「あのビールは手つかずだな？」答えを待たずに、ビニールテープで束ねられていた缶ビールを一本抜き取り、蓋を開けた。

「お好きにどうぞ」

ケーラの皮肉など、ものともしない。彼はケーラを見ながら喉を鳴らしてビールを飲み、缶を下ろして言った。「きみはビール飲みという柄じゃない。滑稽な顔を描いた風船を集めるのが趣味とも思えない」

「スタッフがパーティを開いてくれたのよ」

「へええ、パーティね。言わせてもらえば、きみに祝うことなどなんにもないが」

「言ってとお願いしたつもりはないけど。あなたとはいたくないの。どこにいれば、あなたが気まぐれに現れたり、押しかけたりしなくなるのかしら？」

「押しかけても、きみはたいしてあらがわなかった。なぜだ？」

「そんな気力がないからよ」

「かもな。だが、そうじゃない。おれが怖いんだ」

「怖くないわ」

傲然《ごうぜん》と顔を上げるケーラを見て、トラッパーはあざけるように笑った。「少なくとも怖がってないかのような話し方をしていることは認めてやるよ」

「なぜあなたを怖がらなければならないの？」

「さあな」コートの肩や髪で溶ける氷の結晶のひとつひとつが見えるほどトラッパーが近づいてきた。「どうなんだ、ケーラ。なぜおれが怖い？」

「怖くない、疲れてるのよ」ケーラは彼の脇をすり抜けた。「痛みがあるの。肩が痛い。決まった向きに動かすたび、鎖骨にひびが入っているのを思い知らされる。頭痛もする。ときどきはめまいも。長い一日だったから疲れてる。とくにあなたに悩まされて、もううんざり」

トラッパーは眉を両方吊りあげた。「おれはきみを悩ませてるのか？」

ケーラはそれを無視して、言葉を続けた。「帰ってくれる？　ベッドに入りたいの」

「明日の大事なインタビューで元気潑溂《はつらつ》としていられるようにか？」

ケーラは虚を衝かれた。「なぜわたしが応じたのを知っているの？」

トラッパーの表情が硬くなった。「知らなかった」ビールを飲みほし、片手で缶をつぶしてゴミ箱に投げた。「当てずっぽうだ」

「抜け目がないこと」

「伊達《だて》に探偵をやってるわけじゃない」一拍置いて、続けた。「実を言うと、ただの当てずっぽうじゃない。おれにはきみが受けるのがわかってた」

「あら、よく言うわね。本人にもわからなかったのよ。ひと晩と今日一日考えて、やっと決めたの。だから、わかったようなことを言わないで。あなたにはわたしはわからない」

「へえ、そうか？」トラッパーがわざと物憂げに言った。「そうだな。きみはベビーパウダーを使う。左膝の上の腿の内側に五センチぐらいの傷がある。薄くてほとんど消えてるから、古傷だ」視線がケーラの胸に移った。「そして冷え性だ」余韻を響かせてから、ふたたび視線を合わせた。「ほかになにを知りたい？」

全身がほてったのは憤りのせいだ。そうに決まっている。くだらないほのめかしをする彼をなじってやりたい。だがそれをすれば、相手の思う壺にはまったのを露呈することになり、ただでさえ手に負えない相手をさらにつけあがらせることになる。

だからケーラは形勢を逆転させるべく、彼を問いただす側にまわった。「どうやってわたしのショルダーバッグを手に入れたの？　いつ？　どこで？」

「おもしろい。昨日の夜、あんなにいろいろ話したのに、きみはバッグがなくなったことを言わなかった。なぜなんだ？」

「なぜ言う必要があるの？　あなたには無関係よ。少なくともそう思ってたんだけど」

「ふん。いまじゃまぎれもなくおれと関係ができた」いきなりトラッパーが動いたので、ケーラはびくっとした。彼はコートを脱ぎ、椅子に投げた。「おれはＩＣＵの待合室にいた。少佐がこのまま快方に向かうのか、それとも打ち負かされるのかを、見届けるためだ。座りつづけで尻が痺れた。古雑誌の『アウトドアズマン』を三度も読んだ。白尾鹿の交わりの儀式のことなら、なんでもおれに訊いてくれ」

彼の怒り爆弾の導火線がどんどん短くなっていく。いまにも爆発しそうで、はらはらする。はじまりはふつうの会話のようだったのに、徐々に声が大きくなっていた。「なにがあったの？」ケーラは尋ねた。

「保安官助手がふたり来て、アディソン保安官が呼んでると言われた。グレンはおれの携帯の番号を知ってる、話したいなら電話をくれと言ってやった。だめだと。電話じゃだめだと言われた。直接、会いたいと」

「逮捕されたの？」

「今日はもうアディソン保安官に会ったと言って、発情期の雄鹿の記事に戻った。ところが保安官助手の片方が雑誌を奪って、友人として招かれてるんじゃない、と言った。なんなら自分たちの先導する車について保安官事務所まで自分の車を使ってもいいが、行かないという選択肢はない、これからすぐだ、と。

　そこで、おれは哀れな雄鹿の話を読み終えることなく保安官事務所へ同行し、それからたっぷり二時間、取り調べを受けた」案の定、トラッパーの怒りは頂点に達した。だが、刺々《とげとげ》しくなっただけでどならず、かえって凄《すご》みを感じさせた。

　ケーラは一歩、後ずさりをした。「わたしの話をもとに、あなたを取り調べたの？」

　彼は両手を腰に当てて、ケーラが下がった分の距離を詰めた。「そう思うか？」

「トラッパー――」

「おれが自分の父親を殺そうとしたと思うのか？」

「いいえ」

「そう聞こえたぞ。きみに与えた第一印象がよくなかったのはわかってるさ、ミス・ルイ・ヴィトン。にしたって、これはないだろう！」トラッパーは湿った髪をかきあげた。「きみはできごとの順番を変えて話し――」

「わざとじゃないわ。最初は正確に思いだせなかったのよ」

「いつまでだ、ケーラ？　昨晩、おれにすっかり話すまえか、あとか？」

ケーラはトラッパーを直視できなかった。

「やっぱりな」

おどけた口調に棘を感じて、ケーラは弁解した。「昨日の夜、あなたにすべて正直に話せなかった理由は、あなたを――」

「恐れてた」

「ええ、そうよ！　一度は保安官と帰ったのに、そのあとこっそりわたしの病室に戻ってきた。それだけでも恐ろしいのに、少佐を殺そうとした男たちを目撃したかと問い詰めたのよ。そんなことをされて、わたしがどう考えると思ったの？」

「息子が父親を殺そうとした犯人を知りたがってると考えると思う」

「何年間も父親と断絶状態で、ナイフで切れそうなほど鋭い敵意をあらわにしていた、その息子が？」

トラッパーはケーラをにらんでいたが、やがて顔をそむけて、ぼそぼそつぶやいた。聞こえなくてよかった、とケーラは思った。自分のためにも彼のためにも冷静になったほうがいい。それでしばらく時間をとってから、静かに語を継いだ。「警察に話さないわけにはいかなかったのよ、トラッパー」

「きみは良心が命ずるままに行動した」トラッパーは指を鳴らした。「すると、つぎの瞬間、少佐の家の奥の暗い部屋をこっそりうろついて、ドアの取っ手をがちゃがちゃさせたのはおれだということになってた」

「あなたが憤慨するのはわかるけど、日曜夜のアリバイを証明すれば、疑念はすぐに晴れるわ」

「なるほど、なるほど」彼はうなじを揉んだ。「なにかひねりだしてみよう」

ケーラは驚いて口を開けた。

トラッパーはかんべんしてくれと言いたげにくるりと目をまわした。「おい、冗談だ」

「おもしろくもない」

「そうさ。きみが探偵事務所のドアをノックして以来、ひとつとしておもしろいことがない」

「あら、それについては謝るけれど、自業自得でしょう？　どうやってわたしのバッグを手に入れたの？」

トラッパーは両腕を広げた。「バッグは持ってないぞ。その件ではグレンとテキサス・レンジャーにも締めあげられたが、なくなったことについてはいっさい知らないの一点張りで通した」

「信じてもらえたの？」

「そんなもの、待ってられるか。弁護士抜きではもうひとことも話さないと言って、席を蹴って帰ってきた」

「帰らせてもらえたの？」

「帰らせないわけにはいかないだろ。なんの証拠もないんだぞ。それから、まだ疑ってるなら、アリバイはちゃんとあるからな。おれは行きつけのスポーツバーにいた。手羽先とチーズがけポテトフライを食べながら、試合を観てた。延長戦になって、試合終了のブザーが鳴るまで店にいた。バーテンダーとは顔見知りだ。彼が証明してくれる。しかも、クレジットカードで勘定を払ったから、明細書に日付と時刻が書かれてる。これで満足か？」

「保安官はそれを確認したの？」

「おれが出てくるときにやってたよ」

「イヤリングは？　持ってた理由をどう説明するの？」

「病室のベッドの下の床で見つけた。昨夜、きみがバスルームから出てくるのを待ってるあいだに」彼はひと息置いて、つけ加えた。「入浴剤の香りがした」

「嘘よ」

「いや、確かにした。おそらくベビーパウダーを使ったんだろう」

「そのことじゃないわ」ケーラはぴしゃりと言った。「イヤリングの話」

「ああ、嘘さ。そう説明したということだ。だが実際は、少佐の家の裏で見つけた」

そう聞いてあぜんとした。ベッドの端に座りこみ、トラッパーを見つめた。

トラッパーが言った。「月曜の朝、病院できみに会ったろ。あのあと現場まで行って、見てまわってきた」

「犯罪現場には捜査員がいたんじゃないの？」

「たくさんいたさ。だが、まだ夜明けまえだったし、空が曇ってた。雨が降りだして、すぐにみぞれになった。全員が防寒着を着こんで、仕事に没頭してた。おれは仕事に打ちこむ連中にまぎれて外周を調べてまわった。そして家から二十メートルほど離れた枯れ草のなかでイヤリングを発見した」

「どうしてそんなところにあったのかしら？」

「まちがいなくバッグの内側のポケットに入れたと、きみはグレンに言ったそうだな」

「そのとおりよ」

「ファスナーを閉めたか？」

「いいえ。ファスナーのついていない裏地のポケットに入れたの」

「バッグは口が閉まらないタイプだった。うちの事務所に来たときに見たから覚えてる。バッグを盗んだ何者かが家から逃げるときにイヤリングがこぼれ落ちたのかもしれない」

トラッパーは頭をかしげた。「納得いくだろ」

「ええ。でもなぜ警察に提出しなかったの？」

「映像を観てインタビューの最中にきみがイヤリングをつけていたのを確認するまで、きみのものだとは知らなかった」

「それでは説得力に欠けるわ、トラッパー。犯罪現場に行って、そこで発見したのよ。少佐のイヤリングでないことはわかってた。そのままにしておいて、捜査官に伝えればよかった。警察に押収してもらうべきだったのよ」

「それが正式な手続きだったろう」

「あなたが正式な手続きをどう思っているかは知ってるけど、あなたにはあそこにいた理由を明らかにする義務があった」

説明を聞けば聞くほど、ケーラは当惑した。なにを信じてよくて、なにを信じてはいけないのか、わからなくなった。彼はいともたやすく事実を嘘や皮肉に紛れこませる。

何度か顔を合わせたいまは、彼がくすぶりつづける怒りと傷ついたプライドを隠すために壁を築いているのがわかる。しかも彼は臆面もなくその饒舌《じょうぜつ》さと魅力を利用する。脅しだけでなく、オオカミのような満面の笑みによっても相手の力を奪い、ケーラもその両方にまんまとしてやられてきた。

「仕事熱心な頑張り屋と一緒に探しまわってみて、ほかにもなにか見つけたの？」

「いいや」

「信じられると思う？」

「信じられないだろうが本当だ。捜査に役立つ重要証拠だと思えるものを発見していれば、即座に警察に渡してる。誓ってもいい」

その言葉を信じるしかない。少なくとも当面は。「犯人はどこへ行ったのかしら？　どこへ逃げたんだと思う？」

「犯人は少佐が死んだと思った。きみは逃げて、追いかける時間はなかった。おそらく戻ってきたテレビ局のバンに気づいたんだ。そこで家の裏手にまわり、大慌てで逃走した。車は人目につかないよう離れた場所に停めてあったんだろう。運転席で共犯者が待機してたかどうかはわからないが。

悪党たちは、怯えた撮影班が９１１に通報して、右往左往しているうちに、人知れず逃げ去った。あのあたりには裏道もあるし、むかし家畜を運んだ道もいくつかある。土地勘があっても道に迷う」

トラッパーは自分には土地勘があることに気づいて、苦笑した。「犯人にとって幸いだったのは、やつらが遠くまで逃げたあとに雨が降りだしたことだ。さもなければ足跡やタイヤ痕が残ってた。いまやなにが残っていようと、厚い氷の下だ。ようやく発見されたころには荒れていて、検察側の証拠品としての価値は弱まっているだろう。

撮影班が戻ってきて助かったな。時間があれば、犯人はきみを徹底的に探しまわったかもしれない。あの崖の上からなら、きみを狙うのも簡単だったろう」

「あそこで横たわりながら、わたしもそんなことを考えたわ」

「犯人を見たのか、ケーラ？」

恐ろしい記憶で頭がいっぱいだったケーラは、いきなり質問されて顔を上げた。「いいえ」

「昨日の夜はなにかを隠してた。なんだ？」

「銃声が聞こえるまえに誰かが化粧室のドアを開けようとしてたことよ」

「つまり犯人は三人いたってことか？　ふたりが少佐の撃たれた玄関から来た。もうひとりが裏から入り、きみが化粧室に入るのを見たと？　そいつはきみがなかにいると知ってたが、仲間は少佐が倒れるまで、そのことを知らなかった。そういうことか？」

「こうなると、なにをどう考えていいのか、正直、よくわからないんだけど」

ふたりは黙りこんだ。だが、ケーラを見る彼の険しい表情はいくぶんゆるんでいた。「そうか。はっきり言って、テレビに出るときは着替えろよ」

退院するまえにグレーシーがフリースのスウェットの上下とスニーカーを買ってきてくれたのだ。ケーラは自分の姿を見おろした。「いいアドバイスをどうも。いけてないわよね」

ケーラは自嘲《じちょう》ぎみに笑ったが、トラッパーは笑わず、真剣そのものの声で言った。「ケーラ、いっそのこと決心を変えないか。インタビューを受けるのをやめるんだ」

「捜査関係者はそろって苦い顔をしてたから、インタビューは中止になるかもね。そうなればあなたがここでなにをがなりたてようと無駄になるのに、あなたは怒って乗りこんできて、そんな話をする機会もないうちにわたしのビールを飲んだのよ」

「腹が立ってた」

「でしょうね」

「きみの具合すら尋ねなかったおれは人でなしだ」

「さっき言ったとおりよ。疲れて、体が痛くて、めまいがする。でも、じつは少し大げさに言ったの」ケーラは恥ずかしそうにほほ笑み、立ちあがって彼に近づいた。「あなたが取り調べを受けることになって、ごめんなさい。でもイヤリングのことを保安官に話したことは後悔していないわ。話すべきことだもの。わかってくれるわね、トラッパー」

「ああ、もちろんわかる。そういうきみを立派だとも思う。ただ、捜査機関とは過去の経緯がある」

「でしょうね」

ふたりは笑みを交わした。トラッパーはドアまで行ったが、ドアを開けるまえに立ち止まって振り返った。「ああ、そうだ。おれはケーラ・ベイリーについて詳しくなったぞ。これまでの番組を観て、そして——」

「そうなの？」

「ノートパソコンを待合室に持ちこんだ。いい時間つぶしになったよ」

「白尾鹿と同じくらい熱中してもらえたのなら嬉しいけど」

「どうかな」トラッパーは物憂げな笑みを見せた。「きみはどういう交わりの儀式をするんだろう？」ケーラがにらみつけると、肩をすくめた。「訊いてみただけさ。ともあれ、トマス・ウィルコックスにきみがインタビューをした番組を観た」

「テキサスに来て最初に手がけた特別番組のひとつよ」

「どうして彼を取りあげたんだ？」

「成功者だから」

「理由はそれだけか？」

「どうしてそんなことを？　知りあいなの？」

「うわさで聞いてるだけだ。なにを読んでも秘密主義者だと書かれてる。ビジネスについて公開しない。メディアの注目を避けていると」

「そのとおりよ。丸めこむのに苦労したわ」

トラッパーが目を細めた。「みだらな前戯みたいに聞こえるぞ」

ケーラの笑い声はすぐに消えた。トラッパーが髪に手を差し入れてきて、うなじをつかんだからだ。彼はふたりの体を入れ替え、彼女の背中をドアに押しつけた。唇を近づけ、ほくろをかすめて耳まで移動した。「おれを好きなだけ丸めこんでくれ」と、ささやいた。

ケーラは話すことも動くこともできず、ただ彼の体の熱さ、大きさ、男らしさ、セクシーさに身を委《ゆだ》ねて、そのすべてが渾然《こんぜん》一体となって強壮剤のように体に染《し》みこむのを感じていた。この男は自分を怖がらせる。意地が悪くて、嘘つきで、驚かせる。けれどいまはただ彼の肌を感じていたい。ケーラは首をそらせて、寄せられる唇を喉へと導いた。

「おれはきみを悩ませてるのか？」

ケーラはどちらともとれる声を漏らし、トラッパーは肯定と受け取ったようだった。「よかった」彼はうめくように言い、膝を彼女の脚のあいだにこじ入れた。「おれはきみにずっと悩まされてきた」

彼の内腿がケーラの内腿に触れ、それで生みだされた別種の疼きによって、痛みとつらさが消え去った。この熱い渇望の疼きは心地よく、体じゅうの敏感な部分が刺激される。

彼の手がうなじから後頭部へと移り、ふたりの唇が開く。欲深いキスをしながら、彼はもう一方の手をトップスの下から忍びこませ、だぶついたスウェットパンツの腰のゴムのなかに差し入れた。手のひらの付け根を腰骨に押しあて、腰の下の曲線に指を添わせる。ケーラの腰が彼のほうに引き寄せられる。彼女はさりげない誘いに嬉々として応じ、最初の動きでふたりの体はぴたりと寄り添った。

トラッパーがうめいた。「いいぞ、ケーラ。これからきみを奪う」

ケーラの頭の真後ろで大きなノックの音がした。

弓なりになっていたケーラの体から力が抜ける。トラッパーは悪態をならべたて、彼女の頭の後ろに置いた手を下ろし、もう一方の手も腰から遠ざけた。

ケーラは髪を撫でつけ、振り向いてドアを開けた。

すぐまえにアディソン保安官が苦虫を噛みつぶしたような顔で立っていた。見ているのはケーラではなく、その頭上のトラッパーだ。

トラッパーもにらみ返した。「こんどはなんだよ？　家宝の銀器の棚からスプーンでもなくなったのか？」

「少佐のことだ」

12

フランクリン・トラッパー少佐は自分の容体を語りあう声を聞いていた。

集まった人たちのなかのどれが医師なのかはわからない。姿を見たことがないからだが、まえに看護師との会話を耳にしていたので、声は聞き分けられた。医師は言っていた。「こちらの指示どおりに反応しています。爪先を動かして。人さし指を上げて。その程度では心許《もと》ないと思われるかもしれませんが、たいしたことなんです」

ジョンが質問した。「いまもこちらの声が聞こえてるんですか？」

「トラッパー少佐」医師が一段階、声量を上げた。「聞こえたら目を開けてください」

少佐が従うと、無酸素でエベレスト登頂に成功したかのような反応が戻ってきた。白衣を着た医師がぼんやりと見える。顔は鼻孔と眼窩《がんか》のあるおぼろな肉の塊でしかないが、満面の笑みなのはわかる。笑い声までたてて。「お目覚めですね。ご子息が来られて、会いたがっておられますよ」

医師が脇に寄り、ジョンが視界に入った。十五センチは身長がちがうので、医師が小柄に見える。息子は羊のなめし革のコートを着ていた。そのせいでただでさえ広い肩がよけいに広くなっているので、視界がさえぎられて、ほかのものが見えない。

「やあ。目が覚めてよかったよ。みんながどれだけ心配したか」

ジョンの言葉の中身よりもその口調が少佐の関心を引いた。いつもの傲慢さがなく、真摯な響きがある。

「災難だったな」ジョンは続け、横にいる医師を見た。「事件の記憶は戻るんですか?」

「頭部に傷を負った患者が、事件そのものを記憶していることはまれです。当日の朝食になにを食べたかは話せるかもしれませんが――」

「オートミールだ」少佐はしわがれ声で答えた。

事件後、最初の発話だった。ジョンと医師が驚き、医師はジョンを押しのけて尋ねた。

「あの日の朝、オートミールを食べたんですか?」

「毎朝だ」

「なるほど」医師は言った。「今年は何年だかわかりますか?」

少佐は答えた。

「あなたの誕生日は?」

つぶやくように日付を答える。医師はジョンに正しいかと目顔で尋ね、彼が小さくうなずくと、また少佐をじっと見つめた。「すばらしい」

ジョンが医師に尋ねた。「胸の傷の具合は?」

「手術後の合併症はありません。自力呼吸ができているので、管を外すことができました。

驚くべきことです」

「あの夜、先生がERの当直で助かりました」ジョンが言った。「先生の経験と知識がなければ、助からなかったかもしれない。先生は命の恩人です」ジョンは手を差しだして、医師と握手した。

「ありがとう。だが、あなたの父上はなにかをお持ちなのでしょう。不屈の生命力。そしていいカルマを。守護天使がついているのかもしれない」

「少佐も人間です、人なみに血を流す」ジョンがいつものぶっきらぼうな口調で言った。

「現に失血死しかけました」

「人生で二度、いずれも間一髪で助かっておられます。これでまえにも増して生きた伝説となられるでしょう。下にいる人たちに伝えれば、たちまちのうちに」

「伝えるとは、誰にです?」

「マスコミです。いい知らせにしろ悪い知らせにしろ、報告すべきことができるまで待つよう言ってあります。病院の広報担当を通して進展がありそうなことは伝えておきました。会議室に集まってわたしを待っています。一緒に行きましょう。あなたがいれば格別な会見になります」

「遠慮します」考える余地なしと言わんばかりに、ジョンが即答した。「あなたの見せ場です」

医師は少佐に意識を向けて力づけるようにほほ笑みかけ、あとで検査しますと言ってから、ジョンに言った。「一、二分なら話してけっこうです。ただし、質問して答えを強要しないでくださいよ。不安レベルをできるかぎり低く抑えておきたいので」

「もちろんです。重ね重ね、感謝します」

医師が去り、少佐はふたりきりで息子と向きあった。時間がたつにつれて、気づまりになる。とりわけジョンのほうは居心地が悪そうで、コートを脱いで腕にかけた。「雪嵐になってる」

天候の話など願いさげだ。少佐は言った。「わたしはどのくらいのあいだ――」

「ここにいるか、か？　四十八時間だ。予断を許さない状態だった。グレンとリンダ、ハンクとエマが外の待合室にいるよ。意識が戻ったと聞いて、駆けつけてくれた」

「なにがあった？」

「覚えてないのか？」

「うっすらと。ケーラは……」

「あんたを撃った男たちから逃げ延びた。崖の底に転げ落ちたせいで傷だらけだが、いずれも軽傷で、もう退院した。元気にしてる」事情が把握できた少佐は、長い息を吐いた。

ジョンがそわそわと体重を反対の脚に移し、コートを反対の腕にかけた。明滅しつつ音をたてている機器類を一瞥してから、おもむろに少佐に視線を戻した。「そろそろ帰るよ。休んだほうがいい。九死に一生を得たんだから、しっかりな。いいね？」

だが言い終えてもその場から動かず、不安げな面持ちにおなじみの癇《かん》にさわる目をして少佐を見おろしている。息子は人生の障害にぶち当たると、そのたび無関心な態度を装ってきた。乗り越えられようが乗り越えられまいが関係ないと言わんばかりに。

その見せかけの無頓着さにだまされる人は少なくない。だが実際の息子は、幼いころから、ものごとを中途半端なまま終わらせたり、答えが見つからないまま放りだしたりできないたちだった。なにかがなくなれば、見つかるまで探す。壊れたおもちゃを修理せずに投げだすことはなかった。パズルがあれば、答えが出るまで食らいついた。方法がそれしかなければ巨石を鼻で押してでも山を登っただろう。

そのジョンがいま、顔を十センチ足らずの距離まで近づけてささやいた。「警告したろ？ おれの言うことを聞かなかったせいで、殺されるところだったんだぞ。ケーラまで巻き添えにして」

こちらが昏睡から覚めたばかりでも、ジョンは〝だから言っただろう〟という態度を取りたいらしい。息子らしいやり口ではないか。だがいまの少佐には頑固なジョンと争いたい気持ちも気力もなく、目をつぶって息子を締めだした。

「少佐？」ジョンが何度も呼びかけるので、観念して目を開けた。ジョンはさらに気むずかしげで、いらだちを強めているようだった。「犯人を目撃したのか？　特定できるか？」

少佐は唇だけ動かして否定し、息子の揺るがぬ視線を何秒か受け止めてから、また目を閉じ、こんどはジョンがそっと出ていくまで、頑として開けなかった。

トラッパーは壁の赤い大きなボタンを押した。空気圧式の両開きのドアが開き、思ったとおり、ドアを抜けると、少なくとも二十人以上の人々に取り囲まれた。グレン、ハンク、それぞれの連れあい。少佐宅の掃除を頼んでいる女性もいれば、敷地を接する無愛想な牧場の主人もいた。

あとはトラッパーの知らない人たちだった。ハンクの信徒や、トラッパーには面識のない少佐の知りあいだろう。その全員が最新の情報を待ちわびていた。

「目を覚ました。こちらの言ったとおりに体を動かせて、話もできた」トラッパーはまっ先に言うと、医師から聞いた少佐の回復具合をかいつまんで伝えた。トラッパーには信じることのできない、カルマだとか守護天使だといった話は省いたけれど。

喜びと安堵の声がいくつかあがった。人の輪の端にいたひとりの女性が、少佐の回復はまさに奇跡だと言い、そうだというつぶやきが何人かから漏れた。ハンクの妻のエマが、椅子のある場所で祈るのでよかったらご一緒にと言い、数人がその誘いに応じた。あとはトラッパーを抱きしめたり握手をしたり、あるいは少佐によろしく伝えてくれと言ってそうするという答えを引きだしたりしてから、エレベーターホールへと向かった。

ほどなくトラッパーとハンクとグレンだけになった。ハンクが心配そうにトラッパーを見た。「だいじょうぶか?　不安そうな顔をしてるぞ」

「トラウマのあとの安堵ってやつさ。だいじょうぶだ」

「今後はあのいまいましい携帯電話をつねに携帯してもらいたいもんだ」グレンがうなるように言った。「冷たい雨のなか、おまえを捜して町じゅうを駆けずりまわらずにすむように」

トラッパーはグレンをにらんだ。「言っただろ。保安官とテキサス・レンジャーがおれを水攻めにするか拷問台にかけるか検討してるあいだ、携帯をマナーモードにしてコートのポケットに入れてたんだ。温室みたいなケーラの部屋ではコートを脱いでたから、振動に気づかなかった」トラッパーは降参とばかりに両手を上げた。「これが絞首刑に値する罪なのか?」

ハンクがふたりを交互に見た。「なにかあったのかい?」

「こちらの保安官殿がおれをしょっぴいて尋問した」

ハンクは驚きと困惑もあらわに父親を見つめた。

グレンが即座に言い返した。「ケーラからイヤリングの話を聞かされたんだぞ。どう考えたらいいんだ?」トラッパーをなじる。

「その質問なら今夜はもう聞いた。二度と答えてやるもんか。なんとでも考えたらいい」

「モーテルのケーラの部屋でなにをしてた?」

「おれのいないところでおれを罪に陥れることをあれこれ述べたことに抗議してた」

「そうは見えなかったがな」

トラッパーは答えなかった。

グレンは続けた。「ケーラから重要な情報を得た。つまり犯罪捜査への協力ってやつだ。これ以上はおまえには言えん」

「なにかあったら、おれに訊けばいいだろ」

「すでに訊いただろうが。ばか野郎と言って出てったのはどこのどいつだ？　おまえを留置場にぶちこむというテキサス・レンジャーの連中をなだめるのに手を焼いたぞ」

トラッパーは両手を腰に当て、ハンクを見てからグレンに目を戻した。「おれは少佐と敵対して、何年も口をきいてなかった。だからって、本気でおれが少佐を撃ったと思ってるのか？　おれがあの家へ行って、暗がりに隠れてまで？」

「もちろん、思ってない」

「だったら、なんであんなに厳しく責め立てた？」

そのころにはことの次第をあらかたつかんだハンクが、仲裁に乗りだした。「父さんは自分の仕事をしただけだ、トラッパー」

「わかってる」吐き捨てるようにトラッパーは答えた。「にしたって、むかつく」

「友人だからといって、特別扱いできるか？」グレンが反論した。「正規の手順を踏むしかないんだ」

「それはわかる。だが、事務所に来るよう連絡してくれればよかっただろ？　それを保安官助手をよこして同行させるとはな」

グレンは顔を赤らめ、小声で毒づきながらカウボーイハットをリズミカルに腿の横に打ちつけだした。ついに深呼吸すると、態度を軟化させた。「確かに多少、杓子定規が過ぎたな」

まだ完全には許す気になれず、トラッパーは黙りこんだ。

グレンが尋ねた。「いつになったら少佐から話を聞けそうだ？」

「おれが決めることじゃない。医者に訊けよ」

「少佐の頭ははっきりしてたか？」

「意識は戻ってるが、まだ朦朧としてる」

「撃った犯人を目撃してるのか？」

「見てないそうだ。ケーラのことを気にしてた。彼女が無事でほっとしてた」ひと息置いて、トラッパーは訊いた。「明日の夜のことだが、ケーラのインタビューを許可するのか？」

「熟慮のうえ、主だった面々に意見を聞いたんだが、やらせたほうがいいだろうという結論になった。びくつく被疑者は愚かなことをしでかす。カメラに映らない場所に人員を配置して、捜査にさしさわりのある質問には答えないよう、ケーラに合図を送らせる」

「彼女の身の安全は？」

「現場に制服警官を大量に配備する。私服警官もだな。すでに彼女には二十四時間態勢で警護をつけてある」

「ああ、そのことだが」トラッパーは言った。「ケーラのモーテルの部屋に行くとき、あの保安官助手のすぐ横を通ったぞ。おれは彼女の喉を締めつけてやる気満々だったんだがな」

「あの保安官助手はおまえを知ってる。それに彼によれば、ケーラがおまえの入室を〝許可〟したというじゃないか」

「だが、保安官助手は適切な事後処理を欠いた。ケーラの無事を確認しなかったんだ。あんたがドアを叩くまでには、かなりの時間があった。十回は彼女の首を絞められたぞ」

「おまえがそんなまねをするか。パトカーが正面に停まってて、おまえがなかに入るのを見た目撃者がおおぜいいるんだぞ」

こちらは真剣に訴えているのに、グレンの対応はからかい半分だった。そのことが腹立しくて、道理がわかるまで揺さぶってやりたくなった。「グレン――」

「待て」保安官が携帯電話を手に取った。大声で名乗り、しばらく聞いてから答えた。「すぐ行く」電話を切り、トラッパーとハンクに説明した。「マスコミの記者会見だ。犯行現場について、おれから直接、聞きたいそうだ。ハンク、母さんを家まで送ってくれ。頃合いを見計らって連絡すると言っといてくれよ。トラッパー、携帯の電源を忘れるな。それから……ああ、いまいましい」

グレンはふたりを残してエレベーターのほうへ歩きだした。いまにも怒りで爆発しそうだったので、下へ向かうボタンを押すと同時にエレベーターが到着して幸いだった。

「怒る権利があるのはおれだぞ」トラッパーは閉まるエレベーターの扉を見ながらハンクに言った。「いちばんの親友が命の危機を脱したってのに、なぜグレンはあんなに憤慨してるんだ？　小躍りして喜んだっていいぐらいだ」

「最悪の事態だからだよ」ハンクが言った。「捜査は暗礁に乗りあげて、確かな手掛かりも被疑者もいない。テキサス・レンジャーは力を誇示する。ＦＢＩは必要なら協力すると言ってきた。つまりＦＢＩなしでは無理だとほのめかされ」

ハンクが中途半端に話を切りあげたのを察知して、トラッパーは続きをうながした。「それから？」

「それから」ハンクは言葉を引きのばした。「おまえのミズ・ベイリーに対する目的が感心できるものではないんじゃないかと危惧《きぐ》してる」

「つまりグレンはおれが、ふむ、牧師の言葉で言うならば、彼女との〝情交〟を望んでると思ってるのか？」

ハンクはそれに対して、問いかけるような表情でトラッパーを見た。

「そんな思いも頭をよぎった」トラッパーは言った。千回くらい考えた。彼女とのありとあらゆる情交を夢想した。モーテルでグレンに邪魔されなければ、いままさに、そのうちのひとつに耽《ふけ》っていたかもしれない。

「なんにしろ」ハンクが言った。「彼女が無事父の手を離れて、ダラスに戻るのを待てよ」

「グレンになんの関係があるんだ？」

「世界じゅうの注目が集まってる。自分の保護下で彼女に悪いことが起きたらまずいと思ってるんだ」

「すでに彼女の身には悪いことが起きた」

「もっと悪いことがさ」

「殺人未遂犯から逃げようとして崖から落ちるより、おれのほうが悪いと？」

ハンクが顔をしかめた。「そうかっかするなよ」

「怒ってるもんか。そこまで言われて光栄だね」

そのときエマとともに祈りを捧げていた人たちが解散し、エレベーターのほうへ向かうのが見えた。ハンクと別れるいい潮時だ。トラッパーは手を伸ばしてハンクの右手を握った。

「来てくれてありがとうな。信徒のみんなとエレベーターに乗れよ。おれは階段を使う」

ハンクに引きとめられないうちに非常階段へ向かった。一階まで小走りで駆けおり、ロビーに出るドアを押し開けた。折しもケーラが正面玄関の自動ドアから入ってきた。

彼女はお世辞にもおしゃれとは言いがたいスウェットの上下にコートをはおっていた。髪にみぞれの粒がつき、頬と鼻が寒さで赤らんでいる。トラッパーに気づくと、駆け寄ってきた。「あなたを探しにきたの」

「きみを探しにきたところだ」

「少佐は？」

「おおかたの予想に反して、助かりそうだ」彼女の唇に浮かぶ数々の問いを封じて、トラッパーは質問した。「きみの車は凍りついてる。どうやってここまで来た？」

「撮影班のバンに乗せてもらったわ。彼らが記者会見の手伝いに呼ばれたから、この玄関で降ろしてもらったの。みんなは裏口へまわってる」

「きみには保安官助手の警護がついてる」

「パトカーでついてきてるわよ」ケーラはガラスのドアの向こうを指さした。路肩に保安官助手のパトカーがエンジンをかけ、回転灯をつけたまま停まっていた。「長くはかからないからって、あそこで待ってもらってるの」

トラッパーは彼女の肘をつかんで、廊下を歩かせた。「きみは記者会見には呼ばれてないんだな?」

「担当はほかのリポーターだもの。それに、わたしは息子を独占よ。少佐の容体は?」

「話しただろ」

ケーラは立ち止まると、彼を引っ張って自分のほうを向かせた。「詳しく聞かせて」

トラッパーは要点を伝え、十以上の質問に答えた。彼が知っていることをすべて聞きだしたと納得すると、ケーラが感嘆の声をあげた。「信じられない。奇跡ね」

「奇跡じゃない。優秀な外科医のおかげだ」トラッパーはふたたびケーラの腕をつかんで広いホールの端まで行き、通用口の重い金属のドアを押し開けて、彼女を外に導いた。

「どこへ行くの?」

「モーテルまで車で送る」

「少佐に会いたいんだけど」

「今夜は面会は許されない」

「一瞬でいいの。あいさつして、ひとこと――」

「面会は許されない」

ケーラはしぶしぶ折れた。「わかった。明日の朝もう一度、頼んでみる。でも送ってくれなくてけっこうよ。記者会見が終わるのを待って、撮影班か保安官助手と一緒に帰るわ」

「きみは〝息子〟の独占記事が欲しいんじゃないのか」

ケーラはいま出てきた建物を振り返った。「なかで話さない？　ホットチョコレートでも飲みながら」

「なかで見つかったら、もみくちゃにされるぞ。おれはそうされた。おれたちにプライバシーはない」
一、二秒ためらってから、ケーラはコートのポケットから携帯電話を取りだして番号を入れ、電話に出た誰かに、別の人に乗せてもらってモーテルに帰ると伝えた。短い会話のあいだにも、トラッパーは彼女を引っ張り、黒々と凍った氷をよけながら駐車場を進んだ。SUVに近づくと、リモコンキーでロックを解錠し、助手席にケーラを乗せた。
そのとき手がケーラの腿をかすめた。この手がいまあの不恰好なぶかぶかのスウェット・パンツのなかにあればいいのに。この手のひらをヒップに押しあてて、体をしっかりと引き寄せたい。ケーラの心のなかにも同じような思いがよぎったのではないか？　ふとそんな思いにとらわれたのは、ふたりの目が合うやいなや、時間が高速回転で巻き戻されて、ふたたび彼女と唇と唇、腹と腹を合わせているように感じたからだ。

だがケーラは鋭く息を吸って、目をそらした。

みぞれが吹きつけてくる。

トラッパーはドアを閉めて反対側へまわった。乗りこむとすぐにエンジンをかけ、ワイパーのスイッチを入れた。ワイパーは積もった氷の上を何度かこすっていたが、デフロスターを最大にすると、硬い氷が砕けてきて、運転できるだけの視界が開けた。車は駐車スペースを出て、駐車場のなかを進み、通りに出た。

「手元に携帯電話はあるか？」トラッパーはケーラに尋ねた。

「あなたの電話は？」

「バッテリーが切れた」彼は右手を差しだした。ケーラがそこに彼女の携帯を置いた。トラッパーはハンドルの上に両手を載せて、携帯の裏をこじ開け、バッテリーを取りはずしてから、自分のコートの左ポケットに入れた。

「なにをしてるの？」

「これから話すことを録音されたくない」

「そんなことしないわ！」ケーラはトラッパーに手を出した。「電話を返して」

彼は携帯電話を手のひらに載せたが、バッテリーは返さなかった。「この先しばらく、おれの話はオフレコだ。いいな？」

ケーラはそっけなくうなずいた。

「声に出して返事をしろ」

「むかつく人ね」

トラッパーはせせら笑った。「まあいい」彼女をぷりぷりさせておいて、しばらくすると言った。「きみは何度か、おれが少佐と仲たがいした理由を尋ねた」

電話の件でなおも腹を立てながら、ケーラはつんけんと応じた。「しごく妥当な質問だと思いますけど」

「ペガサスホテル爆破事件だ」

ケーラはいらだつ代わりに関心をあらわにした。

「さらにきみは、おれがＡＴＦを辞職した理由も知りたがった」

「そうね」

トラッパーはケーラを見た。「同じ理由だ」

しばらく彼女と目を合わせたあと、凍った道路に注意を戻した。このＳＵＶは自分の車より性能がいい。カーソンもときにはいい仕事をする。

黙ったまま一キロ弱ほど進むと、ケーラが口を開いた。「それで？　話してよ。あなたは爆破事件の件で、ＡＴＦ、そして少佐と諍いになった」

「そのとおり」

「詳しく話してもらえる？」

「話すさ」

「いつ？」

「じきに」

トラッパーは速度も落とさずモーテルを通りすぎた。振り返ったケーラは、滲むネオンサインを見たが、それもやがて冷たい霧と靄のなかに消えた。「モーテルを通り越したわ」

「そうか？」

「わかってるくせに、トラッパー。どういうことなの？」

「集中してるんだ。車が横すべりして道を外れないよう、かつ適度な速度を保てるように」

「適度な速度を保つ必要なんてないんだけど」

「捕まりたくなければ、そうするしかない」

「捕まる？　いったいなんの話？　誰が追ってくるの？」

「いまは誰も。だが、きみが行方不明になったと報告が行けばすぐに追ってくる」

「行方不明になんかなってないわよ」

トラッパーはなにも言わなかった。

「トラッパー、どういうつもりなの？　いますぐUターンして、引き返して」

「いや、だめだ」

「だめじゃない！」

トラッパーは道路を見つめたまま、車を走らせつづけた。

「どういうつもり？　誘拐？　わたしは人質なの？」

「いや、人質ではない」

「どこだか知らないけど、わたしの同意なく、わたしの意思に反して連れまわしてるのよ。いったいわたしはなんなの？」

トラッパーはちらりとケーラを見た。「おとりさ」

13

グレーシーがノックすること三回。「ケーラ？　ケーラ、いるの？」十五秒待って、またノックした。返事がないので、名札に〝トラビス〟とある若者を振り返った。友人から起こしてくれと頼まれていたのに返事がないと訴えて、チェックイン・カウンターから引き連れてきたのだ。「やっぱり返事がない。ドアを開けちゃって」

「先に電話したらどうです？」

「あら、あたしが思いつかなかったとでも？」グレーシーは若者をにらみつけた。「電話したわよ。十回も二十回も」

「返事がない理由はたくさんありますよ」

「ええ、意識を失ってるのも、そのひとつよね」

若者は窓に近づき、両手で目のまわりをおおってカーテンの隙間から室内をのぞきこんだ。

「明かりはついてないから、眠ってるのかも。イヤホンをつけたまま」

「ドアを開けて」

「なんかの邪魔をすることになるかも。ほら、個人的な――」

「望むところよ」

「ぼくが馘になります」

「あたしが全責任を持つわ」

「オーナーのいちばんの鉄則が、お客さんのプライバシーを守るってことなんで」

「あたしの鉄則は、友人が生きてるのを確かめることよ！　さあ、ドアを開けなさい！」

「こんなことをしちゃ――」

グレーシーは若者のシャツの胸ぐらをつかんで、引き寄せた。「この部屋の女性は脳震盪から回復したばかりなのよ、このばか！　ドアを開けないと、その頭で窓をかち割るわよ！」

「ああ、もう、わかりましたよ」グレーシーは若者を放した。彼は不器用にキーをいじくりまわしていたが、ようやく解錠すると、わずか十五センチほどドアを開いて、隙間から小声で呼びかけた。「ミズ・ベイリー？」

「もう、まどろっこしいわね」グレーシーは若者を押しのけて乱暴にドアを開けると、ずかずかとなかに入って、明かりのスイッチをつけた。部屋はもぬけの殻だった。

ほっとする若者を尻目に、グレーシーのいらだちは十倍にもつのった。プロダクションのスタッフふたりが開いた戸口に現れた。無謀にも照明係が声をかけた。「ケーラがいないんですか？」

「いるように見える？」グレーシーが声を張りあげた。「あなたがケーラを連れ帰らなかったせいよ」

「ケーラは大人ですよ。どうすりゃよかったんです？　それに、保安官助手が警護してたんでしょう？　病院までパトカーがついてきてた。その保安官助手と一緒じゃないんですか？」

グレーシーは言った。「ケーラが電話でなんと言ったのか、もう一度教えて」

「別の人に乗せてもらうって」

「でも、誰とは言わなかった。保安官助手だとは言わなかったのね？」

「言いませんでした」

「保安官事務所に訊いてみて」

「でもほら、ケーラの監視はぼくの仕事じゃないから」

グレーシーは両手を腰に当てた。「あなたのつぎの仕事はトイレ掃除かもね」

照明係はこそこそ電話をかけに行った。

もうひとりのスタッフが意見を述べた。「あの男性と一緒じゃないですか？　ほら、いかしたピックアップに乗ってた」

ケーラがジョン・トラッパーと一緒かもしれないと思うと、グレーシーは落ち着かなくなった。彼が登場したときの、険悪なようすを思いだしたのだ。ケーラの部屋の外にいたグレーシーをはね倒さんばかりの剣幕だった。「病院で彼を見かけたの？」

「いや。医者が記者会見で、彼は来られないと弁解してました」

「あの……」フロント係のトラビスが咳払いした。「しゃれたトラックに乗ってる男性って、ミスター・トラッパーのことですか?」

グレーシーは振り返って若者を見た。「さっさと言いなさい!」

トラビスはびくつきながら唇を湿らせた。「彼もここに泊まってるんです。別棟で部屋番号は正確に覚えてないけど、事務所まで来てもらえたらお教えしますよ」


全員が出ていくと、この数分間ではじめて、ハービィ・ジェンクスは深く息をついた。がみがみ女が若者を脅して解錠させる音が聞こえてからというもの、ケーラ・ベイリーの部屋のクローゼットのなかで息を殺していた。そんな状態が会話のあいだじゅう続いて、なかなか終わらなかった。

誰か——おそらくは臆病なモーテルの従業員だろう——が、出るとき部屋の明かりを消していったので、ジェンクスは隠れていた場所からいまは暗い部屋に音もなく出ていった。

ケーラ・ベイリーが帰ってくるのを部屋のなかで待ち伏せしていた。

だが、その計画はもろくも頓挫した。

クローゼットは窮屈だったが、発見されずにすんだ好運を思えば、感謝しかない。彼はドアに近づき、細く開いた。よし、誰もいない。テレビ局の連中がまだモーテルの事務所から戻っていないことを確かめ、そっと外に出た。

だが、出るところを見られることはあまり心配していなかった。悪天候のせいで、往来から車が消えている。万が一、通りがかりの誰かに見られたとしても、それがどうした？　こちらは保安官助手なのだから、ケーラ・ベイリーの警護中だと思われるだけのことだ。

彼女の部屋のなかで？

もしそう尋ねられたとしても、一般人にはもっともらしく聞こえる荒唐無稽な嘘が口からこぼれだしてくるだろう。だが、現実には、誰にもケーラの部屋に侵入して脱出するのを見られなかったと自信をもって車まで戻ることができた。運転席に座り、携帯電話を取りだした。

電話をかけた相手は、そっけなくひとこと言った。「すんだか？」

「彼女が戻ってこなかった」

「なんだって？」

「おれは準備万端で部屋のなかにいた。だが、彼女は病院から戻るテレビ局の連中と一緒じゃなかった」続きを説明した。「もろもろ考えあわせると、保安官助手と一緒だろう。もしくはトラッパーと」

「クソッ！」

「テレビ局の連中がいまそれを確認してる」

ジェンクスは、月曜日の夜明けまえ、ピーティ・モスを連れずに小旅行から戻ったことで株を上げた。ピーティのことを人に尋ねられたときの答えは用意してある。いとこのいるテネシーへ逃げた。ウィスコンシンだかどこだかにいる前妻から未払いの養育費を払えとせっつかれていて、それがやむまで隠れていなければならない、と。

ピーティの不在を惜しむ人は多くないだろう。前妻はとうに死んだ。子どもたちとは会ったことがなく、わざわざ連絡もしていない。ひとり暮らしで、友人も少ない。

ジェンクスは、ピーティが自分を信じて〈ピット〉までのこのこついてきたことを思いだすたび、良心の呵責《かしやく》を覚えた。池より大きく湖より小さい〈ピット〉と呼ばれるあの場所は、廃坑になった元採石場で、何年かまえに郡が水を入れて遊泳場にした。そして営業を開始したその夏のある日の真夜中、十四歳の子どもふたりがマリファナを吸いながらセックスしようと忍びこんだ。ふたりは裸で泳いでいて、溺死《できし》した。

親たちは責める相手欲しさに郡を訴え、勝訴した。財政的に打撃を受けた郡には、もはや〈ピット〉を再開する予算がなかった。いまやそこは高さ二・五メートルの錆《さ》びた金網で囲われ、あちらこちらに錆だらけの〝立ち入り禁止〟の看板が掲げられているだけの場所になりさがった。目撃されたくないことをするには絶好の場所だ。

ジェンクスはピーティを誘いだした。日の出を拝みながらバドワイザーの六本パックを飲んで、少佐の家での仕事に失敗して叱責されたことを慰めあおう、と。

言うまでもないだろうが、実際にそこでしたことは、誘い文句とはちがった。ピーティにはビール一本飲む暇さえ与えられなかった。ピーティをだましたことに後悔はない。こちらが先に動かなければ、ピーティが動いていた。そうなれば、いま〈ピット〉の底に沈んでいるのは自分の死体だ。

いずれにせよ、すんだことだ。いまのジェンクスは新たな懸念に直面している。電話の向こうの男から放たれている失望と怒りだ。

「ケーラはまたテレビに出たがってる。明日の夜だ。ペガサスホテル爆破事件やら少佐の殺人未遂事件やらについて話すらしい。だから、今夜は決定的なタイミングだった」

遠回しになじられたときは抗弁しないにかぎる、とジェンクスは思った。言い訳する代わりに尋ねた。「これからどうしたらいい?」

「いま考えている」

おおっと、まいった。考えたらろくなことにならないのが世の常なのに。

14

　表向きは冷ややかながら、ケーラの怒りはくすぶっていた。「おとり？」

「おいおい、きみがそんなふうに言うと——」

　ケーラはシートベルトを外し、席から身を乗りだしてトラッパーの腕をつかんだ。いきなりコントロールを失った車が三百六十度回転し、さらにもう一回転して止まった。後輪が溝にはまって車体が大きく傾き、降りしきるみぞれ混じりの雪をヘッドライトが照らしだした。

　ケーラを振りほどこうとしながらトラッパーが叫んだ。「なんのまねだ？」

「方向を変えて町に戻るのよ」

　トラッパーはケーラの手を振りほどき、頭を左右に振って、叩こうとするケーラの手を避けた。「ふたりとも死ぬところだったぞ」

「殺してやる！」

「わかった。怒ってるんだな」

「怒ってるなんてものじゃないわ」

　ケーラがまた殴りかかってきた。こんどは手のひらが頬に当たって痛みがあった。「くそっ、ケーラ。やめろ！　きみを傷つけたくない」

　どうにかケーラの両手首をつかみ、その手を自分のコートの内側の胸に押しつけて、息を整えた。「いくらなんだって、やることが愚かすぎる」

「われを失ったのよ。誰のせいだと思ってるの？」

「そうだな、おれの戦略が最善じゃなかったかもしれないことは認める」いまだケーラは怒りのおさまらない顔をしているが、謝罪はここまでだ。「話を聞く気になったか？」

　ケーラは依然として獰猛《どうもう》な目つきだった。「明日の夜、インタビューを受けさせないための策略なの？」

「それよりずっと重大な問題だ」

　ケーラはなおも怒りに息を荒らげているが、少なくとも関心は引けたようだ。怒りの炎が小さくなってきた。「手を放してもらえないかしら」

「またやみくもに叩いたりしないか？」

「するかもね」

　手を放しても、彼女はもう暴れず、座席に座りなおした。「わかった、聞くわ」

　トラッパーはエンジンをかけっぱなしにしてもだいじょうぶなように運転席の窓を細く開け、ヘッドライトを消した。そして考えをまとめ、事実をありのままに提示することにした。

「ケーラ、きみは人生で二度、からくも死をまぬがれた。どちらもその場に少佐がいた。それを運命のいたずらだとか、カルマだとか言って、自分をごまかすことはできる。なんやかんやを組みあわせて、ぼやかしたり、都合よく解釈したり、理屈をつけたりすることもできる。だが、きみにはわかってる。おれにもだ。説明がつく理由はひとつしかない。爆破事件を生き延びたきみと少佐が一緒になって、あの日、見たり聞いたりした記憶を突きあわせて考えることに脅威を感じている人物がいる」

「一般論としての人物なの？」

「特定の誰かだ。だからおれはそこに立ち返らずにいられない」

ケーラは困惑したように頭を振り、眉の上のあざをさすった。

彼女がとっさに取った身ぶりを見て、トラッパーは心配になった。「ケーラ、めまいがするのか？　吐き気とか、頭が痛いとか？」

「ええ。でも、だいじょうぶ」

「あんな暴れ方をするからだ」

「元はといえば、あなたが誘拐したからでしょ」

「帰してもらいたいのか？」

「話を聞くまで帰らない。わたしはだいじょうぶ。立ち返る〝そこ〟って、爆破事件のこと？」

「あの事件については綿密に捜査した」

「ＡＴＦ在職中に？」

「空き時間を使った」

「目的はなんだったの？　事件は解決しているのよ」

「おれは〝解決〟したとは思ってない」トラッパーは言った。「事件の実行犯とその動機に関して、不明な点はなかった。犯人が自白したからだ。ほかのふたりの男とペガサスホテルに爆弾を運び入れてセットした、動機はホテルの親会社への恨みだ、と」

「石油会社だったわね」

「そうだ。男の自白内容はすべてＦＢＩとＡＴＦの捜査で立証された。犠牲者数、破壊規模から見て、徹底した犯行だった。だが爆弾自体は特別なものではなかったし、十六階建てのビルにはそれで事足りた。Ｃ－４爆薬。雷管。タイマー。そのひとつは、なんと、キッチンタイマーだった。

　ひとつひとつの爆発範囲はたいして広くなかったが、広範囲である必要もなかった。ペガサスホテル爆破の効力を高めたのは、考え抜かれた設置場所だった。古いビルを爆破解体するときは、支持梁《ばり》の近辺、つまりその周囲や中央に爆薬を設置するだろ？　それと同じ原理だ。基礎を破壊すればビルは倒壊する」

「単純すぎてかえって怖いわね」

「天才である必要はないんだ。近頃じゃみな、バックパックを背負った放浪者のたぐいを警戒するのが癖になってる。だが二十数年まえのあの日、男たち三人はビジネススーツを着ていた。誰からも注目されずに、ブリーフケースとキャリーバッグを持ってホテルに入った。

　自白した男は建築家だった。そいつが設計図一式と建物の配線図を手に入れ、侵入すべき区域に入る方法を探りだして、逃走ルートを割りだした」

「言っておくけど、爆破事件についてはわたしも研究してきたのよ」ケーラが言った。「どうにも理解できなかったのは、タイマーをセットしたその男が、爆破まえに逃げる時間の猶予がどのくらいあるか、ほかのふたりに嘘をついたという点よ」

「そのとおり」トラッパーは静かな声で答えた。「やつは自分だけが爆発から逃げ延びられるよう計画した。ただ自白するために？　そんな言い草が通ると思うか？」

「その点が引っかかって、興味を持ったのね？」

「複数ある気になる点のひとつだ」トラッパーは答えた。「ATFに入った当時は、十一歳のころからずっとおれの人生を支配してきた事件について深く知りたいという好奇心だけだった。敵に立ち向かうように難問に挑みたかったし、ATFに入ったおかげで、一般には公表されてないこと、つまり技術的にこまかすぎたり、あまりに生々しく凄惨《せいさん》だったりする部分を記したファイルや報告書や情報が見られる立場になった。書物から切り離されていた学者が、議会図書館に放りこまれたようなもんさ。だがそのすべてに目を通して、深く探れば探るほど、さらに興味が湧いた」

「どうして？」

「あれだけの大事件になると、専門家でも再現するには何年もかかる。微細な点から少しずつ組み立てていくんだが、手元にある材料をすべて組みあわせても、いくつか疑問が残るのがふつうだ。爆発自体には物理法則があてはまっても、理論と技術の両方、もしくはどちらかに矛盾点が出る。なぜ片方の耳が四百メートル離れた場所で、もう一方が反対方向の六ブロック離れたところで発見されたのか。なぜどちらの窓も同じ側にあるのに、片方だけ割れ方がちがうのか。周囲のものは木っ端みじんになったのに、そのコーラの缶だけが傷つかなかったのはなぜか。

ところがペガサスホテル爆破事件では、なにもかもがきれいに片付いて、いっさいほころびがなかった。細部までぬかりなし。未解決事項なし。犯人までそうだ。自白した男が裁判で判決を受けることはなかった。末期の胃がんで死んだからだ。ペガサスホテルに爆弾を運びこむ数カ月まえに告知を受けてた」

「それでどういう結論に行きつくの？」

「男はガソリンスタンドの件で自分をペテンにかけた石油会社への恨みを晴らすためにホテルを爆破したわけじゃない」

「確か犯人は、友人とともに声明文を書いたと言ったのよね」

「ああ。だが、どんな声明文だ？　捜査各局の男に対する取り調べのコピーを読み、ビデオを観たが、男はとりとめのない不平をぼそぼそこぼしてるだけで、不満の内容を明確に説明することはなかった。世界の注目を浴びたのに、声高に演説をぶったか？」トラッパーはそれを否定するため、首を横に振った。

「狂信主義、白人優越主義をうかがわせる点もなければ、反体制的な傾向もなかった。剣を振りまわすこともなく、すべてを滅ぼしてやると叫んで脅すことも、鉤《かぎ》十字を崇《あが》めることもなかった。それなのに——」トラッパーは声をひそめた。「表向きしごくまっとうな三人の男が感化されて大量殺人に手を染めた」

「感化？　さっきのあなたの言葉に反するわ。彼らに動機はなかったんでしょう？」

「動機はあった。おれにわからなかっただけで。探りだすまえにＡＴＦを辞めたからだ」

「そこでさっき言った〝誰か〟が出てくるの？」

「感化したのはそいつだ。おれはそいつに迫っていた。このくらいまで」トラッパーは親指と人さし指を二、三センチ離した。「そいつを捕まえる一歩手前まできてた。だが、必要な証拠がすべてそろうまえにプラグを引っこ抜かれた。おれは厄介者になり、上司から叱責を受け、ペガサスホテル爆破事件は解決ずみだと念を押された。もちろんおれが興味を持つのは理解できる。おまえには大いに個人的なことだから、と」

「あなたはあの日、父親を失いかけた」

実際、失った。そう思いつつ、トラッパーは黙っていた。

「なぜ少佐はホテルにいたの？」ケーラが尋ねた。「インタビューではその話は出なかった」

「少佐は退役後、あるソフトウェア開発会社で働いてた。顧客の多くが政府機関だったんで、軍務経験が役に立ったんだ。爆破事件当日、少佐はほかの中間管理職連中とともに客になってくれそうな人たちと話をしていて、ペガサスホテルのレストランでパイとコーヒーで休憩しようということになった。ホテルはオフィスから二ブロックのところにあった。

母はテレビのニュース速報で、ホテル近隣のビルが爆破の余波を受けたと聞いて、少佐の職場がホテルのすぐ近くなのを心配して電話した。まさか少佐がペガサスホテルそのものにいるとは思ってもいなかったが、やがてふたりの警官がやってきて、少佐が病院に運ばれたと聞かされた」

「大変なショックだったでしょうね」

「おれは見てない。学校にいたんだ。その夜、家族三人が病室に集まったとき、母はまだ震えながら泣いてた。打撲傷を負った少佐は、同僚がどうなったか、何度も病院の職員に尋ねてた。答えを聞いて、少佐も母も茫然自失していた。見ていてたまらない光景だった」

「少佐が一緒にいた人たちは助からなかったの？」

「生存者は少佐をのぞいて二名のみ。ひとりは脚を失い、真の意味では回復することなく、数年のうちに亡くなった。もうひとりは重傷じゃなかったんだが、生き残ったことに対する罪悪感に苦しめられて自殺した」

「痛ましいわね」ケーラは気持ちを鎮めてから、尋ねた。「あなたと少佐が不仲になった理由は？」

「いくつかあるが、すべてペガサスがらみだ。おれは職場で、犯人が死んで墓に入ったのに、あれこれ探りまわったり関係ないところに鼻を突っこんだりしてなんになる、と言われた。〝そんなくだらないこと〟はたいがいにして担当事件に取り組め、と命じられたんだ」

「それで辞めたのね」

「辞めさせられるまえにな」トラッパーは苦笑混じりに認めた。「数秒差だった」道路の両方向を確認した。いまだ漆黒の闇で、車一台、見あたらない。フロントガラスにみぞれが打ちつけ、雪が激しく舞っていた。

「同じころ」トラッパーは続けた。「少佐に手記を出版する話が持ちこまれ、その本をもとにした映画化の話までついてきた。同じような話はそれまでにもあったんだが、そのときはハリウッドのインチキ野郎の誇大な売りこみじゃなくて、大金のかかった本格的な企画のようだった。

この話が実現しそうになると、おれは焦った。そこで少佐と膝詰めで話しあい、おれの仮説を打ち明けた。爆破事件の黒幕はいまも捕まってないし、生存者が捜査結果に疑問を抱かないように監視している気がしてならない、と。

おれは手記や映画の話を忘れるように言った。それだけじゃない、爆破事件についてはいっさい口をつぐめ、テレビに出て話をするのもやめてくれと迫った。少佐が自分で気づいている以上に事件の真相をつかんでいると真犯人に思わせたくない。そう思わせたら、少佐がロータリー・クラブの昼食会で雄弁をふるっているうちに有罪となる手掛かりを口にするのを恐れて、頭に弾丸を撃ちこみにくるかもしれない、と」

「少佐はあなたのその説をしりぞけたの？」

「容赦なく。おれが少佐の名声をやっかんで、勝手にでっちあげたと決めつけた。誰がおまえに本の執筆を依頼する？　誰がおまえの人生を映画にしたがる？　ポルノ映画ならいざ知らず。あげくの果ては、おまえは〝キャリアをどぶに捨てた〟だけでは飽き足らず、ばかばかしい妄想をたくましくして物笑いの種になった、ATFに誠にされるのも無理はない、わが家の英雄はひとりだけ、それは自分だ、とまで言ってのけた」

「トラッパー」ケーラが顔を曇らせた。その哀れむような表情が、トラッパーにはたえがたかった。

「それはどうでもいい」トラッパーは語気を強めた。「少佐は思ったことを言ったまでだ。ひどい言い草だが、それでもおれは少佐を死なせたくなかった。道理を聞き分けてもらえない以上、ほかの方法であきらめさせることにした」

「どういうこと？」

「脅迫した」

ケーラが顔をしかめた。

「自慢できることじゃない」

「なにを材料に脅迫したの？」

「母の日記だ」ケーラはまばたきした。けれど、なにも言わないので、トラッパーは続けた。「日記などつけてなかったと少佐に言われたんで、知らなくて当然だ、と言ってやった。その一ページ一ページに記されてるのは、フランクリン・トラッパー少佐の裏の顔、妻子を顧みず、ヒーローごっこをするために何週間も家を空ける人物のことだからな、と。もし手記の執筆契約をするんなら、こっちはタブロイド紙と契約して、偉大なる〝少佐〟の神話をぶち壊してやると脅した」

「本気だったの？　少佐はお母さまを愛していたんでしょう？」

「もちろん愛してたさ。だが、それでも自分が有名になることが第一で、母は二の次、三の次だった」トラッパーはしばし虚空を見つめていた。「とにかく、少佐は脅しを真《ま》に受けた。辞めたよ。それきり、きっぱりと」

「そこへわたしからの接触があった」ケーラが静かに言った。

「きみは餌をちらつかせ、少佐はもののみごとに食らいついた」

「あなたがわたしをなんとしても追い払いたがった理由がよくわかったわ。いまも少佐を守っているのね」

「そうだ。少佐から一生口をきいてもらえなくとも、少佐には英雄のまま長生きしてふつうに人生を終えてもらいたい。だが、保護しなきゃならないのは少佐だけじゃないぞ、ケーラ。どこからともなくきみが現れ、なにをするつもりか聞いたときは、心底ぞっとした」

トラッパーはコンソール越しに手を伸ばし、親指でケーラのほくろに触れた。「きみには大変な秘密があり、それをいまにも明かそうとしていた。だが、きみは自分に死の罠をしかけてたんだ。事件の背後にいる謎の人物は、これまで写真の少女を警戒していなかった。日曜の夜まで名前も知らなかった。ところがその少女が事件の記憶を持った大人となって登場し、しかも有名人だった。よりによってニュース・キャスター、真相を探りだすリポーターだった。

犯人はそれを知ると、さっそく動きだした。きみと少佐がテレビであの事件について語りあって数時間のうちに、銃を持った男ふたりが少佐を永遠に黙らせるために現れた。そして失敗した。さらにまずいことに、思いがけず与えられたきみを殺す機会までのがした」

「まえから言ってるけど、わたしが脅威になるとは思えないわ」

「犯人はそうは思ってない。カメラのないところできみと少佐が話した内容が気になってるんだ。ふたりでなにを話した？　明日の夜のインタビューでまた驚くような告白をするつもりなのか？　明日の夜でなければいつだ？」

トラッパーは彼女の手を取ろうと手を伸ばした。「ケーラ、おれの話を理解したか？　真犯人にとって、きみは現場に残されていたキッチンタイマーのようなものだ。それを目のまえで爆発させまいと躍起になってる」

ケーラは目を見開いていた。催眠術にでもかかったように彼の目に見入っている。どちらも口を開かないうちに、トラッパーの携帯電話が鳴りだした。ケーラがびくりとした。

「グレンだな。きみを見かけたかと問いあわせる電話だろう」コートのポケットから携帯電話を取りだした。カーソンだった。トラッパーは電話に出た。「急用なのか？　忙しいんだ」

「用件はふたつ。まずは、トマス・ウィルコックスの子どものことを知ってたか？」

トラッパーはケーラをちらりと見た。聞き知った名前に耳をそばだてている。「子ども？」トラッパーは言った。「いや、その息子がどうした？」

「娘だ。一年半まえに死んだ」

「何歳だった？」

「十六歳。最愛の娘だ。目に入れても痛くない愛娘《まなむすめ》。誇りであり喜びだった」

「死因は？」

「そこが興味深いところでな。みんな口を濁してる」

「どういうことだ？」

「わからんよ。こちとら探偵じゃない、探偵はおまえだろ。だが死因はもみ消されて、はっきりしない。だからおまえも知らなかったんだ」

カーソンの言うとおりだ。興味深い。「手に入った情報を送ってくれ。情報のでどころを訊いてもいいか？」

「言わぬが花だ。証言台に立たされたとき――」

「了解。二点めは？」

「ＳＵＶのことなんだが」

その後輪が溝にはまっているのを打ち明けるのは、気が重い。「長いこと悪いな。修理店にレンタル料を払うと伝えてくれたか？」

「そういう問題じゃないんだ」

「どういう問題だ？」

「その車は、なんというかな、その……」

「なんだ？」

「盗難車というか」

そのとき、地平線にトラッパーの注意を引くものが現れた。パトカーが一台、いやひょっとすると二台か、地面が凍結しているにもかかわらず、猛スピードで近づいてきた。

15

妻のグレタが抗うつ剤をたっぷりのウォッカで流しこんで寝室に引きあげると、トマス・ウィルコックスは亡き娘のベッドの端に腰を下ろした。夜になると、そんなふうに過ごすことが多い。彼をそこにつなぎとめているのは罪の意識だった。

ティファニーの部屋は、ファラオの墓よろしく、娘が生きていたときのままに保管されていた。娘が愛していたもの、大切にしていたものが、最後に娘が置いたとおりに置いてある。埃《ほこり》を払うときもいっさい触れたり動かしたりしないようにと、家政婦には厳命してある。メリーゴーラウンドの入ったスノードーム。ハイスクールのダンス・チームの写真。ティファニーはそのチームのキャプテンをつとめていた。馬術に秀でていた娘が馬術協会から贈られたトロフィーや勲章。全米オリンピックチームに選ばれることを目標にしていた。

この部屋とそのなかにある実体のあるもののひとつずつが、ティファニーを思いださせるよすがだった。だがその一方で、トマスは娘の精気の名残が日々少しずつ薄れていくのを感じていた。栓をした瓶からゆっくりと香水が揮発していくようなものだ。最初は娘の命の濃密なエッセンスが閉じこめられていたのに、無情にも徐々に蒸発してきている。すべてが消散するのもまもなくだろう。そのときティファニーも完全に消える。

トマスは自分が無敵だと信じるがあまり、ある男を見くびり、その脅しを無視した。判断を誤った代償がティファニーだった。

最後にもう一度、部屋を見まわし、娘の枕に置かれたテディベアを見た。娘が幼いころから夜をともにしてきたぬいぐるみだ。「おやすみ、スイートハート」ささやきかけて立ちあがり、明かりを消して部屋を出ると、そっとドアを閉めた。

廊下の奥を見た。閉じられたドアがもうひとつ。妻のいる寝室だ。

最初グレタは、娘に先立たれたことをゲストルームで寝る理由にしていた。だが一人娘の死から一年半たっても夫婦の寝室には戻らずに、ゲストルームを使いつづけている。

トマスもグレタも、自分たちのあいだに亀裂が生じていることを認めようとしなかった。最近はやりとりも他人行儀でよそよそしい。愛しあうこともないし、諍うこともない。どんな感情もあらわにするだけの気力がなかった。この世に生を受けた日から亡くなる日までティファニーは太陽であり、その太陽をめぐってふたりは生きてきた。そのためティファニーの命の光が消えると、ふたりはもはや光もぬくもりもエネルギーもない真空に取り残された。

トマスは螺旋《らせん》階段を下りて一階の書斎へ向かった。部屋のまえにさしかかったとき、インターコムのパネルからブザーの音がした。〝正門〟と表示された赤いランプが点滅している。

トマスはスピーカーのボタンを押した。「はい？」

「ジェンクスだ」

沈んだ気分が吹き飛んだ。身のこなしから足取り、表情まで、悲嘆に暮れる親のそれから、強硬に自分の利益を守ろうとする男のそれへとたちまち変貌した。

窓辺へ近づき、窓際の壁に身を寄せて、ブラインドのルーバーを一枚押しさげた。広い芝地はみぞれに白く凍り、円形の車回しの中央に設置された噴水は氷の彫刻と化していた。三十メートルほど向こうにヘッドライトのふたつの明かりが見える。凍った水蒸気がぼんやりと照らされているせいで、車や運転手は識別できなかった。

トマスはインターコムのパネルに戻った。「雪嵐のなか、こんな夜更けになんの用だ?」

「問題発生を伝えるように言われてきた」

「すでに承知している。十時のニュースで病院からの記者会見を中継していた。少佐が快方に向かっているようだな」

保安官助手は洟《はな》をすすった。「それはいいほうの知らせだ」

トマスはしばらく考えたのち、開門ボタンを押した。

デスクへ行き、天板の下の薄い引き出しから拳銃を取りだし、弾倉の穴すべてに弾が込められていることを確認した。ニッケルメッキのこのリボルバーには、螺鈿《らでん》細工が施された握りがついている。美しい造りではあっても、詰まるところは六連発だ。その拳銃を太腿の脇で握って玄関で待っていると、パトカーから降りた保安官助手が石の階段を上ってきた。

ジェンクスは革の手袋を取って手のひらに打ちつけた。「寒いのなんの」濡れたブーツを脱ぎ、玄関のすぐ内側に置いた。帽子も脱いだが、こちらは手に持ったままだった。

トマスは頭を傾けて書斎を示した。ジェンクスもはじめてではないので、勝手はわかっている。書斎に入ったジェンクスは、備えつけのバーを見た。「一杯のウイスキーのためなら、なんでもしてしまいそうだ」

トマスは酒を勧めなかった。ジェンクスも断っただろう。飲酒運転を避けたいという良識からではなく、グラスやこの部屋、この家に指紋を残さないためだ。

トマスはデスクの椅子に座り、拳銃を握った手を革のデスクパッドに載せた。ジェンクスは家に入ってすぐに気づいたであろうリボルバーのことを、ひとことも口にしていなかった。ジェンクスが暖炉の上に掲げられた、額入りのティファニーの肖像画を一瞥した。娘は乗馬服姿でポーズを取っていた。赤いジャケット。ぴかぴかの黒いブーツ。三つ編みにして肩に垂らしたプラチナブロンドの髪にちょこんと載せたシルクハット。油絵のなかに閉じこめられたにこやかな笑みは、永遠に変わることがない。

肖像画を見あげるこの男が娘の殺害に加担したであろうことを思うと、トマスは胸が悪くなった。拳銃を持ちあげて、靴下姿でそこに立つジェンクスの頭を吹き飛ばしたい。それをしないのはひとえに、それこそがジェンクスをよこした男の望みであり、彼らにトマスを殺させる正当な理由を与えることになるからだった。

これまでトマスが殺されずにきたのは、彼らが願ってやまないものをトマスが持っているからだった。それを握って放さず、秘匿して誰にも触れさせないようにしているかぎり、命を狙われる心配はなかった。

だが、彼らにはトマスに自身のもろさを思い知らせるすべがある。トマスは以前彼らを試し、その二日後に娘が命を失った。

トマスは憎悪を無表情で隠した。「なぜこんな夜にあぶない思いをして長い道のりをやってきた？　悪い知らせとやらは、電話で伝えればすむだろう？」

「あんたに直接聞かせて、この目であんたの反応を確認しろと言われてきた」

「それで？」

「ケーラ・ベイリーが行方不明になった」

トマスは困惑もあらわに保安官助手を見つめた。「逃げたのか？」

「誘拐されたらしい」

「なんだと？　いつのことだ？」

「数時間まえ。しかもさらに悪い知らせがある」ジェンクスは不機嫌といってもいい口調で続けた。「誰が誘拐したと思う？　ジョン・トラッパーだ」

なんたることか。トマスは気落ちした。「あの悪名高き厄介者か」

「まったくだ」ジェンクスが言った。「なぜあいつを始末しておかなかった？」人さし指で自分のこめかみをつつく。「おおかたの察しはつくが。トラッパーがどこまで突きとめてるかわからないからだろう？　じゃなきゃ、隠し場所を知らないからか？」

さまざまな思いが頭を去来したが、トマスはいつもの無表情に戻った。「そう思うか？」

ジェンクスがにやりとした。「当たりか？」

大当たりだが、それを認めるつもりはなかった。「もしトラッパーが有罪の証拠を持っていれば、わたしはとうに監獄送りになっているんじゃないか？」

「ＦＢＩが捜査するかどうかと、そこに犯罪があるかどうかは別だ。少佐が撃たれて、あんな——」

「おまえが少佐を撃ったのはまちがいだったかもしれない」

「おれじゃないぞ。撃ったのはピーティだ」

「似たようなものだ」

「いや、大ちがいだ。なんにしろ、さっき言ったとおりだ。トラッパーがなにをつかんでるかわからないが、そいつをまた引っ張りだしてきてひと悶着《もんちやく》起こしたら、こんどは誰かが耳を傾けるかもしれない。いいか、あんたが思ってる以上にトラッパーが物証を持ってる可能性だってあるんだぞ」

「ありえない」

「あんたの希望的な観測だろ」

トマスは不快そうに顔をしかめた。「誰もやつの言うことなど、まともに取りあわない」

「ケーラ・ベイリーは取りあうかもしれない」

「いや、ありえない。トラッパーにあるのは、荒唐無稽な仮説だけだ」

「あいつには魅力的な青い瞳がある」

「ミズ・ベイリーは野心家で切れ者だ。たかが青い瞳ごときのために、これほどの規模の話で自分のキャリアを危険にさらす報道をするはずがない。彼女ならあくまでも証拠を求める。そしてそんなものは存在しない」

「三年まえ、トラッパーがあれほどうるさく――」

「トラッパーは悪あがきをしただけで、なにも得られなかった」

ジェンクスはかかとに重心を移した。「それが聞きたくて来たんだ。聞けてよかったよ。さもないと……厄介なことになったかもしれない」

「今週はもうじゅうぶんに厄介だったんじゃないか？」

ジェンクスは受け流した。「つまりあんたは、トラッパーをたいした脅威とは見なしてないんだな？」

「そのとおりだ。安心してそう伝えてくれ」

「安心してとはいかないが」

「というと？」

「相手はあのトラッパーだぞ。そこらじゅうを引っかきまわして、人の神経を逆撫でする名人だ」

「わたしはいっさい動じていない。みなそうあるべきだ。さもないと、かえって愚かなことをしでかす」トマスは立ちあがり、ドアを示した。「なんならそれも伝えてもらおう」

16

　トラッパーは電話口でうめいた。「殺すぞ、カーソン」通話を切るなり、短縮ダイヤルで電話をし、空いた手で車のエンジンをかけた。

「盗難車ですって？」ケーラが尋ねた。

「そう言ってたな」

「どうするつもり？」

「自首する」トラッパーが答えていると、電話の向こうからケーラにも聞こえる大声で名乗る声がした。

「いいか、グレン」トラッパーは保安官の非難の声をさえぎった。「部下に言って、おれを追跡するのをやめさせろ。誓って言うが、この改造車についてはまったく知らなかった」

「改造車？　改造車がどうした？」

「いや、なんでもない」

「おれはケーラの話をしてるんだ。そこにいるのか？」

「声が途切れるぞ、グレン？　なんだって？　くそっ！　聞こえるか？　声が聞こえない」

ケーラにも聞こえるくらいだから、本当は聞こえている。保安官は罵声《ばせい》を浴びせ、説明しろとトラッパーに迫っている。

トラッパーは保安官をわめかせておいて、ドライブとリバースを切り替えた。車を前後に動かして足がかりとなる場所を探し、SUVを溝から出して道路に戻ろうとしている。ようやく車が大きく揺れて傾き、横すべりしながら凍った路面に乗りあげた。トラッパーは鋭くハンドルを右に切り、コントロールを失うまえに向かっていたのと同じ方向へ車を向けた。

トラッパーは電話にどなった。「グレン？　グレン？　聞こえるか？　くそっ！」そしてあっけにとられるケーラを尻目に、運転席側の窓を開けて、携帯電話をオーバースローで猛吹雪の車外へ放り投げた。窓を閉めて、アクセルを踏む。左右に振れる車の後部を巧みなハンドルさばきで制御しつつ、スピードをあげて暗闇のなかを走りだした。

ケーラはおぼつかない手つきでシートベルトを締めた。「ヘッドライトがついてないわ」

「わざとだ」

「前方が見えるの？」

「いや。だが、追っ手にも見られずにすむ」

ケーラはリアウィンドウを振り返った。靄や氷雨のせいで回転灯の明かりが滲んで見える。トラッパーは速度をあげて追っ手との距離を広げていった。

ケーラは言った。「なぜこんなことをするのか説明してもらえないかしら？」

「このあたりだと、土地勘があっても道に迷うと言ったのを覚えてるか？」

「ええ」

「その理論を実地で試してる。たぶん保安官事務所はおれの携帯を逆探知してるから、追っ手は一、二分で携帯の位置を突きとめて、捜索のために外に出る。そしていたずらにうろつくのをやめるころには、こちらは何キロも先を走ってるという寸法だ。これなら、まず見つけられずにすむ」彼は外の天気を指し示した。

「タイヤ痕が残るわ」

「確かにな。だが、その点はどうすることもできない」

「停まるという選択もある。戻るのよ」

「いい選択とは思えない」

「警察から逃げているのよ、トラッパー。盗難車で」

「おれが盗んだんじゃない」

「でも盗難車に変わりないわ」

「その点は保安官事務所もそれほどうるさくは言わない」

「誘拐に関しては、そうはいかないと思うけど」

「おれはきみを誘拐してない」

「だったらこれはなんなの？」

「おれたちは大人だ。一緒に立ち去った。それだけのことだ」

左折すると、車体が揺れた。ケーラは窓の上部のアシストグリップにつかまった。「そう簡単にはいかないわ、トラッパー」

「説得力はあるぞ。あのときドアがノックされなければおれたちは裸になってたし、それを知ってるグレンは、おれの動機を不純なものだとみなしてる。息子のハンクによると、グレンはきみに起こりうる最悪の事態はおれと関わることだと言ってたらしい」

「言えてるかも」

「まだおれと裸になったことがないから、そんなことが言えるんだ」

「トラッパー、まじめな話をしてるのよ」

トラッパーは一瞬にやりとした。「わかってる」

彼はアクセルから足を離し、徐々に速度を落として車を停めた。ギアをパーキングに入れて、ケーラを見る。「きみがそれを望むなら、町に連れて帰る。反論はしない。ここ何日か緊張が続いたから、新鮮な空気を吸いたかったと言えばいい。じゃなきゃ、少佐が回復してほっとしたから、ドライブを楽しみたかったとか。なんだったら、髪を引きずられて連れ去られたが、おれを言いくるめて体は奪われずにすんだと話してもいいぞ。きみがなんと説明しようと、おれは話を合わせる。運転しているのが盗難車だと知らなかったことはカーソンが請けあってくれる」

ケーラはじっくり考えてから、尋ねた。「そうした場合は、どうなるの?」

彼は小さく肩をすくめた。「事態は収拾し、きみは明日の夜、予定どおりにインタビューを受ける。そしてなにかが起こるのを待つ」

「全国放送の生中継中にわたしの命を狙う人がいるとは思えないんだけど」

「おれもだ。だが翌週は？　二週間後は？　一カ月後は？　きみはそんな脅威がいつまでも続く人生を送りたいか？」

「少佐はずっとそうだったのね」

「おれが言うまで気にも留めてなかった。そしておれが嫉妬でおかしくなったとなじった。おれの警告をせせら笑ってまともに取りあわないから、少佐が撃ち殺されるのを恐れるのはおれの役目になった。差し迫った危険を恐れながら生きるのは、正直、つらいものだ。酒の量が増え、仕事がおろそかになった。友情を失い、手当たりしだいにやりまくって、辛辣な冗談を飛ばす。どれもこれも、あと一日を生き延びるためだ。そんなふうになりたくないだろう？」

ケーラはうつむき、こめかみをさすった。

トラッパーが彼女の膝に手を置いた。「荒っぽい運転で悪いな。めまいがするのか？」

「いいえ」

「頭が痛いのか？」

「いまの状況を真剣に考えているとね」

「だったら、考えるのをやめろ。このまま続行すると言えばいい」

ケーラは顔を上げてトラッパーを見つめた。「なにを言ってるの？　盗んだＳＵＶで逃避行を続けろってこと？　映画にもなったクライドは反社会的な人格障害者だったと言われているけど、わたしに言わせれば、どうかしていたのは恋人のボニーのほうよ」

「爆破事件に隠された真実を聞きたいのか、聞きたくないのか？」

「もちろん聞きたいわ。でもこんな……」ケーラは途方に暮れて両手を上げた。「こんなのは……どうかしてる」

トラッパーの信念や仮説の信憑《しんぴょう》性を疑っているわけではない。だが、ケーラはいままで計画性のあるきちんとした人生を送ってきた。一歩一歩、着実に進んできた。自分で想定した時間割から外れていたのは父親の死だけだ。それだけは運命に委ねるしかなかったが、それもケーラのではなく、父親の運命だった。

ケーラ・ベイリーは目標を掲げ、それを達成すべく計画に沿って行動する。いかがわしいうわさのある男と日没後に逃亡劇をくり広げるなどありえない。しかも相手は、衝動的なうえに嘘つきの策略家だとわかっている。つい一週間まえに出会ったときは、二日酔いで立っているのもやっとだった。

だったらわたしはここでなにをしているの？「逃亡者にならなくたって、番組を作ることはできるわ」

「そうだな。たぶん。おれがいようがいまいが、きみはいま以上に有名になるだろう」

「それが癪にさわるの？　あなたが調べあげたことがわたしの手柄になることが？」

「そうじゃない」トラッパーがいらいらと答えた。「いまは亡ききみの母親が娘の成功の喜びに浸れなくて残念だと思っただけだ」

ケーラはたじろいだ。「ずいぶん残酷なことを言うのね」

「そのとおりだろ、ケーラ」怒りに満ちた声。「本当に残酷なのは、きみの母親が殺された事件の黒幕だ。そいつに責任を取らせたくないのか？　ペガサスホテル爆破事件の犯人とされる三人はただの使い走りだ。きみの母親を含む百九十七名もの人たちを殺そうとたくらんだ男に送りこまれて汚れ仕事をさせられたんだ。日曜の夜、少佐を殺そうと男ふたりをよこしたのもそいつだ。おれはそう確信してる」

「ただの強盗だったのかも。少佐が玄関に出て、過剰反応したとか」

「やつらはただの操り人形でしかない。消耗品だ。失敗したから、すでに消されてる可能性が高い」

「あなたの憶測よね、トラッパー。真実はわからない。ホームレスだったかもしれない。ふたりの……そうね……ドラッグを買う金欲しさに犯行におよんだ麻薬常用者だとか。もしくは……」

いくら探ったところで、トラッパーの解釈に代わるもっともらしい答えは見つからず、心の奥では、あのドアの反対側にいた男たちはホームレスでも麻薬常用者でもないとわかっていた。そんな思いを見透かすように、トラッパーはこちらを見ている。「わたしがひょっこり登場して、ペガサスホテル爆破事件の黒幕が焦ってるって、あなた本気でそんなことを信じてるの？」

「そうだ、ケーラ。もしきみが少佐のインタビューをみごとものにした手練《てだ》れのリポーターというだけなら、おれたちはいまここでこんな会話をしていない。だが、きみはペガサスホテルが爆破されたとき、なかにいたんだ」

「子どもだったのよ」

「いまはちがう。きみは世間の注目を集める聡明で有能な女性だ。きみは生きているかぎり、脅威でありつづける」

「黒幕は誰なの？」

「きみに話しても信じないだろう」

「その人物はあなたに疑われてることに気づいてるの？」

「どうかな。おれにはわからない」

「だったらあなただって、わたしや少佐と同じくらい危険よ。むしろあなたのほうがあやうかったかも。国の捜査機関に勤めていたんだから」

「まんまと排除された。三年まえ、おれは探りを入れることで、そいつを警戒させたのかもしれない。証拠の得られないまま、失職に追いこまれておしまいさ。おれは負のスパイラルに陥り、底を打った。実の父親すらおれを忌み嫌っている。まるで燃え尽きた道化師だ。黒幕はおれを怖がってなどいない。少なくともこれまでは」

それでケーラは、彼が自分をおとり呼ばわりした理由に思いあたった。「でもいまのあなたには、わたしがいる」

「いまはきみがいる」彼は真顔で言った。「きみとおれ、つまり黒幕にとっては二重の脅威だ。きみとおれが一緒にいるとわかれば、やつは動きだす。おれはそれを待ってる」

「なにをするつもりなの？」

トラッパーは答えかけて言葉を濁し、代わりに言った。「このことは言っておく、ケーラ。きみはおれと一緒にいることで、多大なリスクを負う。だがさっきも説明したとおり、きみが写真の少女だと明かした時点で、すでにきみの人生は危険にさらされてる。日曜の夜の一件は、そいつがふざけてるわけじゃない証拠だ。そいつはきみを黙らせるためなら手段を選ばないし、あっという間に実行するだけの手立ても持ってる」

「あなた、わたしを怖がらせるつもりね？」

「ああ、そうだ。もしおれの思いちがいなら、きみはばあさんになってからもおれをネタに笑っていられる。だがおれは、きみの人生はいつ終わってもおかしくないと思ってる」

「そんなに危険なら、ＦＢＩへ行くべきでしょう？　あるいは国土安全保障省とか――」

「おれがそうしたのを忘れたのか？　ペガサスホテル爆破事件の犯人は死んだ、と言われるのがオチだ。事件は二十五年まえに解決した、日曜の夜の事件は無関係だ、ヒーローを撃ち殺して有名になりたい頭のいかれたやつらがやったんだ、とね。または、少佐によって象徴されるアメリカという国家を嫌悪する反米主義者か、壁にあった雄鹿の剥製に抗議する動物保護団体か。そういった連中のしわざだと。

日曜の夜の男たちを、ペガサスホテルを吹き飛ばして逃げおおせた首謀者と結びつけようものなら、たちまち物笑いの種にされる。わかるんだ。こちとら経験ずみなんでね」険しい目でケーラをにらんだ。「おれの頭こそいかれてると思ってるんだろ?」

「いいえ。でも、もっと詳しく教えてもらわないと。あなたの推理の根拠を聞かせて」

「きみの立場が明確になるまでは言えない」

「トマス・ウィルコックスはどう関係しているの? 彼の名前がよく出てくるけど」ケーラを見つめるトラッパーは無言だった。答えるつもりはないらしい。「わたしの立場がわかるまで言えないのね」

「そうだ。さあ、そろそろ決めてもらおう。引き返してきみを町のモーテルへ運ぶか?」

「じゃなければ、どうするの?」

「今夜のために準備したいことがある。新たな情報を提供できるのは明日になってからだ」

ケーラの見るところ、トラッパーはまともだった。無節操で予測不能なのは確かだが、正気を失っているとは思えない。だが、自分のほうはおかしくなっているかもしれない。気がつくと、こう答えていた。「わかったわ、トラッパー。あなたのおとりになる。ただし条件がひとつあるの」

「言ってみろ」

「正確にはふたつね」

「ひとつめは?」

「違法行為を求められたら、その時点でわたしは手を引く」

「わかった。だが、こちらにも条件がある。これを機に、おれの言動に関してはすべてオフレコにしてもらう。おれがはっきりオーケーを出すまで、公にはしないでくれ。許可を出したあとは、好きにやってもらってかまわない。おれのこともいいように料理してくれ。どんな結果になろうと、内容はきみに任せる。だが決着がつくまではだめだ」

認めにくい条件だ。ケーラはグレーシーのこと、局の報道担当ディレクターのこと、明日の夜ケーラがカメラのまえに立つことを望んでいるニューヨークのキー局の経営陣のことを思った。これほどの大ニュースを、ジョン・トラッパーとの――ジョン・トラッパーとの――しかもおそらくは妄想に取り憑かれているであろうジョン・トラッパーとの――約束ゆえに伝えずにいたら、信用が地に堕ちて、永遠にテレビ報道の世界から追放されることになるかもしれない。

その一方で、もしトラッパーが示唆するとおり、とてつもなく大きな話であれば、じゅうぶんすぎる見返りが得られる。ケーラはその両者を天秤にかけた。

「わかったわ」

「握手で交渉成立か？」彼はコンソールの向こうから手を差しだした。

「ふたつめの条件がまだよ」

「ああ、そうだな。なんだ？」

「わたしたちは裸にはならない」

トラッパーが手を引っこめた。

「本気よ、トラッパー」ケーラは言った。「探偵と報道のプロとして話をつけておきたいの。わたしにはあなたからの情報が必要で、それがあれば、世間をあっと言わせる報道ができる。

そしてあなたは、それを公にするためにわたしを必要としている。自分の正当性を立証して、ペガサスホテル爆破事件の首謀者を明らかにするために。わたしたちは仕事上のパートナーよ。あなたからオーケーが出るまで秘密にしておくと保証する。でも絶対に——」

「裸にはならない」

「そのとおり」

「マジかよ」

「わたしを町に連れ戻すという選択肢もあるわ」

トラッパーは暗い外を見た。荒れ地に雪嵐が吹き荒れ、ますます荒涼とした光景になっていた。彼は小声で悪態をついていたが、やがてケーラを見た。「元気でなと言って別れたいのは山々だが、きみに万が一のことがあったら自分が許せない。だから……」彼が手を差しだしたので、ケーラはそれを握った。トラッパーは運転席の下に手を伸ばし、携帯電話を取りだした。

「ふたつ持っていたの?」ケーラは驚いて尋ねた。

番号の入力に気を取られながら彼は答えた。「何台もある。どれも使い捨てで、電話番号は非通知だ」そして黙っていろと言うように唇に人さし指を当てた。もしもしと答える男の声が聞こえた。「ハンクか?」

「トラッパーか? いまどこにいる? 冗談抜きで、父さんはいまにも卒倒しそうだ」

「いまグレンと一緒か?」

「いや、ぼくは自宅だ」背後でテレビ番組の音声が聞こえ、子どもの笑い声がした。「いったいどうしたんだ？」

「複雑な事情がある」

「おまえはいつもそうだ」

「頼みたいことがあるんだ」

「トラッパー――」

「ハンク。おまえは牧師だ。おまえの仕事は困ってる人を助けることじゃないのか？　それとも、そんなのはただの建前だったのか？」

ひと息置いて、ハンクが尋ねた。「ぼくになにをしてもらいたいんだ？」

「まず第一に、少佐の容体について、その後、なにか聞いてるか？」

「父さんが最後に聞いた話だと、安定しているそうだ。話も少しできたらしい」

トラッパーがゆっくりと息をつく。それで彼が表向きよりずっと深く父親を案じていることがケーラにも伝わってきた。

「ケーラ・ベイリーと一緒なのか？」ハンクが尋ねた。

「ああ」

「彼女は無事なんだね？」

「おいおい、ハンク。おれが女性を傷つけると思うか？　無理やり連れ去ると？」

「彼女本人から聞きたい」

トラッパーに電話を差しだされて、ケーラはあいさつした。

「だいじょうぶですか？」

「なんの問題もなくやっているわ」

「意思に反して連れ去られたんじゃないんですか？」

勢い任せのできごとが続いたせいで、ヒステリックになっているのかもしれない。ケーラはハンクのたいそうな言葉づかいを聞いて、噴きだしそうになった。「いいえ。みずから進んでトラッパーについてきたの」

トラッパーが携帯を取り返した。「満足したか？　これでおまえには責任がない。おれの手助けをしても、誘拐の幇助《ほうじょ》だと非難される心配はなくなった」

「車泥棒の幇助は？」

「そうか、グレンが確認したんだな。口は災いの元とはよく言ったもんだ」

「いったいどうなってるんだ、トラッパー？　車を盗んだのか？」

「盗むもんか！　すべて説明できるが、いまは先にしなきゃならないことがある。なあ、あのときふたりの女の子を連れてった場所を覚えてるだろ？　手作りのピーチ・ブランデーを持ってきたあの子たちだ」

「牧場の古い掘っ立て小屋か？」

「そうだ。おまえのコンドームが破れて、おまえ、彼女に負けないぐらいびびってたよな」

「エマとつきあうまえのことだ」

独りよがりな言い草に、トラッパーはケーラを見てやれやれとばかりに目をまわし、そのあと尋ねた。「あそこまでどうやって行くか、覚えてるか？」

「小屋へか？　たぶん」

「これから何日か、ケーラとおれは人目を避けなきゃならない。それには物資がいる。保存食とか、飲料水とか、毛布とか。リストをメールで送る」

「おまえ、本気でそんなことを言ってるのか？　道はすっかり凍結してるんだぞ。今夜、外に出られると思うか？」

トラッパーは毒づき、しぶしぶ言った。「わかった。明るくなるまで待つ」

「何時だろうと無理だ。第一、父さんが激怒する。それもぶちこまれずにすんだらの話で、実際そうなる」

「ばれたらの話だろ。または、うっかりしゃべった場合の」

「第二に、そういうことはよくない気がする」

「おれは法を犯してないぞ、ハンク。神の法も、人間の法も。まあ、神の法はちょっとばかりあやしいが」

「おまえが本質的に違法なことをしたとは思っていない」

「ああ、してないさ。だから手を貸してくれるよな？」

「トラッパー、頼むからぼくを巻きこまないでくれ」

「わかった。おれの頼みは忘れてくれ。ああ、コンドームが破れたことも。よくあることさ。

とくにあんなに夢中だったんじゃ、しかたないよな。ピーチ・ブランデーで欲望に火がついてたんだ。エマや信徒のみなさんもきっとわかってくれる」

こんどは牧師がののしる番だった。そしてあきらめのため息をついた。「リストをメールしてくれ。今夜はだいじょうぶなのか？」

「〈ホテル・リッツ〉とはいかないが、どうにかなる。じゃあ、明日の朝」

「何時とは約束できないぞ。天候しだいだからな」

「来られるときでかまわない」少し間を置いて、トラッパーは続けた。「なあハンク、無理な頼みなのはわかってる。恩に着るよ」

トラッパーは電話を切り、必要品のリストを入力しだした。「特別に頼みたいものはあるか？」

「トイレットペーパー。ハンクは信用できるの？」

彼は含み笑いをした。「いまはできる」

「あなたってほんと、強引ね、トラッパー」

「そうとも」彼はメールを送った。


午前三時には小降りになったみぞれが、夜明けにはすっかりやんでいた。雲におおわれた東の地平線から太陽が昇るころには、西から空が晴れはじめて明るくなり、凍った地面が光を照り返していた。

ハンクはまぶしい日差しに顔をしかめながら、小屋から離れた場所で車を停めた。いまとなっては建て主すらわからない小屋だった。建てられたのはたぶん前世紀だが、そのまえの世紀の可能性もある。かつてはカウボーイの避難所として使われ、家畜の群れを確認したりはぐれた家畜を集めたりするとき、あるいは何キロも張りめぐらされた有刺鉄線の柵が人の手やなにかの原因で壊されていないかどうかを調べるときなどの拠点となった。

　現在の牧場主の多くは家畜や牧草地をヘリコプターのコックピットから管理しているので、いま小屋を使うのは道を外れた放浪者や、嵐に遭遇したハンター、それにトラッパーがはじめた流儀を伝統として引き継ぐ、欲情に駆られた思春期の子どもたちぐらいのものだ。ハンクとトラッパーは、父親である少佐とグレンのウズラ狩りについていって、その粗末な小屋の存在を知らされた。その後、トラッパーはこの小屋を個人的に快楽をむさぼる場所と決め、ロダルに来るたび、女を連れこむ隠れ家として使った。あるときハンクはトラッパーからダブルデートに誘われた。それがトラッパーとともに悪行に手を染める最後となった。

　トラッパーは人好きのする男だった。カリスマ性がある。巧まずして人を惹《ひ》きつける魅力は、指紋と同様、彼の一部だった。彼が部屋に入るや、あたりに活力がみなぎる。言ってみれば悪魔のようなもの。罪のなかにこそ喜びが見つかる、さあ、やってみろ、と人をけしかける。

　少年時代を通じて、ハンクの道義心はトラッパーから嘲笑の的にされてきた。彼にあざけられるのがいやでしかたがない反面、大胆にルールを軽んじるトラッパーに根深い嫉妬を抱いて、彼のように野放図でいられたらと思うこともしばしばだった。

だが思春期には大目に見られた不品行も、大人になれば許されない。崇高な理想やモラルをあからさまに軽蔑しているうちに、彼は孤独で辛辣な男になった。人から好かれることはあっても、称賛されることはなかった。

ハンクにはどうにも理解できないことに、トラッパーは他人の意見に動じなかった。そして本当に大事なこと、たとえばわが身の安全に対しても、まったく無関心なようだった。

ハンクはブレーキから足を離すと、荒れ果てた小屋に向かってそろそろと車を近づけた。裏手にそびえる岩だらけの丘のおかげで、いくぶんは自然の驚異から守られている。錆びたトタン屋根に残る昨晩の雪はわずかだが、外に停まる黒いSUVの平らな部分には雪が三センチほど積もり、大型のタイヤには凍った泥がこびりついていた。

猛吹雪をものともしないとは、いかにもトラッパーらしい。

ハンクはSUVの横に車を停めた。車から降りて、後部座席から物資を入れたふたつの袋を下ろした。小屋のドアまで行き、靴の爪先でノックした。「おい、トラッパー。来たぞ」肩をすくめ、コートの襟を耳まで上げて、風をさえぎった。「早くしてくれよ。外にいると凍りそうだ」

反応がないので、袋を下ろして、ノブをまわした。ドアが開いた。風にあおられたドアが大きく開き、なかの壁にぶつかる。

小屋のなかは空っぽだった。どうやら長いあいだ使われていないようだ。ドアの側柱から垂れ下がる蜘蛛《くも》の巣がハンクの顔をかすめた。

ハンクは歯の隙間から怒りを込めて息を吐きだした。丘の表面を吹きおろす風が同じような音をたてる。コートの胸ポケットから携帯電話を取りだし、短縮ダイヤルを押した。一度めの呼び出し音で相手が出た。「ここにはいなかった」

「なんだと！　トラッパーは確かにその小屋だと言ったのか？」

「ああ、そうだよ、父さん。ＳＵＶはある。でもトラッパーとケーラ・ベイリーはいない。来たらわかるさ」

見えない場所に待機していた保安官のパトカーがまたたく間に地平線上に現れた。グレンは猛スピードで小屋まで来ると、車を降り、大股でハンクの横を通って開いたドアからなかに入った。

すぐに出てきたかと思うと、両手を腰に当てて、息巻いた。「車だけ残して、どうやってここを離れやがった？」

「さあ」ハンクは答えた。「トラッパーが天に携《たずさ》え挙げられたとは思えないけど」

「なんと小癪な」グレンは憤怒の目であたりを見渡した。「いったいどこへ行ったんだ？」

17

そのみすぼらしいモーテルはI－20号線東行き車線の側道に面して立っていた。トラッパーはベッドに横向きになって、隣で眠るケーラを見ていた。彼は上掛けの上、彼女は上掛けの下にいる。その条件をのまないと眠らない、とケーラが言い張ったのだ。ここへは真夜中過ぎ、カーソンに運んでもらった。偽名を使ってチェックインし、支払いは現金ですませた。フロント係はカーソンのクライアントのひとりで、仮釈放中の身の上だ。なにも詮索《せんさく》されなかった。

ケーラは別々の部屋がいいと言い、トラッパーはありえないと突っぱねた。彼女は引きさがったが、もはや言い争う気力もないほど疲れていたのだろう。だが、部屋に入ってみればベッドはひとつしかなく、ケーラはトラッパーに行儀よくすると誓えと迫り、トラッパーは生真面目《きまじめ》にそれに応じた。

カーソンが帰ると、ケーラは靴だけ脱いでベッドに入り、上掛けを顎まで引きあげた。そこから眠りに落ちるまではあっという間だった。トラッパーはバスルームを調べた。窓があったが、大人には通り抜けられないと判断した。ドアを施錠して、チェーンをかけたものの、どちらも心許なかった。そして明かりを消した。そのあと三十分、汚れたカーテンの隙間から駐車場に目を光らせ、追っ手がいないことを確認した。まさに奇跡。

これでどうにかグレンの追跡をかわせた。なぜなら、あのハンクならまちがいなく、朝になったら牧場の小屋までトラッパーに会いに行くと、父親にチクるからだ。トラッパーは腰のホルスターから拳銃を抜き、拳銃とホルスターをサイドテーブルに置いてから、ブーツを脱いで、できるかぎりケーラの近くに横になった。そして一瞬で眠りに落ちた。

それから六時間たったいま、トラッパーが起きているのを感じ取ったのだろう。ケーラが身じろぎをして目を開き、眠そうな目で彼を見た。半分眠そうにしていた下半身が破城槌《つち》のごとく硬くなり、行儀よくするという誓いを忘れそうになった。彼はケーラにすり寄った。

「トラッパー、約束したでしょ」

「どちらも裸じゃない」

「行儀よくすると約束したわ」

「なにもしないさ」

「でも、すり寄ってる」

「上掛けを全部きみに取られて寒いんだ」

「あなたは熱々なんだけど」突然、ケーラが身を硬くした。「どういうこと?」

最初は勃起したペニスのことを言っているのかと思った。だがケーラの視線が自分の背後に向けられているのに気づいて、サイドテーブルを見た。「妖精が抜けた乳歯をプレゼントに変えてくれたわけじゃないぞ」

「銃を持ってたの?」

「ずっとね」

「まあ」

「持ってると言ったろ」

「ただのいやがらせかと思ってた」

「そのつもりだった。だが真実でもある」彼はケーラの眉間のしわを伸ばすように指で触れ、左の頬にかかった髪を払った。「おれがなにを考えてるか訊かなかったな」

「いつのこと?」

「おれのオフィスで。きみはデスクをはさんでおれのまえに座り、とり澄ました顔で非難がましくおれを見ていた。おれが心のなかでなにを考えてたか、わかるか?」

彼女はとり澄ました顔で非難がましく答えた。「知りたくないんだけど」

トラッパーはにやりとした。「きみのほくろのことを考えてた」

「そうなの?」

「がっかりか?」

「意外なだけ。もっと下品なことだと思ってた」

「いいや。きみのほくろに注目し、ちっちゃなダーク・チョコレートみたいだ、舐めたら溶けそうだ、と思ってた」そしていま彼はそこに舌を押しあて、言ったとおりのことをした。

「あれ、まだあるぞ。くり返さないとだめかな」もう一度舐めてから、口を唇へ移した。

物憂いキスをゆったりと続けた。口を開いて、欲望をかきたてる。そのキスが終わったときには、手を乳房に添えていた。ケーラにあらがう気持ちがあったとしても、その口から漏れるのは鼻にかかったあえぎ声だった。指で乳首を愛撫した。衣服を重ねていても、硬くなった乳首は隠しようがなかった。

「ただし、ほくろのことだけじゃなかったかもしれない」トラッパーはささやき、ケーラにすり寄って体をなかばおおった。鼻でスウェットの上着の襟元を開いて首筋をついばみ、頭を下げて胸に顔をすりつける。硬くなった先端に開いた口をあてがい、Tシャツの上から甘く嚙んだり舌で押したりした。

「おれの心がきみのどこをどうさまよったか知ったら、きっと赤面せずにいられない。きみに触れ、味わった……」手をふたりの体のあいだに差し入れ、股間にあてがう。「……あらゆる場所を」

そっと力をかけると、彼女の股間が開き、触れやすいように腰が動いた。つかの間、手を離すや、ウエストバンドのなかにもぐりこませ、なめらかな肌とレースの下着の上にすべりこんだ。そして下着のなかで湿ったヘアをとらえ、その奥にひそむやわらかく潤った箇所に触れた。これまで何度夢想してきたかわからない。だが、実際のほうがずっととろりとしていてハチミツのようだ。

親指をなかにすべりこませると、彼女がねだるように、腰をそらせた。さらに喜びを与えてから指を引っこめ、すべりのよくなった親指の腹で敏感な箇所に小さな円を描いてそっと愛撫した。それを続けながら、二本の指を奥まで差し入れる。ああ、なんというさわり心地だろう。いったん指を引きだしてから差し入れ、そのすばらしさをもう一度、堪能した。

ケーラが息を吸った。トラッパーは親指に力を加えた。またひとつ彼女が息を吸い、指が締めつけられた。彼女があえぎながらトラッパーの名前を呼んだ。

「待てよ。まだだ」彼は体を起こして、ズボンのボタンを外した。

すると驚いたことに、ケーラが彼を押しのけ、上掛けを蹴飛ばして起きあがった。彼女はベッドから出て横に立ち、トラッパーは手足を投げだしてあおむけに寝転がった。それから数秒間、ふたりは息を荒らげながら呆然と見つめあっていた。トラッパーが彼女の行動に驚いていたように、彼女のほうもびっくりした目をしている。

トラッパーは叫んだ。「なんなんだ?」

ケーラはスウェットのまえをかきあわせてファスナーを閉め、乳首にまとわりつくTシャツの湿った部分が見えないようにした。「わたしは〝手当たりしだいにやりまくる〟相手のひとりにはならない」

トラッパーはぽかんとしていたが、彼女がなにを言っているかわかると、起きあがって顔を突きあわせた。「そんな理由でやめたのか?」片方の腕を横に広げた。「あのときは話を大げさに言っただけだ」

「あら、だったら本当じゃないってこと？」

トラッパーは口を開いたが、言葉が出てこなかった。腕を脇に下ろした。

ケーラは小さく笑った。ちっとも楽しくなさそうな声だ。

彼は髪をかきあげると、小さな円を描いていらいらと歩きまわった。ベッドを見おろす。スウェットがあっても湿った部分が見えるとでもいうように彼女の胸を見つめた。視線を上げて、ケーラと目を合わせる。「そういうことじゃないんだ」

「そうなの？」

「ああ、そうじゃない」

「わたしのなにがちがうの、トラッパー？　なにが特別なの？」

トラッパーはむかむかしながら答えた。「さあ、なにかな。顔か？　腹の上をすべらせてみたくなるシルクのような髪？　指で絵を描きたくなるセクシーな体？　きみの動きとか声とか？　なんだっていいが、ただわかってるのは、きみを見た瞬間からおれの下半身が硬くなりっぱなしだってことさ」一歩、近づく。「こう言っちゃなんだが、きみは――」

「やめて」ケーラは手のひらを彼に向けて制した。「これ以上、下品なことを言って、わたしをこれ以上怒らせないで」

「待てよ。おれに怒ってるのか？」

「いいえ、自分によ」

トラッパーは怒りをくすぶらせつつも、百九十センチを超す巨体をかすかに揺らして、詳しい説明を待った。

「わたしはあなたに対する女性たちの反応を見てきた」ケーラは言った。「そしてあなたは女性が自分にどう反応するかをよく承知してる。あなたは悪い男そのものよ。だからこそ、そのすべてが欲しくなる。そうよ、セクシーな魅力に溺れるのはばかげたことだとわかっているのに、わたしも例外じゃなかった」手でベッドを示した。「でもあそこまで許すなんて、どうかしてた。ごめんなさい」

トラッパーは腕組みをして、腰を突きだした。ボタンを外したままのジーンズは、腰の低い位置に引っかかっているだけなので、そんな動きをするのはあぶなかった。彼は片方の目をすがめてケーラを見た。「悪い男だかなんだか知らないが、きみはそのほかにおれのなにを知ってる？　おれは賢い。それに絶対確実な肥料検知器が埋めこまれてる。その検知器によると、きみがいま言ったことは純然たるクソだ」

否定しようとしたケーラを制して、彼が言った。

「きみはおれと同じくらい、おれを迎え入れたがってた。なのに途中でやめたのは、突然、分別に目覚めたからじゃないし、おれの性的なだらしなさにいやけが差したからでもない。そうじゃなくて、まだおれを信頼できないからだ。怖じ気づいたのさ。陰謀説を妄想する偏執的な異常者か、抑圧された怒りを抱き、有名な父親を殺そうとするほどに恨む息子にだ。きみはおれのことをそのどちらかだと思ってる」

「ちがうわ！」ケーラは大声で否定した。

「ほんとか?」

「あなたを信頼してなくて、まだ怖がってるとしたら、ここにいると思う?」

「だったらなんなんだ、ケーラ?」

トラッパーの怒声に負けじとケーラも声を張った。「まだこの結末が見えないからよ」

「このとはなんだ? 口論のことか? こういう——」

「こういうこと全部をひっくるめてよ。あなたが昨晩、説明したこともそう。わたしたちは不安定な状態に置かれている。もしあなたが言うほど危険なら、わたしたちのどちらが死んでもおかしくない」

トラッパーはいくぶん態度をやわらげた。「不安になるのはわかる。だがそれは昨晩からわかってたことだ。きみがおれに同行すると決めるまえに、そのことで大きな危険を抱えることになるとちゃんと伝えたはずだ」

命の危険については覚悟ができている。けれど、心の危険となると話は別だ。

ケーラはそう頭のなかで思ったけれど、口には出さなかった。

トラッパーの乱れた服装を見ているだけで、欲望が湧きあがってくる。彼に触れたい。彼を引き寄せて、内側で彼を感じ、このすばらしいだけに恐ろしくもある欲望をやわらげたかった。セックスをすれば問題が解決できると思えるのなら、喜んで身を任せている。

だがケーラは、性的にだけでなく、気持ちのうえでも彼に惹かれていた。父親の大きな影のなかで生きなければならなかったこの男に。

トラッパーがそのことで恨みを口にすることはなかった。聞くも涙の哀れな物語も語らなかった。むしろ、彼に対する同情や悲しみの滲む周囲からの声をはねつけている。少佐に嫉妬するふうもない。父親の名声と張りあうどころか、むしろなんとしてもそれを避けようとしている。

だからこそ、トラッパーがふてぶてしく権威に逆らっていても、ケーラはその魅力や冗談めかした態度や尊大さの奥に、十一歳にして見捨てられた少年の存在を感じ取っていた。幼かりしジョン・トラッパーは名声に負け、彼の父親はその誘惑に屈した。

そのことを話題にしてはいけないことぐらい、ケーラにもわかっている。手負いの獣は差しだされたやさしい手に噛みつくものだ。彼の心を見抜いた彼女を逆恨みし、日々味わっている苦悶をあらわにするだろう。

彼は悲嘆のなかにいる。亡くなった親ではなく、生きている親を失ったことの。

もしトラッパーと深くかかわる愚を犯せば、ケーラの心は壊される。その危険を背負いこむのは避けたかった。

突然のノックの音に、ふたり同時に反応した。だが反応の仕方はまったく異なっていた。トラッパーはベッドに突進し、拳銃を手に取るやいなや窓へ向けた。かたやケーラは息を呑み、大きく打った胸に手を押しあてた。

「カーソンだ」トラッパーがカーテンを元に戻し、チェーンを外してドアの錠を開けた。

ケーラが昨晩知りあった弁護士が、片手にファストフード店の袋をふたつ持って入ってきた。もう片方の手には、ビニールの買い物袋がふたつある。彼は乱雑なベッドとトラッパーのボタンを外したままのジーンズ、ケーラの乱れた服装に目を留めた。

「まずいところに来たかな？」彼はトラッパーにしかめ面を向けた。「そうであることを願うよ。こちとら、五回はおまえに邪魔されてる」

羞恥心《しゅうち》などどみじんも見せず、トラッパーはジーンズのボタンを留めた。「車を持ってきてくれたか？」

「そういう頼みだったろ？」

「車種は？」

「車種にこだわるとは、面の皮が厚い」

「そうだな、こんどは盗難車じゃないことを祈る」

「それはないさ」カーソンはケーラに顔を向けた。「あのSUVについては謝ったんだが、感謝を知らない大ばか野郎は謝罪を受け入れようとしない」

ケーラとトラッパーの視線が合った。「ええ、でしょうね」

ふたりはにらみあったまま沈黙を続け、やがて気づまりになった。カーソンが笑いだした。「やっぱ、まずいところに来たらしい。嬉しいよ」テイクアウトの食べ物の入った袋を窓の下のテーブルに置き、買い物袋をベッドに載せた。「メールで指示されたものがすべて入ってる。きみのサイズは当てずっぽうだ」彼はケーラに言った。「そういうぶかぶかの服を着てると、よくわからない」

「持ってきてくださったものでじゅうぶんよ。ありがとう」

彼はテーブルを指さした。「さあ、温かいうちに食べて。おれはここに座る」ベッドの端に腰を下ろした。「さっさとすませよう。嫁さんが車でついてきて、帰りはフォートワースまで乗せてってくれることになっているんだ。いま車で待ってる」

「入ってもらえよ」トラッパーは食べ物を取り分けながら言った。

「まさか」カーソンが答えた。「無礼で迷惑なやつだって、おまえのことを嫌ってる。しかもおまえ、電話するって約束した花嫁付添人に電話しなかったろ?」

ケーラがテーブルをはさんでトラッパーを見た。彼はそっぽを向いて、朝食のサンドイッチを食べている。

カーソンがなにかを押しとどめるように、胸のまえで両方の手のひらを外に向けた。「いやいや、そんなことはいいんだ、トラッパー、お礼を言ってもらいたくておまえのために買い物に行ったわけじゃないんだから。朝食だってそう。昨日の夜、雪嵐のなか、おまえを救うためにひと晩じゅう大草原を運転してきたことだってそう。友だちはこんなときのためにいるんだもんな」

「そりゃどうも。小屋に着く時間が約束より一時間半遅れたことは大目に見よう」

「雪が降ってたんだぞ」カーソンはひと息ついて、尋ねた。「今朝、牧師があそこに現れたと思うか?」

トラッパーはうなずいた。「ああ。捜索隊を引き連れて」

昨日、牧場の小屋に着くと、トラッパーはケーラに計画を説明した。盗難車を乗り捨てて、アディソン保安官の追跡をかわすつもりだと聞いて、ケーラは仰天した。

「ハンクをうまく言いくるめたわね。わたしまで信じちゃったわ」ケーラは言った。「なぜハンクが秘密を漏らすとわかるの？」

「そういうやつだからさ。ものの数秒でグレンに電話してる」

グレンとハンクは慎重を期して、朝になるのを待って小屋を訪れる。そしてこちらはとうに小屋を離れて遠くへ行っている、とトラッパーは説明した。フロントガラスの先には暗闇と、吹き荒れる雪嵐と、ぼんやりと浮かびあがる荒れ果てた建物の輪郭しかなかった。「遠くへ行くって、どこへ？」と、あのときケーラは尋ねた。

それでようやく、トラッパーは計画の残り半分を明かしたというわけだ。そのあとは、GPSを頼りにふたりの居場所を突きとめようとするカーソン・ライムを待って、いつ果てるともしれない時間を過ごした。トラッパーはヒーターを使うためにSUVのエンジンをかけたままにしていた。そして、自分が寝ずの番をするからきみはシートを倒して寝ろ、とケーラに勧めた。

めいっぱいシートを倒しても、眠ることはできなかった。冷えきった体は芯《しん》まで疲れ、悲惨な結果になることに関わってしまったのではないかという恐怖が頭から離れなかった。

ついに弁護士がふたりを見つけてくれた。そこからの道中、彼は顧客の逸話をとめどなくしゃべりつづけた。そしてようやく、彼の言葉を借りれば、〝きみたちの目的にぴったり〟

なモーテルにたどり着いた。

いまサンドイッチをたいらげたトラッパーは、コーヒーを飲みながらカーソンに言っている。「トマス・ウィルコックスの娘について聞かせてくれ」

「名前はティファニー。結婚してかなりたってからできた子で、トマスと妻のグレタは溺愛してた。と言うと、甘やかされて育った金持ちのガキだと思うだろうが、どうやら実際はどんな親でも憧《あこが》れる理想の娘だったようだ。成績はオールA。友だちも多かった」彼はティファニーのできのよさをならべたて、乗馬が得意だった話をした。「英国風の乗馬だ。小さなサドルで、おかしな帽子をかぶって、障害物を飛び越える」

「恋人は？」

「その手の私立の女子校がどんなだか、知ってるだろう？　男子校の連中と集まってダンス・パーティやらなんやら。だが、いわゆる彼氏と呼べる相手、父親が眉をひそめるようなかんばしからぬ相手はいなかった」

「つまりセックスだの、中絶だのというわさはいっさいなかったんだな？」

「あったとしても、うちの調査助手には発見できなかった」

トラッパーはからかうように彼を見た。「おまえんとこの調査助手は、ティファニー・ウィルコックスが警察に厄介になったことがあるかどうか、突きとめたか？」

「ああ。交通違反切符さえ切られたことがなかった」

「ドラッグは？」

「ないね。ただし死因は薬物の過剰摂取だ」

トラッパーはケーラと視線を合わせ、カーソンに目を戻した。弁護士は肩をすくめた。

「死亡記事では呼吸器疾患の〝合併症〟ってことになってる。実際、呼吸停止したわけで。要するに、呼吸が止まり、窒息死したんだ。で、呼吸が止まったのは、ヘロインを大量摂取したあとだった。公的記録では偶発的な静脈内への過剰投与ってことになってる」

「自己投与？」

「ありうる。だからウィルコックスが隠したがった」

「ありうる、なのか？　それとも……」

「探偵はおまえだろ、トラッパー。おれじゃない。すべては藪《やぶ》のなかだ」

「その調査助手は信頼できる人物なのか？」

「信頼できる犯罪者だ。情報は信じられる。おれに恩義を感じてるんだ」彼はケーラを見て言い足した。「刑期を未決勾留日数まで減らしてやったんでね」

トラッパーはヒゲにおおわれた顎を撫でた。「彼女はどこで発見された？」

「ウィルコックスの娘が死んだときのことか？　さあね。助手もそこまでは調べられなかった」

「発見者は？」

「それもわからなかった。ダラスの長老派教会病院で死亡宣告され、検視ののち火葬された。葬儀はなし。そのたぐいはいっさいなかった。彼女の馬は牧場に寄贈され、自閉症の子どもたちの乗馬プログラムに使われることになった。老いぼれ馬じゃないぞ、立派な馬だ。

学校の音楽室にはティファニーの名前がつけられたが、ウィルコックスからの申し出によって、大がかりな催しはなかった。まるでティファニーは——」宙に消えたと言いたげに、カーソンは指をひらひらさせた。

車のクラクションが鳴った。「呼んでる」カーソンは立ちあがり、心配そうにふたりを交互に見て、口ごもった。「ウィルコックスは社会的に地位のある人物だ。きみたち、自分がなにをやってるかわかってるよな?」

どちらも答えなかった。

「きみたち、なにをやってるんだ?」

どちらも答えなかった。

「まあ、弁護士が必要なときは……」カーソンはドアへ向かった。

トラッパーはオフィスのある建物の周囲を不審な人物がうろついていなかったかと尋ねた。

「いなかったぞ。みなおまえが親父さんに付き添ってロダルにいると思ってる」

またクラクションが鳴った。トラッパーがドアを開け、自分を嫌うミセス・ライムに親しげに手を振った。それに対してクラクションを長々と押す彼女を、トラッパーは笑ってやりすごした。

出しなにカーソンはトラッパーに車のキーを渡した。「見てくれはイケてないが、このたび義理の兄になった男が、まるでスイス時計みたいによく走ると保証してくれた」

トラッパーは車を見て苦虫を嚙みつぶしたような顔になった。「確かに、見てくれについちゃ申告どおりだ」そして言った。「いや、カーソン、心から感謝してる。なにからなにまで世話になった」

「親切心からしたわけじゃない。弁護士は稼働時間を顧客に請求できるって聞いたことあるか？　時間はちゃんと記録してあるからな」ケーラに投げキスをすると、待ちくたびれた新妻のもとへ戻った。

トラッパーはドアを閉め、順を追って戸締まりをした。カーソンがベッドに置いた買い物袋の中身を確かめ、両手にひとつずつ持って尋ねた。「ボクサーパンツとショーツと、どっちがいい？」

「ショーツ」

彼はケーラに片方の袋を渡した。「ショーツほか、女物が入ってる。先にシャワーを浴びてくれ。ただし、おれのためにタオルを一枚、残しといてくれよ」

「まだ話は終わっていないわ」

「いや、終わった。きみの言いたいことはわかった。きみには強い道徳心があって、おれみたいな男とは寝たくないってことだ。それならそれでいい。おれは頼んだことがないとは言わないが、施しを求めたことはいっさいない」

「トラッパー――」

「電話をかけなきゃならない」彼はケーラに背を向け、コートを手に取ると、車の座席の下から取りだした携帯電話のひとつを内ポケットから取りだした。

番号を押した。「やあ、ジョン・トラッパーだ。少佐はどうしてる?」しばらく向こうの話に耳を傾けてから言った。「ほんとにそこまでできるのか? いい兆候だよな? もちろん。少佐の耳に電話を当ててくれ」そして、話しかけた。「やあ。ずいぶん具合がいいんだって? 看護師から聞い――」

話を聞くうちに彼の顔が曇り、口元が険しくなった。「ああ、大捕り物さ」しばらく聞く。「おれがどう言い訳しようと、あんたは決めつける」そして数秒後、彼はケーラをじろっと見た。「彼女ならここにいるぞ」

ケーラに近づき、携帯電話を押しつけた。「少佐がきみと話したいそうだ」

18

トラッパーはケーラをかすめるようにバスルームへ行くと、乱暴にドアを閉めた。

ケーラは電話に話しかけた。「少佐ですか？」

「ケーラ、きみが怪我をしたと聞いて、気が気ではなかった。もうすっかりいいのかね？」

小さなかすれ声ながら、少佐の声が聞けて、顔がほころんだ。「ほぼ治りました。すぐに少佐もよくなられます。本当によかった」

「きみは殺されかけた」

「でも、切り抜けました。わたしたちどちらも。ですから、仮定の話はやめましょう」ケーラは震え声で笑った。「じつは、自分に言い聞かせてるんですけど」

少しして、少佐が言った。「よかったよ。ジョンが懇意になった看護師に電話をかけてきたとき、彼女が折よくこの病室にいてくれて」

「好運でしたね」

「あいつがわたしの容体を尋ねる電話をしてくるとは、驚きだ」

「驚くようなことですか？　あなたのことをとっても心配しているんですよ」

「だったらなぜここにいないで外に……ジョンはなにをしているんだね？」

ケーラが言い淀んでいると、少佐が送話口を押さえて、看護師にしばらくひとりにしてくれと頼んだ。そして、いまひとりか、とケーラに尋ねた。「ざっくばらんに話せるかね？」

閉じたバスルームのドアの奥から、シャワーの音がしている。ケーラは答えた。「はい」

「さっきグレンが立ち寄ってくれて、あらかたの事情は聞いた」少佐は依然としてしわがれた声だった。「ジョンがハンクを罠にかけたと言って、激怒していた」

「ハンクは今朝、牧場の小屋へ行ったんですか？」

「グレンも同行したそうだ。ジョンの狙いどおりにな。ハンクのばか正直はいつものことだが、グレンまで一杯食わされるとは」

「好きでだましたんじゃありません。トラッパーは時間を稼ぎたかっただけです」

少佐が音をたてて息を吸った。「ケーラ、ジョンは自説に従って、ペガサスホテル爆破事件を調べているのか？」

ケーラは答えず、そのこと自体が返事になっていた。

少佐がため息をついた。「ジョンが昨晩来たとき、あいつはわたしの意識が朦朧としているのもかまわず、早々に小言をはじめた。警告したのに耳を貸さなかった、そのせいできみとわたしが殺されかけた、と」

トラッパーならすかさず反撃に出るだろうが、ケーラは対立しないよう言葉を選んだ。

「日曜日の事件は、わたしたちが再会したことやペガサスホテル爆破事件に関係があるのでしょう。そうでないとしたら、タイミングが不自然すぎます」

「その点は認めよう。だが、それを判断するのはわれわれやジョンではない。ふたつの事件に関連があると思うなら、捜査当局に相談するべきだ。ＦＢＩに」

「彼はそうしようとしました」ケーラは指摘した。

「確かに」少佐の声に後悔が滲む。「その件ではずいぶん腹立たしい思いもしたが、わたしがまちがっていた。だとしても、ジョンの最大の敵はあれ自身だ。上司がやり方に意見したら、偉そうな口をきいて墓穴を掘り、自分自身と周囲の人たちを苦しめた」

そのとおりなのだろう。だがケーラには少佐の苦しげな呼吸が心配だった。「いまその話をするのはやめましょう。お体にさわります」

「三年間、ずっと悩まされてきた。ＡＴＦの花形捜査官だったジョンは、ペガサスホテル爆破事件に取り憑かれた。そして自分が正しくてほかの人がまちがっていることを是が非でも証明しようとした。やめろという命令にそむき、そのせいで馘になった。マリアンまで職場を追われ、ふたりで歩むはずの未来は失われた」

最後の言葉がケーラの胸に刺さった。何歩か後ずさりをして、ベッドの端に腰をかけた。

少佐は意図せずして驚くべき事実を明らかにしたが、そのことに気づいていない。「ジョンはみずからのあやまちによって大打撃をこうむった。わたしと激しい口論になった。溜まり溜まっていた問題が噴出したんだ……デブラの日記の話を聞いたかね？」

マリアンがトラッパーにとって大切な人であったのは明らかだ。だがその事実より、トラッパーがその名を一度も口にしなかったことがケーラにはこたえた。反面、母親の日記やそれを父親を脅す道具に使ったことは隠すことなく語っていたが、この場でそのことを知っていると言えば、彼の信頼を裏切ることになる。

ケーラが返事をせずにいると、少佐が苦しそうに息をしながら言った。「まあ、それはいとして。なんにしろ、わたしたちの両方が関係を壊すようなことを口にした」

「悲しいことです」

「わたしもそう思う。ジョンはどう思っているかわからんが」

「仲たがいしたことを後悔していると思います。とても」

「だとしても、そういうそぶりはまったく見せない」

「取り返しのつかないことでは、ないはずです」

「きみはジョンを知らない。あれは手加減なく責めたてる。非情で手厳しい。残酷なほどに」

ケーラの喉が締めつけられた。「どうしてそんな話をわたしに?」

「きみはジョンと〝親しい〟とグレンから聞いた。どちらも大人だ。わたしがとやかく言う筋合いはない。ただ、きみを救ったことがあるからなんだろうが、わたしはきみに対してある種の責任を感じるんだよ、ケーラ」

「トラッパーについてはどうなんです? トラッパーに対する責任は感じないんですか?」

「感じるとも。息子を愛している。だがジョンはそれを拒絶する」ひび割れた声で少佐は言った。「ジョンはすべてを投げだし、彼を気にかけている人たちみんなを切り捨てた。破滅への道を選び、その道を外れようとしない。あるいはわたしへの面当てなのかもしれないが」少佐は小声で言い足した。

ケーラにはそうは思えなかった。トラッパーは悪意や嫉妬やさもしい気持ちから動く人ではない。少佐は誤解しているようだが、すでにかなりこじれているらしいふたりの対立に割って入るつもりはなかった。

ケーラは言った。「トラッパーは自説の正しさを確信しています」

「だとしたら、ジョンが標的にされる。そうだろう？　日曜の夜、わたしやきみが標的にされたように。きみにしてもいまだ標的のままだ。わたしの警告に素直に耳を傾けてくれないか、ケーラ。無鉄砲なジョンは、人の忠告を聞かない。一緒にいれば――」言葉を切った。「看護師が戻ってきて、電話を返せと言っている。もう切るよ」かすれた息を吐く。「頼むから気をつけてくれ」

「わかりました。ゆっくり休んでください」

ふたりは静かに別れのあいさつを交わした。電話を切ったあとも、ケーラはしばらくベッドから動かなかった。少佐から聞かされたあれこれが響いて、体に力が入らない。

気がつくとシャワーの音が止まっていた。トラッパーがバスルームのドアを開け、湯気とともに出てきた。「おれが湯を使いきってないといいが」

腰にタオルを巻いただけの姿で、濡れた髪が肩にかかっていた。引き締まった胴体。張りのある肌が筋肉や胸郭をくっきり浮かびあがらせ、湿ったやわらかな胸毛が、魅惑的なくさび形となって下半身に続いている。タオルの下にあるおうとつのみごとさたるや、ため息が出そうなほどだ。

ぞくぞくするような眺めだけれど、彼は敵意に目をぎらつかせながらベッドに近づいてきて、いきなり手を突きだした。

「携帯を返してくれ」

ケーラは手のひらに携帯電話を載せた。彼は裏蓋を開けてバッテリーを外した。くぐもった声でケーラは言った。「逆探知できない番号なんでしょう？」

「だとしても試すのは愚かだ。少佐と楽しくおしゃべりできたか？」

「そうでもないわ」

期待した答えではなかったのだろう。トラッパーは携帯電話をいじる手を止めて、冷ややかな青い瞳をケーラに向けた。

「警告に素直に耳を傾けろと言われた」

「なんに対する警告だ？」

「あなた」

「なるほど」

「あなたは無鉄砲だって。手厳しくて残酷になれる、そして破滅への道を選んだ」

トラッパーはそのすべてを受け入れて、にやりとした。「出口はどこか知ってるな」

彼は遠ざかり、カーソンが持ってきた買い物袋からリーバイスのジーンズを取りだした。

背を向けてタオルを外し、下着をつけずに直接ジーンズに足を通しはじめた。

ケーラは立ちあがった。「マリアンって誰？」

彼の動きがぴたりと止まった。そして五秒後、ジーンズを尻まで引っ張りあげてからケーラを向いた。「新品のジーンズってのは、どうしてこんなにはき心地が悪いんだ？」ぶつぶつ言いながら買い物袋のなかをあさっている。

「トラッパー？」

「うん？」彼は黒い長袖Tシャツの値札をむしり取り、髪が濡れていることなど忘れたように頭からかぶった。袖に腕を通し、前身頃を引きさげる。かがんで床のタオルを拾い、ごしごしと髪を拭いた。

「答える気はあるの？」

「そこまで話せたんなら、親父もだいぶいいんだろう。もう心配してやることもないか」

「答えてよ！」

トラッパーは濡れたタオルを床に落とし、両手を腰に当てて仁王立ちすると、ベッドの向こう側からケーラをにらみつけた。

ケーラは怯まなかった。

彼は大騒ぎするほどのことではないと言いたげに両手を広げた。「マリアン・コリンズ。やはりＡＴＦの捜査官だった」

ケーラは一歩も引きさがらずに、黙っていた。

トラッパーはしばらく動かなかったが、何秒かすると買い物袋を手に取って、中身をベッドに広げた。靴下を見つけると、歯で包みを嚙みちぎり、テーブルの椅子に腰かけた。

続いてブーツをつかみ、立ちつくしているケーラをちらりと見て、小声で悪態をつきながら片方の足にブーツをはいた。「少佐もどうせ彼女の名前を出したんなら、最後まで話せばいいんだ。それとも聞いたのか？」

「あなたがペガサスホテル爆破事件に取り憑かれたせいで、マリアンも職を失ったと言っていたわ」

「そうだ。彼女はおれの味方をして、首謀者がほかにいるという説を支持してくれた。ATFは、彼女のおれに対する信頼が職場への信頼に勝るなら、彼女もおれにならって辞めるべきだと裁定した。おれと彼女とのちがいは……」彼はもう一方のブーツを取って足を入れた。

「……彼女にはそれがこたえたことだ」彼は立ちあがり、ブーツと硬い新品のジーンズのはき心地を確かめてからケーラを見た。「そろそろ湯が溜まってるんじゃないか？」

「マリアンはただの同僚じゃなかったんでしょう、トラッパー？」

「きみがインターネットで見つけたおれに関する記事にその手のことが書いてなくて残念だったな。さあ、気持ちよく熱いシャワーを浴びて、おれのことはほっといてくれ！」

「つきあってたの？」

彼は悪態をついていたが、息を吸ってからぼそりと言った。「婚約してた」

「マリアンは失職して、あなたとの婚約を破棄したの？」

「いや、破棄したのはおれだ」

「なぜ？」

「マリアンはおれとの人生がどんなものか、身をもって思い知らされた。ひどく無鉄砲で、手厳しくて残酷で……あとはなんだ？」彼はすばやく何度も指を鳴らした。「破滅的か」

トラッパーはふいにうなだれ、親指と中指でまぶたを押さえた。手を離すと窓辺へ行き、カーテンを開いて外を見た。彼が風景に見入っているわけでないのは、ケーラにもわかった。外にあるのは、ところどころ陥没したアスファルト敷きの駐車場と、枯れた雑草が丸い塊になってからまりつく、ひしゃげたフェンスだけだ。

トラッパーの沈黙は続いた。あまりに長かったので、話が終わったのかと思った。と、彼は抑揚のない声でふたたび話しはじめた。

「ある日、おれが日中に帰宅すると、マリアンがベッドで泣いてた。いや、泣きじゃくってた。身も世もなく泣き伏してた。慰めようがなかった。ずっと泣き止まなかった」ひと呼吸して彼は続けた。「そのあいだに、おれはバスルームの床の血を掃除した」

ケーラの胃が石を飲んだように重くなる。そして石像になったように動けなくなった。

「マリアンは妊娠したことを黙ってた。職場のことで苦しむおれに重圧を与えたくなかったんだろう。だがそのせいで彼女の重圧はよけいに重くなった。ストレス、苦痛、先々の不安。胎児にとって健全な生育環境とはいえない」

たっぷり一分は過ぎた。振り向いたトラッパーは、人を寄せつけない仮面をかぶっていた。

「ああ、そうさ、これぞ破滅的だ。そのままおれが留まれば、マリアンをもっと悲しませ、もっと苦しめるんじゃないか。おれはそれを恐れた。おれに向けられたとがめるような目つきから、彼女も似たようなことを考えてるのがわかった。だからおれはその夜のうちに荷物をまとめて、家を出た。きみもそうすべきだ。少佐の警告を聞き入れて、ここを立ち去れ」

トラッパーはクローゼットへ行き、コートのポケットからバッテリーを抜いたケーラの携帯電話を取りだした。バッテリーを入れ、電波が通じているのを確かめてから、彼女のまえのベッドに投げた。

「配車サービスに電話しろよ」トラッパーは言った。「オレンジ色の眼鏡をかけた派手な髪の彼女に電話して、迎えを頼んでもいい。あるいはカーソンが義理の兄貴から借りた見苦しい車でよければ、使ってもらってもかまわない。キーはあそこのテーブルの上にある。あとでカーソンに連絡して、回収場所と時間を伝えればいい」

さっき自分を口説《くど》いたときの愛情や情熱を探して、ケーラはトラッパーの目をのぞきこんだ。だが、こちらを見返す冷淡な目にはどんな感情も宿っていない。

ケーラは携帯電話を手に取った。

グレーシーは一回めの呼び出し音で電話に出た。「ケーラ?」

「そう、わたし」

「ああ、よかった! あなた、だいじょうぶ? あたしがどんなにあたふたしたか、わかってる？　あなたのせいで心臓発作を起こしたのは、今週これで四回めだと思うんだけど。で、いまどこ？」

「すぐに連絡しなくて、ごめんなさい。心臓発作を起こさせるつもりはなかったのよ」

「まずは無事だと言って」

「無事よ」

　グレーシーは声をひそめた。「そう言えって、脅されてるんじゃないでしょうね？」

「脅される？　いいえ」

「ジョン・トラッパーがあなたを病院の駐車場から誘拐したって話になってるんだけど」

「ばかばかしい。病院でばったり会ったのよ。なんだか窮屈な気分だったのよね。わたしには警護がついてたし、彼は意見を求められてマスコミにもみくちゃにされてたし。どちらも息抜きが必要だったの」

「彼には息苦しい生活に慣れさせるべきね。彼が運転してたのは盗難車だったんだから」

「彼は知らなかったの。少し行きちがいがあったみたいで」

「そうでしょうとも。彼を追いかけた警察にも行きちがいがあったようよ。で、あなたたちはどこへ行ったの？」

　ケーラはため息をついた。「話せば長い話なの、グレーシー。いまはくたくたで、話してられない。ざっくり要約すると、嵐のせいで高速のモーテルで足止めされちゃって。モーテルの名前すら知らないけど」

グレーシーは大胆に編集された話を聞かされていることに気づいた。「あたしにだって行間は読めるのよ。たくましい男性と楽しめたんならいいけど。あたしならきっと彼の全身を撫でまわしてる」

「それが、そう楽しくなくて。じつは……彼とはもう一緒じゃないの。いまは自宅よ」

「自宅？　よかった！　あたしもとっととこんな田舎町を出て、急いで帰るわ。今夜のインタビューはスタジオからやりましょう」

「インタビューは受けない」

グレーシーは早口でまくしたてた。「でも警察だか保安官事務所だか知らないけど、このあたりの捜査当局からは許可が取れたのよ」

「だとしてもそんな気分じゃないの」

「心配ないって。テレビ局にはあたしから連絡して、しっかりあなたを守らせる。ずっとましな――」

「身の安全を心配してるんじゃないの。心配なのは……あれこれよ、グレーシー」

「なんなのよ、あれこれって。たとえば？」

ケーラは深呼吸した。「いま言えるのはそれだけ。とにかく、今夜の番組には出ないから。最初からどちらか迷っていたの」

「でもいい知らせがあるわよ。少佐が危機を脱して、刻々と快方に向かってるって」

「知ってるわ。今朝話したの」

「本人と?」

「電話でね。お互いに相手のことを心配してたから、話ができて少し気が楽になったわ」

「すばらしい!　これで配慮すべき問題がなくなったわね」

「わたしにはある。危機を脱したとしても、少佐の声は弱々しくて、不安定だった。わたしの身を案じてくれている。わたしたちを殺そうとした犯人がまだ捕まっていないんだから当然よね」

「そのことだけど」グレーシーは言った。「あなた、犯人逮捕の邪魔になってるわよ。捜査妨害だって。少なくとも、保安官はそう言ってる」

「そうなの?　いつ?」

「ちょっとまえ、あたしが泊まってるモーテルを訪ねてきてね。ドアをドンドン叩いて、あなたから連絡があったかと詰問されたわ。機嫌の悪いまっ赤な顔で。あなたのことを〝敵意ある参考人〟だって。テレビドラマに出てくるような警察用語よね」

「わたしは全面的に協力したし、知ってることはすべて話したわよ」

「でも、FBIが話を聞きたがると思うんだけど」

「FBI?」

「アディソン——って名前よね——が言ってたけど、FBIが捜査を主導することになったって。彼はそれをあなたが消えたせいにして怒ってる。ううん、怒ってるなんてもんじゃないわね」

ケーラはしばし沈黙してから、口を開いた。「また事情聴取があるようなら、こんどは弁護士を連れていくわ。でも、とりあえずひと休みさせて。報道担当のディレクターにはさっきメールで病欠の連絡をしておいたの」

「このニュースはいまも注目の的なのよ、ケーラ。ディレクターが激怒するわ」

「悪いとは思ってる」

「ジョン・トラッパーはどこにいるの？」

「さあ。さっきも言ったけど、いまは一緒じゃないの。じゃあ切るわね。疲れたから」

「ケーラ、待って！　休みなら今夜の放送が終わったあとにしたら？　元気になれそうなことなら、なんでもやらせてあげる。マッサージでしょ、マティーニでしょ、ビタミンB12の注射でしょ。なんなりと言って」

「気前がいいのね。でも、遠慮しとく」

「ここまでいろいろ話しあってきたじゃない。お願いだから、考えなおして」

「ごめんなさい、グレーシー。最終決定よ」

それまで下手に出ていたグレーシーが口調を変えた。「あのね、あなたの決定はあなただけに影響するんじゃないのよ。そこんとこ、考えてる？　あたしのキャリアにだって影響あるの。撮影スタッフたちにもよ」

「撮影スタッフが職を失うことはないわ。あなただって」

「あなたはどうなの？」

「切るわね」

通話が切れた。

グレーシーは息を吐いて、電話を切った。「これが精いっぱい」

グレン・アディソン保安官がそばに立っていた。「なぜケーラは弁護士を同席させたいんだ？」

「ばかじゃないから」グレーシーは言い返した。「それなのに、あなたたちときたら……」

「トラッパーがどこにいるのか、もっと突っこんで尋ねてもらいたかった」

「それを調べるのがあなたの仕事なんじゃないの、保安官？　重要参考人を見失ったからって、あたしをこんなとこまで引っ張ってきて、ケーラの居場所を突き止めるため、一日じゅう、こんなごたいそうな部屋で彼女から電話が来るのを待たせるなんて」軽蔑を込めて、言い足す。「FBIが乗りだしてくるわけだわ」

「複数の捜査機関が協力して捜査に当たるんだ」

グレーシーはわざとらしく咳払いした。「もっともらしい言い草だけど、そういうのは言いのがれのことが多いのよね」保安官が顔を紅潮させるのを見て、せいせいした。

「協力に感謝する、ミズ・ランバート」保安官はこわばった声で言った。「引き取ってもらってけっこうだ」

グレーシーはバッグを手にドアへ向かった。「こんなことして、いやな気分。やっちゃいけないことだし、裏切りだと思うけど、ケーラが無事、自宅に帰り着いててよかった」

「実際、自宅にいればだが」保安官が部屋の奥にいる逆探知担当の技師に尋ねた。「わかったか?」

「わかりました。ダラスのダウンタウンです」

技師が口にした番地は、グレーシーが知っているケーラの自宅の住所だった。グレーシーはそれ見たことかとばかりにグレン・アディソンに笑いかけて、部屋を出た。


ケーラが自宅マンションの建物を出てくると、トラッパーは車を縦列駐車させている一ブロック先でヘッドライトを点滅させて、位置を知らせた。彼女が歩道を小走りに駆けてきて、助手席に乗りこむ。建物から出るのを人に見られなかったか、とトラッパーは訊いた。

「マンションのコンシェルジュがいたわ。あなたの仲良しじゃなくて、男性のね。でも、電話中だったから、あいさつはしてない。わたしを見かけたとしても、なにも思わなかったはずよ。徒歩で出勤したり帰宅したりは、よくあることだから」

「うまくいったか?」トラッパーは尋ねた。

「事実を話してきた」

「おれが事実を話しても、まずうまくいかない」車を通りに出す。「盗聴されてた形跡は?」

「ないと思うけど」

「だからといって、盗聴されてなかったとはかぎらない。きみにかかってくる電話は、この非通知の携帯に転送されるようにしたんだな?」

「あなたから指示されたとおりよ。わたしの携帯はキッチンの中央にあるカウンターに置いてきた」

「いいだろう。彼女が言ったことを、最初からすべて話してくれ」

ケーラがグレーシーとの会話を詳しく語る。その話が終わるとトラッパーは彼女を見て言った。「おれがどこにいたか知っていたのに、そのことを言わなかったんだな」

「正確に言えば、わたしが話したことが事実よ。わたしは自宅のまえで降ろされて、あなたと別れた。部屋にいるあいだは、あなたがどこにいるか知らなかった」

トラッパーは頬をゆるめた。「その調子だ。さらに研鑽《けんさん》を積めば――」

「こんなこと上手になりたくないわ。いわゆる嘘ではないにしても、だましてるにはちがいないもの」

いくつか軽妙な返答を思いついた。どれもケーラの倫理基準や自分にはそれが欠けていることに関するものだが、トラッパーはそのまま胸にしまっておくことにした。ケーラを強引に帰らせようとしたのに、彼女は別々に行動することを拒み、以来、トラッパーは言動に細心の注意を払っている。

「少佐から助言されたし、不安もあるけど、最後まで見届けたいの」と、ケーラは言った。

そんな彼女にトラッパーは「好きにしたらいい」と答えた。

マリアンや亡くした子どものことを思いだすと決まってそうなるように、あのときのトラッパーも、自己嫌悪に陥っていた。にもかかわらず、ケーラが行動をともにすると決めてくれたことに安堵した。彼女と会えなくなる準備はできていない。そんな準備は絶対にできそうにない。

だからこのときばかりは、不運を呼びこまないように黙った。生来の衝動を抑え、性急な行動や辛辣な皮肉を封印した。なぜ自分の味方をしてくれるのか知りたかったが、理由を聞きだそうとせっつくこともしなかった。ケーラがシャワーを浴びにバスルームへ向かったときもあてこすりは言わなかったし、カーソンが買ってきたジーンズが小さすぎると彼女が訴えたときも、それをはいた後ろ姿のセクシーさを指摘しなかった。

ふたりがモーテルを出たのは午後なかばだった。そのときケーラはグレーシーに連絡を入れないとまずいと言った。「このままだと、戻ったときに職がないかも」

もっともな訴えだったが、ダラスまで待つように説き伏せた。

「フォートワースへ行くんだと思ってた」

「それはまだ先だ」トラッパーは答えた。「グレーシーにはきみの自宅から連絡してもらう。それならグレンがきみの携帯を使っておれたちを追跡していたとしても、自宅がきみの居場所になる」

そうしていま、ダラスのダウンタウンを西行きのフリーウェイを目指して走る車のなかで、ケーラが尋ねた。ＦＢＩが捜査に乗りだしてきたことをどう思うか、と。

「驚くようなことじゃない」トラッパーは答えた。「時間の問題だったたし、おれにとっちゃ願ったり叶ったりだ。ロダルの事件を捜査しているうちに、おれが把握した事実を裏付ける証拠を見つけてくれないともかぎらない」

「あなたが把握した事実って、なに?」

「証拠と言えるほどのものはないんだが、民事で証拠の優越が認められる程度のものは保管してある」

「どこにあるの?　あなたのオフィス?　これからそこへ行くの?」

「これからそこへ行く。来た道を引き返して」

街から街まで道のりは五十キロだったが、玉突き事故による渋滞のせいで一時間かかった。だがトラッパーの計画上は、かえって好都合だった。とっぷり日が暮れてからオフィスに到着したかったからだ。さらに時間をつぶすため、ドライブスルーでハンバーガーを買い、車内でそれを食べた。

彼のオフィスがある通りに車を入れたときには、すっかり日が落ちていた。ダウンタウンの片隅に位置する、ひときわみすぼらしいこの界隈では、暗闇は好まれるものでもあれば、忌避されるものでもある。どちらになるかは、その人の来訪目的による。

外灯のひとつがビルの入り口の上に掲げられた住所を記したブロックタイルを照らしているが、各階のオフィスの窓の明かりはひとつ残らず消えていた。トラッパーはそれでも念のため建物のある区画を車で一周してから、道路の反対側の駐車スペースに車を停めた。

「しばらく待つぞ」彼は車のエンジンを切った。

「どうして?」

「なにかが起こるかもしれない。なにも起こらなければ、問題がないことになる」

ときおり車が通過したものの、速度を落としてあたりをうかがうようすはなかった。トラッパーは動きがないかどうか、周囲のビルの窓に目を配り、人がひそんでいそうな路地にも目を光らせていた。だが、三十分たってもあやしい動きは見られなかった。

「よし」

ふたりは車を降りた。トラッパーはケーラを追いたてるようにして道を渡り、明るい表口を避けて、建物脇の通用口に行った。キーパッドに暗証番号を入力して、重い金属の扉を開ける。ふたりしてなかへ入り、扉の錠がかかったことを確かめた。

エレベーターではなく非常階段を使った。階段には出口を示す赤いライトしかないが、三階まで苦もなく上れた。廊下に出ると、彼のオフィスのドアの上半分にはめこまれていたガラスが割れているのが目に入った。

トラッパーはケーラに動くなと合図して、腰のホルスターから拳銃を抜いた。それから二分は、ささいな音も聞き取ろうと、じっとしたまま耳をそばだてていた。

やがてケーラに手を伸ばした。自分の目の届く場所に彼女を置いておくべく、手を引きながらオフィスへ近づいた。ドアが細く開いている。拳銃を構えてブーツの爪先でドアを開いた。

半開きになった窓のブラインドから差しこむ明かりのおかげで、荒らされた室内が見える。キャビネットのファイル用引き出しが引き抜かれ、あたり一面に中身がまき散らされていた。

ソファのクッションは切り裂かれ、詰め物が引っ張りだされている。椅子や照明器具はひっくり返されていた。

ただデスクだけが、トラッパーがオフィスを出たときのままのようだ。そのデスクの奥の椅子に座りニッケルメッキのリボルバーを構えていたのは、トマス・ウィルコックスその人だった。

19

これまで直接の面識はなかったものの、トラッパーにはその男がウィルコックスであることがわかった。抜き差しならない状況にもかかわらず、トラッパーはのんびりとした調子であいさつをした。「やあ、ウィルコックス。ケーラ・ベイリーは知ってるな」

ウィルコックスがほほ笑んだ。「ジョン・トラッパーだな」

「そうだ」

「銃を床に置いてゆっくりとこちらに来るように」

「いや、もっといい考えがある」トラッパーは言った。「おまえが銃を置くんだ。おれに殺されるまえに」

隣でケーラがささやく。「お願いよ、トラッパー」

ウィルコックスはトラッパーからケーラを見て、そのあとふたたびトラッパーを見た。「ふたりしてご婦人をはらはらさせているようだ。つまらないにらみあいはやめにして、ここは文明人らしくふるまうとしよう。ふたり同時に武器を置かないか?」

「おれは文明とは無縁でね。誰に訊いてもらってもかまわない。ペガサスホテル爆破事件で死傷した人たちの代理人として、喜んでおまえを地獄送りにしてやる」

ウィルコックスはトラッパーを観察して、本気だと判断したらしい。拳銃をデスクに置いて、両手を上げた。

トラッパーは足元のファイルや資料を蹴散らしながらデスクへ近づいた。ウィルコックスの拳銃をつかみ、弾倉を開いて空にする。六発ある銃弾がひとつまたひとつと硬材の床に落ちた。

ウィルコックスはトラッパーの背後に目をやり、ケーラの名を呼んだ。「日曜の夜はとんだ災難だったね。もういいのかい？」

「ええ、もうだいじょうぶです。以前はさらに元気でしたけれど」

そのやりとりのあいだも、トラッパーは音や動きに感覚を研ぎ澄ませていた。背後から襲われるのを半分覚悟していたからだ。だが誰も忍び寄ってはこなかった。ウィルコックスは単独で行動しているようだ。彼は荒らされた室内を手で指し示した。「わたしではないぞ。来たらこうなっていた」

「なぜ来たんだ？」

「会う必要があった。きみは近々殺される恐れがある。わたしが実行の栄誉に浴すると考えている者もあるようだが」

トラッパーは小ばかにしたように鼻を鳴らした。「そんなことで悦に入ってるのか？」

「わたしにはそれよりもいい提案がある。そう、われわれ双方にとって。座ったらどうだね？　その提案について話しあいたい」

ふざけるなと言って、このろくでなしを撃ち殺してやろうか？　トラッパーはそう考えたものの、まえに出てきたケーラが、目顔でいさめている。

トラッパーはデスクの正面に転がっていた椅子を起こすと、身ぶりでケーラに椅子を勧め、自分自身は立ったまま、手のひらにあるウィルコックスのリボルバーを眺めた。握りには螺《ら》鈿《でん》細工が施され、銃身には凝った模様が刻まれている。

「禁酒法時代、このフォートワースの娼館のマダムがちょうどこんな拳銃を持っていた。彼女がその拳銃で撃ち殺したのは、現金を盗んだ娼婦ひとり、いかさまを働いたブラックジャックのディーラーひとり、彼女を裏切った密造酒業者三人だ」

ウィルコックスはほほ笑んだ。「この拳銃は彼女の財産がオークションにかけられたときに手に入れた。匿名で入札してね」

「手に入れてから、それで人を殺したことは？」

ウィルコックスは言った。「きみがひとりめになるところだった」

「おっと、伝説の一部になりそこなったか」

「さっきも言ったとおり、きみには殺すよりもいい使い道がある」

「じゃあ、おもしろ半分でおれたちに銃を突きつけたのか？」

「いや、きみからわが身を守るためだ。きみは逆上しやすいと聞いている。そして実際、その評判に恥じない行動をしてきている」

「そう言われて悪い気はしないね」

「まえからきみと話したいと思っていた、ミスター・トラッパー。残念ながらオフィスが荒らされていたせいで、最悪の出だしになったが」

トラッパーはウィルコックスが座るデスクの椅子の背後、壁の幅木のすぐ上にあるコンセントの差しこみ口をちらりと見た。プレートのねじが外されて、壁から引っ張りだされている。無造作に開けられた石膏ボードの穴から、ねじ曲がった配線が飛びだしていた。

ウィルコックスはトラッパーのとまどいを見て取り、したり顔になった。それがトラッパーの逆鱗《げきりん》に触れた。「話だと？　おまえとおれがか？」

ウィルコックスがうなずいた。「取引をしたい」

トラッパーは冷笑した。「なにを言いだすかと思えば。ありえない。代わりに日曜の夜のとんだ災難について話そうじゃないか。おまえが少佐を襲えと命じたのか？」

「わたしはそれほど愚かではない」

「あれは愚かな行為だった。まぬけなふたり組は標的を殺しそこねたが、命じたのはかなりの切れ者だ。おれが思うにそれは――」トラッパーは九ミリ口径の拳銃で男の額に狙いをつけた。「おまえだ。ペガサスホテル爆破事件同様に」

「勝手に決めつけるな、ミスター・トラッパー」

「いや、それはおまえのほうだ。おれと対話できる、まして取引できると考えるとは」トラッパーはジーンズの前ポケットから携帯電話を取りだし、９１１を押した。

大富豪が言った。「きみは警察には通報しない」

「そうか?」

「そうだ。悪名高きマダムの伝説は知っているだろう?」ウィルコックスはケーラを見て、説明した。「彼女は一度として殺人罪に問われなかった」

「どうしてなの?」

「複数の裁判官と地方検事長と警察署長と、さらには警察官の半数が彼女の店の上客だったからだ」

トラッパーは言った。「つまり、ケーラ、こいつは有力者の首根っこを押さえているから自分は法の適用を受けないと言いたいんだ」

実際、この口達者な悪党の言うとおりだった。いま警察に通報したところで、少なくとも百九十七人を殺した殺人者が、ただの不法侵入で逮捕されるだけのことだ。

それを見透かしたように、ウィルコックスが言った。「座ったらどうだ?」

「クソでも食らったらどうだ?」

「トラッパー」ケーラが左の袖に触れた。「座って」

和平交渉は得意ではない。ましてや悪人と取引するなど考えられないが、知らず知らずのうちにウィルコックスの言う取引とやらに興味を持っていた。トラッパーは照準も視線もそらさないまま、もう一脚の椅子を引き起こした。逆向きに椅子にまたがり、銃を握る手を椅子の背に載せた。「いいだろう。座ったぞ」

ウィルコックスはケーラを見た。「オフレコにしてもらうよ」

「もちろん、そのつもりでした」

ウィルコックスはトラッパーに目を戻した。「このオフィスを荒らした人物はきみの死を望んでいる。明白な脅威ではないとしても、きみは実にうっとうしい。連中はそんなきみを叩きつぶしたがっている」

「ご忠告、痛み入る」

「連中がきみの死以上に望んでいることがひとつある。きみはわたしのことを捜査していた。その間にどれほどの情報を集め、それが犯罪の証拠としてどの程度有効なものなのかを突きとめることだ」

トラッパーはこのときも、コンセント・プレートがあった位置に開いた穴を一瞥した。

ウィルコックスは椅子を回転させてトラッパーの視線を追い、ふたたび体を戻した。「連中は隠し場所を探しあてたようだな」

トラッパーは頬の内側を噛んで、押し黙った。

ケーラが無念そうにつぶやく。

「壁のなかには、なにがあった？」ウィルコックスが尋ねた。

「電気の配線と、たいして効果のない断熱材さ」

トラッパーの軽口などおかまいなしに、大富豪は質問を重ねた。「大きなものは入らない。せいぜいファイルが一、二冊。小型金庫か？　あるいはＵＳＢメモリといったごく小さなものか」

トラッパーはやはり沈黙したまま、椅子のなかでもぞもぞ動いた。

ふたたびウィルコックスがにやりとした。「では、ここにあるのは？」床に投げ捨てられたファイルキャビネットの中身を指さした。

「ゴミだ」

「だろうとも。ペガサスホテル爆破事件のファイルを無造作に置いておくはずがない」背後を指さす。「だが、連中は目当てのものを手に入れたらしい。問題は内容を理解することができるかどうか。暗号化されていたのか？」

トラッパーは鋭い目で彼を見た。「心配なのか、トム？　トムと呼んでもいいよな？」

「心配だ。だが、きみが思うような意味でではない」ウィルコックスは身を乗りだし、腕をデスクに預けた。

彼の動きを見て、トラッパーは小さく笑った。「いよいよ本題か？　取引条件を明かすんだな？　だったら言うだけ無駄だぞ。おれには取引する権限がない。知ってのとおり、辞めたんだ。追いだされた。権利を奪われた。職業上、去勢されたのさ」

「局内に友人がいれば――」

「かつての友人だ」

「元同僚のすべてがきみがまちがっていると思ったわけではあるまい」トラッパーが否定も肯定もせずにいると、ウィルコックスは言葉を続けた。「手の内を見せてもらおう。わたしはイエスともノーとも言わない。ただ、きみが横道にそれそうになったときは、それとなく軌道修正をしよう」

「そういう映画を観たことがある」トラッパーは言った。「さしずめおれはウォーターゲート事件を報じた記者のバーンスタイン、おまえは情報源のディープ・スロートってとこか」

ウィルコックスは顔をしかめた。「きみにその気がないのなら、帰らせてもらうが」

「そうはいかない。帰るんなら、おれと拳銃を踏み越えて行くんだな」

「わたしを撃ってもひとつの得にもならんぞ」

「なるさ。多少は気が晴れる。いや、気分爽快《そうかい》だ」

「それも長くは続かない。数日中にきみは消される。いずれにしろ、そういうことになる」

「一か八か、やってみるまでだ」

「ケーラの命も懸けるのかね？」

さすがに軽口が叩けなかった。ウィルコックスのゲームにつきあうのは業腹だが、トラッパーは尋ねた。「どんな提案なんだ？」

「きみを復職させて、ペガサスホテル爆破事件を再捜査できるようにする。こんどこそきみの話が聞き入れられるようにしよう」

思いがけない提案だったが、トラッパーは驚きを隠した。「おれのためにそうすると？」

「そうだ」

「おれがまっ先におまえを調べることはわかってるんだろうな？　容赦しないぞ」

「承知のうえだ」

「いいだろう。おれに協力する条件を聞かせてもらおう。死刑ではなく終身刑か？」

「全面的な免責だ」

トラッパーは大笑いした。「笑わせてくれるじゃないか」

ウィルコックスは椅子の背にもたれた。「われわれはお互いに相手を必要としている。考えてみるがいい、ミスター・トラッパー。利口になって、取引に応じたらどうだ？」

「利口って、おまえみたいにか？　ひとりでここへ来るのが利口か？　しゃれた拳銃を振りまわすのが？」

ウィルコックスはしばしの沈黙をはさんで、静かに言った。「道理のわかる男であることを祈っていたが、こんなことになるとは」

「こんなこととは？」

「わたしはひとりで来たわけではない」

トラッパーは精いっぱい無表情を装ったが、全身の筋肉に緊張が走った。

ウィルコックスが言った。「外に男を五人待機させている――」

「でたらめだ」

「きみとの話がついたら、わたしを無事に連れ帰るためだ。期待に反して話がつかなければ、きみの息の根を止めるよう指示しておいた。実際、マダムの拳銃など必要ないのだ。ただ見せびらかしただけのことでね」彼は笑みを浮かべた。

これがはったりなら、たいした役者だ。

「納得がいかないようだな、ミスター・トラッパー。ケーラに電話を渡せ」トラッパーがためらうと、ウィルコックスが続けた。「わたしの言うとおりにするのが身のためだ」

トラッパーが携帯電話を握っていたのはほんの数秒だった。すぐにケーラに渡した。

「いまから言う番号にかけて」ウィルコックスが十桁の番号をそらんじ、ケーラがそれを入力した。「呼び出し音が一回鳴ったら、すぐに切って」彼女は言われたとおりにした。

「さあ、窓に近づいて」

ケーラが指示を求めてトラッパーを見た。トラッパーはウィルコックスから目を離さなかった。「もし彼女を罠にかけて傷つけるようなことがあれば、おまえの灰色の脳細胞は後ろの壁に飛び散るぞ」そして改めて、男の眉間に狙いをつけた。

ケーラが立ちあがり、通りに面した窓に近づいた。

数秒後、彼女が言った。「角から男がふたり近づいてくるわ。反対側からもうひとり」

ウィルコックスはまばたきひとつしない。静寂のなか、腕時計が時を刻む音がトラッパーの耳に響いた。十五秒たった。さらに十秒。ケーラが言った。「四人めよ、トラッパー」

「五人めは向かいのビルにいる」ウィルコックスが言った。「ケーラ、動かないことを勧める。その男のスコープの照準は、きみに定められている」

トラッパーは勢いよく立ちあがった。

「座れ、ケーラを死なせたいのか」ウィルコックスが命じた。

「脳みそを吹き飛ばしてくれる」トラッパーはウィルコックスの眉間を銃身で突いた。「引き金を引けば、わたしの一秒後にケーラが死ぬ」

「五人めがいるという証拠は？」

「ない。だが、いないというほうにケーラの命を懸けたいのかね？」

「トラッパー、わたしのことは心配しないで」ケーラが言った。

トラッパーはその場を動かなかった。ウィルコックスが言った。「あの男たちには二回めの電話があってそれが切れるまで待機するよう指示してある。そして十分以内に連絡がなかったときは、このビルに駆けつけてきみを殺せと言っておいた、ミスター・トラッパー。そしてわたしは帰宅する。わたしはなににも触れていない。この椅子の肘掛けにもだ。わたしがここにいたことは誰も知らない。きみの死を望む連中は、きみが厄介払いできたと知れば大喜びするだろう」

トラッパーは思いきって窓のほうを見た。ケーラは室内に背中を向けて、その場に立ちつくしている。

ウィルコックスが言った。「命知らずのきみも、ケーラの命までは危険にさらせない。それに丸腰の相手を撃つのは、きみの信条に反するはずだ」

「相手がおまえなら例外とするさ」

「貴重な時間を無駄にしているぞ、ミスター・トラッパー」

くそっ！　トラッパーは突きだしていた拳銃を引っこめ、椅子に戻った。「用意周到だな。

だいたいおれたちが今夜ここへ来るのが、なぜわかった？」

「演繹《えんえき》的に推論した。わたしはきみが昨夜、無鉄砲にもロダルから逃走したと聞いた。最後に自宅アパートに帰ったのはいつかね？」

「日曜の夜、少佐が撃たれたと知らされたときだ」

「最初にそこをあたった」ウィルコックスが散らかった室内を示した。「ここのほうがまだましだ。きみの部屋になにもないことが確認できると、わたしの……そう、同業者は……わたしと同じことを考えたのだろう。つまりきみが握っている、わたしに関する、ひいてはその連中に関するなにかが、仕事場であるここにあるにちがいないと」

ウィルコックスは金のロレックスに視線を投げた。「あと七分半。ＵＳＢメモリの中身を教えたらどうだね。わたしはどんな問題に直面しているのだろう？」

トラッパーはケーラを狙う照準を思い浮かべながら、早口で話しはじめた。「ペガサスホテルが爆破されたとき、おまえは三十二歳と五十八日。ダラスで不動産業を営むやり手の青年実業家として、大成功をおさめていた。

だがおまえは目立つことを嫌っていた。派手な商売女に入れこむこともなければ、車やプライベートジェットやヨットといった、金のかかる男の玩具にもいっさい手を出さなかった。社交界には出入りせず、マスコミを避け、親しい友人も作らなかった。

ところがある日、おれのもとにおまえにも友人がいるという匿名の情報が入った。正確に言えば、ときおり来訪者があるという話だ。その男たちは生まれも年齢も社会経済レベルもさまざまで、共通点といえば、おまえが護衛とともに個別に会うということだけだった。全員が興味半分におまえに会いにきて、打ちのめされたような顔で帰っていくという」

「あと六分だ」ウィルコックスが言った。

「情報屋の話はそれだけに留まらなかった。おまえがそんなふうに誰かと会ったあとは、なにかしら事件が起きるという。〝どんな事件だ？〟とおれが尋ねると、〝悪いこと〟という答えが返ってきた。〝たとえば？〟と訊くと、〝ペガサスホテル爆破事件のような〟とそいつは答えた。からかい半分でおれは尋ねた。〝ペガサスホテル爆破事件の陰にトマス・ウィルコックスありってか？〟情報屋はそうだと答えた。いまとなってはいくら後悔しても後悔し足りないが、おれは彼を笑い飛ばした。腹の底から思いきり」

ウィルコックスの表情は変わらなかった。

「ケーラ、外に動きは？」

「ないわ。でも四人めはいまも通りにいる」

トラッパーは続けた。「おれはその情報屋のことをただの食わせ者で片付けることにした。おれのところに話を持ちこんだのは、おれが少佐の関係者だからというだけの理由だと。それで、もっといい薬を出してもらえ、二度とおれをわずらわせるなと言って、追い返した。

それから数週間後のことだ。そいつのことなど忘れかけたころ、また電話があった。そいつは慌てふためいていた。とある家族経営の工場があった土地に、投資家たちがスポーツ競技場を新設したがってる。投資家集団を率いているのはトマス・ウィルコックス。そして彼が工場はもはや過去の遺物も同然だと予言したという。

　まさか、とおれは思った。そいつがまちがった情報を仕入れたか、なにか誤解があるか、あるいは恨みがあるか、でなきゃ完全にラリってるか、さもなきゃ頭が壊れてるかだと」トラッパーは言葉を切り、しばらく待った。「まちがってたのは、おれのほうだった」

　ウィルコックスは驚くほど平静だった。「スポーツ競技場の用地には、かつて悲惨な火事で焼け落ちた衣料品工場が立っていた。周知の事実だ」

　トラッパーは拳銃を握る手に力を込めた。「その火事で夜警がふたり死んだ。焼死体の身元は歯型で確認するしかなかった。それだけしか残ってなかったんだ」

　ケーラが狼狽して声を漏らしたが、ウィルコックスは動じず、トラッパーも脱線しないよう気を引き締めた。時間との戦いだった。六分足らずのあいだになにが起こせるかと思う反面、一寸先は闇。撃ちあいになれば、まっ先に命を落とすのはケーラだ。

　トラッパーは続けた。「おれは上司に工場火災について情報提供があったと報告したが、まだおまえの名前は出したくなかった。裏が取れてなかったからな。匿名の電話の主を特定するのに数週間かかった。バークリー・ジョンソンといって、おまえの運転手兼ボディーガードだった。契約上、業務上知ったことをいっさい口外してはならないことになってた。

　だが、信仰に目覚め、ひそかに見聞きした情報をそれ以上胸にしまっておけなくなったんだ。おれは秘密裏に何度か彼と会った。多くの情報を提供してくれたが、おれ以外に話すことには消極的だった。彼と家族に証人保護プログラムを適用する手続きを先にすませてもらいたがってたんだ」

「その人はどうなったの？」ケーラが尋ねた。

「こちらにおられるウィルコックス氏に尋ねてみるといい」トラッパーは言った。

「バークリー・ジョンソンはわたしのもとで働いているあいだに死んだ」

「ただ死んだんじゃない」トラッパーは言った。「車の強奪に遭い、頭を撃たれた。家族は大黒柱を失い、おれはおまえをムショ送りにする協力者を失った。しかも上司は手のひらを返して、おれが恨みがましい使用人の口車に乗せられたんだと決めつけた。トマス・ウィルコックスが本当に車強盗に関わっていると思うのかと訊かれ、とんでもない、とおれは答えた。ウィルコックスに自分の手を汚すほどの肝っ玉があるもんかと」

「貴重な時間を費やしてまで言うべき侮辱なのかね？」ウィルコックスが混ぜ返した。

「おまえはバークリー・ジョンソンを処刑させた。これは事実なのか、的外れなのか、どっちなんだ、トム？」

「話を続けろ」

窓のまえでケーラが息をあえがせている。「すべて事実なの？」

ウィルコックスは「なんとも興味深い話だ」としか言わなかった。どっちつかずで、肯定も否定もしていない。

「その工場火災で逮捕された人間はいない」トラッパーは言った。「おれはペガサスホテル爆破事件の再捜査の許可を願いでた。そしてその根拠として、最終的におまえにたどり着く可能性があると打ち明けるしかなかった。上司からは、非常識だ、手を引け、と言われた。だが、それで引っこむおれじゃない。とにもかくにも探ってみた。それでなにが見つかったと思う？　トマス・ウィルコックスさ。バークリー・ジョンソンが言ってたとおりだった」

「あと二分」大富豪は言った。

「この人とペガサスホテルにはどんな関係があったの？」ケーラが尋ねた。「なぜ当時、それがわからなかったの？」

　トラッパーは答えた。「犯行を自供した男が逮捕されてたんだぞ。それ以上、詳しく捜査する必要があるか？　バークリー・ジョンソンがいなければ、おれだって調べてない」

「具体的にあなたはなにを発見したの？」

　トラッパーはウィルコックスを凝視しながら、質問に答えた。「こいつは開発に乗りだした総合娯楽施設の中核としてペガサスホテルを手に入れたがってた。だが、ホテルの所有者だった石油会社は売りしぶり、再三の申し入れも軽くあしらった。一年か二年そんな交渉が続いた。そうこうするうちに、こいつは実質的に手に入れたいのはその土地のほうだと気づいた。ペガサスホテルは金ぴかの新しいホテルに建て替えればいい。そこで跡形もなく吹き飛ばした。なかにいる人たちのことなどいっさいおかまいなしだった」

　トラッパーは軽蔑を込めて鼻を鳴らした。「おまえは若くして頂点を極めた。ペガサスホテルの時点が絶頂だったな、トム。あれがおまえの最高傑作、スーパーボウルの記念リングだ。それを手に入れる過程でエリザベス・カニンガムを殺し、夫のジェームズを四肢麻痺にさせ、その娘からもののみごとに両親を奪い取った」

ケーラの声は苦悩と怒りに震えた。「母は押しつぶされて亡くなったのよ」

ウィルコックスは彼女を見て、その背中に話しかけた。「爆弾を爆発させたのはわたしではない。爆弾の製造など、考えたこともなかった。ひとりの男が自供した。それが事実だ」

トラッパーに顔を戻した。「ちがうかね?」

少しも動じるようすのないウィルコックスにふつふつと怒りが湧いた。「気が変わった。おまえを撃つ気はない。おまえの喉を掻き切って、あの日流された多くの血と同じようにおまえにも温かい血が流れてるかどうか、確かめてやる。それともおまえの体のなかに流れてる血は冷たいのか?」

そのときはじめて、トラッパーは彼の無意識の反応をとらえた。ウィルコックスの右目がひくついたのだ。「わたしの血はつねに冷たい。だが、その血が凍るときがある。娘を殺した男たちのことを考えるときだ」

20

話が進むにつれて、ケーラの驚きは深まっていった。トラッパーは自説にもとづき、トマス・ウィルコックスが企てた途方もない犯罪のあらましを述べている。この仮説のなかには少なくともいくらかの真実が含まれていると思ってまちがいない。清廉潔白であれば憤慨して抗弁するだろうし、トラッパーが根も葉もなく人に罪をなすりつけるとは思えない。確たる証拠はないかもしれない。だがそれなりの裏付けはあるはずだ。

「時間切れだ」背後でウィルコックスが言った。「ケーラは二回めの電話をしたほうがいい。さもないと外の男たちが猛攻をしかけてくる。さあ、どうするね、ミスター・トラッパー？ わたしは取引をしたい。きみはケーラを生かしておきたい。決めるがいい」

ケーラの心臓は喉元までせりあがっていた。わずかな譲歩でもトラッパーには耐えがたいだろう。ましてや相手が多数の人命を奪った張本人とあれば、胸中はいかばかりか。

とはいえ、トラッパーはウィルコックスに話を続けさせることが得策だと心得ていた。彼は言った。「ケーラ、もう一回その番号にかけてくれ」

「ゆっくり動くように」ウィルコックスが言った。「最初の呼び出し音が鳴ったら、わたしの声が聞こえる位置に携帯を動かして」

ケーラは電話をかけた。下にいる男のひとりが耳に携帯電話をあてがったが、なにも言わなかった。

ウィルコックスが声を張りあげた。「当面、待機しろ」

たちまち通話が切れ、下の男が携帯を耳から離すのが見えた。

「男たちはなにをやってる?」トラッパーが尋ねた。

「突っ立ってるわ」

「これでわかったな?」ウィルコックスが言った。「もうなんの問題もない。戻ってきてだいじょうぶだよ、ケーラ」

振り返るなり、ケーラはトラッパーを見た。いまも拳銃でウィルコックスを狙っている。

ケーラが椅子まで戻ると、彼が尋ねた。「だいじょうぶか?」

「ええ」腰を下ろしたケーラは、無性に人肌が恋しくて、腿を彼の腿に押しあてた。

そしてウィルコックスを見た。あれほどトラッパーからなじられたのに、まったく動じていないとは驚異だった。その鉄面皮に不快感がつのり、腹が立ってくる。気持ちとしては、トラッパーが主張した殺人——ケーラの母を殺したこと——を激しく責めてやりたい。それでも口をつぐんでいたのは、トラッパーと同じく、ウィルコックスの言い分を聞きたかったからだ。

ウィルコックスがトラッパーに話しかけた。「この十分で、復職するにはわたしが必要なことが身に染みたろう？　とりわけ隠し場所を見つけだされ、証拠を奪われたいまとなっては。わたしの口添えがなければ、きみには頼るものがない」

「それで、おれになにを期待してる？　免責というばかげた妄想以外になんだ？」

「娘のための正義を」

「殺されたと考える根拠は？」トラッパーが尋ねた。

「わたしの思いこみではない、事実だ」ウィルコックスは息を吸った。「ティファニーが死亡したときの状況を知っているかね？」

「その件についてては、昨晩までなにも知らなかった」トラッパーが答えた。

「そうだろうとも。敷物の下に隠して見せないようにしてきた」

「娘さんが亡くなったのは、わたしがあなたにインタビューをした直前だった」ケーラは口をはさんだ。「トラッパーと同じように、わたしもあなたの喪失感に気づかなかった。直後に接触してくるなんてずいぶん無神経だと思ったでしょうね」

「あの時点では、まだ悲しみに身を切られる思いだった」

「だったらどうしてインタビューに応じたの？」ケーラは尋ねた。

「ティファニーを殺した者たちに揺さぶりをかけたかった。彼らにはインタビューがどう展開するか、きみがティファニーの死について質問するかどうかわからなかった。すべてはなりゆきしだいだった。たとえわずかでも、やつらを身悶えさせてやりたかった」

　ケーラはトラッパーを見た。彼がうなずいて、先を続けろとうながすので、ケーラは身を乗りだした。微妙な話題ならではの気づかいを滲ませ、ウィルコックスに言った。「トラッパーと一緒に聞いたんだけれど、ティファニーの死因はヘロインの過剰摂取だったとか」

「そのとおりだ。発見されたときには、まだ腕に針が刺さっていた」

「発見者は誰だったの？」

「パトロール中の警官だ。娘の車は公営の公園に接した道路に停めてあった。娘はその日の午後、そこから一・五キロ先の乗馬学校で障害の練習をしたあと、居残って馬の世話をしていた。

夕食に少し遅れるから先に食べていてと電話があった。わたしは待っていると言った。〝わかった、すぐに帰るわ。じゃあね〟それがわたしが聞いた娘の最後の言葉になった」

この男はわたしから母を奪った。だが娘に先立たれたことは歴然たる事実であり、そのことにいくばくかの同情を感じずにいることはむずかしかった。

トラッパーにも同じことが言えそうだ。彼も婚約者の流産で子どもを亡くしている。彼は表情を隠すかのように、口元をすっぽり手でおおっていた。

ウィルコックスは咳払いして先を続けた。「ティファニーは運転席で見つかった。ハンドルにおおいかぶさるような恰好で。救命士が語ったところによると、ヘロインの量や濃度、混合物の毒素成分から判断するに、注射後、五分から十分で死亡し、そのほとんどのあいだは意識不明だったろう、とのことだった。そうであったことを祈りたい」

しばらく三人とも無言だったが、ケーラが静寂を破ってかすれ声で尋ねた。「娘さんはドラッグをやったことはなかったの?」

「なかった。わたしは事実を否定する情けない親ではない。仮に娘が試してみたいと思ったとしても、あんな形はありえない。娘は針に対して恐怖心を持っていた。道具一式が車のなかからも、学校のロッカーからも、乗馬学校からも発見されたが、まちがいない、あれは罪をなすりつけるために仕込んだものだ」

「犯人につながる手掛かりはなかったの?」ケーラは尋ねた。

「なかった。当日、公園のコースをジョギングやサイクリングをしていた人たちが事情聴取に応じたが、そのまま帰された。ティファニーの車なり不審者なりを目撃した人はいなかった。娘の発見場所から徒歩で行けるところに園内のドッグランがあった。証拠はないが、犯人は犬に逃げられて慌てる飼い主のふりをして、ティファニーを呼び止めたのではないかと思う。娘はそういうとき、困っている人のために車を停める子だった。犯人は手際よく巧みに娘を殺し、ものの数分で立ち去った」

「犯人は誰なんだ?」トラッパーが鋭い口調で尋ねた。

「わからない」

「だったら陰で糸を引くのは?」

「まだ言える段階ではない」

仮にトラッパーが同情心を抱いていたとしても、このひとことで消えた。いまにもウィルコックスの首を締めあげそうだ。「いいか、ウィルコックス、これから警察に通報しても遅くないんだぞ。少なくともおまえとおまえに仕える兵士たちを器物損壊の罪には問えるし、うまくすれば凶器使用の暴行罪も追加できる」

「いずれにしろ、ただの疑いで終わる」

「そりゃそうだ。一時間とせずにおまえから高額でかこわれてる弁護士が駆けつけるだろうからな。だがマスコミにはケーラとおれが周知徹底してやる。明日の新聞の一面を飾り、すべての地元テレビ局が報道するぞ。カメラ嫌いのおまえにしたら、嬉しくない宣伝になる。それに、一瞬でもムショにぶちこまれたとあれば、怒りをかうだろう。そう、おまえの……同業者とやらの。おまえがどんな取引をしようとしてるか、わかったもんじゃない。向こうはその中身を勘繰ってるうちに、いらだってくるんじゃないか？　さあ、通報されたくなければ、なにか言え」最後のほうは食いしばった歯の隙間から言葉を押しだすような言い方だった。

ウィルコックスは進退窮まったと悟ったのか、椅子の背にもたれてトラッパーと距離を取った。「いいだろう。仮定の話をしよう。わたしがときおり会う訪問者がいるとする――」

「打ちのめされたような顔で帰っていく男たちだな」

「きみがそう言っているだけだ」

「正確にはバークリー・ジョンソンが言ったんだ。そういう新規採用者をおまえはなんと呼んでる？」

「なんと呼ぶつもりもない」ウィルコックスは言った。「そういう人間と会っていると主張しているのはきみで、わたしは認めていないのだから。新規採用者についても、わたしはいっさい発言していない」

「とんだ言い草だな、トム。まどろっこしい言い方はやめにしよう。おまえはひとりずつメンバーを集めて一個大隊を編成した。おまえ専属の軍隊を作ったんだ。先の尖った帽子も、おかしな制服も、焚火を囲んでの集会も、みんなで唱えるスローガンもないが、血の誓いがないとまでは言いきれない。だが、その秘密結社がどんなものだろうと、大祭司、大ボスとして組織を率いてるのはおまえで、おまえにならそいつらを命令どおりに動かせた。

　そいつらになにを吹きこんだ？　まさか異常な新興宗教じゃないだろうな？　白人優越主義国家でもない。おい、なんなんだ？　え？　教えてくれよ。さっさと言っちまえ。ここだけの話だ。ケーラもオフレコにする。ここに盗聴器はしかけてない」

「わかっている。探知器で調べた」

「だったら話せよ。ごまかしやまわりくどい表現はやめて、わかりやすく頼む」

　ウィルコックスは首を振った。「あくまで仮定の話だ」

「ＦＢＩと取引ができるまでのか？」

「そこにきみの出番がある」

「おれが断固拒否したら？」

「きみは英雄の息子として、永遠にその立場から抜けだせない」

　ふたりはにらみあった。無言の闘いながら、互いに対する敵意が手に取るようにわかる。

ケーラが小声で名前を呼ぶと、トラッパーが振り向いた。「彼の好きなように話させて」

トラッパーは不承不承ウィルコックスに先をうながした。「おかしな真似はするなよ」

ウィルコックスが話しはじめた。「軍隊とやらを率いるようになって数年したころ、きみの言う大祭司とやらは、兵士内の不満を察知して、もっとも手ごわい不満分子たちと対決することにした。やつらは不遜《ふそん》にも大祭司を批判する。手ぬるい、つかむべきチャンスをのがしている、力を見せつけるべきときに用心しすぎだ、手控えるな、と」

トラッパーが言った。「権力の座から引きずりおろそうとして、不満を唱えたのか？　大祭司がその手の脅しを野放しにするとは思えない。そうした謀反《むほん》の兆候に対する大祭司の反応は？」

「やれるものならやってみろと開きなおった」

「相手も開きなおって、力を誇示した」トラッパーがぴんときた瞬間がケーラにはわかった。「彼らは大祭司が誇りとし喜びとしたものを殺した」

ウィルコックスはうなずいて認め、ケーラを見た。「ケーラ、きみの両親を襲った悲劇のことだが。さっきは口が過ぎた。申し訳ない。喪失のつらさはわたしにも痛いほどわかる」

ケーラは謝罪に応じる代わりに尋ねた。「ティファニーがドラッグの過剰摂取で亡くなったと言われて、奥さまはそれを信じてるの？」

「グレタは、娘が過剰摂取の事故で呼吸が停止したという監察医の鑑定結果を受け入れた。だが、あまりにつらすぎて、いまだふたりきりのときでも話題にすることができない。妻の心は粉々に打ち砕かれてしまった」

　トラッパーが言った。「ペガサスホテル爆破事件で愛する者を失った人たちも同じだ」軽蔑もあらわにウィルコックスをにらみつけた。「ひょっとしたらケーラは、あの日おまえに与えられた苦しみを許すかもしれない。それは彼女が決めることだ。だが、おれには期待できない」

「期待などしていない」

「おまえは悲しい話をした。それに関してはおれも軽口は叩かない。そうとも。おまえの娘をそんな目に遭わせた悪党が捕まり、タマをつぶされ、はらわたを抜かれて、八つ裂きにされることを祈るばかりだ。それでもまだ足りない。だが、このおれがおまえの悲劇に心揺さぶられてＦＢＩなりなんなりに出向くと思うか？　そしておまえの免責を主張すると？」

「いや、わたしのためにきみがなにかをするとは思っていない」

「だったらおれはなんのためにそんなことをするんだ？」

「きみの父親とケーラを殺そうとしたのは、同じ連中だ」

　トラッパーとケーラはふたたび目を見交わした。そしてウィルコックスに目を戻して同時に尋ねた。「その連中とは？」

　ウィルコックスが答えようとしないので、トラッパーは乱暴に椅子から立ちあがると、デスクに両手をついてどなった。「言えよ、誰なんだ？」

「だめだ」ウィルコックスは回転椅子を後ろにまわして、立ちあがった。「腕力に訴えても無駄だ。もっとも、きみがそうするとも思っていないが。わたしが必要な状況は依然として続いている」

「はっきりさせよう」トラッパーが言った。「こういうことか。ペガサスホテル爆破事件について免責を受ける見返りとして、その事件の英雄を殺そうとしたやつらを教えると言うんだな？」

「釣りあいが取れていると思わないか？」

「クズ野郎の考えそうなことだ」

トラッパーはいまにもウィルコックスに殴りかかりそうだった。ケーラはそっと彼を押しのけ、デスクをはさんでウィルコックスと向きあった。「どうしてインタビューの直後にわたしたちの殺害が企てられたの？」

「すでにわかっているのではないかね」ウィルコックスはふたりを交互に見やった。

「わたしの記憶を恐れているから？」

「恐れるべきことがあるのかな？」

トラッパーが言った。「答えるな」

「彼の言うとおりだよ、ケーラ」ウィルコックスが言った。「連中が逮捕されるまでは、きみがあの日について覚えていることは胸にしまっておくべきだ」ふたたびふたりを見くらべて、最後にトラッパーを見た。「わたしは娘を殺した連中に正義の裁きが下されるのをこの目で見たい」

「だったら事件が起きたときに警察をけしかければよかったものを、なぜ敷物の下に隠した？　いや、待てよ。わかったぞ。おまえ自身の罪を明らかにしないと、連中の罪も暴けなかったからだな」

「それだけではない」

「だったら教えてくれ」

「連中を表に引きずりだせば、その反動はとてつもないものになった」

「おまえがつぎに殺されるとか？　じゃなきゃ、おまえの女房か？」

「いや、もっと大々的な規模でわたしを懲らしめただろう。子どもを満載にしたスクールバスをこっぱみじんにするとか、老人ホームの暖房システムを故障させて全員を窒息死させるとか。これは連中が挙げた脅しのほんの二例にすぎない」

「信じられないわ」

「ほんとかよ？」

　ケーラとトラッパーが同時に声をあげた。ウィルコックスが言った。「それをきみたちにわからせたかった。血も涙もない連中だ。やつらを押しとどめるものはなにもない」

「どうやらそいつらはわれらが優秀なる大祭司から学んだようだ」トラッパーが言った。

　ウィルコックスはつと顔を伏せて息を吐いたが、罪を認めることはなかった。

　トラッパーは首をかしげた。「ひとつわからないことがある。おまえを殺せばそれですむのに、なぜ連中はそうしない？」

ほほ笑んだウィルコックスの目は、笑っていなかった。「わたしには暗殺にも耐えうる保険がある」

「防弾チョッキか？」トラッパーが言った。「救命具？　毒見係？」

「はるかに確実なものだ」

「なんだ？」

ウィルコックスはにこりとした。「取引が成立するまで待ってもらおう、ミスター・トラッパー」いま一度、腕時計を確かめて立ちあがった。「長居しすぎたようだ。返事は今夜でなくてもかまわないが、きみの命が風前のともしびであることを忘れるな。ケーラや少佐の命も同様だ。わたしに対するきみの意見はよくわかった。だが、わたしに対する憎しみとケーラと少佐の命を天秤にかけてみれば、おのずと答えは出る。取引が早く成立すればするほど、関係者全員にもいい結果がもたらされる」彼が手を差しだした。「拳銃を返してもらおうか。弾は持っていてもらってかまわないが、その拳銃は貴重品だ」

トラッパーは彼をにらみつけていたが、背後に手をやり、腰から拳銃を抜いて手渡した。ウィルコックスが礼を言い、コートのポケットに拳銃をしまった。

「先に失礼するよ」ウィルコックスは言った。ケーラの横まで来ると足を止め、なにか言いたそうな顔をしたが、口を開くことなく、ドアのガラスの破片を踏みしだいて歩き去った。

エレベーターが動く低い音がした。「出入り口は閉まってるんでしょう？　どうやって外に出るのかしら？」

「入ってこられたんだから……」トラッパーは窓辺へ行き、ブラインドの陰からのぞいた。「彼が出ていくのが見える？」

「銃を持った男たちに左右を守られてる」彼はしばらく監視を続けたのち、小声で悪態をついた。「くそったれ」

「どうしたの？」

「五人めがいた。いまライフルのケースを持って、正面のビルから出てきた。ウィルコックスと武装した護衛が帰っていく」トラッパーは振り向いた。「じつは火曜夜のポーカー仲間をボディーガードに見せかけただけだったりして」

「ほかはどんな嘘をついていてもおかしくないけど、娘さんやその死因に関して嘘をついているとは思えないわ」

「同感だ」

「そのほかについては？」

「ほかのことについても信じる気になってる」トラッパーはぶすりと言った。「やつは怯えてる。ここへ来たのが、その証拠だ。さっきの連中はポーカー仲間にしておくには惜しい人材だ。おれは連中がいたことに気づかなかった」

「ウィルコックスを仲介するの？」

「ＦＢＩにか？」トラッパーは鼻で笑った。「ウィルコックスはおれの影響力を当のおれよりうんと高く見積もってる」

ケーラは壁のコンセントの穴に目をやった。「あそこにはなにが隠してあったの？」

「ウィルコックスの当て推量はいい線行ってた」

「すべてをUSBメモリに入れておいたのね？」

「そうだ。あらゆる情報の断片、名前、日付、ペガサスホテル爆破事件の生存者の調書のコピー、バークリー・ジョンソンがおれに洗いざらいしゃべったときの録画もあった」

「動画だったの？」

「ああ。ウィルコックスには知られたくなかった。当面は」

「誰かに見せたことはあるの？」

「直属の上司に。だが、上司は雇い主に恨みをつのらせたジョンソンのでっちあげだとみなした。ジョンソンは回復したアルコール依存症者で、若いころ連続強盗で服役経験があった。つまらない犯罪だが、そんな記録があると信用性にケチがつく。

おれは、宣誓のうえで証言させるべきだ、と言った。嘘をついたら死ぬほど痛い目に遭わせてやるというおれの脅しをつけて。だが実現するまえに殺された」トラッパーはデスクの奥にまわって壁の穴のまえにしゃがみ、肘まで突っこんで手探りした。立ちあがると、両手の埃を払った。

ケーラはがっかりした。「盗られたのね？」

「ひとつ持っていかれた」

「いくつもあるの？」

トラッパーの顔にじんわりと笑みが広がった。

「どこにあった?」

ジェンクスは言った。「コンセントプレートの裏だ。最後に探した場所さ」

男がUSBメモリをコンピュータのポートに入れた。「探し物はつねに最後に探した場所から見つかる」

保安官助手は小さく笑った。「プレートの裏を探すまえに、あそこをめちゃめちゃにしてやった。トラッパーも目を疑ったろう。やつのアパートもご同様だ」ジェンクスはウイスキーのグラスを掲げてみずからの手柄を称えた。

「さて、見せてもらうとするか」

ジェンクスはコンピュータの画面がよく見える位置に椅子を移動した。USBメモリ内のファイルには、名前ではなく番号が振られていた。「1から見よう」ジェンクスは言った。

ファイルを開くと動画の画面が現れた。再生の矢印をクリックする。画面が黒いまま、まずは音声が流れはじめた。ドラムの音だ。

画面がしだいに明るくなり、乱れたベッドと裸の三人が映しだされた。女がふたりに、男がひとり。まさに行為のまっただ中。ドン、ドン、ドンという単調なリズムに合わせて三つ巴《どもえ》の営みがくり広げられていた。

21

強盗がＵＳＢメモリでなにを見せられることになるか、トラッパーから聞かされて、ケーラは思わず噴きだした。久しぶりの大笑いだった。「そういう動画がいくつ入ってるの？」

「十か十二か。まあ、最初のファイルを開けば、なにを手に入れたかわかるだろうが」

ふたりはウィルコックスが引きあげた数分後にはオフィスを出て、カーソンの義兄から借りた見苦しい車に戻った。トラッパーが運転した。

「おれが握ってる爆破事件に関する情報を何者かが探しにくるのは、時間の問題だった。なんにしろ懸念材料なわけだから、今週起きた一連のできごとからして、ほぼ確実だ。だからカーソンに油断なく目を光らせておいてくれと頼んでおいた」

「ファイルキャビネットは？」

「あんなのはみんな見せかけにすぎない。ウィルコックスに言ったとおり、ただのゴミさ。それは侵入者にもほどなくわかる。そこでコンセントのプレートの裏にＵＳＢメモリを隠しておいて、金脈を探りあてたと思わせたんだ」

「天才的ね」

「そうでもないさ。いまだに敵の正体も、それがひとりなのか複数なのかも特定できてないんだから。いまもウィルコックスのクレージー・ブラザーズが何人いるのか謎のままだ」

「バークリー・ジョンソンは名前を挙げなかったの？」

「〝確かなことは言えない〟と言ってた。事実かもしれないし、長い年月のうちに数えきれなくなったのかもしれない。あるいは、証人保護プログラムが適用されるまでしゃべりすぎないように気をつけてたか。その可能性が高いと思う。報復を恐れてたから」

「当然だわ」

トラッパーがため息をついた。「そうなんだ。おれはその後悔と日々暮らしてる。ジョンソンにもっと気を配ってやるべきだった」

「責められるべきは手を下した人間よ、トラッパー。あなたじゃなくて」

「言うはやすしとはこのことさ」バークリー・ジョンソンに対する保護は不十分だったし、対応も遅れた。彼を守れなかった後悔が、ケーラを自分の視界に入れておこうという決意につながっている。とはいえ、彼女を手近に置くのは、つらいことではないが。

トラッパーはダウンタウンを抜けるのに遠回りをした。いくつか住宅地を通り、駐車場に入っては別の出入り口から出るをくり返した。交通量の多いところへ来ると、車のあいだを縫うように車線を変更し、黄色信号を駆け抜け、ぎりぎりのタイミングで角を曲がり、その間もバックミラーやサイドミラーで追跡されていないかどうかを確認するのを怠らなかった。

尾行されていないと納得したトラッパーは、同じように遠回りしながら引き返した。そしていまフォートワースの、最近になって再開発された古くからある住宅街までやってくると、手入れの行き届いた一軒のコテージ風の家のまえの歩道に寄せて車を停めた。

ケーラは家を見ていた。「あなたがこんな家で暮らしているなんて意外だわ」

「おれは暮らしてない」

「だったら誰の家なの？」

トラッパーは質問に答えなかった。「行こう」

運転席から降りて、反対側へまわった。ケーラを導いて表側の小道を小さな四角いポーチへと進んだ。赤レンガ色の玄関の両側に、細い常緑樹の低木の鉢植えがならべられている。

説明を求めるケーラの視線を無視して、トラッパーは呼び鈴を押した。家のなかでチャイムが鳴る音がしている。そして目のまえにある光沢のあるドアを見つづけていると、明かりがつき、ドアが開いて、元婚約者の顔が眼前に現れた。

マリアンは相変わらず美しくて愛らしく、いまだけがれのない目をしている。だが、外見上、目を引く変化があった。髪は短くなり、以前はほっそりしていた腹部が出産を間近に控えて膨らんでいた。

彼女はトラッパーの名前をつぶやいた。

「やあ、マリアン」

トラッパー自身がそう自覚しているように、彼女の笑みも不安定だった。「お久しぶりね」

「そうだね。元気そうだ」トラッパーはためらいがちに彼女の腹を指さした。「おめでとう」

「ありがとう」

「いつ?」

「四月」

「だったら、もうすぐだ」

マリアンはむかしと同じように、控えめに笑った。「きっと予定日までには、心の準備ができるわ」

「よかったな」トラッパーは心からそう思った。

「ありがとう。わたしもよかったと思ってる」彼女は何秒かトラッパーの目を見つめ、そのあとケーラに視線を移した。

「悪い」トラッパーは言った。「彼女は――」

「紹介してもらうまでもないわ。ようこそ、ケーラ」

「はじめまして」ケーラが手を差しだし、ふたりは握手した。

マリアンは脇によけてふたりを招き入れた。ドアを閉めたとき、玄関ホールにつながる部屋のひとつから男性がホールに出てきた。「マリアン、誰が――」

彼はトラッパーを見ると、ガラスの壁にぶち当たったかのように立ち止まった。もし敵意に音があれば、バリバリと音をたてていたはずだ。彼の体全体から、手にした本と読書用眼鏡をその場に放りだして、トラッパーに殴りかかりたがっているのが伝わってきた。

穏やかかつさりげないやり方でマリアンが場の緊張をやわらげようとした。「夫のデービッドよ。デービッド、こちらはジョン・トラッパー」

「そいつがなぜここにいる?」

トラッパーは言った。「長居はしない」

「当然だ。さあ、いますぐ帰ってくれ」

「デービッド、お願い」マリアンがささやいた。

夫はそれでもトラッパーに襲いかかろうかどうか迷っているようだったが、マリアンのこわばった顔と、無言で訴えかける目が彼を押しとどめていた。だが廊下のなかほどに立ちつくす姿は、城の衛兵のようにかたくなで、縄張りを守る番犬のように威嚇的だった。

マリアンは緊張をはらんだ静寂を破って、夫にケーラを紹介した。ふたりは初対面のあいさつを交わし、ケーラがまもなく生まれてくる子どものことでお祝いを言った。「性別はわかってるんですか?」

「女の子」夫婦は声をそろえて答えた。

「とても喜んでるよ」デービッドは言い、トラッパーに視線を投げた。マリアンとの幸せな結婚や赤ん坊が生まれる喜びに水を差すつもりならやってみろ、と言わんばかりの目つきだ。

マリアンが飲み物を勧め、ふたりは辞退した。誰もなにも言わない時間がしばらく続いたあと、トラッパーは咳払いをして、尋ねるようにマリアンを見た。

マリアンは夫を見た。「トラッパーの来訪は、青天の霹靂《へきれき》っていうわけじゃないのよ、デービッド。あなたに話さなかったのは……そうね、話しそびれただけ。彼はここへある物を引き取りにきたの」

「なにを？」

「じつはわたしも知らないのよ」

デービッドはいっそう険しい顔つきでトラッパーに向きなおった。「どういうつもりか知らないが、まだ政府機関の役人気取りのようだな。きみがなにをしてようとかまわないが、妻とぼくたちの赤ん坊を危険にさらすよう――」

「そんなつもりはない。決してしない」

「うちを訪ねてきただけでじゅうぶん危険にさらしてる。きみは悪夢だ。とっととうちから出ていってくれ」

それまでトラッパーは彼の敵意に耐えていた。逆の立場なら同じように感じると思ったからだ。だがここまで高圧的に出られると、我慢がきかなくなりそうだ。「迷惑はかけたくない」

「きみそのものが迷惑だ」

「目的を果たしたら、二度とおれの顔を見ることはない」

「すぐに出ていけ」

果てしなく続きそうだったが、マリアンが話の糸口をつかんで割って入った。「キッチンにあるわ」

デービッドは不服そうな顔をしたものの、育ちがいいからなのだろう。妊娠中の妻を動揺させてまで大騒ぎしようとはしなかった。ケーラの存在も、彼が引きさがる一因になっていたかもしれない。

デービッドは脇によけて、マリアンのあとに続くトラッパーを通した。デービッドの消え失せろといわんばかりの目つきがわずかにやわらいだのは、トラッパーがケーラの手を引いて、廊下を奥に向かったときだった。トラッパーは極力、控えめな態度を心がけた。


ケーラはマリアンの散らかった家庭的なキッチンと我が家のキッチンをくらべずにいられなかった。このキッチンはチョコレートケーキのにおいがする。そう、いまカウンターで冷ましているケーキのにおいだ。ケーラのキッチンでケーキのにおいがするのは、そういう香りのキャンドルを灯したときだけだった。ここのシンクにはまだ食器洗浄機に入れていない食器が積み重ねてあった。ケーラのキッチンの掃除が必要になるのは、埃が目立ってきたときだけだ。

ケーラは強い優越感を覚えた。

「ケーキはいかが?」

ケーラとトラッパーは断り、マリアンはそれを見越していたようだった。彼女はキャビネットに組みこまれたデスクに近づき、下のほうの引き出しを開いて、クッション封筒を取りだした。受取人の署名欄のあるラベルが貼ってある。それをトラッパーに手渡した。「わたし宛てだったから開封したわよ」

「かまわない」トラッパーが封筒を振ると、新聞紙に包んでテープで留めたものが彼の手に落ちた。彼が雑な包装を破り、なかからＵＳＢメモリが出てきてもケーラは驚かなかった。

マリアンがトラッパーに言った。「差出人の住所がなくても、あなたからだとわかったわ」

「どうしてわかった？」

「あなたの贈り物の包み方と似てたから。それに、あなたがやりそうなことだもの」

「信頼できる人に送るしかなかった。これを受け取ってくれて、おれが回収に現れるまで持っていてくれる誰かに」

トラッパーとマリアンは笑みを交わした。言葉がなくとも心を通わせあえるふたりならではの笑みだ。

ケーラはひどい疎外感を覚えた。

つらい。それに尽きた。

マリアンは空の封筒と丸めた新聞紙をトラッパーから受け取り、デスクの下のゴミ箱に押しこんだ。「これと、日曜の夜に少佐の家で起きた事件とは、関係があるの？」

トラッパーがごまかすように肩をすくめた。「きみは知らないほうがいい」

「せめて少佐の容体を教えて。ずっと心配していたのよ」

「日曜からすると、ずいぶんよくなった。なんとか切り抜けられそうだ」

マリアンがケーラを見た。「恐ろしい経験をされたわね。怪我はよくなりましたか？」

「よく見ると、いまもメイクでは隠せないあざがあるの。でも少佐の怪我にくらべたら、わたしの怪我なんかたいしたことないわ」

「今夜のニュース番組であなたのインタビューを流すと予告してたのに、あなたの気が進まないからと中止になってたわ」マリアンはやさしげな瞳で尋ねるようにケーラを見た。

「そのつもりだったのよ……でも」ケーラはトラッパーを盗み見た。「気が変わって」

マリアンはにっこりした。どんな計画でも、トラッパーがかかわると、あっという間にひっくり返ってしまうのを理解しているようだ。彼女はトラッパーを見た。「あなたは？ 元気なの？ 体を大事にしてる？」

「ああ、知ってのとおり、おれは無敵だ」

わたしにはわかってるのよ、とマリアンの悲しそうな笑みが言っていた。

「ちょっといいかな」三人とも開いているドアのほうを振り返った。デービッドが立っていた。「観てもらったほうがよさそうだ」

ケーラが先頭に立って彼に続いた。さっきの廊下を戻り、快適にしつらえられた居間に入った。居心地のいい雰囲気があり、低い暖炉の上の壁に液晶テレビが取りつけられていた。

「臨時ニュースだ」デービッドがリモコンを手にして音量をあげ、振り向いて三人を見た。

「少佐を撃った犯人が逮捕されたと言ってる」

22

「誰だ？」

「トラッパーだ」彼は片手でハンドルを握り、もう片方の手で電話を耳に当てていた。グレンが不機嫌な声で言った。「またの名は身元不明の発信者」

「使い捨て携帯電話からかけてるんだ」

「まえの携帯が完全に使い物にならなくなったからな」

「電波がよく入るように車の窓の外に出してたら、手からすべり落ちた」

「そうだろうとも。ハンクにまで抜け目のないトリックをしかけおって。どうやってあの牧場の小屋から立ち去った？　羽でも生やしたか？　それとも誰かを迎えに来させたのか？」

「とっさの変更だったんで、ハンクに連絡する暇がなくてさ」

「この嘘つきめ」

「ハンクにはお詫びとしてビールをおごるよ」

「ハンクは酒を飲まん」

「だったら新しい聖書だ」いらだちを強めながら、トラッパーは言った。「な、ちゃんとつぐなうから。それで、引っ張ってきた男はどういうやつなんだ？」

「おまえのことだ、それを嗅ぎつけたら、また現れるだろうと思ってたよ」

「で、どうなってる？」

「男の名はレスリー・ドイル・ダンカン。うちにとっちゃ新顔だが、出身地オクラホマの警察関係者には知られた顔だ。今日の午後、スクールゾーンを突っ走って捕まった。免許証を提示させてみたら、仮釈放違反をいくつか犯してるお尋ね者だった。いちばんの重罪は銃の不法所持だ。運転していたピックアップトラックの運転席の下からも、一丁見つかった」

「それだけなら、一日、留め置いておしまいだろ」

「ところが拳銃は九ミリ口径、弾倉からは銃弾が一発なくなっていて、少佐の肺に開いた穴の数と一致する」

「なるほどな」

「現在、ＦＢＩが身柄を拘束して、締めあげてる。〝協力しないと助けてやれないぞ、ミスター・ダンカン。話せ〟ってなもんさ。同時に、拳銃は鑑定にまわされた」

「ダンカンはなんと言ってる？」

「否認だ。交通警官が座席の下から取りだすまで、そんな拳銃は見たこともなかったとさ」

「拳銃の登録者は？」

「番号が削り取られてた」

「ダンカンはどんな罪で服役してたんだ？」

「しょっちゅう出入りをくり返してたな。つい最近の服役は武装強盗だ。暴行でも起訴されたが、司法取引に応じた」

「日曜の夜はどこにいたって？」

「トレーラーパークの自分の家に女房と一緒にいたとほざいてる」

「女房はなんと言ってるんだ？」

「いま居場所を捜索してるところだ。ダンカンが言うには、昨日、アードモアの母親のところへ出かけていったそうだ」

「そいつはどこで働いてる？」

「どこでも働いてないさ。最後の職はチョクトー族経営のカジノだった。だが、応募書類に嘘があり、仮釈放の身だとばれて馘になった。で、レッド川を越えて、ありがたいことにロダルへおいであそばしたってわけだ」

「いつのことだ？」

「数カ月になる」

「なぜロダルを選んだ？」

「地図にダーツでも投げたんだろうよ」

「なぜそいつが少佐を撃たなきゃならない？」

「本人はやってないと言ってる。少佐のことは写真で見てた。そこらじゅうで報道されてたんで、撃たれたのは知ってたそうだ」グレンは息をついた。「それが最新情報だ。いまも捜査官の厳しい取り調べが続いてる」

「弁護士はついてるのか?」

「まだだ」

「そいつとしゃべってみたい」

グレンは笑い飛ばした。

「おれを保安官助手に任命してくれ」

「おまえを助手に任命だと? シベリアで冬期休暇と同じで、できないことはないが、するつもりはないぞ。こちとら、参考人を連れて逃亡した罪でおまえを逮捕したがってるテキサス・レンジャーとFBIを押さえるのに大わらわだ。どこにケーラを隠した? 彼女がダラスの自宅にいないことはわかってるぞ」

「なぜ自宅にいると思った? なるほどな……グレン、悪知恵が働くじゃないか。グレーシーを脅して聞きだしたんだろう?」

グレンはそれには答えず、先を続けた。「何度電話してもケーラが出ないんで、マンションのコンシェルジュに電話したんだ。そいつによると、ケーラは帰ってくると、自宅の鍵をなくしたからと言って、デスクでマスターキーを借りた。

だが十五分もしないうちに、スポーツジム用のバッグらしきものを持って徒歩で出ていった。奇妙なのは、携帯の電波がいまだ自宅マンションから発信されてることだ。そのすべてにおまえの痕跡がうかがえるぞ、トラッパー。いまどこにいる?」

「帰宅途中だ。だが、あんたの郡に入るまえに、車両窃盗罪で逮捕されないという保証が欲しい」

「おまえの友人のちんけな弁護士が電話してきてな」グレンはうめくように言った。「状況を説明して、くどくど謝罪してたぞ」

「だったら、もう問題ないだろ？」

「そうはいかんぞ。ケーラは一緒か？」

「朝になったら彼女を保安官事務所まで送り届けるんでどうだ？」

「どうせなら、いますぐにしてもらおうか」

「どうせオクラホマの野郎を締めあげるのに忙しいんだろ？　ケーラの署名入りの供述調書と事情聴取の記録はすでにそっちにあるんだから、さらにつけ加えるべき供述があるとしても、明日でかまわないはずだ。それと、おれはケーラを誘拐してない。彼女は自分の意思でついてきた。それなら問題ないだろ？」

「イースターのとき、おまえ、ゆで卵の代わりに生卵を使ったことがあったろ？」

「それがどうかしたか？」

「少佐が引っぱたくと言ったのを止めなきゃよかった」

トラッパーは笑った。「じゃ、明日の朝」

「待て。いまどこに——」

「早い時間に」トラッパーは電話を切った。

それまで黙って会話を聞いていたケーラが尋ねた。「保安官事務所へ行くの?」

「行くとも。実際、その男と話してみたい」

「保安官にはごり押しできても、FBIが許さないわよ」

「ああ、許可しないだろう。だが切り札がある」

「USBメモリ?」

「USBメモリ?」彼はケーラを見て、なに食わぬ顔で聞き返した。「USBメモリってなんのことだ?」彼女の表情に、頬がゆるむ。「いや、切り札はそれだけじゃない」


「なんてやつだ!」グレンは電話を切ったトラッパーをののしると、デスクの椅子を回転させてサイドボードのほうを向いた。古くさいコーヒーメーカーのガラスポットは大量に淹《い》れてきたまずいコーヒーのせいで曇り、底に沈んだカスはタールのように堆積して焦げくさいにおいを放っている。だがグレンはかまわずすべてをマグカップに注いだ。コーヒーが濃ければ濃いほど、それに加えるウイスキーのにおいをごまかせる。

グレンがデスクの最下段の引き出しに入れておいた瓶からウイスキーを注いでいると、大きなノックの音がひとつして、ドアが開いた。入ってきたのはジェンクスだった。

グレンはいっきに息を吐きだし、手の甲に飛び散ったウイスキーをすすりあげた。「あやうく心臓が止まるところだったぞ」瓶の蓋をして、引き出しに戻した。

「気をつけてください」ジェンクスは言った。「誰が入ってきてもおかしくないんですから」

「そりゃおっかない」グレンはカップからひと口飲み、満足げにため息をついた。「どうした?」彼は頭を動かして、ジェンクスが手にしているものを示した。「いや、言わんでいい。レスリー・ドイル・ダンカンの署名入りの調書だな」

保安官助手が鼻を鳴らした。「行方不明者の手配書です」

「彼女ならトラッパーと一緒だ」

「え?」

「ケーラ・ベイリー」

「彼女のことじゃありませんよ」

グレンはデスク越しに保安官助手から書類を受け取り、印字された名前を読んだ。「ピーティ・モス」ジェンクスを見あげて、眉を寄せた。

「月曜の夜、隣人がピーティに貸してたハンマーを回収に行ったそうです」ジェンクスは説明をはじめた。「ピーティがいなかったんで、隣人はそのあと彼が戻ってくるのをいまかいまかと待った。なんとしてもハンマーを取り返したかったから。

だが、待てど暮らせどピーティは戻らない。で、隣人は今日になってピーティの職場に電話してみた。すると職場のボスも今週になって彼を見かけていないと言う。そこでピーティの家の大家でもある隣人は、今夜また彼の家まで行き、応答がなかったんで、なかに入ってみた。郵便受けはあふれ、金魚は腹を上にして死に、冷蔵庫のなかのものはすべて傷んでた。

おれが最後にピーティに会ったとき、ピーティはほとぼりが冷めるまでテネシーにいると言ってたんで、そのことを大家にも伝えました。ですが、職場のボスにも言わず、家賃も払わずに町を離れるとは、ピーティらしくないのは確かです」保安官助手は手配書を指さした。「それで、保安官にもお知らせしとこうと思いまして」

「すぐに誰かに調べさせよう」口とは裏腹に、グレンは放置された書類の山のなかに手配書を突っこみ、マグカップのコーヒーを飲んだ。「さて、肝心の問題のほうに移るか」

考えるそぶりすら見せずに、ジェンクスは答えた。「トラッパーですね」

「こんな時間だもの、少佐には会わせてもらえないわ」ケーラはトラッパーに言った。ふたりはいま、病院のＩＣＵのある階でエレベーターを降りようとしていた。

「許可は求めない。必要とあらば、許しを請うさ」

彼はどちらもせずにすんだ。廊下は無人だった。ふたりは見とがめられることなく少佐の病室に入った。空気圧式のドアが開いて人が出てくるのを待ち、閉まる前にすべりこんだ。いまだ少佐につながれている医療機器の明かりだけが光を発していた。少佐は眠っていた。

「事件後、お目にかかるのははじめてよ」ケーラはささやいた。「ショックだわ。最後に会ったときはあんなに潑溂としてらしたのに」

「こんな姿におれも衝撃を受けた」トラッパーが言った。「ヒゲの白さに胸を衝かれた」

「今朝、電話で話をしたとき――」

「昨日の朝だ」

彼の声を耳にしたケーラとトラッパーは、はっとしてベッドに近づいた。少佐が目を開いていた。ケーラは笑顔で少佐を見おろした。「そうでした、昨日でしたね。時間の感覚がおかしくなってしまって」

少佐はふたりを交互に見た。「電話で話をしてから、なにをしていた？」

質問に答えず、トラッパーは少佐に具合を尋ねた。

「まあまあだ」

「そのむさ苦しいヒゲがなくなったら、もっと元気に見える」

「おまえこそヒゲを剃ったらどうだ」

ケーラが口をはさんだ。「もう食事を召しあがっているんですか？」

「明日からだよ。スープとアップルソースが待ち遠しい」

「順調に回復してるな」トラッパーが言った。

「のろすぎる」

少佐がふたりに語ったところによると、動作、敏捷性、身体協応性、言語機能、記憶の検査を受け、すべて問題がなかった。「出血箇所があるといけないんで、今日もう一度、脳のスキャンをした。ひとつもなかったそうだ」

「万事順調だな」トラッパーが言った。「呼吸はどうだ？」

「ときどきはましになるが、まだまだだな」

落胆の滲む口調だった。少佐は元軍人として、健康と強さを誇りにしてきた。ケーラは彼の肩をそっと叩いた。「焦ることはありません」

「いかんともしがたい」少佐はまじまじとケーラを見た。「いちじるしい被害を受けずに切り抜けられたようだな」

「ええ。擦り傷はほとんど――」

「日曜のことじゃない。ジョンと過ごした時間のことだ」

実際のところはわからないが、冗談として対処した。「そうですね。たまにほんとに手を焼くことがあります」

だが少佐の視線はケーラからトラッパーに移っていた。「最初の質問に戻ろう。電話のあとなにをしていた？」

「トマス・ウィルコックスについて、知ってることはあるか？」

ケーラはまさかトラッパーがこれほど出し抜けにウィルコックスの話題を持ちだすとは思っていなかった。少佐もそのぶしつけさに驚いているようだった。少佐は眉根を寄せた。

「ダラスで不動産業を営む、あのトマス・ウィルコックスか？」

「知ってるのか？」

「一度、会ったことがある。ある宴席に呼ばれてテーブルスピーチをしたら、その会に彼も来ていた。終わったあと彼が近づいてきて、あいさつされた」

「そうか、興味深いな」

「なぜだ？」

「どんな態度だった？」

「態度？　記憶によると、とても愛想がよかった」

「ペガサスホテル爆破事件のことは話題になったのか？」

「わたしのスピーチを褒《ほ》める流れで触れただけだ」少佐はケーラをちらりと見て、トラッパーに目を戻した。「なぜいま彼の話を？」

「悪いうわさを聞いたことはないか？」

「いいや。だが、彼とは交際範囲がほとんど重なっていない」

「いかがわしい商売の話は？　勝てば根こそぎ奪うとか、そういう話を聞いたことは？」

「そんな話を聞く機会はなかった」

「ウィルコックスがペガサスホテルのあった土地を手に入れたがっていたのは、知ってたか？」

　トラッパーの真意を理解するや、少佐の顔がこわばるのがケーラにもわかった。「ジョン、なにが言いたい？」

「爆破事件の一、二年まえにさかのぼって、『ダラス・モーニング・ニュース』のビジネス欄に目を通してみるといい。ウィルコックスがあの土地を手に入れようと四苦八苦してたことがわかる。だが、うまくいかなかった。石油会社が売りたがらなかったんだ」ひと呼吸おいてトラッパーはつけ加えた。「しかし、最終的にはウィルコックスが手中におさめた」

　少佐はしばし息子を見つめたあと、中指と親指でまぶたを押さえた。ケーラはその姿を見て、あまり考えたくないことを考えるときのトラッパーと同じしぐさだと気づいた。

「三年まえ」少佐が話しだした。「おまえはわたしを訪ねてきて、爆破事件の背後には黒幕がいるという説を披露したが、そのときは名前を言わなかった。後生だから、それが百万長者のトマス・ウィルコックスだなどという――」

「百万ドルの何倍も金持ちだがな。その財産の一部は、彼がダウンタウンの中心地、かつてペガサスホテルがあった場所に建てたホテルと総合娯楽施設によってもたらされた」

「トマス・ウィルコックスが爆破を扇動したと言うのか？」

「事件の生存者がスピーチする宴会に平然と出かけていくだけの図太さがあるとだけは言っておこう。しかも、そのあとあんたに近づいて、愛想よくお世辞まで言うとは」

少佐は悲しげに首を振った。「おまえがそんな憶測を述べたのだとしたら、ＡＴＦを馘にされるわけだ」

たとえ少佐に平手打ちをされたとしても、トラッパーの表情が内心を映しだしてこれほどこわばることはなかっただろう。彼はくるっと回れ右をして、ドアへ向かった。「具合がよくなってるようで、よかった」

少佐が背中に呼びかけた。「ジョン」

「アップルソースを楽しめよ」トラッパーはおざなりに振り返った。「じきに退院できる」

「おい、戻ってこい。すまなかった」

トラッパーは足を止めて振り向いたが、その場から引き返そうとはしなかった。

少佐はなだめるように手を動かした。「余計なことを言った」

トラッパーは心を動かされたふうもなかった。「だが、と続くんだろう？　おれの妄想だと言いたいのか？」

「そうじゃない。おまえは頑固で、見過ごすということを知らないと言いたいんだ。ペガサスホテル爆破事件の答えを求め――」

「答えは得た。誰もが得た。問題は、その答えがゴミだったってことだ」

「それを証明できるのか？　三年まえも尋ねたはずだ。自白した男がほかの誰かの命令で動いた証拠はあるのか？　あのときおまえは証拠不十分であることを認めた。いまはあるのか？」

「捜査中だ」

「捜査中か」少佐は悲しげにつぶやいた。「それがいつまで続くんだ、ジョン？　いつになったらあきらめて、自分の人生を歩きだす？」

「いったんはあきらめた。だがあんたはまたテレビに出て、銃弾の標的になった」

少佐の口からため息が出る。彼は静かに言った。「グレンは日曜夜の事件の被疑者を留置している」

「悪いな、ニュース速報のつもりだろうが、それならすでに知ってる」

「で、どう思う？　そのダンカンとかいう男はペガサスホテル爆破事件と関連があるには若すぎる。つまり爆破事件と日曜の夜の事件は無関係だということだ。ダンカンといまだ身元不明の相棒は、おそらくわたしが銃をコレクションしているのを聞きつけたんだろう。それでうちまで盗みにきた」

トラッパーは冷笑した。「それで心が安まるんなら、そう考えてたらいいさ。だが実際はあんたにも、そうじゃないのがわかってる。すべては爆破事件に端を発してるんだ」

「いいだろう、話の流れ上、仮にそうだとしよう。だとしても、グレンから聞かされた人物像からは、五十がらみの大物大富豪は浮かんでこない」

「ウィルコックスがみずからあんたの家に忍びこんだとは言ってない」

持って行き場のない気持ちにいらだちながら、少佐はこの論争のあいだ沈黙を守っているケーラを見あげた。少佐にしてみれば、トラッパーのオフィスで行われたウィルコックスとのやりとりも、バークリー・ジョンソンのことも、トラッパーがひそかに調査を開始するきっかけとなった工場火災のことも知らないわけで、となると、裕福で影響力のある実業家に対してじゅうぶんな証拠もないまま申し立てをするなどというのはおよそまともなこととは思えない。

「きみは聡明な女性だ、ケーラ」少佐が言った。「きみは事実を、真実を扱っている。こんなばかげた説を信じられるかね?」

ケーラはトラッパーに視線を投げてから、返答をした。「わたしは見ず知らずの他人として、トラッパーのオフィスを訪れました。そのときの彼は……絶好調とは言えませんでした。その彼に二十五年間、おおぜいの人たちが見てきた写真を渡したんです。彼は数時間でその謎を解き、わたしの正体を突きとめた。ですから、少佐、あなたの質問に対する答えですけれど、彼の頑固さは欠点というより、長所になっているのではないでしょうか。わたしは彼の説をばかげていると切り捨てることはしません」

バスルームを出たケーラは、さっきから同じ姿勢のトラッパーを目にした。

彼はドアに近いほうのベッドであおむけになっているが、くつろいでいるようには見えない。ピアノ線のように張りつめた体。口を真一文字に結び、しゃべるときも歯を食いしばっていた。「きみに口添えしてもらう必要などなかった」

「そう、少なくともそれであなたが怒っている理由がわかったわ。病院を出てから、ほとんど口もきかないんだから」

「おれに助け船など出すな、ケーラ。誰が相手でもだ。とくに少佐が相手のときはいらない――」

「一度聞けばわかるわ」

病院を出たあと、トラッパーはモーテルにチェックインした。まえとは別のモーテルだ。ケーラは車に残ったが、オフィスの曇ったガラス越しにトラッパーが受付係とやりとりするのを観察していた。トラッパーは支払いを現金ですませた。宿泊手続きがあまりに淡々と滞りなく進められたので、ケーラは戻ってきた彼に尋ねずにいられなかった。自分たちのことを忘れてもらうためにお金を握らせたのか、と。

「その必要はない。ここは顧客に匿名性とプライバシーを提供してる。二十分単位だが」彼は言い、さらに皮肉を重ねた。「ただしリラックスできるぞ。部屋にはベッドがふたつある」

部屋に入るなり、トラッパーはコートとブーツを脱ぎ、ベッドにごろりと寝転がって、ケーラには目もくれなかった。ケーラは自宅から持ってきたバッグを持ってバスルームに入った。バッグには着替えふた組、Tシャツとパジャマのパンツ、化粧品類が入っている。顔を洗い、歯を磨き、きついジーンズをゆったりして楽なパジャマのパンツにはき替えた。

そしていま、一瞬ながら険悪な視線を交わしたあと、ケーラはもう一方のベッドの上掛けをはいだ。シーツは薄汚れているものの、ありがたいことに洗剤の香りがした。ケーラはベッドに入って横向きになり、ふたつのベッドを隔てる狭い空間に目をやった。

不機嫌なトラッパーを挑発するように彼女は言った。「彼女はまだあなたを愛しているわ」

トラッパーはそのままの姿勢で、顎だけをこわばらせた。

「マリアンよ。彼女はまだあなたを愛している」

彼は枕を叩き、その位置をなおしながら、ぼそぼそと言った。「彼女は彼女のいるべき場所にいる」

「ええ、そうね。彼女もそれはわかってる。でも――」

「でももへったくれもあるか。温かな家庭。それが彼女の望みだ」

「彼女はデービッドとそれを手に入れた。それでもまだあなたを愛している。彼女の目を見ればわかる」

「やさしさ。感傷的な愛着。きみが見たのはそういうものだ。おれも彼女に対して同じように感じてる。マリアンには幸せになってもらいたい。彼女もおれに同じことを思ってる。だが、それ以上の深読みはやめてくれ。さあ、寝るぞ」彼は手を伸ばしてベッドのあいだにあるサイドテーブルの明かりを消した。

何分かたった。ケーラは暗がりのなかで言った。「どうしてかしらね。男の人がこういう会話を避けたがるのは」

「無意味だからさ」

「彼のこと、どう思った？」

「彼って？」

「わかってるくせに。マリアンの旦那さんよ」

「すばらしい男だ」

「でもあなたに対して腹を立ててるわ。あなたが送った謎の包みのことを彼が誰かに話したらどうするの？」

「彼は話さない」

「彼を信じているの？」

「いや、信じてるのはマリアンだ。彼女はあの封筒の送り主がおれだと気づいてた。おれがそこまでするのは、よほどのことだとわかってた。物腰がやわらかいからといって、彼女が連邦機関の職員だったことを忘れるな。あの包みのことも、その大切さを夫に伝えたうえで、記憶から消すように指示するはずだ。彼にとって、おれたちはあの家には来なかった人間になる」

「あなたがそう言うなら、そうなんでしょうね。彼がマリアンを危険にさらすとは思えないもの。彼女を守ろうと必死だった。愛しているから」

トラッパーがなにごとかつぶやいた。

「なに？」

「なんでもない」

「なによ？」

トラッパーはいらいらした調子で息を吐いた。「彼は確かにマリアンを愛してる。それはわかった。だが、あえて言わせてもらうと、もしおれが彼の立場で、わが家に妻のかつての恋人が現れたとしたら、そしてそいつのせいで妻が職と赤ん坊を失ったこと、そしてそいつが失意の妻を置き去りにした男だと知っていたら、そいつを目にしたとたんに叩きのめしたし、妻には二度と手も触れるなと言い渡して、首を引っこ抜いてやっただろう。

だからこそマリアンは彼女が本来いるべき場所に、原始的な衝動を抑えられるまともな男と一緒にいるんだ。おれみたいに破滅的な道を歩んで周囲を危険に巻きこむ悪夢みたいな男じゃなくて。それで最初の話に戻るが、だからこういう会話は無意味なんだ」

強い男のほとばしる思いを聞いて、ケーラの息づかいは乱れた。「もしマリアンが、あなたのその独占欲を感じ取っていたら——」

「そんなものは感じてない。おれの頭にあったのは彼女じゃないんだ」

なにかが動いたと思ったら、トラッパーがそこにいて、ケーラを膝立ちでまたいでいた。ケーラの体を引き起こし、後ろの髪をつかんでちょうどいい位置に頭を固定すると、解き放った欲望のままに唇を重ねてきた。唇を斜めに押しあて、執拗《しつよう》に舌を差し入れてくる。と、動きがやさしくなった。ゆっくりとなめらかな動きで、舌を出し入れして唇を愛撫している。ようやく彼が離れると、ケーラは息をあえがせながら、均衡を取り戻そうとした。心臓が早鐘を打っている一方で、骨のほうはとろけたようになっている。

「こんなふうにきみを奪いたい」トラッパーはささやくと、開いた口をケーラの首から鎖骨へとすべらせ、さらに頭を下げて、胸に顔をこすりつけた。

「きみの感触が忘れられない。また行きたい。きみの奥深くまで」低いかすれ声。唇はTシャツの下の尖った先端を攻めたてている。「そんなことはもうないかもしれないが、ほかの男がきみを組み敷いて、きみのなかに入ると考えただけで……そいつを殺したくなる」

熱く荒い息をしながら、トラッパーが顔を顔に押しつけてくる。やがて体を起こすと、両手で彼女の顔をはさんで、刻印するようにしっかりと唇を重ねた。「さあ、もう眠ろう」

23

グレンは不快そうな顔で少佐の病院の朝食を見おろした。「見るからに食欲が失せる」

「なんとか流しこむさ。体力を取り戻したいからな」

「あんたは身体機能に打撃をこうむってる。あらかたの人が回復しないほうに大金を賭けてた。その予想をくつがえしたんだ。急ぐことはないさ」

少佐は笑顔になった。「ケーラからもそう忠告されたよ」

「ケーラに忠告されただと？　いつだ？」

「真夜中過ぎだ。ケーラとジョンがこっそり見舞いにきた」

「ふん、そうか」保安官はベッドの片隅に腰かけて、友人である少佐に昨晩のトラッパーとの電話での内容を伝えた。「うちが被疑者を捕まえたのを聞きつけて、連絡してきてな。はっきりケーラが一緒だと言わなかったが、朝になったら彼女を事務所まで送ると約束した。今日の朝、早くにと」保安官は眉の片方を吊りあげた。

少佐はその意味を読み取った。「ふたりがそういう関係だってことか」

「ジョンがどういう男か知ってるだろう」

「いやというほど」

「ふたりは幸先の悪いスタートを切った」グレンは言った。「イヤリングの件でトラッパーはケーラにむかっ腹を立ててた。ところが、あんたが意識を取り戻したのを伝えようと、その夜遅くにやつを探しに行ったら、ケーラのモーテルの部屋でいいムードになってるところに踏みこむはめになった」

「ちょっと待ってくれ、グレン。イヤリングの件とは？」

「あんたが数日分のドラマを見そこなってるのを、つい忘れちまう」グレンは少佐に、ケーラのショルダーバッグがなくなり、イヤリングが片方だけ見つかったことを伝えた。「といっても、トラッパーがケーラの病室のベッドの下で発見したってのは、眉唾だがな。あの部屋にないバッグから、どうやってイヤリングが転がり落ちるんだ？」

「ジョンが保安官であるおまえに嘘をついたと？」

「テキサス・レンジャーふたりにもだ」

「なぜジョンがケーラのバッグを盗る？　しかもいつ？」

「すべては謎のままだ。ところが、どうやらケーラは、どんなに荒唐無稽でもやつの説明を信じてるようだし、ジョンのほうも、あいつを疑った彼女を許してる」

「あいつのなにを疑った？　なぜジョンがテキサス・レンジャーから話を訊かれた？」

保安官は親指の爪で眉を掻いた。「あのぼうずのことを告げ口させんでくれ」

「あいつはぼうずじゃない、もう大人だ」

　グレンは手のやりどころに困ったように、カウボーイハットに巻かれた革のリボンをいじくった。「トラッパーはしょっぱなから捜査に首を突っこんできた。ケーラのまわりをうろついてな。彼女がなにか目撃したかどうか、目撃したことや人物を知りたがった。やめさせようとしたんだが……」

「注意されても、例の調子だったわけだ」

「そんなところだ。だが、あんたの家で起きた事件に対するジョンの関心の高さはふつうじゃなかった。犯人逮捕を求める被害者家族の域を超えてるというか。そこにイヤリングの件がわかったもんだから、テキサス・レンジャーはジョンを被疑者として留置しようとした」

「わたしを撃った罪でか？」

「テキサス・レンジャーを一喝してやったさ。だが、はっきり言って、あんたたち親子が断絶してたのはみんなが知ってる。ジョンに厳しい目が向けられるのも、いたしかたがない面がある」

「ジョンがやるはずがない」

「そう言ったさ。レンジャーも本気で疑ったというより、ジョンの生意気な態度が癪にさわったんだろう。とにかく、こっちにはジョンを留置する正当な理由はなかった。日曜の夜のアリバイは裏が取れた。だがジョンはそれを境に、被害者を連れ去って隠すという、こちらの利益に反する行動に走ってる。

　それで、ジョンはケーラとウサギみたいに夢中でやりまくってるんだか、ほかの理由で彼女を尻ポケットに隠してるんだか知らんが、あいつをよく知るおれとしては、その理由をあれこれ想像するだけでもぞっとする」

話を聞くうちに、とまどいと不安で少佐の眉間には深いしわが刻まれていった。彼はグレンにドアを閉めてくれと頼んだ。

グレンは頼みに応ずると、さっきと同じベッドの足元に戻った。「深刻な話みたいだな」

「そうだ」少佐は言った。「どうやらジョンはみずから恐ろしい状況を招いているようだ」

「どんな状況だ？　ケーラとの関係でか？」

「いや、彼女には関係ない。ただ、ジョンが彼女を巻きこんでるだけだ」

少佐はいったん口を閉じた。グレンには少佐が話したものかどうか葛藤しているのがわかったので、彼の心の準備ができて考えがまとまるのをおとなしく待つことにした。やがて少佐は話しはじめ、中断することなく、とうとうと話しつづけた。話し終わるまでに十分かかり、体力を使い果たした少佐は、息が乱れていた。

グレンは手のひらで額をぬぐった。案の定、額はじっとり湿っている。「なんてこった。にわかには信じがたいが」

「おまえはいま聞いたばかりだ。わたしは三年かかっても、理解できずにきた」

「しかし、これでトラッパーとあんたが仲たがいしたいきさつがわかった。それで、デブラの日記は引き渡してくれたのか？」

「いや。だが、あの自伝の話を受けたら、ジョンが日記を使ってわたしを貶《おとし》めるのは確実だった。わたしがあちこちで爆破事件について語るのを、やめさせたかったんだ」

「あんたの身を守るために」

「ジョンはそのつもりだったし、いまもそう思っている。わたしとしては、ジョンがこれでケリをつけて、いいかげん人生をどぶに捨てるのをやめてもらいたかった。ところが日曜の夜の事件で、またしてもジョンに火がついた。ジョンの確信はさらに深まった」

「トマス・ウィルコックスがペガサスホテル爆破事件の背後にいると？」

少佐はうなずいた。

「それで二十五年後のいまになって、あんたの命を狙ったと？」

「ケーラが突然現れたからだ。わたしたちふたりがあの経験を話しあったら、なにかを思いだすかもしれないという理由だろう。突飛な話に聞こえるのはわかっている。だがジョンは……そういうやつなんだ、ジョンは」

グレンは古い友人を安心させたくて、名前で呼んだ。「いいか、フランク。トラッパーは狐のように狡猾《こうかつ》で、なにをしでかすかわからず、とてつもない自信家だ。横っ面をひっぱたいてやりたくなることもしょっちゅうだが、そうでないときは、自分の息子がジョンのようであってくれたらと思う。

それに、あいつの有能さは、あの厚かましさがあってこそだ。あいつには生来の鋭さがある。正直、おれもうらやましい。そのおれから見るに、あいつはただの直感で社会的に力を持つ大富豪を犯人扱いしてるんじゃない、なにかを握ってるんだ」

「そういえばジョンが言っていた。ペガサスホテルが爆破されたあと、ウィルコックスはその土地を手に入れた。何年もあの土地を狙っていたそうだ」

グレンは下唇を引っ張った。「トラッパーが握ってたのは、それだけか？」

「弱いだろう？」

「まったくだな。それじゃ共謀罪には問えんぞ。あいつはそれを根拠に仮説をＡＴＦに持ちこんだのか？」

「そして一蹴《いっしゅう》された。ジョンはあらがい、職と婚約者を失った。それでもあれの確信は揺らがなかった。そしてわたしとケーラの身に起きたことが決定打となった。むかしから強情で向こう見ずなやつだったが、いまや――」

「正気を疑う域に入ってて、不安なんだな？」

少佐は友人と目を合わせた。「いいや、グレン」彼は静かに言った。「ジョンのほうが正しいかもしれないことが、不安なんだ」

ケーラは助手席の端に身を寄せて座っていた。トラッパーは尋ねた。「どうした？」

「なんでもない」

「その姿勢がなにかあると言ってる」

「寒いのよ。それだけ」

この二日、晴天の暖かい日が続いていたが、今朝の空は曇っていた。風は南から吹いているとはいえ、身を切るように鋭く、実際の気温より寒く感じる。だがなにより冷えこんでいるのはトラッパーとケーラの関係だった。

昨晩のケーラはほとんど眠っていない。それがわかるのはトラッパーも眠れなかったからだ。長さも密度も野球バットのような一物を抱えていたら、眠りにつくのはむずかしい。やがてふたりは起きあがり、順番にバスルームを使った。互いに視線を避けつつ、限られた空間のなかでせいぜい距離を保って行動した。なにかを尋ねればそっけない答えが返ってくるものの、ケーラは会話を避けていた。

そしていま、トラッパーは黄色の信号を勢いよく走り抜けながら言った。「いやだいやだも好きのうちで、無理やりきみに襲いかかったほうがよかったのか？」

ケーラは顔をこちらへ向けた。その目つきだけで人を殺せそうだ。

「わかったよ、悪かった」トラッパーは言った。「わけがわからないんだ。昨日の朝きみは、すんでのところでストップをかけた。そしておれにひどく腹を立ててた。それがいまは、昨日の夜、おれがすんでのところでストップしたんで腹を立ててる」

「いい気にならないで」

「きみに心を決めてもらいたいだけだ」

「心は決めてるわ」ケーラは怒りとともに断言した。「保安官事務所での用が終わったら、わたしは錠前店でわたしの車のキーを作ってもらって、家に帰る。あなたもわたしも、それぞれの道を行くのよ。あなたはあなたのことをして、わたしはわたしのことをする。つまりわたしはニュースを報じるの。ニュースで取りあげられたり、警察から逃げたり、かかってくる電話を探知されていない別の電話に転送したり……そんなのは終わりにして、わたしの人生に戻るのよ」

　トラッパーは黙っていた。

　むしゃくしゃした口調で、ケーラが尋ねた。「聞いてるの？」

「ああ、よく聞こえてる」

　彼は〝今月の最優秀保安官助手〟用に空けてあった駐車スペースに車を入れ、エンジンを切って、ケーラがなにかを言うまえに車を降りた。助手席側にまわったが、差し伸べた手はケーラに無視された。彼女は先に立って、郡庁舎の別館にある保安官事務所の正面玄関へと歩きだした。

　郡にはまだ金属探知機を設置する予算がないらしい。それがトラッパーにはありがたかった。拳銃を手放したくない。なかに入るにも、ただ受付窓口に立ち寄り、用件を言うだけでよかった。

　だが、トラッパーがまだ名乗ってもいないうちに、窓口のガラスの奥にいた女性保安官助手は言った。「おはようございます、ミズ・ベイリー、ミスター・トラッパー。アディソン保安官におふたりがいらしたことをお伝えしますね。二階へどうぞ」

　ケーラがこの建物に不案内なのをいいことに、トラッパーは彼女の肘をつかんで導いた。角を曲がり、エレベーターへ向かう。エレベーターに乗って、ドアが閉まると、ケーラに言った。「おれに触れられるたびにびくつくな。第一に、腹が立つ。第二に、そんなんじゃせっかくの取り決めも信憑性が疑われる」

「取り決めって？」

トラッパーは質問を無視して身をかがめ、彼女の顔をまっすぐ見た。「この先、別の問題が起きたときに混乱を生じさせないためだと思って聞いてくれ。こんどその気になったときは、最後まで終わらせるぞ」さらに顔を近づけて彼はささやいた。「いいか、きみのなかに入るからな」

ドアが開くと、保安官がふたりを出迎えた。安堵しつつも、不機嫌そうな顔をしている。トラッパーは言った。「どうした、グレン？　食物繊維が足りないんじゃないか？」

「おまえが現れないいんじゃないかと、気が気じゃなかった」

「さあ、約束どおり、ケーラを連れてきたぞ」その言葉にいささかとまどったようすのケーラを見て、溜飲《りゆういん》が下がった。ケーラはトラッパーにうながされてエレベーターを降りた。

「やけに早いじゃないか」グレンが言った。「ＦＢＩはまだだぞ」

「朝早い時間にと言っただろ」

「おまえが約束どおりになにかしたことがあるか？」保安官はケーラを見た。「すまないね、機嫌が悪くて。なんともやりきれない朝でね」

「わかります」ケーラが渋い顔でトラッパーを見た。

グレンがケーラに声をかけて関心を引き戻した。「トラッパーから被疑者のことを詳しく聞いてるかね？」

「レスリー・ドイル・ダンカンという名前に心あたりはありません」ケーラは言った。

「いくつも偽名があってね。これを見てもらおう」グレンはダンカンの逮捕記録を見せた。

「これが昨夜、逮捕時に撮影した最新の写真だ」

ケーラは添付された顔写真をじっくりと見て、首を振った。「知らない顔です。わたしには少佐の家にいた男のひとりかどうかもわからない。見てないから。お話ししましたよね」

「ダンカン本人を見れば、あるいは――」

「顔を合わせるってことですか？」

「向こうからはきみが見えない。さっき地下の留置場から取調室に移したところなんで、窓からのぞいてもらうだけでいい」

「時間の無駄だと思いますけど、案内してください」

グレンはトラッパーに言った。「ケーラを待つなら、下のロビーで頼む。終わったら知らせる。だが、ちょくちょく携帯を取り換えてるようだから、番号を教えてもらわないとな」

「おれはケーラと一緒にいる」

グレンは大げさにため息をついた。「トラッパー、おまえにはここにいる正当な理由がない。おれがよくても、捜査を指揮してるＦＢＩの捜査官は――」

「おれは彼女のボディーガードだ」彼はケーラを見て、グレンのほうに頭を動かした。「言ってやってくれ」息を詰め、これがさっき言った〝取り決め〟だと通じることを祈った。

ケーラは心臓の鼓動二拍分だけトラッパーの目を見て、グレンに振り向いた。「ええ、トラッパーの……そう、業務のひとつとして身辺警護があるので」

「ウェブサイトを見てくれ」言ってはみたものの、〝身辺警護〟が業務として掲げてあるかどうか、トラッパーにも自信がなかった。「日当プラス経費で、ケーラに雇われた」

信じていないらしく、グレンがにらみつけた。「いつからだ?」

「あんたんとこの保安官助手が職務を怠った夜からさ。車に残って、彼女ひとりを病院内にやったろ?　あのときから契約終了を言い渡されるまで、彼女にはおれの目の届くところにいてもらう」

「いいかげんにしろ、ここは保安官事務所だぞ。もうひとつの棟には市警察署もある。ここでなにが起きるんだ?」

「なにも」トラッパーはにやりとした。「おれが彼女の隣にいるかぎり」

グレンはトラッパーを捨て置いて、ケーラを見た。「被疑者が捕まって、安心されたはずだ。ひとりとはいえ」

「その男が犯人である確率は?」トラッパーは尋ねた。

グレンが答えるまえにエレベーターが戻ってきて、ドアが開いた。乗っていたのはひとりだけ、カーソン・ライムだった。エレベーターを降りてきた彼の手には、型押ししたサドルレザーの重そうなブリーフケースがあった。

「おはよう、みなさん」トラッパーとケーラに笑いかけながらツイードのコートを脱ぎ、それを腕にかけると、かがんでグレンと握手した。「アディソン保安官ですか？　昨日、電話させてもらったカーソン・ライムです。どうぞよろしく」

よろしくしたくないとでも言いたげな顔で、グレンが言った。「盗難車の件は解決ずみだと思ったが」

「ええ、その件は。ここに来たのは別件でしてね」カーソンはスーツの胸ポケットから名刺を出してグレンに渡した。「さっき地下へ行ったら、下の保安官助手から、わが依頼人レスリー・ドイル・ダンカンはすでに取り調べのために上に移したと聞かされました。そうです、もしこの茶番劇が裁判ということになったらですが、これが最初の取り調べということになります。最初に話を聞かれたとき、ミスター・ダンカンは弁護士の同席を許されていませんでしたからね」

グレンは当惑をあらわにした。「弁護士の同席を許さなかったわけじゃないぞ。彼には公選弁護人がついてる。昨晩はやむをえず来られなかったが、いまにも現れるはずだ」

「公選弁護人がつ
い
て
ま
し
た」カーソンが言った。「いまはわたしがついてます。依頼人と相談したいので、彼に会わせてください」

カーソンの着古したスーツはてかり、外に飛びだした白いシャツの襟の先が羽のようだ。黒い革のループタイの留め具はクルミ大のトルコ石なうえに、今朝はたっぷりの整髪剤で髪を後ろに撫でつけていた。

だがトラッパーはカーソンに抱きつきたかった。哀れっぽい声で少しばかり訴え、報酬を倍にすると約束しただけで、彼はダンカンの弁護のため、すべてをなげうってロダルまで駆けつけてくれた。弁護士でありさえすれば、評判がよかろうと悪かろうと、ロースクールをトップで卒業していようと最下位だろうと、被疑者と接見できる。トラッパーにはできない芸当だ。

グレンは責任者であることを誇示するようにガンベルトを引っ張りあげて、廊下の先を指さした。「いちばん奥の左の部屋だ」

「ついでにケーラにもダンカンを見せよう」トラッパーは言った。「彼女を行かせて、待たせたらどうだ？」

「いいだろう」

トラッパーにはケーラが疑問ではちきれそうになっているのがわかった。だが、彼女はカーソンに勧められるまま廊下を歩きだし、弁護士は隣にならんで彼女にしゃべりかけた。

グレンとトラッパーはふたりのあとに続いた。「小賢《こざか》しいことをしおって」グレンが小声で言った。「だが、その理由がさっぱりわからん。なんで自分の父親を撃った男をそう熱心に弁護したがる？」

「なんでそう熱心にその男を犯人にしたがる？　この町に来たばかりで、ほとんど知った者のいないよそ者だぞ。前科者にして仮釈放違反者。そいつがスクールゾーンでスピードを出しすぎて捕まり、乗っていたピックアップトラックの運転席の下から襲撃事件で使われたのと同じ種類の拳銃が見つかっただと？」トラッパーは疑わしそうに顔をしかめた。「安直かつ好都合すぎて、でっちあげだとしか思えない。それで弁護士の出番じゃないかと思った」

「やつのためにO・J・シンプソンのドリームチームを再集結させようというなら、好きにしたらいいさ」

トラッパーは歩みをゆるめてグレンを見た。

「拳銃の鑑定結果が届いてな、トラッパー。まちがいない。地方検事長のあれがそそり立つほど、きれいに一致した」

「あんたんとこの地方検事長は女性だろ」

「言葉のあやさ」

言わんとすることはわかったが、トラッパーはそれ以上突っこまずに廊下を進んだ。取調室まで来ると、グレンが前に出てドアを開けた。「ミスター・ダンカン、弁護士が来たぞ」

「へえ、そうかよ。ケツの穴でも掘ってろ」

グレンはトラッパーに振り向いた。「ご機嫌斜めらしい。誰よりも頭がいいと思ってやがる」

「実際そうかもしれないだろ」

「こんな状況じゃなきゃ、おまえとはいい友人になれたかもしれんな」

カーソンはコートをトラッパーに渡し、グレンをよけて部屋に入った。「手錠なんか、ほんとにいるんですか?」

グレンは取りあわず、咳払いをしてドアを閉めた。

「ケーラ?」

彼女がドアに近づき、網入りガラスの窓からなかをのぞいた。トラッパーは彼女の肩越しにのぞきこんだ。ダンカンは三十代前半のようだった。苦難続きの人生を耐えてきた人間にありがちな、オオカミを思わせる疑り深そうな目をしている。カーソンが自己紹介しても、ほっとしたようすも、興味を引かれるふうもない。ただ無気力な態度は変わらないながら、不機嫌そうな唇が動いているから、なにかをしゃべってはいるのだろう。

「見たことのない人だわ」ケーラは窓から遠ざかろうとした。

「もう少し」グレンが言った。「男の動きで記憶がよみがえるかもしれない」

トラッパーはカーソンのコートを腕にかけたまま両手をケーラの肩に置いた。「グレンの言うとおりだ。もうしばらく見ていてくれ」

「でも――」

トラッパーは肩に置いた手に力を込めた。無言の合図が通じて、彼女はそのままトラッパーとドアのあいだに留まった。トラッパーはグレンに尋ねた。「やつの女房の居場所はわかったのか?」

「結婚はしてない。それにアードモアの母親を訪ねたとしたら、墓参りに行ったことになる」

「やつが女房のことで嘘をついてたってことか?」

「女房の居所が突きとめられないんで、心配してるとこだ」

カーソンの質問もダンカンの答えも聞こえなかったが、ダンカンはときにテーブルに人さし指を突きたてて自分の意見を強調した。それ以外のときは適当に答えているのが、彼の身ぶりを見ていて、トラッパーにもわかった。

しばらくすると、カーソンはブリーフケースから書類を取りだし、レスリー・ダンカンに見えるようにテーブルに置いて、一枚ずつ説明しだした。

「ありゃなんだ?」グレンがトラッパーに尋ねた。「弁護費用の価格表か?」

「ありうるな。強欲なやつなんだ」

カーソンがダンカンになにかを尋ねた。ダンカンはためらっていたが、やがてうなずいた。カーソンは満面の笑みで書類を集め、ブリーフケースに戻して蓋の掛け金を閉じ、手錠をしたままのダンカンとできるかぎり自然に握手をした。ケーラが脇によけ、グレンがカーソンのためにドアを開いた。

弁護士がドアを出るとき、机についたままのレスリー・ダンカンが声をあげた。「死んでいくのはどういう気分だ?」

その言葉を待ち受けていたトラッパーは、ケーラの反応を見定めるため、あらかじめ彼女のまえに移動していた。聞き覚えのある言葉を聞いた彼女はショックに薄く口を開いていたが、トラッパーに見られていることに気づくと、彼を見あげて首を振った。「声がちがうわ」

グレンの顔が怒りでまだらになった。「そういうことか。そのための弁護士だったんだな」グレンは言い、カーソンを手で示した。

カーソンはトラッパーからコートを受け取った。「では失礼。作成しなきゃならない書類があるんで」コートとブリーフケースをつかんで足早に廊下を遠ざかったカーソンは、つかつかとエレベーターを降りてきた保安官助手とぶつかりそうになった。

トラッパーはグレンとにらみあった。「ちゃんと頼んだら、あの男に会わせてくれたか？」

「いいや」グレンが大声で応じた。

「ケーラにあの言葉を聞かせられれば、それでよかった」

「声がちがってた」ケーラがさっきと同じことをグレンに言った。「まちがいないわ。あの言葉を聞いて、その意味に気づいたときのことを思いだすと、恐怖で鳥肌が立つの。あの声は一生忘れられない」

「きみは供述のなかで、声を発したのは犯人のうちのひとりだけだったと言った。このダンカンは声を出さなかったほうの男かもしれない」

「ありえます。でも、あのとき聞こえた声とちがうことは確かよ」

トラッパーはケーラとグレンの話に耳を傾けて内容を追いつつも、同時に、窓からレスリー・ダンカンを見ていた。ダンカンは頭を前後に揺らし、頭にこびりついた音楽に拍子を合わせるようにドラムの代わりに机を叩いていた。

「保安官？」

三人が振り向くと、エレベーターでカーソンとぶつかりかけた保安官助手がいた。「一時間ほどまえに捜索令状が取れました」彼は言った。「で、ダンカンのトレーラーハウスからこんなもんが出てきましてね。なくなったと言ってたやつじゃないですか?」

保安官助手が証拠品袋を掲げた。なかに入っていたのはケーラのルイ・ヴィトンだった。

24

ケーラはモーテルの部屋に入ると、言った。「驚いた、もう部屋の掃除がすんでる」

「まさか掃除してもらえるとはな」

そうつぶやくトラッパーは、何台もある携帯電話の不在着信やメールの確認に気を取られていて、うわの空だった。

「少佐からの連絡は？」ケーラは尋ねた。

「ない」彼はコートをベッドに放った。「連絡してくるとしたら、おれの異常さを医者に証明させるという知らせだろう」

「少佐はあなたのことを頑固だとは思ってるけど、正気を疑ってはいないわ」

「なんだっていいさ。あいつにどう思われるか気にするのは、とうのむかしにやめた」

実際は大ちがいだと知りつつ、ケーラは聞き流すことにした。ただでさえ彼とはぎくしゃくしている。保安官事務所からの帰路の車中も、会話がなかった。きっとトラッパーは、ケーラのバッグが発見されたことが捜査にどう影響するのかを考えていたのだろう。

ケーラはそれを念頭に、彼に尋ねた。「どう思う？」

トラッパーは室内に背を向けて、窓の外を眺めていた。外に向けた両方の手のひらをジーンズの——気にいらないという新品のジーンズの——尻ポケットに突っこんでいる。

「金の無駄だと思う」

ジーンズの内側にある裸の後ろ姿を想像していたケーラは、一瞬、彼がなにを言っているのかわからなかった。「え?」

トラッパーが振り向いた。「錠前店に金を払うのは無駄だと言ってるんだ。おれがきみの車に入りこんで、エンジンをかけてやる。配線をショートさせるだけのことだ。ダラスに戻ったら修理しなきゃならないが、それでもキーを作るよりは安くあがる。しかもカーソンに頼めば、知りあいの安い修理店に話をつけてくれる。ただし、代車を出してもらうときは、盗難車でないかどうか確認しろよ」トラッパーは部屋の隅の床に置いたダッフルバッグを指さした。「荷物をまとめて。準備ができたらきみの車まで送る」

保安官事務所での一件で自宅に戻るという決意が揺らいでいたが、トラッパーの心のなかではいまだ決定事項らしく、ケーラを引き留めるそぶりすらなかった。むしろその反対だ。

この展開に対応できずにいるうちに、ドアをノックする音がした。

トラッパーはのぞき穴から外を確認して、ドアを開けた。

カーソンが勢いよく入ってきて、両手をこすりあわせた。「さっきのおれはどうだった?」

「よかったぞ」トラッパーが答えた。

「よかった?」むっとしたようすで、彼が言い返した。「みごとな手並みだっただろ」

「ダンカンの女房はどこにいるんだ？　尋ねてみたか？」

「ああ、だがミスター・ダンカンから聞いた話には秘匿特権が適用されるんだ、トラッパー。わかってるだろ」

「やつがなにを言ったか、知る必要がある」

「彼はおれの依頼人だ」

「費用を払うのはおれだ。さあ、やつがなにを言ったか教えろ」

「弁護士資格を剝奪される」

「よく言うな。いまさら倫理観を持ちだしてなんになる？　ケーラは密告しない。そうだろ？」トラッパーが顔を向けたので、ケーラは首を振って同意した。「ほらな？　おれも密告しない。さあ、言えよ」

カーソンはますますかたくなになった。

トラッパーが圧力をかける。「おまえが弁護士と依頼人の秘匿特権にそむいたことは誰にも話さない……ただ、おまえの法律の学位がまがいものだってことは、うっかり口をすべらせるかもしれない」

カーソンが色めき立った。「なんで知ってる？」

無言のトラッパーは彼を見つめて笑顔になり、カーソンは一杯食わされたことに気づいて毒づいた。

「厄介な倫理観に退場願ったところで」トラッパーは言った。「ダンカンの女房はどうなってるんだ?」

カーソンは観念して、ため息をついた。「彼女は偽造小切手を使ってて、しばらく町を離れたほうが賢明だとふたりとも思ったようだ」

「町を出たのはいつだ?　日曜の夜はダンカンといたのか?」

「まさに。ダンカンが言うには、一晩じゅうやりまくって、月曜の朝、寂しく別れたとさ」

「それで彼女はどこへ行った?」

「ガルベストン」

「ダンカンのアリバイを立証するために彼女が必要になるかもしれない。彼女を探しだして連れ戻せる知りあいがテキサス南部にいれば――」

「すでに手配してある」

「いいだろう」

「ただし……」カーソンの顔がゆがむ。

「なんだ?」

「ダンカンは自分のアリバイを犠牲にしてでも、彼女を登場させたがらないかもしれない」

「偽造小切手の件があるからか?」

「そうだ。それに、彼女の年齢の問題もある。といっても、やつは彼女が十七歳より上だと思いこんでたんだが」

トラッパーが苦々しい顔になった。「あの男にそれを補う長所はあるのか?」

「〝マム〟と書かれたハートのタトゥーを入れてるよ」

「泣かせるわね」ケーラは言った。

「ハートには短剣が突き刺さってるが」

冗談だろうか？　ケーラにはわからなかったが、たぶん冗談ではないのだろう。

トラッパーが尋ねた。「拳銃についてはなんと言ってる？」

「神に誓って、見たことがないと」

「それを交通警官がトラックの運転席の下から引っ張りだした」

「いやいやいや」カーソンが言った。「あいつがゴミ箱のなかから見つけたんだ」

「嘘だろ」

「そうであってくれたら、どんなにいいか」と、カーソン。「ゴミを捨てに行ったら、ゴミ箱に拳銃があったんだそうだ。弾倉には一発をのぞいて弾が込められ、登録番号は削り取られてた」

「やった、と思ったろうな」

「まさに、口に出してそう言ったそうだ」

「その奇跡の発見はいつ起きた？」

「月曜の夜。トレーラーハウスの駐車場のゴミの収集日は火曜の朝だから覚えてた」

「拳銃について尋ねられて、なんで嘘をついたんだ？」

「おまえならつかないか？」

トラッパーは片手でうなじをこすった。「未成年と性交渉してたら、ああ、つくかもしれない。少佐については訊いてみたか？」

「有名だということは知ってる。撃たれたことも知ってる。おまえのことは聞いたこともないそうだ」カーソンはさも嬉しそうにつけ加えた。

「ケーラについては？」

「見たことがあるのは一度か二度きり。というのも隣人のケーブルテレビに横入りしてたのがばれて、ケーブルを切断されたからだとか」

「トマス・ウィルコックスのことを知ってるかどうか、尋ねてみたか？」

「尋ねたとも。〝もちろん〟とやつは答えた」

ケーラとトラッパーは一瞬目を見交わしてから、カーソンに目を戻した。彼は言った。

「そう聞いたときは、正直、心臓が止まるかと思った。なんでトマス・ウィルコックスを知ってるのか尋ねたら、〝おれのヒーローだから〟だと。なんでウィルコックスをヒーローと思ってるのか尋ねると、〝あのスリーポイントシュートがあるからに決まってんだろ、あほたれ〟だとさ。腹を立ててもおかしくないところだが、この手の言葉による暴力は刑事事件の弁護士の世界につきものでね。それに、おまえが勘定を持ってくれるなら――」

「脱線するな、カーソン」

「依頼人に別のトマス・ウィルコックスの話をしてる可能性はないかと尋ねてみた。やつは言ったよ。〝おれが言ってんのはオクラホマ大学バスケットボール部出身のオールスター選手の話だ。黒人でさ、二メートル超えの長身だ。〈オクラホマシティ・サンダー〉に入ったんだけど、チームがぽしゃってきたら〈デンバー・ナゲッツ〉に移ってさ。で、あんたは誰の話をしてんだ、くそったれめ?〟とまあ、こんな話だった」カーソンは詫びるようにケーラを一瞥した。「とにかく、彼の知ってるトマス・ウィルコックスはバスケットボール選手だけだ」

　持ちあげられるが早いか、叩き落とされてしまった。トラッパーが同じように感じているのがケーラにはわかった。三人ともなにも言わない。しばらくすると、カーソンがこれまでよりずっと沈んだ調子で言った。「おまえのオフィス、めちゃめちゃにされてたぞ」

　トラッパーはすっとぼけた。「ほんとか?」

「ドアの窓が割られててな。今朝、ビルの管理人が出勤してきて気づいたんだ。室内は荒らされてたそうだ。おまえの携帯電話にかけたら、留守番電話に直結して、ほかに連絡方法がわからないんで、おれのところにかけてきた。窓を修理して錠を取り換えさせておいた」

「そりゃどうも」

「費用は請求書に加えとく」カーソンは心配そうにふたりを見くらべた。「いいか、トラッパー、世の中にはかかわりあいにならないほうがいい人種もいる。もう一度訊くが、きみたち、自分たちがなにをやってるかわかってるんだろうな?」法律の学位はまがいものかもしれないが、その心配は本物のようだった。

　トラッパーはそしらぬ顔で、例の言葉を大声で言うよう指示したときにダンカンがどう反応したかをカーソンに尋ねた。

ケーラは言った。「机の上で書類をごそごそやってたのはそのためだったんでしょう?」

カーソンがうなずいた。「書類に文言を印刷しておいた。それでダンカンには、書かれたとおり正確に言うことが大事だ、ドアの外に立っている人たちにも聞こえるように大声で言え、そのなかには被害者のケーラ・ベイリーもいると伝えた。

ダンカンが〝けっ、なんのためだよ〟と尋ねるんで、こちらのささやかな頼みを聞いてくれることがおまえの最善の利益になるとだけ言ってやった。やつはいくつか下品な言葉を口走ったあと、〝ま、いっか〟と言ってくれた」カーソンはふたりを順番に見た。「きみたちは保安官の面目を丸つぶれにしたようなもんだ。おれが帰ったあとどうなった?」

トラッパーはケーラのバッグが発見されたことを伝えた。「保安官助手が言うには、ダンカンのトレーラーハウスにあったそうだ。ベッドの下の片隅にな」

「なくなってるものはあったのか?」

「多少の現金とクレジットカードよ」ケーラは答えた。「そのほかは、なくなっていないわ」

「教えてもらえて助かった」カーソンが言った。「これで少なくともダンカンの罪状認否のときふいを衝かれずにすむ。罪状認否手続きは今日の午後三時に行われる」

「無罪を主張しろよ」トラッパーが言った。

「ほかに主張することがあるか?」カーソンは驚いたように何度かまばたきした。「被害者とされる人物ふたりは有名人で、ダンカンには前科がある。そうした状況に鑑みるに、裁判官から言い渡される保釈金はべらぼうな額になる。あいつには拘置所にいてもらうさ」

「当人のためだ」トラッパーが言った。「釈放されれば、おそらく長くは生きられない」

カーソンの眉が吊りあがった。「そう聞いたら、詳しく説明してもらわないとな」

トラッパーは少し考えてから話しだした。「おまえがアメリカの象徴を撃って置き去りにしたとする。凶器を手元に置いておきたいか？　ダンカンにしても、テキサス北部のどこに捨ててもおかしくなかった。たとえ記念品として取っておいて将来ネットオークションにかけるつもりだったとしても、トラックの座席の下が安全な保管場所といえるか？」

トラッパーはふたりを見てから先を続けた。「ダンカンはケーラのバッグから現金とクレジットカードを盗んでおきながら、バッグを簡単に見つかる場所に隠した。貴重品を全部盗んだあと、後生大事にバッグをとっておく泥棒なんているか？」

トラッパーから問われて、カーソンが答えた。「あいにくおれの知りあいには泥棒がいない。うちの依頼人は全員、無実なんでね」

「あくまで仮定の話として尋ねてるんだ」

「答えは変わらないよ」

「話を戻そう。ダンカンはけがらわしい悪党だが、ばかじゃないとおれは思う。日曜の事件に関係があるとしたら、証拠を残しておくとは思えない。反抗的で敵愾心《てきがい》むきだしだが、不安げなようすはまるでなかった。それは、このまえの日曜の夜、あの家に銃やバッグがあったとしても、彼がいたことにはできないからだ。保安官事務所だろうが、テキサス・レンジャーだろうが、天下の悪玉FBIだろうが、それはできない。そして彼がそこにいたことにできないのが、なぜわかるかというと――」

「彼がそこにいなかったから」ケーラは言った。

「彼がそこにいなかったから」トラッパーはくり返した。「彼はトレーラーハウスでひと晩じゅう、未成年の少女とやっていた。重罪だ。だが殺人未遂ではない」

「わが依頼人がはめられたのは明らかだ」

「はめるにはもってこいの人物だ」トラッパーが言った。

「誰にはめられたの？　なぜ？」ケーラは尋ねた。

「誰にはめられたかはわからないが」トラッパーが言った。「だが、理由のほうはわかる。事態を収拾するためだ。この国じゅうの食事の席でこんな会話が交わされる。〝警察が少佐を襲った犯人のひとりを捕まえたぞ。もうひとりが捕まるのも時間の問題だ〟と。

マスコミは刺激的なつぎの話題に移り、世間の興味もそちらへ移る」トラッパーはしばし思いをめぐらせ、暗い声で言い足した。「そして別の可能性を探っていたおれは、ますます常軌を逸しているように見える」

ケーラは顔をしかめた。「あなたの理屈はわかるわよ。でも、ダンカンは言葉を発しなかったほうの男、二番めの男かもしれない。そうじゃないと確信できるのは、どうして？」

「二番めの男だとしたら、ドアの向こうにきみがいると知っていて、あの言葉を口にするはずがない」

「少佐の家であれを言った当人ではなくてもってこと？」

「少なくともためらったり、そわそわしたり、声色を変えたりしたろう。おれはダンカンから目を離さなかった。〝ま、いっか〟という態度だったが、躊躇《ちゅうちょ》なくあの言葉を発した。やつにとってなんの意味もない言葉だったからだ」

「最初にあの言葉を見せたときもそうだった」カーソンが言った。「これっぽっちも慌ててなかった」

「殺人未遂については無罪を主張しろ」トラッパーが言った。「だが、あの人間のクズは鉄格子のなかに入れといてくれ。身代わりにされたやつは長生きできないことが多い。拘置所にいたほうが安全だし、未成年と同棲してるんなら、檻のなかに入れられても文句は言えない。オクラホマ州もあの男に帰ってきてもらいたがるさ」

トラッパーはカーソンを帰らせるべくドアを開け、彼の手を取って、手のひらに車のキーを置いた。

「おっと、忘れるところだったよ」カーソンはズボンのポケットに手を突っこみ、リモコンキーを取りだしてトラッパーに渡した。「建物の北の角あたりに停めてある。列の最後尾につけてある栗色っぽいセダンだ」

「どうもな」トラッパーはキーをポケットにしまった。「急な依頼なのに駆けつけてくれて、あらためて感謝するよ。お返しにできることがあったら、言ってくれ」

「まず手はじめに、今日一日分の八百五十ドルを支払ってもらってかまわないぞ」

「ほざいてろ」

「わかった。だったら三百五十」

「おれからテキサス弁護士協会に連絡して――」

「二百五十」

「じゃあな、カーソン」

トラッパーはドアを閉めて、戸に寄りかかった。もしカーソンが戻ってきても、入れまいとしているようだ。ケーラは尋ねた。「どうしてキーを交換したの？」

「カーソンは義兄の車で帰る。で、フォートワースから乗ってきた車をおれに残した」

「なぜ？」

「おれたちが保安官事務所にいるあいだに、グレンがあの見苦しい車に追跡装置を取りつけていた場合に備えてだ。おれがまた行方をくらますことになったら、グレンはおれじゃなくてカーソンを追いかけることになる」

「あなたはなにごとにつけ手抜かりがないのね」

「いや、そんなことはない」そこから彼の口調や物腰に重みと厳しさが加わった。「この三年間、このせいで眠れない夜を過ごしてきた。日曜以降はそれが悪くなる一方だ」

トラッパーは沈痛な面持ちでケーラを見ていたが、やがてひとつ首を振った。むずかしい決断に至ったようだ。「後先考えずに突っ走るのがおれのやり方とはいえ、この追跡劇はきみのすべきことじゃない。きみを巻きこんだのはまちがってた。きみも言ってたとおり、きみはダラスに戻って、きみのすべきことに専念しろ。おれはおれのすべきことをする」彼はふたたびケーラのバッグを指さした。「バスルームにまだ残ってるものがあるだろ？」

けれどケーラは自分の持ち物を取りに行かなかった。トラッパーの指示に反して、ベッドの端に腰かけた。「あなたはどうしていまだに追跡してるの？」

「正義のため」

「それはそうでしょうけど。でもそれだけなら、ウィルコックスに関してわかったことを捜査当局に持ちこめばいい」

「それでまた大笑いされろってか？　冗談はよしてくれ」

「今回はウィルコックス本人がいるわ」

「おれのオフィスで会ったことを否定して終わりだ」

「わたしが証明する」

「そうだな。だが、その場で話しあわれた内容を証明することはできない」

「いいえ、できるわ」

予想外の答えを聞かされたトラッパーは、ケーラに鋭い一瞥を投げた。

「９１１に通報すると脅したときの電話を持ってきて」

彼はベッドまで行き、コートのポケットを探ってくだんの携帯電話を見つけると、裏蓋を外してバッテリーをはめこんだ。

ケーラは説明した。「わたしは携帯を持って窓辺に移動した。それから十分間、室内に背中を向けていた。メインページからボイスメモを起動して、録音ボタンを押したわ。ウィルコックスに気づかれそうで死ぬほど怖かった。通りの向かいの窓にいた男が気づく可能性もあった。でも男の銃の照準は、わたしの手ではなく額の中央にすえられていたようね」

そのころには携帯電話の電源が入っていた。トラッパーがボイスメモを起動して、再生ボタンを押した。

ケーラの声からはじまった。〝……近づいてくるわ。反対側からもうひとり〟しばし無言の時間があり、〝四人めよ、トラッパー〟という声がした。

つぎはウィルコックスの声だった。〝五人めは向かいのビルにいる。ケーラ、動かないことを勧める。その男のスコープの照準は、きみに定められている〟

トラッパーは停止を押して、ケーラを見おろした。「ここにはどれくらい録音されてる？」

「二度めの電話をしたときに、しかたなく停止したわ。その直後にあなたが電話を取り戻したのよ」

「小癪な芸当をしてくれるじゃないか」

「ありがとう」

トラッパーは彼女の得意げな返事に嚙みついた。「その芸当で殺されてたかもしれないんだぞ。ふたりともだ。なぜもっと早く言わなかった？」

「あら、あなたに振りまわされて忙しかったからよ。突然、マリアンの家を訪ねたかと思うと、真夜中にここへ戻ってきて、そのあとは病院であなたと少佐の緊迫したやりとりがあった。今朝は――」

「しらじらしいことを言うな、ケーラ。おれが怒るとわかってたから言わなかったんだろう？　見つかったらどうなってたか、考えてみろ」

「でも見つからなかったでしょ！　そのおかげでいま録音した音声があるのよ」

「おれが、ウィルコックスの言うところの〝なんとも興味深い話〟をしている録音がな」

「ウィルコックスは娘を殺された復讐をしたいと言っているわ。外に四人の男を待機させていて、いざとなったらその男たちが駆けつけてあなたを殺すとも。これに意味がないと思う？　少なくともこれがあれば、捜査当局は笑わずにあなたの話を聞いてくれる」ケーラはトラッパーが少しも喜んでくれないことにがっかりしたし、困惑も覚えた。「喜んでくれると思ってた」

「音声自体は嬉しいさ。あの悪党に不利な証拠だ。だが、それがおれの言いたいことでもあるんだ、ケーラ。おれがいなければ、きみは命を脅かされる状況には置かれなかったし、危険を冒す必要もなかった」

　トラッパーはケーラから一メートルほど離れて、振り向いた。「あのしけた花束を持っていったあの夜を境に、きみを巻きこむのはやめるべきだった」しばらくケーラの目を見つめていたが、ふいにブーツに視線を落として、口ごもるようにつぶやいた。「おれがきみから離れられなかったばかりに」

　彼の告白に心が震えた。だが、つぎの言葉で奈落に突き落とされた。「きみがこの事件と関わるのはこれで終わりだ」

「まえはあんなふうに言ったけど、いまの気持ちはちがう」

トラッパーは首を横に振った。「きみは自分の人生に戻るんだ。いや、戻らなくてもいい。だがどちらにせよ、おれから離れろ」

「でも放りだしたくない」

「きみをふたりめのバークリー・ジョンソンにしたくない。これ以上、罪の意識を感じるのはごめんだ。相手がきみだと、さらに始末が悪い。ジョンソンとはキスはしてないからな」

言葉がふたりのあいだで揺れている。しばらくしてトラッパーは言った。「それに、これはおれがひとりでやらなきゃならないことだ」

この発言にはどこか妙な響きがあった。「ひとりでやるって、おかしなことを言うのね」

「なにがおかしい？」

「一途に正義を求めている人の言葉とは思えないわ。隠された意図があるみたい」

「まるで心理学者みたいなことを言うんだな」

思いあたる節がなければ、こんなに防衛的な反応はしないはずだ。ケーラはなんとか真相を探りだそうと、彼の顔を見つめながらもう一度尋ねた。「なぜひとりでやらなければならないの？」

「なぜって、そうだからさ」

「それじゃ説明になっていないわ」

「言えるのは、それだけだ」

「なぜひとりなの、トラッパー？」

「ケーラ」

「プライドを取り戻すため？」

彼はめいっぱい背筋を伸ばした。「ああ。そうさ。おれはＡＴＦに尾っぽの羽をむしり取られたクジャクだ。いまの言葉を覚えとけよ。きみがリポートするとき使うといい」

「やめて」ケーラは立ちあがった。「そんな思いあがった態度で、わたしや警察を締めだせると思ったら、大まちがいよ」

「だったら質問をやめろ。おれはインタビューは受けないと言ったよな？」

「わたしたちはそれ以上の関係じゃないの？」

「ああ、おれはそう思ってたさ。だが、どうやらちがったようだ」

「わたしたちはただふたりで話してるだけなのよ、トラッパー」

「ちがうね。話してるのはきみひとりだ。おれはもう聞いてない」

トラッパーはケーラの脇をすり抜けて、床にあった彼女のバッグを持つと、そのままバスルームへ入って、化粧品やドアの裏のフックにかかっていた彼女のパジャマをバッグに放りこみはじめた。

ケーラはトラッパーを追ってバスルームの戸口に立った。「本気でわたしを追いだすつもりなの？」

トラッパーはなにも言わなかった。さっさとシャワーのところへ行って、シャンプーや剃刀《かみそり》などをバッグに入れた。

「ねえ、あなたとわたしがいれば悪人たちの脅威になるって、あなた、言ってなかった？　実際そのとおりだった。わたしたちが一緒にいることで不安になった何者かが、あなたの自宅やオフィスを荒らしたのよ。トマス・ウィルコックスは免責を求めて取引したいと言ってきた。そんなことが起きたのは、あなたが握っているものを恐れているからでしょう？　レスリー・ドイル・ダンカンをわざわざ日曜の夜の事件の犯人に仕立ててあげたのだってそうよ」

バスルームからトラッパーが出てきたので、ケーラは脇によけた。さもないとなぎ倒されていただろう。「わたしたちは種火を燃えたたせたのよ、トラッパー。わたしを誘拐したときにあなたが考えていたのは、そういうことだったんでしょう？」

「おれが考えてたのは、きみと一発やることだった」

「ロマンティックだこと」ケーラは言った。「でもそれが第一の動機だったとは思えない」

トラッパーが目を細めてにらんだ。「本当にそう思うか？」

「紳士淑女のみなさん、ご覧ください。威嚇戦術その一から威嚇戦術その二へ移ります。みだらで好色なほのめかしでございます」ケーラはひと息はさんで続けた。「無駄よ、トラッパー。わたしはそんなことで落ちこんだり、貞操の危機だと悲鳴をあげて逃げまわったりしないから」

「それはどうかな。おれのみだらさは半端じゃないぞ。好色のほうも……どうとでも」

ケーラは息を吐いた。「USBメモリの中身を見せて」

彼から思わせぶりなそぶりが消えて、怒りが戻ってきた。「きみにはもう見せられない」

「そうでしょうとも。でもこんな不正が行われたのに、見て見ぬふりをしてのんきに自分の人生を歩むなんて、わたしにはできない」

「おれはきみの命を救おうとしてるんだ」

「そのためのボディーガードでしょ」

「きみは前金をまったく支払ってない」

「いくらなの?」

「きみにはまかなえない金額だ」

「言ってみて」

「それに、おれは雇われるつもりもない」

「USBメモリはどこ?」

「くそっ!」立ちつくす彼は、いまにもケーラの首を締めそうな形相だった。腹立たしげに荒い息をついていたが、空を切るように両手を動かした。「わかった。おれにはポンコツ車がある」ジーンズのポケットに手を入れてカーソンから渡されたキーを取りだした。「おれが出ていく。この部屋は今日の分まで払ってあるから、なんなら残って、自力でダラスに戻る方法を探すがいい」

トラッパーはコートを着てドアへ向かった。「きみの車まで送るという申し出はまだ有効だぞ。ただし、あと三十秒で切れる」

ケーラはなおも彼の瞳を見ていた。その瞳は、青いダイヤモンドのように硬くもなれば、青い炎のように熱くもなる。いまは前者の状態になっていて、どんなにのぞきこんでも、なにも返ってこなかった。

こうなったら従うしかない。

ケーラはコートを着た。ダッフルバッグのファスナーを閉めて肩にかけ、ハンドバッグを手に取った。トラッパーはクローゼットからワイヤーのコートハンガーを持ってきた。ふたりはドアのところで落ちあい、トラッパーが彼女のためにドアを開けた。カーソンがトラッパーに言っていた言葉を思いだして、ケーラは建物の北の角へ向かった。

裏手の駐車場に三台だけ停まっている車のうちの一台が栗色のセダンだった。トラッパーはロックを開けた。彼が後部座席にバッグを置いているうちに、ケーラは助手席に乗りこんだ。ケーラが最初に泊まっていたモーテルまでは遠くなかった。車のエンジンが十分に温まってヒーターが動きだすより、モーテルに着くほうが早かった。

トラッパーはケーラの車の隣に車を停めた。「おれがあの車のエンジンをかけるまで、ここにいろ。長いこと寒い屋外に放置してあったから、なだめるのに手間取るかもしれない」

彼はセダンのエンジンをかけたまま、コートハンガーを持って車を降りた。自動車メーカーも不法にこじ開けられないようドアロックのデザインを改善しているはずだとケーラは思ったが、トラッパーには通用しなかったらしく、ものの数秒でロックが開いた。

そのときケーラは片方の目の端で、駐車場に入ってくる別の車をとらえた。車の運転手はセダンとならぶとスピードを落とし、ケーラを見て通りすぎた。そして彼女の車にかがみこんでいるトラッパーのほうへ進んだ。運転席の開いたドアからトラッパーの片脚だけが見えていた。

男がミニバンを停めて降りた。男はもう一度ケーラをちらりと見て、歩きながら叫んだ。

「トラッパー！」

上体を起こしたトラッパーは男を見るや、さっと車外に出て、すたすた男に歩み寄った。

「やあ、ハンク。こんなところでなにしてるんだ？」

牧師はトラッパーに襲いかかり、思いきり右顎を殴りつけた。

25

トラッパーはケーラの車の側面に倒れかかった。「なにする――」

言い終わるより先に、ハンクの二発めがこんどは目の下に飛んできた。トラッパーはとっさにパンチを繰りだし、ハンクのみぞおちを強打した。ハンクが腹を折り、よたよたと後ずさりをする。

トラッパーが手のひらの付け根で頰に触れると、手が鮮血で赤く染まった。一瞬目を閉じて、視界を晴らした。ハンクはもはや敵にならない。腰を九十度折った姿勢で、むせたりえずいたりしている。

ケーラが転げ落ちるように栗色の車を出て、走ってくる。

トラッパーは車を停止させる警官のように手を挙げて彼女を制した。これは自分とハンクの問題だ。車を離れて、ハンクに近づく。「確かに、やられて当然だとは思ってた。にしたって、ここまでするかよ！」ふたたび頰に触れると、早くも腫れてきていた。「なんでおまえに頰を差しださなきゃならないんだ？」

ハンクが音をたてて、息を吸う。「頰ですむと思うな……顔をめちゃめちゃにして――」

苦しげに息をしながら咳きこみ、口元の唾をぬぐった。「足元に這いつくばらせてやる」

トラッパーはコートの袖を押しあげ、シャツの袖口で顔の血をぬぐった。「おまえを牧場の小屋に行かせたのは悪かった、謝る。何時間か人を寄せつけたくなかったんだ。だがな、人をだますのと、信頼を裏切るのと、どちらの罪が重い？　おまえがやったのはそういうことだぞ。だからおれに向かって、聖人ぶるのはやめろ」

ハンクは必死に腰を起こそうとしつつ、片方の腕で腹を押さえている。手の甲で洟をぬぐった。「そんなことじゃない。うちの父親にしたことだ」

「グレンに？　グレンにはなにもしてないぞ」

「なにもだと？　大事になって……発作が起きた」ハンクはさらに洟をぬぐった。「息切れ、胸の痛み、顔の紅潮。保安官助手がＥＲに運んで、主治医の心臓専門医に出迎えられたんだ。母さんは泣き叫んでる」トラッパーを指さす。「すべておまえのせいだ」

トラッパーは息を吐き、頭を抱えた。「いますぐ行か――」

「父さんに近づくな！」ハンクがどなった。いや、どなろうとした。実際はしわがれ声だったが、激しい怒りが込められていた。

ケーラがハンクに近づき、腕に手を置いた。「保安官が発作ですか、大変ですね。わたしはケーラ・ベイリーです」

ハンクが決まり悪そうに彼女を見る。「ハンク・アディソンです。とんだ醜態を見せて、申し訳ない。めったにキレたりしないんですけど」トラッパーをひとにらみする。「短気なたちじゃないんで」

「トラッパーがそうさせるんです。どうやって彼の居場所を突きとめたんですか?」

「最後に聞いたところでは、あなたとここにいるということだったんで」

ケーラはハンクの先にあるカフェを見た。駐車場がモーテルと共有になっている。「なかのほうが暖かそうだし、すぐに運転しないほうがいいから、話の続きはあそこでいかが?」

ハンクは黙ってうなずき、導かれるままカフェに歩きだした。ケーラは背後のトラッパーに視線を投げた。「あなたも来る?」

マザー・テレサに変身した彼女にいやみか悪態のひとつでも投げつけたくなったが、ケーラが目顔で、いい気になってよけいなことをしないで、と忠告していた。

そこで彼女の車と栗色のセダンをロックし、ハンクのミニバンの運転席を閉めた。ハンクがトラッパーに襲いかかったときから、開けっ放しになっていたのだ。トラッパーはふたりを追って、カフェに入った。カウンターで老人がひと組、フォードとシボレーのどちらがいいかをめぐって言い争っているだけで、あとは誰もいなかった。

三人はボックス席に進んだ。ハンクは転げ落ちるように座席につき、その向かいに座ったケーラの隣にトラッパーが腰をおろした。

抑えた声で彼女が言った。「頬からまだ血が出てるわよ」

トラッパーはこんどもシャツの袖口で頬を押さえた。「ひどい痛みだ」

そしてハンクとにらみあったまま、膠着《こうちゃく》状態に入った。メニューを持ってウェイトレスがやってきた。「飲み物だけいただけるかしら」ケーラが言った。

「いや、おれは食べる」トラッパーは声をあげた。「腹が減った。チーズバーガーにポテトフライ、それにコーヒーを頼む」ケーラを見て、続けた。「ついでに食べておいたほうがいいぞ。ずっと食べてないだろ」

ケーラはホット・チーズサンドイッチを頼んだ。

ハンクはコーラだけ、とウェイトレスに伝えた。

「ランチをおごるから、なにか注文しろよ」トラッパーは言った。「仲直りの印だ」

「いや、そうはいかない。現場に行かなきゃならないから、長居できないんだ」

「その顔、なにか持ってきましょうか？」

どの現場のことかハンクに尋ねようとしていたトラッパーは、まだウェイトレスがそこにいて自分に話しかけていることに気づき、笑顔を向けた。「いや、ありがとう。心配いらない。新しい子猫に引っかかれてね」

「オオヤマネコかなにかだったみたいね」

ケーラはトラッパーのほうに身を乗りだした。「できたら、ペーパータオルを水で濡らしてもらえるかしら？」

「おやすいご用よ。いま持ってくるわ」

ウェイトレスが立ち去ると、トラッパーはハンクに尋ねた。「現場って？」

「礼拝堂を作るんだ。基金が注ぎこまれてね。今日I型梁をかけてるんだが、配置に問題がある。設計図だと、聖歌隊席の中央に一本梁がかかることになってた」

「礼拝堂を建ててるとは初耳だ」

「そうだろうとも」ハンクは辛辣な口調になった。「そもそも、興味がないだろうから。おまえはなにに対してもおかまいなし、自分のこと――」

ウェイトレスが間に合わせの湿布を持って戻ると、ハンクは口を閉じた。トラッパーは礼を言ってそれを受け取り、じんじんする頰にそっと押しあてた。「なんだって？」

ハンクがテーブルに両肘をつき、両手で顔をおおう。祈っているのか？　トラッパーがそう思って見ていると、ハンクが両手を下ろした。右手の手の甲に血がついているのに気づき、テーブルにあった紙ナプキンを一枚抜き取って、血をぬぐった。「もういい」

「よくない」トラッパーは言った。「おまえは熱っぽく語ってた。途中でやめないで、最後まで話せよ」

「話してどうなる？　なにを言ったところで、おまえには響かない。なにに対してもおかまいなし、自分と自分の問題しか考えてない。ぼくはただ、うちの父親を巻きこまないでもらいたいだけだ」

「グレンにしてみたら、親友が殺されかけたんだぞ。巻きこまれもするさ。おっと、忘れるところだった、それにグレンはここの保安官だからな」

「ああ。だけど、父さんが手を焼いてるのはおまえだ。おまえがつぎからつぎへと小細工をするせいで、少佐を襲った犯人を捕まえることより、おまえを抑えるのに神経を使ってる。

今朝だってそうだ。どんな小細工をしたか知らないが――」

「弁護士を雇って、被疑者につけた」

ハンクは訳知り顔でケーラを見ると、ふたたび険しい目をトラッパーに向けた。

トラッパーは湿布を外して、手のなかで丸めた。「ああ、確かに小細工だった」

「なにをしたにせよ」ハンクが続ける。「父さんは少佐と込み入った話をしたあとだった。それで血圧が――」

「ちょっと待てよ。少佐と込み入った話？　いつのことだ？」

「今朝早くだ。朝食まえに病院に出かけていって、出勤まえに食事のために家に戻った。母さんが言うには、取り乱しようがひどかったそうだ」

ケーラが言った。「そういえば、保安官は機嫌の悪さをわたしに謝っておられたわ。やりきれない朝だとかって」

トラッパーも思いだした。確かにエレベーターのまえで自分たちを出迎えたときのグレンは、やけにいらついていた。「なんで少佐に会って取り乱すんだ？　順調に回復してるのに」

「驚いたな、少佐の復調に気づいていたとは」ハンクが言った。「病院で苦しんでる父親に会う時間がどこにあったんだ？　周囲を引っかきまわして、みんなをひどい目に遭わせることに、大忙しだったんじゃないのか？」

「ああ、そうとも、おれがウジ虫でおまえが聖人なのは、みんなが知ってる。にしたって、おれの性格的な欠点をあげつらうならまだしも、グレンのことを持ちだすとは、おまえも落ちたもんだ」

「そこが問題だからだ。父さんはおかしい……おまえが現れてから」

トラッパーは怒りを抑えつけるのに苦心していた。声こそあげなかったが、身を乗りだして、語気を強めた。「すべてをおれになすりつけるのはやめろよ、ハンク。おれが予告なしにおまえの家を訪ねて、ケーラが少佐にインタビューすると話したとき、グレンはジャックダニエルを瓶ごとあおってた。おれのせいで事態が悪化したとしても、問題の本質はほかにある。今週に入っていろいろ起きるまえから、あったんだ」

図星だったのだろう、ハンクはいかにも落ち着きなく、ケーラに視線を投げた。

「グレンになにが起きてるんだ、ハンク？」

ためらいつつ、ハンクが答えた。「知らない。わかるのは、なにかがあるっていうことだけで」

トラッパーはボックス席の背にもたれた。グレンに対する心配がハンクに対する怒りに取って代わった。「ひょっとしたら重大な病気で、それを隠してるんじゃないのか？」

ハンクはその説をしりぞけた。「母さんなら知ってるかもしれない。父さんが常用してる小児用のアスピリンからトイレの回数まで、すべてを把握してるから。この数年は問題が出てきてた。高血圧に高コレステロール。あの年齢の男性ならよくある症状だ。厄介ではあるが、病気とは言えなかった。今日までは」

「仕事のストレスにやられたのか？」トラッパーが尋ねた。「まえに言ってたんだ。対人犯罪課には自分より若くて頭の切れるやつが必要だと」

「年を取ることに抵抗があるのかも」ケーラが言った。「なかには人一倍、若さにこだわる人もいるわ」

「どれもありうる」ハンクは言った。「だが、なにかほかの原因があるんだと思う。ぼくにはわからないが。そう、そういうことなんだ。ぼくにはわからない」その発言を強調するように、血のついたこぶしでテーブルを叩いた。

「父さんはぼくを信用してくれてない。これからだってそうだ。ぼくがなにか言っても、辛辣なことを言い返すだけだ。〝坊さんが必要ならカトリックになるさ〟とか。だけど、どんな悩みにしても、これ以上のストレスはかけたくない」最後のひとことはトラッパーに向けられていた。

「少佐が撃たれたのはおれのせいじゃないぞ」

「それはそうだが、おまえがいることで、それでなくても悲惨な状況がよくなったとでも言うのか?」

「その点はわかった」

トラッパーが淡々と聞き入れると、かたくなだったハンクの態度がやわらいだ。じれったそうに首を振る。「トラッパー、おまえが父さんを好きなのはわかってる。悪意があったわけじゃないことも。おまえはいつものようにやってるだけだ」身を乗りだす。「だが、おまえがいるとトラブルが起こる。いつだってそうだ。今週の騒ぎにしても、少なくとも父さんがＥＲに運びこまれた一因にはなってる」

その指摘にトラッパーは動揺した。自分でも意外なほど深く。おそらくは事実であろう非難であり、弁解の余地がなかった。だから黙っていた。

ケーラは気詰まりな静けさを破って、グレンの容体をハンクに尋ねた。

「ＥＲで父さんを担当してる看護師は、それらしい症状がまるでないから、心臓発作じゃないだろうと言ってた。不安発作の強いのだといいんだが。それだってないほうがいいに決まってるし、恐ろしいことなんだけれど、命の心配はないからね。検査がすべてすんだら母さんから電話が入ることになってる」

ウェイトレスが注文の品を運んできた。ハンクはストローでひと口ソフトドリンクを飲むと、腰をずらしてボックス席の端まで移動した。「現場に行って、問題を片付けてくる。父さんが入院することになろうとなるまいと、午後は両親のために空けておきたいから」

「あとで連絡するよ」トラッパーは言った。

ケーラは紙ナプキンに自分の携帯の番号を書き留めて、ハンクに渡した。「緊急のときはわたしに連絡をして」

「わかった」ハンクはナプキンをポケットにしまった。そしてトラッパーを見た。「悪かったな」顔を手で指し示した。

「おまえは最悪だよ」

ハンクは小さな笑い声をあげた。「ああ、ぼくは最悪だ。胸がすっとした」ケーラに会釈して、歩きだした。

彼がドアを通り抜け、上部に取りつけられているベルが鳴る。老人ふたりの話題は、自動車会社からアメリカンフットボールに移っているが、意見が割れているのは相変わらずだ。ウェイトレスはレジ奥のスツールに腰かけ、タブロイド判の雑誌をめくっていた。

トラッパーはポテトフライをつまみ、指で回転させながらためつすがめつすると、皿に戻した。

「食欲がなくなったの?」ケーラが尋ねた。

「ああ」見れば、彼女の皿も手つかずのままだった。「きみの食欲がなくなったのはなぜだ? 隣におれがいるからか?」

「トラッパー――」

それ以上聞かずにボックス席を出ると、ポケットから二十ドル紙幣を取りだして、テーブルに置いた。「これで足りるだろう」紙幣の上にリモコンキーを置く。「栗色の車のキーだ。きみのバッグはもう載せてある。きみがキーを使わずにエンジンをかける方法を知っているとは思えないから、おれがきみの車に乗っていって、修理に出しておく。今日明日のうちにどこでどう車を乗り換えるかを相談しないとな。電話で」

コートのポケットから携帯とバッテリーを取りだし、バッテリーを入れながら言った。「きみへの電話はこの番号に転送される。自分の携帯を取り戻したら、設定を解除しろよ。帰り道の運転に気をつけて」

「ちょっと待ってよ。このまま消えるつもり？　こんなふうに？」

トラッパーは立ち止まって彼女を見た。その目を、ほくろを、唇を。彼女のすべてが好ましくて、自分のものにしたくなる。

だが、おれはトラブルの元凶だ。大惨事を引き起こして、人を不幸にする。

マリアンしかり。

グレンしかり。

父親しかり。

おれは害毒だ。

「なんて人生だろうな」彼は言った。「だが、これがおれの人生なんだ」

車でゲートを抜けたとき、地平線の手前で風が土埃を巻きあげた。トラッパーはブレーキを踏み、地面をすべるように移動するつむじ風を眺めた。それから一、二分、風は猛烈なエネルギーで回転して、あたりのすべてを巻きこんでいった。

と、なんの益もないみずからの行動に疲弊したように、その威力を失いだした。

目的もなく暴れまわった狼藉《ろうぜき》の跡が残されていなければ、そんなことがあったとは誰にもわからないだろう。

トラッパーは少佐の家に向かって私道を進んだ。黄色い現場保存テープの一端が外れている。ポーチの手前に車を停めると、風に吹かれてはためく黄色いテープがフロントガラスをかすめた。

エンジンをかけたまま外に出た。玄関のドアは施錠されているが、スペアキーの隠し場所は知っている。鍵はそこ、ひさしの下の、左から三本めの支えに置いてあった。

鑑識の仕事は徹底していた。計測が行われた場所は、床にその印が残っていた。証拠品のあった場所には、さまざまな色の小さなプラスティック製のマーカーが置いてあった。指紋が採取された物品には、黒い粉がまぶしてあった。

トラッパーはなにかに触れないように注意しながら、まずキッチンに入った。ざっと見まわしてみたが、そこが捜査対象として興味の対象になったことを示す痕跡は皆無だった。

キッチンからリビングに移り、そこを横切って、廊下に出た。化粧室のドアはなくなっている。壊れた掛け金ともども、証拠として押収されたのだ。ケーラが逃げるのに使った窓は変わりなく、上部と下部を合わせて施錠してあった。こんなに狭い空間を通り抜けたとは驚くばかりだが、パニックとアドレナリンは人に離れ業を演じさせる。

トラッパーは廊下を奥に進んだ。この家に住んだことはないが、母は少佐とともにダラスからロダルに引っ越してきたとき、息子が訪ねてきやすいように客用の寝室をトラッパーの部屋に決めて、家庭的な雰囲気を持ちこみ、息子の部屋らしくしつらえた。ベッドと反対側の壁は写真専用にして、一枚ずつ額におさめた写真が感じよく飾りつけてあった。

いまトラッパーはそのまえに立ち、おおむね年代順にならべられた写真のコレクションを眺めている。写真を見るだけで、ペガサスホテル爆破事件が起きた年が特定できる。

事件以前の写真では、父が隣に写っている。トラッパーの肩に手をかけ、誇らしげな笑みを浮かべ、そんなふたりのあいだには獲物がぶら下がる釣り竿や、サマーキャンプでもらった運動競技のトロフィー、複数の記章が留めつけられたボーイスカウトのサッシュがある。十一歳までは、道しるべとなるそういう写真があった。

それ以降に撮られた写真には、トラッパーひとりが写っている。

寝室には鑑識の手が入っていなかった。そしてトラッパーもいま、なにひとつ触れていない。自分のために整えられた部屋なのに、懐かしさはまったくなかった。自分のものが詰まっているにもかかわらず、なんのつながりも感じないし、所有権を主張する気持ちにもならない。すべては舞台の小道具のようだった。

部屋を出てドアを閉め、廊下を少佐の寝室に向かった。ドアが少し開いている。残りを押し開けると、懐かしいにおいに包みこまれた。

〈オールドスパイス〉という制汗剤と革のにおい。壁のラックにかけられたウールのコートのにおいもする。

それは父のにおい、写真に写っていた男を想起させるにおいだった。

表の部屋と同じように、この部屋も徹底した鑑識の手が入っている。侵入者ふたりが裏手にあるこの部屋の窓から逃げたと結論づけられているからだ。くだんの窓にも、それを取り囲む壁にも、その下の床にも、証拠のタグが取りつけられているし、指紋採取用の粉が残っている。

トラッパーは窓に近づき、外を見て地面までの距離を目測した。傾斜地になっている分、ケーラが決行した化粧室の窓からの脱出よりも大変そうだ。身体的な能力がかなり高くないと、ここからは出られない。

ここから入るとなったら、さらに困難だろう。

トラッパーは廊下を引き返した。物思いに耽っていたので、人がいるのに気づかないままリビングに戻った。大柄な男の人影が玄関の戸口を塞いでいた。

26

すかさずしゃがみこんだトラッパーは、拳銃を手に取った。

「おいおい、早まるなよ」

カウボーイハットと制服を見て、トラッパーは男の正体に気づいた。「ジェンクスか?」

「あんただと思わなかった。あれはミズ・ベイリーの車だろう?」

トラッパーは立ちあがった。「ああ。なぜ彼女の車だとわかった?」

「一週間近くモーテルに停めてあった。車上荒らしに遭わないように、うちでも目を光らせてた」

「今朝早くに回収してきた。彼女のキーはショルダーバッグに入ったまま証拠として押収されてるんで、おれがロックを解除して点火装置の配線をショートさせた」

ジェンクスは部屋に入ってくると、あたりを見まわした。「彼女もここに?」

「いや、彼女はダラスの自宅に向かってる」

「車なしで?」

「説明すると長くなる」

「そうみたいだな。どこからどう見ても、どう聞いても」ジェンクスはトラッパーの頬を指さした。「彼女にやられたのか?」

「いや。牧師さまのご厚意でね」

ジェンクスは無遠慮に笑った。「ハンク・アディソンが一発かましたってか?」

「ふむ」

「そんな芸当のできる男だとは意外だな」

トラッパーはひりひりする部分に触れて、顔をしかめた。「やつはグレンのことでいらついてた。グレンがERにいるのは、あんたも知ってると思うが」

保安官助手はうなずいた。「発作のとき、おれはその場にいなかったが、みんな肝を冷やしたらしい。すぐに話が伝わってきた」

「おれが引き金になったといって、ハンクになじられた」

「今朝の被疑者の件はおれも聞いた。罪状認否が行われて、保釈は認められなかった」

すでにカーソンから報告のメールを受け取っていた。それ以上の内容を保安官助手から聞きだそうとは思わない。「グレンはその後、どうなんだ?」

「心臓病じゃなかったんだが、脈拍が恐ろしいことになってた。重い不安発作だ。これから何時間かは病院で様子見になりそうだが、そのあとは自宅に帰れるだろう」

トラッパーはほっとして、長い息をついた。「よかった」

ジェンクスは同意の印にうなずいた。そして、一瞬の沈黙をはさんで言った。「表向き、ここには誰もいないことになってるんだがな、トラッパー」

「表向きは、おれもそれを知ってる。だが、少佐からバスローブを持ってこいと頼まれた。そろそろベッドを出されて、あちこち連れまわされそうなんだが、看護師にケツを見せるのがいやになってきてる」

ジェンクスは低い声で笑いつつ、視線を下げてなにも持っていないトラッパーの手を見た。

「ローブが見つからなかったのか?」

「見つかったが、かなりくたびれてた。少佐が身なりに気をつかうのは知ってのとおりだ。新しいのを買ってやるよ」

「なるほどな。車まで送ろう」

保安官助手が脇によけた。ここに残るかどうか決める権利が自分にはない。トラッパーはそれを意識しつつ、玄関に向かった。ジェンクスも続いて歩きだす。彼はすぐ後ろにいた。

ポーチに出ると、トラッパーは尋ねた。「ふだんからこの界隈を見まわってるのか?」

「いいや。少佐が戻ったとき、家が荒らされていないようにという、保安官の配慮だ。侵入者がいないかどうか、少なくとも日に一度は確認しろと言われてる。記念品狙いのこそ泥がいるといけないんでね」

「おれのことも報告書に書くのか?」

「いいや。あんたの家なんだろう?」

「半分だけだ」

「体半分だけ家に入ったのか？」

トラッパーは期待されているとおり、笑い声で応じた。

「それでなくとも」ジェンクスは続けた。「保安官はいま手いっぱいだ。昨晩は行方不明者の報告で保安官をわずらわせなきゃならなかった」

「彼女ならおれといたぞ」

ジェンクスが天を仰いで大笑いした。「グレンと同じことを言うんだな。だが、ミズ・ベイリーのことじゃない。ピーティ・モスって男を知ってるか？」

トラッパーは首を振った。

「いや、それはいいんだ。大家から訴えがあったんだが、おれが思うに、モスは元カノから逃げてるんだろう。大家に金魚の死骸と数カ月分の未払い家賃を残して消えた」

トラッパーはスペアキーを元あった場所に戻し、階段を飛び越して、いまだエンジンのかかったままのケーラの車に向かった。「留守宅を守ってもらって、助かるよ」

「なんの」保安官助手は帽子のつばに触れて、自分の車に乗りこんだ。

私道を走るトラッパーの車の後ろをジェンクスがついてくる。保安官助手はクラクションを二度鳴らすと、ゲートを出て、反対方向に走り去った。

何キロか先に放置されている古い家畜の競《せ》り小屋があった。トラッパーはハイウェイを降りて、人目につかない建物の背後にまわった。

車を降りて、予備タイヤの格納部や車体を調べた。追跡装置はほどなく見つかった。「なにが記念品狙いのこそ泥だ」

「顔をどうした？」

「のっけからごあいさつだな」トラッパーはウォルマートのビニール袋をベッドに置き、ベッドサイドの椅子に腰かけた。「ＩＣＵのある階に行ったら、移動先を教えられた。この階までくれば、難なく見つかるといわんばかりの言い方だったんだが、通路はお菓子の入ったバスケットや花であふれかえり、医者も看護師もつぎの患者のもとへ駆けつけようと、障害物競走をしているようなありさまだ。いつここへ移った？」

「二時間ほどまえだ」

「快方に向かってるってことだ」なにげなく周囲を見まわした。「いい部屋だ。ブラインドを開ければ、夕陽がおがめる。なんなら、花を買ってこよう。うまそうなチョコレートもあった」

「おまえに質問したんだがな、ジョン」

トラッパーはため息を漏らし、両方の太腿に肘をついて、足元を見おろした。ブーツは古い競り小屋の土埃におおわれている。小屋を出たあと、買いものをすませてから、病院へ来た。少佐と話しあいたいことがいくつかあるものの、いずれも微妙な問題をはらんでいた。

「顔はハンクにやられた」

「ハンクだと？」

「I型梁の位置を正すため、現在建設中の新しい礼拝堂に出向く直前にね。礼拝堂のことは知ってたか？」

「ここに住んでいたら、いやでも耳に入る。彼の教会に対する神の計画がこれで成就するとハンクは言っている」

「ふん、神は新しい設計者を望まれるかもしれない。いまのはI型梁でしくじった」

「憎まれ口のせいでハンクに殴られたのか？　あるいは、グレンの不安発作の件か？」

「知ってたのか？」

「院内でうわさになってる。まわりは慌てたらしいが、命に別状はないと聞いた」

「ひどい発作じゃなくてよかった」トラッパーは頰の傷を指さした。「グレンのストレスを悪化させたといって、ハンクに責められた。ああ、確かにおれのせいでもある。だが、今日グレンがあんたを訪ねて、そのあとおかしくなったと聞いてね。なにがあった？」

少佐はためらっていた。

「なあ？」

「すべて話したんだ、ジョン。デブラの日記のこと、おまえがそれを使って説得——」

「強要だ」

「表舞台から身を引くよう強要したことを。爆破事件に関しておまえがどんな結論を出し、そのこととわたしの殺害未遂に関係があると考えていることを」

「トマス・ウィルコックスの名前も出したのか？」

「おまえが彼の関与を疑っていることは言った」

「グレンはそれに対してなんと？」

「ウィルコックスを知っているという印象は受けなかったが、おまえがそこまで深刻な申し立てをするには、それなりの証拠をつかんでいるのだろうと言っていた」

「悪くない反応だ。で、あんたはそれにどう応じたんだ？　おれの妄想だと思ってると？」

「いや、おまえの推察が正しいと思うと言った」

思ってもみない発言に、トラッパーの心臓は大きく打ちだした。しばし絶句した。

少佐が不承不承といった調子で、言葉を継いだ。「おまえの仮説すべてが正しいかどうかは知らないが、おまえには頑固さだけではなく、それと同じくらい鉄壁な高潔さがある。たんなる思いつきや得手勝手な理由では、他人を罪人扱いしない。その相手に罪があるという確信がなければ」

そのとき看護師が少佐の点滴を交換しに入ってきたので、トラッパーはとりあえず返事をまぬがれた。立ちあがって窓辺に寄り、病院の駐車場を見るともなしに視界におさめながら、父親から与えられた皮肉な褒め言葉に折りあいをつけようとした。

ひねくれ者と言われようと、このタイミングで褒める父の真意を疑わずにはいられない。

ウィルコックスが事務所にやってきて検察側との取引の仲介を求めたことを告げれば、父の称賛が的外れでないのを証明できる。

だが、まだ父に話したくない。いまはまだ。

窓辺に佇《たたず》んだまま待ち、看護師が手順どおりの仕事を終えると、壮麗な夕陽《ゆうひ》に背を向けて、少佐と向きあった。「今日の午後、あんたのうちに寄ってきた」

「なんのために？」

「表向きはバスローブを取りに」

「だが、実際はちがう」

「ああ。あそこにいる真の理由を隠すための口実だ」ウォルマートのビニール袋を手で指し示した。「あんたに新しいフランネルのローブを買ってきた。おれのシャツも一枚。プルオーバーじゃなくて、スナップボタンつきのやつを」カーソンが買ってきた黒いTシャツの伸縮性のある生地をつまんだ。「ヨーロッパっぽくて、おれには似合わない」

「ぐずぐずしないで本題に入れ、ジョン。誰に対して嘘をついた？」

「ジェンクス保安官助手。知ってるか？」

「グレンから話には聞いている。とても優秀らしいな」

「確かに、今週は優秀な働きぶりのようだ。深夜勤でケーラの病室の警護にあたり、今日はあんたの家にいるおれを見つけた。侵入者がいるといけないんで、目を光らせておくように言われたそうだ」

「グレンからは、わたしの留守中に泥棒が入らないように注意していると聞いた」

正当な理由だ、とトラッパーは思った。だが、ジェンクス保安官助手に対する不信感はぬぐいきれない。ケーラに対するひとかたでない興味の示し方や、彼女の病室を出たときの会話を思いだした。彼女が事件のことをトラッパーに語ったかどうかを尋ねたのだ。

「おまえがうちに寄った理由はなんだったんだ、ジョン？」

トラッパーは椅子に戻って、腰かけた。さっきと同じまえかがみの姿勢になり、広げた膝のあいだから床を見おろした。「探しものだ」

「なにを？」

「こっそり侵入する方法を」

「うちにか？」

「ケーラが言ってた。銃声を聞くまえに、誰かが化粧室のドアを開けようとした」顔を上げて、少佐の反応をうかがった。少佐は考えこんでいるようだった。

「わたしを撃った男とその仲間は、玄関のドアの両側にいた。つまりおまえは、三人めがいたと言うんだな？」

「ケーラがそう言ってる。彼女はその点に関して迷いがなかった。だから、もしあんたでなけ――」

「わたしが？」

「ああ、その場にいたからね」

「ケーラが化粧室のなかにいるのを知っていたわたしが、なぜドアを開けようとしなければならない？」

「だとしたら、家の裏手に何者かがいて、その何者かはあの家のことをよく知っていることになる。侵入しようとすれば、首を折りかねない家だ。とくに裏の北側から、日が落ちてからとなると」

「三人めの被疑者がいるという話は、グレンから聞いていない」

「だとしたら、それ自体が興味深い。グレンは三人めがいたという説を疑ってる。ケーラが脳震盪やらなんやらで、混乱してると思ってるんだ」

少佐にここまでの情報を消化する時間を与えてから、話を先に進めた。「あんたのうちにケーラを案内したあの日、おれはその足でアディソン家にまわり、インタビューが行われることになったのをグレンに伝えた」

「おまえが帰るや、グレンがうちに電話してきた。インタビューが本当に行われるのかどうかを確認するためだ。町にテレビ局の連中がやってくれば大騒動になると、ぶつくさ言っていた。パートタイムの保安官助手を雇ったり、超過勤務分の支払いに金がかかると」

「いつどこでインタビューが行われるのか、あっという間に保安官事務所じゅうの人間に知れ渡った」

「それを言うなら、町じゅうの人間にだろう、ジョン」

しかし、世界じゅうの人間が、少佐の自宅周辺が急勾配の傾斜地になっていることや、ケーラの墓場になったかもしれない険しい峡谷が近くにあることを知っているわけではない。裏手の窓から侵入するのは危険で、それを知っているのは土地勘のある人間だけだ。

それに、ジェンクスが田舎道を走っていて、たまたま少佐の自宅にケーラの車が停まっているのに気づいたとは思えない。さらに追跡装置が見つかったことで、保安官助手に対する不信感が強まった。

だが、それも少佐には打ち明けない。ここまでくると、われながら常軌を逸している気がしてきた。

「しかめっ面になっているぞ、ジョン」

「そうか？」

「子どものころ、なぞなぞが解けないと、そんな顔をしていた」

だが、こんなに途方に暮れたのははじめてだ。謎に謎が重なり、腹の底からかき乱されている。

「なんでそうグレンのことが気になる？」少佐が尋ねた。

「彼が心配だからさ」

「どういう意味でだ？」

実の父親が講演のために留守をしているあいだ、スポーツの試合を観につれていってくれたのはグレンだったから。女の子に関する助言をくれたのも、最高のブーツを売っている店を教えてくれたのも、グレンだったから。前者の助言は無視して、後者には従った。復活祭にいたずらをしたとき、グレンはお仕置きをしないでくれたから。そのグレンが正体不明の問題を抱えていて、そのせいで酒を飲みすぎたり、不安発作を起こしたりしている。

トラッパーはふいに話すのが面倒になった。頭を使うこと自体がかもしれない。椅子から立ちあがった。「行くよ」

「ジョン――」

「げっそりした顔をしてる。病室の移動で疲れたんだろう」

「さっきの話がまだ終わっていない」

「なにが？」

「おまえにはよくわかっているはずだ」少佐はぴしゃりと言い返した。「おまえの推察が正しいと思うとわたしは言った」

「どうも」

「だが――」

「ほらね？　だから避けたんだ。〝だが〟が聞きたくないから」

「だが、おまえがやみくもに突っこんでいくのは見たくない。たとえ高潔なふるまいだろうと、おまえ自身を滅ぼしかねないからだ。トマス・ウィルコックスのような男を敵にまわせ――」

「なあ、おれだってその危険さは、わかってる。あんたがこんな目に遭ったんだぞ」

「だったら、固執する意味があるかどうか、頼むから考えてみてくれ。なかったことにはできないのか？」

トラッパーは両手を腰に当てた。「おまえが正しいだの、鉄壁の高潔さだの、信念だのなんだの言いながら、その挙げ句の助言が、なかったことにしろだと？」

「そうだ」

「なんでだ？」

「なぜか？」

「なぜなかったことにしなきゃならない？　教えてくれ。理由が聞きたい」

「おまえに生き延びてもらいたいからだ」

「おれは生き延びてる。このとおり」トラッパーは床を指さした。「で、今日それを確認させられたのは、これで二回めだ」

「ケーラか？」

「おれの破滅の道から彼女が離れたと聞いたら、あんたも喜んでくれるだろう。彼女はダラスに戻った」

「彼女が自分で選んだのか？　おまえが追いやったんじゃないのか？」

それには答えず、代わりに言った。「おれはあきらめない」

「なにがあってもか？」

トラッパーは父親の視線をまっ向から受け止めた。「なにがあっても」背を向けて、病室をあとにした。

「やあ、ハンク・アディソンだ」

「電話をありがとう」ケーラが言った。「悪い知らせじゃないといいんだけど」

「いや、いい知らせだよ。きみは緊急のときは連絡してと言ってたけれど、父が病院から帰宅できたことも知らせたほうがいいと思ってね。さっき帰ってきたんだ。本人はいらついてるけど、調子は悪くない」

ケーラは電話にほほ笑んだ。「いらついてるのは、元気がある証拠かも。みなさん安心されたでしょうね」

「トラッパーにも知らせたかったんだが、携帯の番号を変えたと父さんから聞かされてね」

「わたしから伝えておきます。きっと喜ぶわ」

「彼を殴るなんて、どうかしてた」

「殴られて当然だと、本人も認めていたわ」

「だとしても」ハンクは言葉を切った。「さて、長電話しちゃ申し訳ない」

「電話してもらって、よかった。インターネットであなたの教会のウェブサイトを見つけたのよ。新しい礼拝堂の完成予想図、すばらしいわね。いまはわたしのスケジュールが不透明だけれど、仕事に復帰して、もろもろ落ち着いたら、教会の特集番組をやりたいから、協力してもらえないかしら？　もしウェブサイトに書いてあることが事実なら——」

「もしサイトの言葉にごまかしがあれば、神さまに責任を取らされるよ」

ケーラは笑った。「特集の取材を受けてもらえる？」

「喜んで」

「布教を前面に出すわけにはいかないから、地域の活性化とか、そういう切り口で取りあげることになると思う」

「それがひそかに布教活動になるよう、ぼくのほうで工夫するよ」

「そうして。またその件で連絡させてもらうわね。なにかおもしろいと思うことがあったらまた知らせて。わたしのほうで――」近づいてくる足音を聞きつけて、ケーラは口を閉じた。「ごめんなさい、ハンク。もう行かないと。お父さまがよくなってよかったわ。知らせてくれてありがとう」

　携帯電話を切ったのと、トラッパーがドアを押し開けたのは、同時だった。彼はケーラを見るなり、敷居をまたぎかけていた足を止めた。室内を見まわし、部屋の一隅に置いてあるケーラのバッグに気づいた。彼女がいるテーブルにはノートパソコンが開かれ、ハンドバッグは化粧台の上。ほかにもこまごまとした私物が散らばっていた。

　トラッパーはふたたびケーラに視線を戻した。目が怒りにぎらつき、顎はこわばっている。

　ケーラは立ちあがって、彼と向きあった。「歯ブラシを忘れたんで、取りに戻ったの」

　彼は眉ひとつ動かさない。

「支配人を買収して、予備のキーを出してもらったわ。十ドルにわたしのサインもつけて。いざ部屋に入ったら、急いで帰る理由もなかったから」

　彼はまばたきひとつしない。

「その傷口、縫ってもらわないとだめかもね」彼の右手に握られたウォルマートの袋を指さした。「せめて絆創膏を買ってきてるといいんだけど」

反応なし。

「そうね、そりゃ怒るわよね。追い払ったはずのわたしがいるんだもの。でも、わたしはもうここにいるし、出ていくつもりもないから」挑むように胸を張り、肩にかかった髪を払った。「さあ、どうする?」

「忘れるな。頼んだのはきみのほうだ」トラッパーはなかに入って、乱暴にドアを閉めた。

27

トラッパーはつかつかと彼女に歩み寄り、ウォルマートの袋を取り落として、コートを脱いだ。背後に手をやってホルスターを外した。それを右手に持ったまま、彼女の肩に腕をまわして、後ろ向きにベッドに押しやった。

ショックで声が出なかったのか、あるいはこうなることをどこかで予期していたのか、ケーラはあらがわなかった。トラッパーは流れるような動きでホルスターに入った拳銃をナイトテーブルに置き、彼女をベッドに寝かせた。ケーラが彼のシャツをつかむ。あおむけになった彼女の脚のあいだに彼も身を横たえた。ふたりの大切な部分がぴたりと重なった。

トラッパーは彼女の顔に両手を添えて唇を重ね、舌を深く押し入れた。ケーラの漏らす喜びの吐息が耳に心地よい。そのまま永遠に続けていられそうだが、癒やしてやらないと死に至りかねない大きな渇望感がある。

彼女のトップスを胸の上まで押しあげた。透けたレース地のブラジャーのカップは半分の大きさしかなく、押しさげるのも簡単だった。しばし手で愛撫した。「最高だな」

「なにが？」

たちまち硬くなるところが。

頭に浮かんだものの、口には出さなかった。そう思ったときには片方の乳首を口に含みつつ、もう片方の乳房を揉んで、彼女に快感を与えることに喜びを見いだしていた。湿った口を擦りつけたり、舌を這わせたり、そっとついばんだりすると、そのたびに髪を引っ張る彼女の手に少し力が入り、彼女のほうからも熱烈に体をすり寄せてくる。

このままでは命があぶない。

トラッパーは膝立ちになり、前立てのボタンを外した。ジーンズを引きおろすとき、漏れだした精液が親指に触れた。そこまで緊迫していた。

ケーラは勃起したものを凝視したまま、腰を持ちあげてボタンを外し、ファスナーを下ろした。パンティともどもジーンズを引きおろす。その先はトラッパーが脱がせて、脇に投げやった。

どこをとっても魅惑的な彼女だが、そのすべてに注目することはできないので、股間の割れ目だけを見つめた。ふっくらした性器の唇のあいだに手を差し入れ、濡れ具合を確かめて、指で入り口を押し開いた。

甘やかなあえぎ声が彼女の口から漏れる。女性らしいその反応を反芻《はんすう》して味わいたい――あとから。

それよりいまはペニスをつかみ、先端を彼女の入り口にあてがった。きつく締まりながらも、潤っている。腰をまえに出して押し広げ、圧迫を突き破って、なめらかな頭部を内側におさめた。

恍惚感が押し寄せるが、まだ足りない。

彼女の目をのぞきこんで、完全におさまるまで腰を突きだしつづけた。彼女の顔を見ていれば、彼女もまた深い驚きを感じているのがわかる。彼女の唇が音もなく、トラッパーの名前を形づくった。

熱っぽく締まったなかでじっとしていたい。だが、それも後回し。いまはとにかく動くしかない。かすかに腰を引くと、彼女が下唇を噛み、ふたたび腰を突きだすと、唇が開いた。トラッパーは恐ろしく刺激的な唇に舌を這わせ、ほくろに口づけした。

身悶えする彼女に応えて、腰の角度を変えた。彼女が求めているであろう部分を狙うと、思ったとおりの反応が得られた。差しだされるようにそり返った首筋を、開いた口でたどった。耳に鼻を擦りつけ、あえて卑猥な言葉をささやいた。顔を胸に近づけて、両方の乳首を順番に吸う。彼女の口から、鼻にかかったあえぎ声が漏れる。

そんな愛撫のあいだも、腰を動かすことはやめなかった。こんなふうに激しく交わったことは、たぶん過去にもあっただろう。そう、身をこわばらせ、血をたぎらせて、欲望のおもむくまま、本能のままに腰を振りつづけたことは。

だとしても、思いだせない。大切なのは、いまこの時、それだけだった。悪霊を払うと同時に、悪霊に取り憑かれるような時間。悲運を受け入れると同時に救済され、肉欲に溺れると同時に神聖でありたかった。

ケーラの記憶に一生刻みつけられるセックスにしたい。

背中にあった彼女の手が尻に移動して、いまは深く爪を立て、抱えこんでいた。背をそらし、息が切れ切れになっている。いつ達してもおかしくないと察したトラッパーは、深く押し入れて留まり、とびきり敏感な部分をかすかに刺激した。と、彼女が泣きそうな声をあげるや、絶頂を迎えた膣がペニスをきつく締めあげた。

彼女のその時は長く執拗に続いた。最後の痙攣がおさまると、トラッパーは彼女の腰をつかんで、続けざまに腰を動かした。そのあとに訪れたのは、苦痛を伴うほどに激しい絶頂だった。脈打ち膨張するペニスから放出しきり、かすれた叫び声とともに彼女の腕のなかに倒れこんだ。

彼女は徐々に鎮まっていくトラッパーを抱きかかえていた。すべてが終わると彼女自身も体の緊張を解いた。トラッパーは微動だにせず、彼女にのしかかったままだった。汗に濡れた彼女の肌と髪。トラッパーの全身は心地よい気だるさに包まれ、ペニスはいまもすっぽりと埋めこまれている。

彼女の首筋に顔をうずめたトラッパーは、この数年ではじめて、満足げな自分の鼓動を聞いた。

「ケーラ？」

「うん？」

トラッパーは身じろぎすると、顔を上げ、彼女の首筋にかかった髪を指に巻きつけた。「なんでなんだ？　きみがいる部屋はどこも熱帯雨林みたいになる」

ケーラはからからと笑った。「わたしが冷え性だからよ」

「冷えてない部分もあるけどな」彼が低い声でぼそっと言う。内側を探る彼の指を感じた。

ケーラは彼の背中を叩き、張りつめた筋肉に手を這わせて、ぎゅっとつかんだ。彼が嬉しそうにうめく。「ふたりでうんと熱を生みだしたわね。しかもあなたは服を着たまま。裸になろうとは思わなかったの？」

「着たままでもじゅうぶん楽しめたろ？」

「それはもう」ケーラは大きく喉を鳴らした。

「そんな声を出されると、話の筋道を見失いそうだ」ケーラのなかから引きだして体を起こし、ベッドを離れてブーツを脱ぎだした。

ケーラは両手を枕にして彼が服を脱ぐのを眺め、あらわになっていく肉体に見惚れた。彼が腰にタオルを巻いただけの姿だったとき魅惑的だと思った胸毛は線を描き、下半身でふたたび豊かになって、誇って当然のペニスを包んでいる。手を伸ばして彼に触れると、ヘアも皮膚も湿っていた。ケーラは意味深な目つきで彼を見た。

「そのことだが……」彼は吐息を漏らした。「誓うよ。安全なセックスだった。避妊手段こそ講じていなかったが」

ケーラは横になりながら、彼の股間から膝まで、引き締まった太腿に指を這わせた。「自分がなにをしてるかぐらい、わたしにもわかってる」

お互いの瞳を深々とのぞきこみ、時間が刻まれていく。重大ななにかが起きたのを認めるには、ぴったりの時間だった。

トラッパーが低い声で言った。「気持ちよかったよ、ケーラ」

「そうね」彼女はささやき返した。

なにげないやりとりだが、それ自体が多くを物語っていた。トラッパーは甘い言葉を口にせず、もしいま彼女が口を開けば、その言葉は彼を追いつめるものになる。

ケーラはこの行為を自分を失意のどん底に叩き落とす別のなにかに発展させそうになっていた。マリアンの轍《てつ》を踏んでもおかしくなかった。それでも、彼と愛しあったことを取り消そうとは思わない。なにがあっても。

なおも見つめあっていると、トラッパーが急に態度を変えてベッドに戻り、これ見よがしにさらされている乳房に流し目をくれた。「脱がせたほうがいいのかどうか、迷うな。その恰好も悪くない」

「恥知らずでみだらに見えるから?」

「そういうこと」

「でしょうね」彼女は笑った。「でも、中途半端でむずむずするのよ」

「だったら脱がせよう」彼女のトップスを頭から脱がせ、背後に手をまわして、ブラジャーのフックを外した。ブラジャーを手にすると、透けた生地を明かりにかざした。「なんだよ、これじゃ役に立たない」

「わたしじゃなくて、カーソンが選んだの」

トラッパーは彼女を見ると、ブラジャーを見て、ふたたび彼女に視線を戻した。「カーソンがこれを？」

「わたしたちのために買い物をしてきてくれたでしょ」

「そういうことか。ただじゃおかないぞ、あの変態め」ブラジャーを投げ捨てて彼女に体を寄せ、本能に裏打ちされた迷いのなさで乳房をつかみ、乳首に口をつけた。

激しかった舌づかいが緩慢になり、ケーラの笑い声がため息に代わった。「これが好き？」

「ん？」

「なにが好きなの？　教えて」

「ん？」

「トラッパー？」ケーラは髪をつかんで、彼を引き起こした。「聞いてる？」

「いいや」

起きあがった彼としっかりキスした。だが先ほどのような熱意はなく、行為のあとのやさしくて気だるいキスだった。それでもケーラは刺激された。彼のほうも――キスの最中にケーラの手を股間に導き、ペニスに手のひらを押しつけて、彼女が動かしはじめるまで手の甲を撫でつづけた。彼のものに広がる熱が、ついさっきふたりを果てさせた熱情の再燃を示していた。

「ああ、聞いてるよ」彼は言った。キスは終えたけれど、まだ唇を擦りつけている。「おれがとくに好きなのは、きみの乳首が立ちっぱなしなことだ」

「そんなの嘘よ！」

「だいたい立ってる」

「あなたの妄想だわ」

「かもしれない」彼は認め、唇を重ねたまま笑みを浮かべると、体を引いてケーラを見た。

「ただし、病院のきみを見舞ったあの夜のことは、おれの妄想じゃないぞ」話しながらケーラを撫で、手の動きを目で追う。指先と同じくらい、ケーラは彼の視線を肌身に感じた。

「寒かったからよ」

「きみは怖がってた。だが、おれの頭のなかをのぞいたら、震えあがってたろう」

彼女は伸びあがって、彼のむさ苦しい顎にキスした。

トラッパーはケーラの胸の赤くなった部分を親指で撫でた。「きれいにヒゲを剃ったほうがよさそうだ」

「それはやめて。あなたの頭のなかでなにが起きていたの？」

「あの夜の病院でか？　きみに騒がれずにさわるには、どうしたらいいか考えてた。お上品な白い靴下を別にすると、きみが身につけていたのはあの薄っぺらなガウン一枚だった。その内側には生身のきみしかいない。それがわかっている以上、きみを丸裸にして、体じゅうに触れたくて、頭がどうかなりそうだった」

「そうなの？」鼻にかかった声で尋ねた。

彼がふいに喉を詰まらせ、うめき声とともに緊張を解いた。「いまのきみの仕業にも、頭がどうかなりそうだ」

彼女はもう一度、丸くふくらんだ先端に親指を這わせた。「やめましょうか？」

「いや、頼む。きみからそんなふうにされるのを想像して、何度も自分でやってみた。これがきみの手ならいいのにと思いながら」

トラッパーは舌先で乳首を濡らし、指でつまんだ。鎖骨と鎖骨のあいだのくぼみに手の甲をつけ、体のまん中を下る。その手はへその下の敏感な部分をかすめ、なだらかなふくらみを行き来した。

「きみが病院のベッドに腰かけると、ガウンの下にあるこのふくらみがもろにわかった」V字になった両側の溝を指でたどり、太腿のあいだに進んでおいて、ふたたび上に向かった。指はV字との合流地点で動かなくなった。

「ありがたいことに、これ以上ないほど完璧に浮かびあがってて、目を喜ばせてくれた。天はおれに味方してくれてると思った」彼女の目を見て、物憂げにつけ加えた。「そしたら、きみがシーツを膝にかけた」

ケーラは彼の愛撫と言葉に酔い、陶然としていた。彼の後頭部に手をかけ、引き寄せてもう一度キスした。ふたりの顔が離れると、頬の傷口にそっとキスした。「痛い？」

「どうかな。きみの器用な手の刺激に夢中で、ほかがわからなくなってる」

「やめてもいいのよ」

「いや。自分でするよりきみにしてもらったほうが気持ちがいい」

ケーラはほほ笑んだ。「どうしてわたしのほうが気持ちがいいの？」

「自分だと……効率重視になる」

「なんならわたしも効率重視にするけど」

「いや、頼むから、時間をかけてくれ。ほら、さっきよりマッサージしなきゃならない部分が長くなってるだろ？」

彼女は小声で笑いながら完璧に勃起したペニスを上下にしごいた。

「ミネアポリスの男とは、どうして一緒にならなかったんだ？」

彼女の手が止まった。「どうしてそれを――」

「きみのことを調べあげたと言ったろ。カーソンに頼んだんだが」ケーラは非難がましい目つきを向けたが、彼のほうは悪びれることなく、手を下にやってふたたび彼女の手を取り、動かしだした。「そこまで真剣じゃなかったってことか？」

「真剣なつもりだったのよ。でも、ダラスのテレビ局からオファーがあったとき、わたしは迷わずそれを受け入れて、彼のほうはわたしの好運を祈った。やっぱり迷わずにね。都合がよくて気楽な関係だったから、やっぱり終わりもそんなふうだったの」

「そいつは負け犬だな」

「負け犬とは思わないけど。医薬品業界向けのソフトウェアを開発して、大儲けしたもの」

「医薬品業界向けのソフトウェアとは、また、退屈このうえなさそうだ」

「それは確かね。雪嵐のなか盗難車で警察の裏をかくなんて芸当には、縁がなかったわ。あんなに興奮すること、彼とはなかった」

「興奮したのか？」

「とっても」

彼の手が膝裏に伸びてきて、ケーラの足を彼の腰にかけた。彼はこれまで同様、指を動かして大胆に入り口を押し開いた。「最近ほかに興奮したことは？」

ケーラは愛撫する彼の手に体を押しつけた。「わたしを見るあなたの目つきに」

「いつ？」

「さっき帰ってきて、ドアを閉めたとき」

「どんな目つきだった？」

「いまのその目つきのままよ」


「トマス？」

彼は寝室の敷居の上で足を止めた。部屋のドアが開く音を聞いたらしく、グレタがベッドに起きあがっていた。薄暗い部屋で淡い色のナイトガウンを着た姿が、幽霊のようだった。

「すまない、起こしてしまったかな？　眠るまえにきみを見ておきたくてね」

肉体同様、うつろな声で、彼女は言った。「わたしもまだ眠ってなかったわ」

ベッドサイドテーブルには、抑うつと不眠に対する処方薬がならび、ウォッカのボトルが一本置いてある。グレタは感覚を麻痺させる薬が切れないよう、巧みに医者を渡り歩いて補充している。

妻が薬を乱用していることに気づいたトマスは、処方薬の出され方に目を光らせて、妻がしていることを医師たちに伝えた。だが、どんなに警戒しても、薬は際限なく供給され、妻が薬切れに陥ることはなかったので、やがてトマスも介入をやめた。

彼のほうがグレタよりも十二歳上だ。結婚を決意したのは四十歳のときだった。洗練された美しい娘たちが育つ街、それがダラスだ。候補者はおおぜいおり、グレタを選んだのは、求める条件をもっとも多く満たしていたからだ。見目麗しく、スキャンダルに無縁で、ダラス社交界の花であり、両親ともに富と名声を兼ね備えた由緒正しき資産家の出にして、彼女はその一粒種だった。

熱烈な求愛の末、グレタを手に入れた。「イエス以外の返事は聞かない」と言う彼の強引さを彼女はロマンティックだと思うだけで、文字どおりの意味だとは想像すらしなかった。

彼女の父親はビジネスにおけるトマスの慧眼《けいがん》を認めて、彼に一目置いていた。そのせいで多少臆していているふうすらあり、トマスのほうもそれを都合よく利用していた。義母からは〝神からの授かり物〟とみなされ、グレタの友人たちもみな、天国で引きあわされた最高の組みあわせと口をそろえて褒めそやした。

なんという誤解だろう。

神など、どこにも介在していない。これはトマスが実現したことであり、彼は神の対極にいる人間だった。

打算的な結婚だったにもかかわらず、トマスは妻に対して深い愛情を抱くようになった。ときに妻に魅了され、その明るさに取りこまれた。元来が声をあげて笑うたちではないのに、彼女には笑わされた。彼女はベッドのなかでも惜しみなく、思いやりに充《み》ちていた。

数週間ぶっつづけで仕事に明け暮れたときは、その埋めあわせとして、贅沢な休暇旅行に連れだした。彼女がかねてより欲しがっていた邸宅も買い与えた。建物の改装と敷地の手入れには三年の月日がかかり、グレタはその間、嬉々としてその采配に没頭した。彼女を甘やかすことがいつしかトマスの喜びになっていた。

これだけは叶えてやれないと申し渡したことが、ふたつあった。チャリティがらみのイベントや資金集めのパーティや格式張った催しには、招待されても、そのすべてにはつきあえないことがそのひとつだ。プライベートを大切にしたい、と彼は念を押した。主流には入らず、脚光を浴びることなく暮らしたい。

ふたつめは不妊に関してだった。屈辱的な検査や生物工学的な治療を受けるつもりはない、と。

それでも熱烈に子どもを求めるグレタは、毎月判で押したようにセックスの予定を入れ、そのうちの一回が妊娠につながった。彼女は手放しで喜び、自分でもびっくりしたことに、トマスもその喜びを分かちあった。受胎がわかったその日から、ティファニーは黄金の布となって、ふたりを包みこんだのだ。

そのふたりが、今夜このとき、かくもよそよそしくなっている。

「ほとんど夕食に手をつけていなかったね」トマスは言った。「なにか持ってこようか？」

「いいえ、けっこう」

トマスはめげることなくそう尋ねつづけ、彼女は断りつづけている。「すぐに眠れるよう祈っているよ。おやすみ」

後ずさりをはじめると、彼女が言った。「トマス、何日かまえの夜、うちに来たのは誰だったの？」

トマスはめったなことでは虚を衝かれない。われに返るのに数秒かかった。「なんだって？」

「雪嵐の夜よ。ゲートで呼び出し音がして、あなたが入れてあげた人」

「ああ、あれ、あの男のことか。この近辺のセキュリティ担当者のひとりだ。うちが停電になっていないかどうか、確認しにきた」

「いいえ、そうじゃなくて」

反論されるという、またもや予想外のことが起きた。驚きを唐突な笑いでごまかした。

「どういうことかな？」

「あのときの男性は、このあたりの警備員の制服を着ていなかったわ」

背筋を冷たい汗が伝った。「男を見たのか？」

「帰るところをベランダから。あの人……ティファニーとなにか関係があるの?」

わざとうとましそうに、大きなため息をついた。「わたしのオフィスビルのひとつで侵入事件があってね。警報音が鳴ったおかげで、恐れをなして逃げたんだが、警備担当者がその件で内々に報告しにきた。たいしたことじゃないよ」

「だったら、どうして最初からそう言わなかったの?」

「つまらないことできみをわずらわせたくなかった。わたしもすっかり忘れていたぐらいで」彼女は押し黙ったまま、こちらを見ていた。トマスはふたりのあいだの亀裂が広がるように感じた。「もう寝たほうがいい。おやすみ」

ドアを閉めて自分の寝室に向かって歩きはじめるやいなや、携帯が鳴った。グレタのいつにない好奇心のせいで、動揺が残っている。トマスはそっけなく電話に出た。「なんだ?」

ジェンクスが言った。「いまはまずいですか?」

トマスは寝室に入って、ドアを閉めた。「なんの用だ?」

「少佐の自宅に行ったら、ジョン・トラッパーがいましてね」

「いつだ?」

「今日の午後。われわれの仲介者から、あなたにも知らせるべきだと言われました」

トラッパーはオフィスでの話しあいを受けて、すでに動きだしているはずだ。だが、今日のうちになにかしら言ってくるだろうというあてが外れ、それがトマスの不安をかきたて、心をざわつかせていた。

「それで、彼はあそこでなにをしていると言っていた？」

ジェンクスはトラッパーから聞いたことを伝えた。「ですが、こじつけにしか聞こえなかったんで、裏にまわって、家の内外を調べましたよ。とくになにかがなくなったりいじられたりしたふうはありませんでしたがね、トラッパーがあそこにいたっていうだけで、じゅうぶん不穏です」

「おまえにしてみたら、そうだろうな」

「あなたにしてみてもでしょう」

「なぜわたしが？　彼の父親を殺そうとしてしくじったのは、わたしではない」腹立たしさに歯ぎしりするジェンクスの姿が目に浮かぶようだった。「それだけか？」

「今朝、保安官事務所でトラッパーは被疑者をめぐってひと騒動、起こしました」

「多少なりと知力のある人間になら、でっち上げだとわかる。今日のトラッパーは大活躍だったようだが、こんな夜遅くに電話してまで報告すべき話はまだ聞いていないぞ」

これはトラッパーのオフィスの壁でＵＳＢメモリを見つけたこと、そしてその中身を報告させるための呼び水だった。

ところがジェンクスは言った。「いまのところはそれだけです」

ＵＳＢメモリのことは言わないつもりか？　ＵＳＢメモリがあることを知っているのを内緒にしたままでは、公然と尋ねることができず、トラッパー以外にその存在を自分に教えられる人間はいない。

こうなると、USBメモリがロダルの男たちの手には渡っていないか、渡っているのに中身が見られないか、故意にその存在と中身をトマスに隠しているかのいずれかであり、いずれにしても厄介だった。

無関心を装って、トマスは言った。「だったら、われわれの仲介者に自分の失敗やトラッパーのことでわたしに泣き言を言うのはやめろと伝えろ」

ジェンクスの反論を待たずに、電話を切った。バーカウンターに近づき、スコッチを注いでいっきにあおり、続いてもう一杯注いだ。めったにないことだ。自分でも認めたくないことだが、ジェンクスの電話に動揺している。

もしロダルの男たちの手にトラッパーのUSBメモリがあるのなら、トラッパーが犯罪現場を嗅ぎまわろうが、ひと騒動起こそうが、問題視することはないだろう。

だがもしトラッパーのオフィスを荒らしてUSBメモリを持ち去ったのが彼らでないのなら、いったい誰だ？　いま誰が持っていて、どこまで決定的な証拠が入っているのか？

トマスは一か八か先手を打って行動に出たものの、ひょっとしたら、ティファニーの事件を解決したいという思いが強すぎて、わが身を危険にさらしていたのではないか。USBメモリといった実質的な証拠があろうがなかろうが、トラッパーには司法当局に出向いてトマスのために取引をするつもりがないのかもしれない。

トマスにはトラッパーがまだその気になっているとは思えなかった。三年まえの屈辱が痛みとして残っているからだ。立証できないことを主張して、ふたたび嘲笑される愚は避けたいだろう。

とはいえ、トラッパーは予測不能。こちらの裏をかいてくるかもしれない。

だが予測不能だろうと、裏をかいてこようと、幸いにも防護策は講じてある。

いまだ保険が有効なのだ。あのトラッパーでも歯が立たない、完璧な保険が。

28

自分の目つきにケーラがなにを見たのか、トラッパーにはわからなかった。

それがなんだったにしても、彼女はそれを見て昂った。ふたりは二度めも最初に勝るとも劣らない激しさで挑み、さっきとちがうのは放出する直前に抜いたことだけだった。いまふたりは向かいあって横たわり、なにげなく愛撫したり、ついばむようなキスを交わしたりしている。

「皮膚がしょっぱいわ」

「室内をサウナなみに暑くしてたからだ。汗が乾いてきた」転がって、彼女から離れた。「シャワーを浴びよう」

不満げな彼女をベッドから引きずりだし、バスルームに連れていく。「シャワー室はふたりには狭すぎるし、しょっぱいのも気に入ってるんだけど」

「シャワーを浴びるのは体を洗い流すためじゃないぞ」トラッパーは眉を上下させた。「泡だらけの手でとびきりいかがわしいことをするためだ」

彼女が大笑いした。そのかすれた笑い声も耳に心地よかったが、自分の発言を実地に証明してみせたときの彼女のため息やあえぎ声やつぶやきにはかなわなかった。ダイヤモンドカッターのような精密さで、くまなく彼女の体をまさぐった。

崖に落ちたときのあざや擦り傷がまだ残っていた。狭いシャワー室ではあるけれど、キスできる傷には全部キスした。口が届かない部分には指先や手のひらを使い、太腿にあるふた針縫った痕にはとりわけそっと触れた。湯を浴びながら延々と口づけをするふたりの股間はぴったりと重なりあい、胸には硬く小さく尖った乳首が当たっていた。

彼女の髪を洗い、背中向きにさせてシャンプーを洗い流した。泡が背中をすべり落ち、みごとな臀部《でんぶ》のあいだに吸いこまれていく。シャンプーが残っていないかどうか確かめるためと称して手をやったとき、彼女はその言い訳を信じていないようだった。

濡れた髪に顔を押しつけ、鼻を耳にこすりつけた。「本気で確かめたかったら、舐めてみるしかない」彼女の体越しに両手を伸ばし、それぞれの手で蛇口を閉め、レバーを持ったまま動きを止めた。シャワーヘッドからしずくがしたたり落ち、排水溝が音をたてて最後の水を呑みこんだ。

両腕の内側でケーラが向きを変えて、目をのぞきこんでくる。とろんとした彼女の目つきに下半身が反応して、膝から力が抜けた。

シャワー室のドアを開け、彼女を連れて外に出た。視線をからませたまま、かけてあったタオル二枚を引き寄せた。残るもう一方の手をケーラにまわし、ベッドへと連れ戻した。

トラッパーは二枚のタオルの上に彼女を導いた。タオルの四隅を引っ張り、膝をついた。ケーラは肩の高さで両方の手のひらを開き、脚を閉じて横たわっていた。またもや彼が人さし指でV字をなぞり、合流地点で指を止める。それだけで、触れられた部分から上に向かって熱が広がり、ケーラの全身はたまらなさに疼いた。

彼は太腿それぞれに手を添えて脚を開かせると、かがんでそのあいだに口づけした。閉じられた唇はやわらかく、口づけしたきり動きが止まった。やがてケーラは、死ぬほどもがいたり動いたりしたくなった。なにげないしかたで自分の欲望を伝えたかった。

もう一秒たりとも我慢できない。そのとき彼の唇が開いて、舌が触れた。軽く回転しながら入ってきた舌は、わが物顔に奥へと進んで濃厚なキスを浴びせ、最後に深く探るように動くや、ゆっくりと出ていった。残されたケーラは骨抜きだった。

腰を持ちあげて、探す――

だが彼にはわかっていた。片手をケーラの下に差し入れ、愛撫しつつがっしりした手で持ちあげた。もう一方の手は股間を押し開き、いい位置に置かれた親指でどこよりもやわらかな皮膚をやんわりと引っ張る。そしてふたたび唇を寄せた。もっと熱く、もっと湿った唇を。舌は熱烈に動きまわったかと思うとその場に留まり、さらには羽毛であおぐようにそっと舐めあげた。

ケーラは彼の頭をつかみ、無言で訴えた。

圧迫が増し、テンポが速くなる。彼は惜しむことなく、愛を注いだ。やがて彼女がその時を迎えて砕け散ると、穏やかながらも完全な支配権を発揮して体を押さえつけ、彼女が脱力して動けなくなるまでそのままでいた。

ケーラが目を開くと、彼はベッドサイドに立っていた。片方の膝をベッドの端でケーラの太腿のあいだにつき、うっすら顔をしかめている。ケーラははたと気づいた。自分の頬が涙に濡れているせいだ。

絶頂を迎えたとき、感覚と同時に感情も解き放たれたのだろう。トラッパーがセックスに長《た》けているのは予想どおりだった。けれど、こんなにもきめこまやかで、自分本位でない人だとは思っていなかった。

「だいじょうぶか？」

「ええ」洟をすすり、涙を拭いながら、肘で体を起こした。「だいじょうぶよ」

「歓喜の涙とか？」

「そんなところ」

彼の顔のこわばりが解けた。「おれもよかった」

「みたいね」いやでも勃起したものが目に入る。精液が先端で粒になっていた。

「さっきの親指のやつをまたやってくれないか？」

「絶対にいや」彼女はさらに上体を起こして、手を伸ばした。彼のお尻に両手を置き、まえのめりになって、親指の代わりに舌をあてがった。

「あんなのを夢想してた」トラッパーは気だるげな声で言った。

腹に触れる絹糸のような彼女の髪が夢想どおりだったことはもう伝えてあり、いまはまだ湿り気の残る彼女の髪に指を通していた。さっき上掛けをかけてベッドのなかに入り、ふたりしてヘッドボードにもたれている。シーツにくるまれたふたりの脚はからまりあい、彼女の頭は胸に載っていた。

彼女はぼんやりと胸板の起伏を指でたどっていた。「とんでもないことを夢想してたみたいね」

「まさに」

「どれも刺激的なのばかり」

「それも、おっしゃるとおり。ただし、夢想のなかの女たちには顔がなかった」

彼女が手を止め、トラッパーを仰ぎ見た。

「それがこのところ」親指で彼女の頬を撫でる。「夢想のなかのロックスターには魅惑的なほくろがある」

ケーラが唾を飲む。「そうなの？」

「ああ。瞳はチョコレート色、唇は……」下唇に触れ、声を一段階低める。「きみがおれのオフィスのドアをノックした二秒後から、きみの唇にくわえられるところを夢想してた」親指で下唇を押す。「セクシーな唇だとあのとき思った。いまは……たまらない」彼女の口元を見つめたまま、親指でくり返し下唇をなぞる。

やがてその手を引っこめ、眉間にしわを寄せた。咳払いをする。「ケーラ」

「朝になったらわたしへの敬意など消え失せているわ」

トラッパーは笑顔になったものの、目は笑っていない。もうおふざけはおしまいだと気づいたケーラは、彼の胸から下りて、自分の枕に戻った。

「マリアンのことだ」

「わたしには関係ないわ、トラッパー。わたしが口出しするなんて、どうかしてた。わたしに説明する義務なんてないのよ」

「いや、おれが説明したいんだ。さっきみたいにかっかしないで冷静に」

「わたしのタイミングが悪かったの。ただでさえ、あなたはわたしに腹を立ててたのに」

彼はうなずいて認めたが、横道にそれたくないと思っているのがわかった。言いたいこと、あるいは言うべきことを、すでに考えてあるのだろう。

「おれの行動やふるまいを他人にどう思われようと、いつもならへとも思わない。だが、きみはマリアンに会って、彼女の人となりに触れた。彼女が傷を負ったことをおれがどんなに残念に思っているか、きみに知ってもらいたくなった。いや、ちがう」厳しい口調で言い換えた。「それじゃ、あいまいだ。おれが彼女を傷つけたことをだ」

彼は言葉を切った。ケーラの発言を待っているようだったが、なにも言わないでいると、先を続けた。「だが、それが最善の結果につながったのがわかった。彼女が流産せずにおれと結婚していたら、生活をともにする父親のいないまま育つ子がもうひとり増えただけで、あとは変わらなかった。いずれおれにいやけが差したマリアンが逃げるか、おれがいなくなるかしただろう。

ハンクはおれのことを、自分と自分の問題しか考えてないと責めた。確かに、彼にもほかの人にもそう見えるだろう。でも、ちがうんだ。おれはマリアンのことを考えたからこそ、彼女のもとを去った。留まれば彼女を不幸にするのが目に見えていたからだ。彼女はそんな目に遭わせていい女性じゃない」

深々と息を吸う。「たまに生まれてこなかった赤ん坊のことを考える。男の子だったのか、女の子だったのか、おれに似ていたのか。そんなことに頭を悩ませたりもする。だが、しかるべき結果におさまったという気持ちが強い。もちろん、よかったとは思っていない。それは絶対にないし、自分を正当化するつもりもない。おれは――」

「わかってるわ」ケーラはさえぎった。「その局面で彼女を悲しませたことをあなたが悔やんでいるのはわかってる。でも、あなたは彼女から離れて正解だった。マリアンにもそれがわかっていたはずよ」

「なぜそんなことが言える？」

「あなたのことを一緒にいるべき相手だと思っていれば、黙って行かせないもの。彼女があなたのあとを追った？　あなたを探したり、連絡を取ろうとしたことがあった？」

彼が首を振った。

「もし本当にあなたが欲しければ、欠点を含めて丸ごとあなたを求めていたら、あなたを手放すまいと全力で闘ったはずよ」

そんなふうに考えたことがないと彼の顔に書いてあった。安堵の色が目に浮かぶ。だがそのあとは、いつものトラッパーらしく、話題の深刻さを皮肉でごまかそうとした。「おれには欠点なんかないぞ」

今回は放置できない。「ここへ来て」両手で彼の顔をはさんで胸元に引き寄せ、両腕で抱きしめた。彼のほうはケーラの腰に抱きつき、頬を乳房にもたせかけているが、そこにはさっきまでとは別種のむつまじさがあった。

彼の頭のつむじをじっと見て、唇を寄せた。「少佐は流産のことを知っているの?」

「いいや」彼が腕からのがれて、自分の枕に戻った。ケーラは質問したことを後悔した。「少佐が言うところの、おれがマリアンを〝置き去りにした〟ことが、おれたちが仲たがいした原因のひとつだ。少佐はおれが妄想ゆえに人生を棒に振ったと思ってる。流産と聞いたら、さらにその思いを強めるだろう。妄想といっても、下半身がらみじゃないぞ」

「今日はお見舞いに行ったの?」

「個室に移されてた。家に行ったあと、病院に寄ってきた」

ケーラは困惑して、首を振った。「少佐の家に? 説明して。カフェでわたしをおっぽりだして、そのあと行った先がそこってこと?」

「おっぽりだしちゃいないさ。それにきみのためを思ってしたことだ」

「そうね、従わないと決めたのはわたしよ」

「そうさ。その挙げ句がこのざまだ」

ケーラは両脚を動かして、彼の脚に擦りつけた。

「いや、おれに異論はないが」低い声でうめいて、ふたたび深刻な顔に戻った。「少佐からきみのことを尋ねられたんで、無事ダラスに戻したと答えた。そのときはそう思ってた。少佐はおれがきみを追い払ったと責め、例によって例のごとくおれたちは口論になった」

「わたしのことであなたたちが争うなんて心外だわ」

「原因はきみじゃない」彼は笑顔になった。まったく楽しくなさそうな笑顔。「少佐は最初に、おまえの陰謀説には信憑性がある、おまえの高潔さは認めてる、と言った」

彼女はもたれかかってきて、耳を傾けた。「よかったわね」

「何分かはおれもそう思った。おれは長いあいだ、おまえが正しいと、なにかのことで少佐に褒めてもらうのを夢見てた。なんでもよかった。どんなくだらないことでも、明日の天気でも。だから、おまえは高潔な人間だと言われたとき、おれがどんなに驚いたか、きみにも想像がつくだろう。だが、そのあと、固執するな、あきらめて、自分の人生を生きろと言いだした」

「矛盾してるわ」

「まったくだ」

ケーラはどんな理由であれ、彼が眉をしかめるわけが聞けるものと思って待ったが、彼はそれきり黙りこんだ。彼女は腹這いになり、彼と面と向かって話せるように両肘をついた。

「ATFのあなたのいた部署の人かFBIの捜査官かで、あなたを信じてくれる人はいないの？　ウィルコックスに対するあなたの疑いをよ」

「おおっぴらに笑い飛ばさないでくれるやつなら何人かいる」

「信頼できる人のところへ、USBメモリの中身とわたしが携帯で録音したウィルコックスとの会話を持ちこんで、すべてを打ち明けてみたらどうかしら」

話し終わるまえから、彼は首を振っていた。「官僚制における第一原則はCYA、つまり自分のケツは自分で守れ《カバーユアアス》だ。おれの姿を見ただけで、元同僚の何人かは両手でケツを隠すだろう。みんなマリアンがどんな目に遭ったか覚えてる」

「わたしがついてく。わたしがその場にいたら、笑っておしまいにはできないもの。彼らはマスコミのネガティブ報道を恐れているから」

トラッパーは彼女の手を取って、手のひらにキスした。「気持ちはありがたいが――」

「あくまでひとりでやると言うのね」

「見栄を張りたいとか、そういうことじゃないんだ、ケーラ。それは絶対にない。ただ、正しさにはこだわりたい。この先、もう一度チャンスがあるかどうかすら保証されてないが、もしチャンスがあったら、確実にものにしたい。ウィルコックスの急所を片方の手で握りしめつつ、もう一方の手でやつの保険とやらをつかまなきゃならない」

「完全な免責が保証されないかぎり、なにも話さないとウィルコックスは言っていたわね」

「わかってる」ため息を漏らす。「袋小路ってやつだ」

「どうやって抜けるの？」

「それがわかれば苦労はないさ」

しばらく沈黙が続いた。だが、ケーラには彼の頭のなかで歯車がまわる音が聞こえるようだった。手を伸ばして、しかめられた彼の眉間を撫でた。「埃がおさまるのをしばらく待ったら、トラッパー」

「この三年間そうしてきた。いまやおれは埃で窒息しそうだ」小さく首を振る。「この件を早く片付けたいんだ、ケーラ。おれの人生はどうでもいいが、きみまで巻きこむことになる。いまや心配する相手は少佐だけじゃない。もしおれがきみやこの件に背を向けたら、ある日きみが――」

彼はその先を言わず、ケーラは自分でその空白を埋めた。自分が危険にさらされているのを認めるのは、むずかしい。

彼は静かに、けれど獰猛さを滲ませて言った。「だからもう待ってるわけにはいかない」

ケーラは身を乗りだして、彼の肩をそっと噛んだ。「そう言うと思った。それにしても、少佐はあなたのことを全然わかっていないのね。あなたが手を引くわけないのに」まだまだ言いたいことがあった。感情が昂るあまり喉が詰まり、胸が苦しい。だがいまは自分の胸におさめておいたほうがいい。「どうして少佐の家まで行ったの？」

「痒《かゆ》いのに掻けないところがあった」

「どういうこと？」

「最後までしっかり聞いてくれ」

「聞いてるわ」

「保安官事務所はレスリー・ドイル・ダンカンを逮捕した。でっちあげだ。ダンカンの共犯者を探してると言ってるが、そんなやつは存在しない」

「あなたの思いちがいかもしれないわよ、トラッパー」

「わかった、そうだとしよう。ダンカンこそが犯人で、やつとその共犯者がやったとする」

「彼のガールフレンドが共犯者かも」

トラッパーは疑わしそうに眉を吊りあげつつも言った。「いいだろう、そういうことにしよう。で、第三の人物は誰だ？」

「化粧室のドアを開けようとした人？　それがガールフレンドで、共犯者は問いかけたほうかもしれない」

「それは共犯者が逮捕されるまでわからない。そしておれが気になるのはそこ――共犯者の逮捕だ。おれの知るかぎり、誰も第三の人物を探してない。最後にその話題が出たのはいつだ？」

「わたしが最後に事情聴取を受けたときよ」

「おれの言いたいことがわかるだろう？　第三の被疑者がいることをグレンは少佐に伝えてもいなかった」

「うちに手掛かりはなかったの？　あなたが探していたのはなに？」

「侵入経路だ。特定できなかったが、無駄足にはならなかった」保安官助手とばったり出くわしたことを伝えた。

「ジェンクス？」彼が名前を出して尋ねると、ケーラはおうむ返しした。

「会ったことがあるのか？」

「どうかしら。聞き覚えのない名前だけど」

「おれが花を持っていった夜、きみの病室の警護をしてた保安官助手だ。今日、おれがたまたま少佐の家にいる時間に、ひょっこり現れた。偶然とは思えない。きみを追跡していると思って、ほぼまちがいないだろう」

「わたしを？」

彼女の車の車体の下から追跡装置が見つかったことを話した。「まえにも言ったとおり、グレンならおれの動向を追うためにそれぐらいしかねない。だが、きみに対してそこまでするとは思えない」

「つけたままにしてあるの？」

「いや、病院の駐車場にあった簡易トイレに捨ててきた。向こうが本気になればこちらを見つけるぐらいたやすいだろうが、やられっぱなしも癪にさわる」

「アディソン保安官にしたら、それも頭痛の種ね」彼女は言った。「保安官はいま自宅よ。あなたが帰ってくるちょっとまえに、ハンクから電話があったの。あなたにも連絡しようとしたみたいだったから、わたしから伝えておくと言っておいたわ」

「いまはハンクの言うことを認めたくない気分だが、おれが町に戻ってからグレンに負担がかかってるのは確かだ。インタビューの件が本当かどうか尋ねるために、グレンが電話してきたと少佐も言ってた。超過勤務手当が必要になると、早くもこぼしてたそうだ」

「わたしが午後会ったときもこぼしていたわ。少佐のご自宅でインタビューまえの最初の打ちあわせをしていたら、グレンが訪ねてきたの。ずいぶん迷惑がかかっているように言われて、謝らないといけないような気分になった。モーテルの部屋に訪ねてきたときには、いくらか落ち着いていたけれど」

トラッパーの驚きは大きかった。「初耳だぞ」

「水曜の夜のことよ」

「表敬訪問か？」

「そんなところね。サインをねだる人たちを遠ざけるという仕事がちゃんとできているかどうかを尋ねにきたの」笑顔になる。「せっかく保安官が来てくれたんで、ついでに彼にも質問の一覧を見てもらった。インタビューまえに絶対に一覧を見せてくれと少佐から言われていたの。

保安官の意見が聞きたくて、あなたのことを省くべきかどうか尋ねたら、省いたほうがいいだろう、という返事だった。わたしが正体を明かせば、それだけで大騒ぎになる、あなたのことまで持ちだしたら、さらに大変――」

トラッパーははっとして背筋を伸ばし、手を差しだして、彼女の発言を制した。「グレンがきみの正体のことを持ちだしたのか？」

「あなたが言ったんだと思って、正直、むっとしたのよ」

「おれは言ってない」

ケーラは起きあがって、彼の顔を見た。考えこんで、張りつめている。

「まえもってインタビューのことは伝えたが、きみの秘密は明かしてない」そこまで身じろぎひとつしていなかった彼が急に上掛けをはねてベッドを飛びだしたので、ケーラは驚いた。

彼は床に投げ捨ててあったジーンズをはき、ウォルマートの袋からシャツを取りだして、タグを引きちぎり、袖を通した。彼の切迫感に背中を押されてケーラもベッドを出ると、同じように大急ぎで身なりを整えた。

「月曜の夜明けまえのことだ」彼は言った。「きみが意識を取り戻したとき、グレンとおれはきみの病室にいた」

「ええ、そうだったわね」靴をはきながら、答えた。「目を覚ますと、あなたたちふたりがいて、グレンが犯罪現場のことを話していたわ」

「そうだ。放送まえにきみの正体を知っていたのかとグレンに尋ねられて、知っていたと白状した。すると、彼は腹を立ててみせた。テレビの視聴者と同じように、放送時に知ったかのようにふるまったんだ。だが、きみの話だと、グレンは水曜の夜には知っていた」

「少佐が話したのか――」

「少佐から聞いたんなら、なぜそう言わない？　おれに対して知らないふりをしたのは、なぜだ？」

考えてみたものの、ケーラにも理にかなった答えは思いつかなかった。

「グレンは日曜の夜よりまえに知っていながら、そのことをおれに知られたくなかったんだ」トラッパーは弾倉をチェックしてから拳銃をホルスターに戻し、ホルスターをウエストバンドに装着した。

ケーラはバッグを手にした。「もし話したのがあなたでもわたしでもなく、少佐も話していないのなら、いったい誰が？」

トラッパーはクローゼットにかかっていた彼女のコートを彼女に投げ渡し、自分のコートを手にした。「それが問題だ」

29

トラッパーが勝手口脇のマッドルームのドアをノックすると、ハンクが出てきた。

彼は網戸を閉めたまま、ふたりを見た。「今夜は客人を迎えられる状態じゃないんだ」

「おれたちは客として来たんじゃない」そのなかにケーラも含まれることを示すため、トラッパーは彼女の肩に腕をまわした。

彼女を置いてこようとは思わなかった。彼女の車に追跡装置が取りつけられていたのがわかり、ジェンクスが〝偶然〟少佐の家に現れ、彼女がペガサスホテル爆破事件の関係者であることにグレンが気づいたタイミングに疑わしい点があると判明した以上、そんなことは考えもしなかった。

こうした疑問のすべてをグレンにぶつけ、説明してもらいたい。彼が今日、ERに運びこまれようと、関係ない。保安官としてどう答えるか、ベッドから引きずりだしてでも、いますぐ聞きたかった。

ハンクはそれでもふたりを招き入れなかった。「頬はどうなった？」

「命にはかかわらない」

「縫ってもらったほうがよかったんじゃないか?」

「グレンはまだ起きてるか?」

ハンクはため息をついた。「トラッパー、父さんをいまわずら——」

「話がある」

「なんの?」

「本人に言う」

「明日の朝まで待てないのか?」

「待てれば、いまここにいない」

ハンクは助けを求めるように、ケーラを見た。彼女にその気がないとわかると、ふたたびトラッパーを見た。「おまえには斟酌《しんしゃく》するっていう選択はないのか? 礼儀作法とか?」

「尋ねるまでもないだろ?」

「そいつは追っ払えんぞ」ハンクの背後のキッチン方向から、しわがれ声が聞こえた。「もはやうちに入れたも同然だ」

ハンクは不満や葛藤を隠そうともせずに留め金を外してドアを開け、脇にどいた。ケーラが先に入り、トラッパーが続いた。ハンクの横を通りすぎざま、声をひそめて言った。「こんどおれを殴ってみろ。大がかりな歯科治療を受けた状態で説教するはめになるぞ」

トラッパーがキッチンに入ると、グレンはケーラが座るようにとダイニングチェアのひとつに手をかけていた。室内にはレンジの上に置きっぱなしになっているラザニアのにおいが立ちこめている。それと、ウイスキーの香り。グラスはテーブルのうえ、グレンの椅子のまえに置かれ、その席にグレンは戻った。

トラッパーは彼の姿にショックを受けた。髪も着衣も乱れて、今朝レスリー・ドイル・ダンカンの取り調べをしていたときから、二十歳は老けたようだ。ただの不安発作ではなかったのかもしれない。とにかく、そうとうひどかったのだろう。そして、彼のまえにある酒が一杯めでもないことも、また明らかだった。二杯めでもない。

「ケーラ、なにか飲むかね？」グレンが尋ねた。「アルコールとかソフトドリンクとかコーヒーとか？」

「いいえ、けっこうです」

「トラッパー、おまえは？」

「おれはもらうよ」トラッパーはハンクにひと声かけて通りすぎると、キャビネットからグラスを取りだして、テーブルに戻った。グレンと向かいあわせになるよう、ケーラの横に座る。ハンクも椅子に腰かけた。

トラッパーがリンダの所在を尋ねると、ハンクが言った。「疲れきってたんで、ベッドに入らせた。父さんにはひと晩じゅうぼくがついてると約束してね。なにかあってもだいじょうぶだからと」

「なにもあるものか」グレンがぼそっと言った。

トラッパーは手ずからウイスキーを注いであおると、空のグラスをテーブルに戻した。両手を握りあわせ、グレンに話しかけた。「これから十分かそこら、おれにとって愉快じゃない時間になる。それをあんたにも承知しておいてもらいたい」

グレンは自分のグラスになみなみと酒を注いで、ひと口飲んだ。

トラッパーはずばり本題に入った。「ケーラが写真の少女だということを誰に聞いた？」

「トマス・ウィルコックス」

トラッパーは心臓が止まるかと思った。グレンがこうやすやすと口を割るとは思っていなかったのだ。この件がウィルコックスにつながるという予感はあったが、いきなり彼の名前を聞かされて衝撃を受けた。

グレンがウィルコックスと関係しているとわかったのも驚きだが、さらに驚いたのは、彼女がペガサスホテル爆破事件の生き残りであることを少佐のインタビューのまえからウィルコックスが知っていたことだった。トラッパーのオフィスでさんざん話をしておきながら、彼はケーラと最初に会ったとき、すでにそのことを知っていたことに触れなかった。

なぜなのか？　それがトラッパーには謎だった。

表情から、ケーラもその事実に動揺しているのがわかる。

「トマス・ウィルコックスというのは？」ハンクが尋ねた。

トラッパーはそれを無視して、グレンひとりと向きあった。「そのことをウィルコックスからいつ聞いた？」

「おまえからインタビューの話を聞いた日の夜だ。わたしはおまえが帰るのを待ってウィルコックスに連絡した」

トラッパーはテーブルに身を乗りだした。「どうしてそんなことをした、グレン？」

「どういうことなんだ？」ハンクが尋ねた。

グレンは彼を見た。「ハンク、しばらく黙っておれに話をさせろ。この件はおまえにも聞いておいてもらったほうがいい」

「この件って、なんの件だ？」

グレンはウイスキーのグラスに手を伸ばしたが、トラッパーはグラスとボトルを遠ざけた。

「最初から話してくれ、グレン。なにも省かずにすべてを。ウィルコックスとはどういう関係だ？」

「話は何年もまえにさかのぼる」

「夜はまだはじまったばかりだ」

「盗聴器を身につけてるのか？」

「おれは捜査機関の人間じゃない」

グレンはトラッパーの目をとらえた。「盗聴器はないんだな？」

トラッパーはコートを脱ぎ、シャツを持ちあげた。「ケーラもだ」

グレンが彼女を見る。ケーラは言った。「録音するつもりはありません」使っていた携帯電話をハンドバッグから取りだした。「電源も切ってあるので、なんなら確認してください」テーブルに置いた。

グレンは引っこめようとした彼女の手を押さえた。「悪かった。いや、申し訳ない」目が潤んでいる。「知らなかったんだ。神に誓う」ハンクに目をやる。「おまえの聖書に誓ってもいい。まさかウィルコックスがきみと少佐を殺すつもりだとは、思ってなかった。そこまでやるとは」

「話してくれ、グレン」トラッパーは言った。「悪かったですむ話じゃない」

グレンは切なげにウイスキーを見つめていたが、やがて両手で顔を撫でおろした。「打ち明ける準備はできてる。日曜の夜からずっと、罪悪感に追いたてられててな。それが今日、限界にきて、病院送りになった。こんな思いで生きるのは、もうたくさんだ」

〝罪悪感〟の一語に引っかかったのだろう。ハンクは父親の肩に手を置いた。「父さん、無理に話さないほうがいい。もし法に触れることなら……弁護士を呼ぼうか？」

グレンは首を振った。「まだいい。この胸のつかえを下ろしたい。それにトラッパーに話しておかなきゃならん」テーブルをはさんでトラッパーを見た。「まちがいない、おまえも標的のひとりだ」

「話してくれ」トラッパーは再度うながした。小声ながら、切迫した口調で。「ウィルコックスに出会ったのはいつだ？」

「おまえの両親がダラスからここへ戻ったのは何年だったかな？」

無関係な質問に思えたが、トラッパーは答えた。「おれが高校を出て、大学に入った直後だから、九八年か九九年だ」

グレンはうなずいた。「おまえの両親が引っ越してきてすぐの、ある夜のことだ。事務所を出ようとしたら、男が近づいてきた。名前は覚えてない。ただの使い走りだった。男はおれに向かって、きたる選挙に勝つのはあなただ、と言った。地すべり的な大勝利になると」

グレンは頬を掻いた。「当時のおれは、はじめて厳しい選挙戦を強いられ、ひそかに負けを恐れていた。負けるとしたら僅差《きんさ》だろうが、それでも、負けは負けだ。

その男のことは、大金と引き替えにサービスを提供しようという選挙の請負人だと思った」頭を振る。「だが、そうじゃなかった。男は〝勝つのはあなただ、わたしがそう言ったのを忘れないように〟と言うと、暗がりに歩き去った。わけがわからなかったんで、いかれた人間のたわごとで片付けた」

「で、あんたは勝った」

「地すべり的な大勝利だった」言葉を切り、トラッパーの目を見た。「酒を飲ませんかぎり、これ以上ひとこともしゃべらんぞ」

トラッパーはグラスを押しやった。グレンはグラスをあおると、ふたたび話しはじめた。

「それから一週間後のことだ。携帯にボイスメールが届いた。保安官のままでいたければ、指定した時刻にダラスの指定した場所に来いという内容だった。その有無を言わせない口調に、おれは震えあがった。対立候補が投票の数えなおしを要求してるかなんかだと思った。

おれは出かけていった。指定された場所はなんの変哲もないオフィスビルだったが、どのドアにも部屋番号や社名がなかった。おれは拳銃を確認した。身体検査を受け、厳重なセキユリティチェックをくぐり抜けた。非公式の政府機関かなにかかもしれない、とおれはそんなことを思いはじめていた。やがてある部屋に通された。その部屋にいたのは、ひとりだけだった。中肉中背の、身なりのいい男だ。見せる相手もいないのに、ぱりっとした姿だった」

「ウィルコックスか」

グレンはうなずいた。「どこといって変わったところはないんだが、はじめてやつの目を見たとき、背筋が凍った」

「彼のことは知ってたのか?」

「いいや。やつが名乗っても、おれにはぴんと来なかった。友人である少佐のことを尋ねられてもまだ、やつが政府機関の人間で、なにかの捜査中だと思ってた」

「どんなことを尋ねられた?」

「爆破事件のことだ。一般に知られていないことを少佐から聞いたことがあるかとか、少佐がなにかつじつまの合わないこと、おかしなことを見ていなかったかとか。犯人の三人について、特別に言っていたことはないかとか。

それで急に不安になって、ずばり、少佐が犯人だと言いたいのかと尋ねた。やつは笑顔になった。こんどもおれは背筋が凍るのを感じた。やつは、〝いいや、ペガサスホテルを爆破したのは、わたしだ〟と言った。しかもさらりと。いったいなにに巻きこまれたんだ? おれはそう思って、ちびりそうになった。こいつは何者だ? 冗談を言ってるのか?」

「そうじゃなかった」トラッパーは言った。

「おれにもすぐにわかった。向こうは本気そのものだった」ふたたびグレンの手がグラスに伸びる。トラッパーはその手が震えているのに気づいた。「少佐から、おまえがもう何年もウィルコックスのことを追っていると聞かされたときは、しらばっくれた。少佐はウィルコックスのことを詳しく知ってた。ペガサスホテルのこと、自供した犯人のこと。おれからつけ加えることはなかった」グレンはケーラに話しかけた。「そのあたりの話は、トラッパーから聞いて知ってると思うが」

彼女はうなずいた。

ハンクは言った。「誰かぼくに知恵をつけてもらえないか。いまだに話の筋道が見えない」

「ペガサスホテルに爆弾をしかけた男三人は、トマス・ウィルコックスという男の指示で事件を起こしたんだ」トラッパーはハンクに説明しながらグレンを見ていたので、ハンクからこう尋ねられたとき、彼の目が痛みに曇ったのに気づいた。

「父さん、ほんとなのか？」

グレンは口を動かしたものの、声が出てこなかった。

「父さん、質問に答えてくれ」

「ああ、本当だ」

ハンクは当惑と不信感もあらわに父親を見つめた。「そのことを知ってたんだね？　そう……もう……うんとまえから。知ってて、彼のことを通報しなかったってこと？　なんで？　なんで彼を逮捕させなかったの？」

グレンはつらそうだった。目元をこすった。「この話にはまだ続きがあるんだ、ハンク」

「だろうとも」ハンクはすっくと立ちあがり、金切り声になった。「ＦＢＩに電話しろよ。父さんがしないんなら、ぼくがする」

「まずは話を聞いてからだ」トラッパーが言った。

「おまえもおまえだぞ、役立たずめ」ハンクはトラッパーを見おろして、せせら笑った。「おまえも知ってたんだな。知ってて放置してたのか？」

トラッパーはハンクをにらみつけた。「おまえはなんにもわかっちゃいない。証拠もなしにトマス・ウィルコックスのことを通報するのは、グレンをつぎに通過する貨物列車のまえに投げだすようなもんだ。すぐに殺される。ここに残って続きを聞きたければ、高みから説教するのはやめてくれ。独りよがりなそのケツを椅子に下ろして、口を閉じてろ」

このときも、いっきに制御不能に陥りそうな状況をケーラが鎮めた。「結論に飛びつかないで、まずは話を聞きましょう。急いでなにかを決めないほうがいいわ」

ハンクは鬱屈した表情で三人を順繰りに見ていたが、ふたたび椅子にかけると、グレンを見た。「それで？　賄賂《わいろ》を受け取ったのか？」

「ある意味、すでに受け取ってたんだ。大方が落ちると予測していた選挙に勝ったことでな。おれ自身、勝てると思ってなかった。ウィルコックスはそのあと、おれが望むかぎり保安官の地位は安泰だと言った。実際その後はずっと、選挙の時期が来ても、無投票で当選した」

「見返りに求められたものは？」トラッパーは尋ねた。

「少佐周辺の人の行き来を知らせることだ。少佐が誰に会い、誰が訪ねてきたか。ウィルコックスはおれが最初に誤解したとおり、官僚タイプの人間だった。少佐がふたりきりのときに爆破事件について語ったことは、すべて報告しろと言われた。捜査結果や犯人とされた三人について少佐が尋ねたことはとくに」

　ハンクは不信感もあらわに父親を見つめた。「少佐をスパイしてたのか」

「そうだ、親友をだ」グレンは重苦しい口調で言い、またウイスキーを飲んだ。

「なぜそんなことができたんだよ？　ウィルコックスにできないと言えばよかっただろう？　引き受けるふりをする手だってあった。そのあとＦＢＩに駆けこんで、通報すればよかったんだから」

「言ってやってくれ、トラッパー」

「証拠がないんだ」トラッパーは言った。「ウィルコックスはペガサスホテルにいなかった。焼け落ちた工場にもいなかった。それに選挙に干渉した証拠も恐らく見つからない。まだ続けられるが、こんなもんでわかるだろ」

「わかってくれ、ハンク」グレンは懇願するような口調だった。「それがあの男のやり口なんだ。これこれをしろとやつから指示されたときにはすでに負債をしょわされて、囲いこまれてる。少なくともおれはそうだった。受け入れる以外の選択肢がなかった。それがいやなら、空が落ちてくるのを待つしかない。落ちてくるのは自分のうえとはかぎらない。自分が大切にしている誰かのうえかもしれないんだ」

「要するに、臆病者だったってことだろ、父さん」

「ああ、そのとおりだ」グレンは言い返した。もはや理解を求めようとしていない。「おれはウィルコックスから誓約書に署名させられた。あらゆる逃げ道を塞がれたうえでだ。やつの差し金で誰が自分を監視しているかわからない。誓約書に署名した人間は、ひとりの例外なくごまかしをしなくなるとやつは言っている。この件では、誰ひとり——ひとりとしてだぞ——信用できない。秘密を打ち明けた最初の人間がおれの監視役かもしれず、だとしたらトラッパーが言ったとおり、貨物列車に轢かれてぺしゃんこのソーセージのような姿で発見されることになる。おれでなければおまえや、おまえの母親がだ」

ハンクはいらだちと恐怖がないまぜになった表情で、口を閉ざしていた。

トラッパーはグレンがひと息つくのを待ってから、言った。「あんたは取引契約の一方の当事者として、責任を果たした」

「実際には取引とも呼べないが、確かに、おれは少佐に関する情報を流しだした。だが、少佐の言動にあやしげなものがなかったおかげで、スパイをしてると感じずにすんだ。報告に値することがなかったんだ。ウィルコックスのことを忘れたまま、何カ月か過ぎることもあった。だが、向こうは忘れちゃくれなかった。おれの忠誠心が最初に試されたのは、おまえがATFに入ったときだ」

「ウィルコックスはおれのことも監視してたのか?」

「おまえがATFに入ってからは。それから数カ月は、おまえのことばかり訊かれた。〝ジョン・トラッパーがATFに入ったのは、どういうわけだ？　少佐はどう言ってる？〟と」

「あんた、おれに会いにきたよな」トラッパーは言った。「就職祝いだと言って、安いシャンパンのボトルを抱えてさ」

「面目ない。おまえを嗅ぎまわってた。そしてウィルコックスには、ペガサスホテルの事件がおまえの人生に与えた影響の大きさを考えれば、おまえが爆弾に興味を持つのは自然な流れだと説明した。だが、やつは納得しなかった。おまえがどんな仕事をしているか調べろと、定期的に指示があった。おれは息を詰めていた。おまえがペガサスの件を調べだしそうで怖かった」

「案の定、おれは調べだした」

「そうだ、おまえは調べだした」不自然に声がかすれる。「はっきりわかってたわけじゃないが、それが原因でおまえが捜査局に居づらくなったのをうっすら感じた。かくしておまえが馘になった日が、わが人生最良の日となった」

「ご同慶の至りだよ」

グレンにも苦しげな表情を見せるだけのたしなみはあった。「許してくれ、トラッパー。おかげでウィルコックスはおれから離れた。少佐は世間から身を引き、隠遁生活に入った。おれはそう思って、神に感謝した。〝助かった、これで刑の執行をまぬがれた〟と」

「そこへわたしが現れた」ケーラが静かに言った。

グレンはため息をつき、やましそうな笑みを浮かべた。「もちろんきみには知るよしもないことだが、きみの登場は、この頭に銃弾をぶちこむに等しいできごとだった。この命ももはやこれまで。おれにはそのことがよくわかった」

30

グレンの話が続くにつれて、トラッパーは傷が深まるのを感じた。

おそらく口に出したことはないけれど、グレンのことを愛していた。その男から聞かされる話に胸をえぐられた。ここでないところで、別のことをしていたい、と思った。あるいは自分以外の誰かになれたら、これほどの痛みを感じずにすんだのに。

心が血を流していた。

それでもここに留まらなければならない。グレンが裏切ったのは、近しい人間関係だけではない。保安官就任の宣誓を破り、擁護義務のある法律を破ったのだ。どう弁解しようと許されることではない。

「グレン、なにがどうなろうと、いずれは露見したはずだ。ケーラを言い訳に使うな」

「そんなつもりはない」グレンがグラスに手を伸ばすと、ハンクが「父さん」と声をかけたが、グレンはそれを無視してグラスに口をつけた。そしてトラッパーに言った。「おまえは少佐がまたテレビに出ると言った。そう聞いたときは驚いたが、慌てふためくことはなかった。指示どおり、ウィルコックスに電話して報告した。彼も大喜びはしなかったが、おれと同じで、警戒するほどのことだとは思わなかった。

だが、ケーラ・ベイリーがインタビュアーだと伝えると、やつはおれからロケットをケツに突っこまれたような反応を示した」彼女を見た。「そのときだよ。やつからきみが何者で、きみと少佐に情報交換をさせたくない理由を聞かされたのは。テレビの生中継とあらば、なおさらだ」

「わたしはほぼ一年まえ、ウィルコックスにインタビューしていたわ」彼女は言った。「彼はわたしが写真の少女だと知っていることをおくびにも出さなかった」

「おれにもやつがいつどうして知ったのかわからない」グレンは応じた。「だがやつは知っていて、きみが少佐と一対一になることに被害妄想に近い恐れを抱いてた」

「どうしてなの？」

「ふたりがあの日の経験を照らしあわせたら、どちらかがなにかに気づきそうで怖かったんだろう」

ケーラから視線を投げかけられて、トラッパーは言った。「それが理由でインタビューをやめさせようとしたろ？　覚えてるか？」

グレンが言った。「ウィルコックスが本気で浮き足立ったのは、トラッパーがそのことをおれに知らせにきたのを伝えたときだ」

「それでなんだな。聖書勉強会の夜、父さんが動揺していたのは」ハンクはトラッパーを見た。「おまえはトレーシーに言って、父さんが飲みすぎだとぼくに伝えさせた」

「こっそり伝えるように言ったんだが」

「あの子は言いつけを守った。誰かがしゃべっているあいだに、ぼくにそっとささやいたからね。それから十分ほどして、勉強会を終えた」ハンクはふたたびグレンに話しかけた。「母さんには、父さんが飲んでいるのを見せたくなかったんで、エマに言って遠ざけてもらった。ぼくがキッチンに来ると、父さんはぼくに食ってかからんばかりだった。それでぼくはトラッパーが……」トラッパーに視線を投げた。言いたいことは明らかだった。

「グレンが泥酔したのは、おれのせいなんだろう」トラッパーは言った。「これでおまえにもわかっただろう、ハンク。おれがどんな問題を抱えていて、おまえの父親がなにに押しつぶされそうになっているか」ふたたびグレンを見る。「いったいどんな気分で、少佐とケーラの殺害をウィルコックスと計画したんだ？」

グレンは喉を詰まらせ、げっぷにもうめき声にも聞こえる音をたてた。「そんなことはしてない。神に誓う。おれは冷静になれとウィルコックスに言った。状況を調べて報告するから、と。翌日、少佐の家を訪ねると、そこにきみがいた」ケーラに言った。「少佐はきみが写真の少女だとは言わず、ただケーラ・ベイリーと紹介した。テレビで観たことがあるだろう、とかなんとか。

それでウィルコックスには問題がないと報告した。ふたりとも知らないでいる、ケーラは少佐の独占インタビューをものにしたいだけだ、そのためにうまいことを言って少佐を丸めこんだんだろう、トラッパーからもそんなふうに聞いている、と。だが、ウィルコックスのいらだちはおさまらなかった」

「だからモーテルまでわたしを訪ねてきたのね」

「きみが日曜夜の視聴者に向けて準備しているビッグ・サプライズをおれが口にしたらどんな反応を示すか、この目で見たかった。おれがそのことを言っても、きみはその内容を尋ねなかった。おれが知っていることに対して、少し不機嫌そうにしただけだ」

「トラッパーと少佐には、誰にも言わないでくれとはっきり頼んであったの」

「なんにせよ、おれは探していた答えを得て、それをあの爬虫類《はちゅうるい》野郎に伝えなければならなかった」グレンは言った。「ひょっとすると少佐もきみの正体を知らないまま、驚かされることになっていたのかもしれないが、日曜の夜、世紀の種明かしが行われるであろうことは予想できた」

グレンはこぶしを口に当てて、咳払いをした。腰をもぞもぞ動かし、ウイスキーに手を伸ばしたものの、グラスをつかむことなく力を抜いた。「ウィルコックスはそうならないように、予防措置を講じろと言った」

犯行を認めるこの発言にケーラはあぜんとした。

ハンクはがっくりとうなだれ、うなじで両手の指をからめあわせた。

トラッパーは立ちあがると、座っていた椅子の背後にまわって横木をつかんだ。椅子を持ちあげて、グレンの頭に叩きつけてやりたかった。

「ひとつわからないことがある」トラッパーは硬い声で言った。「なぜインタビューのまえでなくあとに襲った？　なぜケーラがまだ家にいることがわかったんだ？」

「おれは誰も襲っちゃいない」

「いま言った――」

「話にはまだ続きがある」

　トラッパーはかぶせるように言った。「おい、待てよ。そうか、あんたみずからは手を汚さないで、三人の下働きを送りこんだわけか」

「いいや、ちがう」

「ジェンクスとあとは誰だ？」

「誰も送りこんでない」

「いつでも便利に使えるジェンクス保安官助手――」

「黙ってろ、ジョン！」グレンがこぶしでテーブルを叩き、グラスがかたかた鳴った。彼は深呼吸した。「頼むから、しばらく黙って、おれの話を聞かんか？　おれがウィルコックスを説得して、手出しさせなかったんだ。少なくとも、おれはそう思ってる」ふたたびトラッパーが口を開こうとすると、グレンが手を上げて制した。「おれに話をさせろ」

　トラッパーはいまにも爆発しそうだったが、大きく手を動かして、先をうながした。

　グレンはケーラを見た。「おれはウィルコックスにきみから質問一覧を見せられたことを話して、あらかたの内容を伝えた。たわいのない内容で、どこにも思わせぶりなところはなかった。過激でも不穏でもなく、脅威になる部分は皆無だった。だからこのままインタビューを行わせたほうがいい、と言った。

それに反して、きみと少佐がテレビに出る予定の数日まえに悲劇に遭えば、火災警報ベルを鳴らすも同然、すぐにFBIが駆けつける。そんな偶然を見のがす情報分析官はいないし、有名人ふたりが殺害されたとなれば、うちのような小さな保安官事務所には捜査をさせてもらえない。FBIが捜査を仕切り、マスコミは前代未聞の大騒ぎをする」

「実際そのとおりのことが起きた」トラッパーは言った。「ウィルコックスがあんたの忠告を聞き入れなかったのは明らかだ」

「確かに。だがな、やつはおれの説得に応じたふりをして、おれにそう信じこませた。もしおれの見込みちがいだったらひどい目に遭わせると脅しつつ、おれの判断が正しいことに賭けると言って、電話を切った。おれはほっとして大きなため息をついた。誰にも悟られることなく、危機を回避できたと思った」

引きつづきケーラに話しかけながら、右手を上げた。「誓って言う。おれはきみが襲われた事件には無関係だ。事件が起きるまで、なにも知らなかった」

ケーラから顔を向けられたトラッパーは、彼女もやはりウィルコックスの話を思いだしているのだとわかった。ウィルコックスは殺害指令を出していないと言った。グレンとウィルコックスの両方が真実を語っているのだろうか？　はたまた両方が嘘をついているのか？

トラッパーはかがんで、両手をテーブルについた。「なぜ少佐に警告しなかった、グレン？　悪い予感がするとでも言えばよかっただろう？　じゃなきゃ、保安官事務所におかしなやつが電話してきて、脅されたとか。なんとでも言いようがあったはずだ」

「警告したとも。遠回しにだが。パパラッチを追っ払えるように、拳銃を携帯しろと。冗談めかしつつも、インタビューが終わるまでは警戒するように言った。

放送まえの数時間は複数班に見まわらせて、バンにも一個班待機させた。終わったときは、これでもう心配いらないと思って、胸を撫でおろした。だから全員を呼び戻した。やつらはそのタイミングを狙ったんだろう」

「やつらとは？」トラッパーがすかさず尋ねた。「誰だ？」

「ウィルコックスが手配したやつらさ」グレンは答えた。「やつは表向きおれの勧めに従ったふりをして、危険な賭けに出た。おれがやると言っても、やらないとわかってたからだ」

トラッパーは冷笑した。「急に良心が芽生えたってか？」

「そうじゃない。自分の良心など、とうに見捨てた。だが、自分の親友を殺すだと？　それに女性をか？」すがるようにトラッパーを見る。「おれにそんなことができると思うか？」

「ウィルコックスの誓約書に署名ができる人間だとも思ってなかった。それとも、神聖な誓いほどには神聖な誓約書じゃなかったってことか？」トラッパーはさっきのグレンをまねて、右手を上げた。

「誓約書の効力がおよぶのはスパイ行為までで、殺しは入ってない」

食ってかかりたい衝動に駆られたものの、トラッパーは無理やり怒りをねじ伏せると、椅子のまえにまわって腰かけた。「現場にいた三人にレスリー・ドイル・ダンカンも入っていたと思ってるのか？」

「三人とは決まっていない」

「三人よ」ケーラが言った。

「質問に答えろ、グレン」トラッパーは追いたてるように言った。「ダンカンはいたのか？」

グレンのためらいに、トラッパーが介入した。「彼をはめたのか？」

「いいや」

「彼はほぼ決定的な証拠を所持した状態で捕まった」

「おれじゃない」

「それにわたしのバッグを持っていたわ」

「おれじゃない」

「今朝は――」

「聞いてくれ」グレンはトラッパーとケーラの両方を視界におさめた。「いまだ保安官のバッジをつけている以上、それらしいふるまいをする必要がある。だが、あの男が犯人だとしたら、わかりやすすぎる。それにケーラによれば声がちがう。はめられたと思うかと問われれば、おれの答えはイエス。じゃあ、おれがやったのか？　それについてはノーだ」

「保安官事務所の誰かか？」

「おそらく」

「ウィルコックスの息のかかった人間だな？」

「おそらく」

「だが、あんたは知らない?」

「そうだ」

にわかには信じがたいが、とりあえずやり過ごして、先に進んだ。「なぜケーラとおれを追いまわした?」

「おまえたちのことが心配だったからだ! やつらはすでにケーラを殺《や》ろうとして、失敗してる。おまえはおまえで、町に乗りこんできて、口から火を噴いて大騒ぎし、手当たりしだいに人を勘繰ってまわっていた。なかでもおれを疑ってかかり、唯一の重要参考人にして被害者を連れて消えた」

トラッパーを指さす。「ケーラのイヤリングが病院のベッドの下にあったと言ったが、あんな眉唾物の話をおれが信じると思うか? 犯罪現場に行ったな? 嘘をついても無駄だぞ。行ったのはわかってる。そして今日もまた、おまえはあそこへ出かけていった」

「ジェンクスに聞いたのか?」

「そうだ」

「やつが追跡装置を見つけてるといいんだが。汚物まみれになりながら」

「追跡装置だと?」

「あんたがケーラの車に取りつけさせた追跡装置さ」

グレンは困惑をあらわに彼女を見ると、トラッパーに顔を戻して、肩をすくめた。「なんのことだかわからんな。いや、そうするべきだったかもしれん。この間のおまえの動きは、標的にしろといわんばかりだった」

グレンは興奮状態になっていた。突然、片方の手で胸を押さえた。トラッパーが身を乗りだし、ハンクが声をあげた。「父さん、どうした？」ケーラが心配そうに手を差し伸べたが、グレンはその手を払いのけた。「だいじょうぶ、だいじょうぶだ。医者から抗不安薬を処方されてる」

「アルコールと一緒に摂取するのは、よくないわ」

「きみが言えば聞くかもしれない」と、ハンク。「ぼくの言うことなんか、聞きやしない」

トラッパーは、その朝自分を殴った怒れる大天使が失意に顔を曇らせているのに気づいた。ただし、その落胆の原因が父親のことだけとは思えない。グレンの背信行為はハンクの仕事にも悪影響をおよぼす。献金皿が軽くなる可能性はじゅうぶんに考えられた。

グレンは呼吸が元に戻ると、気付け薬代わりにウイスキーを流しこんで、トラッパーに話しかけた。「今日の朝、少佐から聞いたんだが、まだウィルコックスを逮捕させようと、調査を続けてるそうだな。ほんとなのか？　なにかわかったのか？」

トラッパーに答えるつもりがないとわかると、グレンは椅子の背にもたれ、たとえようもなく悲しそうな顔になった。「そりゃそうだ。おれ自身、自分が信用ならん」

これにもトラッパーは動じなかった。「いまあんたとウィルコックスの関係はどうなってる？　最後にやつと話したのはいつだ？」

「犯罪現場に急行しながら電話したのが最後だ。道すがらかけて、なにをした、これから行く先になにが待ち受けているのか、と尋ねた。怒りと悲しみで、われを失ってた。大声でわめきちらし、地獄に堕ちろとののしった」

「やつはなんと？」

「やつは身に覚えがないと言って、電話を切った。それきり、やつの電話には出てない」

トラッパーはしばし考えてから、グレンに尋ねた。初対面のとき以来、ウィルコックスと直接会ったことはあるか、と。

「いや。できることなら、二度とあの目を見たくない。背筋が凍る」

トラッパーはケーラをちらりと見てから、グレンに言った。「娘を亡くしたことで変わったと思うかもしれない。その件で知っていることは？」

「亡くなったという事実だけだ。具体的なことは知らないし、花も送らなかった」

トラッパーは椅子を押して立つと、コートを着て、身ぶりでケーラにも立たせた。

グレンが充血した目に不安をたたえてトラッパーを見あげた。「これからどうなる？」

「辞職するんだ、アディソン保安官」

「刑事告発されて、刑務所に送られるのか？」

「さあ。それを決めるのはおれじゃない」

「ウィルコックスについて、どこまでわかってる？」グレンは再度、尋ねた。「なにをつかんでる？　有罪に問える証拠はあるのか？」

トラッパーは答えなかった。

「そんなことを尋ねる理由だがな……」グレンは唇を湿した。「おれならおまえに手を貸してやれるかもしれないぞ、ジョン。一緒に解決しないか？　パートナーとして」

「今夜をかぎりにそれはできない」

冷徹でいて誠実な返事がこたえたらしく、グレンはがっくりとうなだれた。「明日になったら、ウィルコックスに関して覚えていること、知っていることをすべてまとめる。おまえがウィルコックスを警察に突きだすのに手を貸せたら、刑を減免してもらえるかもしれん」

彼の目には涙があり、いまや懇願しているも同然だった。トラッパーも人の子、自分の庇《ひ》護《ご》者だった男の屈辱的な姿に心が動かないと言えば嘘になる。「これからどうなるにしろ、グレン、あんたは明日、辞職する。もはや一日たりともバッジをつける資格はない」

「どう理由をつけたらいい？」

「健康問題さ。今日あやうく死にかけて、なにを優先すべきかわかった、と」

グレンはうなずいた。「ほかには？　おれは国側の証人になるのか？」

トラッパーは表情を変えなかった。「おれは第一にウィルコックスを警察に引き渡さなきゃならない。それはおれがやるが……」肩をすくめる。「そのあとあんたや、あんたみたいに誓約書に署名をした人間がどういう扱いを受けるかは、おれのあずかり知らないことだ」

「おれはおまえの父親が大好きだ」グレンの声は割れていた。「おまえのことも息子同然に思ってきた。そのふたりを痛めつけさせるようなことは、絶対にせん」

グレンはその発言に対してトラッパーがなにか言うかするかするのを待っていた。だが、いまなにか言えばいやでも、怒りなり皮肉なり悲痛なりが滲みでる。トラッパーにはそれを承知で口を開くだけの度胸がなかった。

「さて」グレンはおっくうそうに椅子から立ちあがった。「ベッドに入るか。明日は忙しくなりそうだ」ウイスキーの瓶をつかんで、部屋から出ていった。

ハンクはテーブルに片肘をつき、手のひらで額を支えた。「礼拝堂はあきらめるしかない」

トラッパーは一歩踏みだした。ケーラが割りこまなければ、この身勝手な男を殴りつけていたかもしれない。

「ここにはもう用はないわ、トラッパー」

彼は軽蔑の表情でハンクを見た。「まったくだ」ケーラを連れてマッドルームを抜け、外に出た。

31

トラッパーが移動に使ったのは栗色のセダンのほうだった。ケーラの車はいまだに点火装置の配線をショートさせないと、エンジンをかけられない。

ふたりはアディソン家の勝手口から車まで黙って歩いた。車に乗ってからも数分は無言だったが、トラッパーがガソリンスタンドに車を入れると、ケーラが口を開いた。もう閉店しているわよ、と。

「ガソリンを入れにきたんじゃない」トラッパーは数台ある携帯の一台で懐中電灯のアプリを起動し、外に出て、車の下を探った。彼が運転席に戻ると、なにか見つかったかとケーラが尋ねた。

「いいや。実際、ないだろうと思ってた。おれから追跡装置のことを聞かされたときのグレンのとまどった顔は本物だったから、それについては知らないんだろう。つまり、ほかに装着した人間がいるってことだ」

「ジェンクスかしら？」

「金を賭けるなら、やつだな。だが、職権を行使したのか、誰かの指示だったのかは、わからない」鼻筋をつまむ。「ああ、ケーラ、おれにはもう誰を、そしてなにを信じたらいいんだかわからない。あのグレンがウィルコックスと何年もグルだったんだぞ。聞くのもつらいそんな話を、どうやったら受け入れられる？　おれを捜査から遠ざけておきたがったわけさ。ウィルコックスと結託しているのがばれるのを恐れてたんだ」

「彼がレスリー・ドイル・ダンカンを犯人に仕立てあげたのかしら？」

「確かなことはひとつもないが、おれとしては、その答はノーだと思いたい。証拠をでっちあげるよりもうんとひどい罪を認めているんだから、それを認めない理由はないだろ？」

彼はふたたび車のエンジンをかけて、ハイウェイに戻った。「いまだ犯罪の文脈でグレン・アディソンのことを語っているのが信じられない」

「でも今夜、出かけていった段階で、あなたには少なくとも彼に裏表があることがわかっていたわ」彼女は言った。「愉快じゃない時間になると、のっけから言っていたもの」

「わかってる。それでも、むかついてしかたがない。彼とのあいだには、いい思い出がたくさんある。それが台無しにされた。なくなったんだ。グレンが悪魔と取引をしたために。そのせいでおれの心は傷ついてる。でも――」

「でも？」

「無性に腹が立ってもいる」低くて、凄みのある声になった。「ウィルコックスに人の人生をもてあそぶのをやめさせるときが来てる。とくに、このおれの人生を」

その男に対する嫌悪と新たな決意を確認するかのように、トラッパーはアクセルを深く踏みこんだ。「モーテルには戻らないほうがいい。ちょっと立ち寄って、荷物だけ取ってこよう」

「どこへ行くの？」

「ダラスだ」

「これから？」

「きみは寝てろよ。自宅まで送る。おれはそのあとミスター・トマス・ウィルコックス宅を訪問する」

「向こうに着くのは……」到着予定時間を計算する。「夜中の一時よ」

「むしろ好都合さ。まさかその時間におれが行くとは思わないだろ」

「彼の自宅は要塞よ、トラッパー。ゲートがあって、あなたをあっさり通すとは思えない。警察に通報されるわ」

「いや、しないね。やつにオフィスを急襲されたとき、おれが通報しなかったのと同じ理由だ。おれはやつの話が聞きたかった。今晩のやつはあのときのおれ以上だ。おれがやつの代理としてFBIと交渉を開始したかどうか知りたくてむずむずしてる」

「彼の急所を片手に握りしめるまでは、はじめないと言ってたけど――」

「今夜握りしめる」トラッパーはこぶしを掲げた。

「でも、もう一方の手に保険はないのよ」

「まあな。ただ、その保険の正体はわかった」

「彼がみんなに署名させた誓約書ね」

「そうだ。おれがそれを知ってることに加えて、きみが録音した会話がある。やつはそれに気づいていない。さらにバークリー・ジョンソンの動画があるが、それもやつは知らない。そして――」

「グレンの自供がある」

「あとで役に立つかもしれないが、今夜はグレンのことは持ちださない。その必要がないからだ。それ以外のもろもろを重ねあわせれば、じゅうぶんな圧力になる。だが、最大の収穫はなんだと思う？　ウィルコックスの誓約書に署名した大物プレーヤーにくらべたら、小さな町の保安官など鳥の餌同然だってことだ。そのなかのひとりを中核とする複数のメンバーが、ウィルコックスを消したがってる。すでに娘を殺されているウィルコックスは、そいつらが平然と人を殺すことを知っている。そこを強調すれば、やつを締めあげられる。自分の出した条件を考えなおして、そのいまいましいリストをこちらによこせ、と」

「可能性はあるわね」

「可能にするさ」

「あなたの計画には、ひとつ欠陥がある」

「なんだ？」

「わたしを放りだそうなんて、百年早いから」

「放りだすんじゃない、ケーラ。自宅マンションで安全に過ごさせるんだ。居住者以外の立ち入りを許可したら去勢してやるとドアマンを脅しつけてやるから、ますます心配いらない」

「わたしもウィルコックスのところへ連れていってもらう」

「よしてくれ。二度ときみをやつに近づけたくない。最初から近づけたくなかったが、そのときはまだ、きみがペガサスホテルから少佐に救出された少女だとやつが知っているのを知らなかった。やつにしてみたら、きみは危険すぎて放置できない」

「あなただって！」

「そうだ」モーテルの部屋からわずか数メートル手前で急停車した。腰に手をまわして拳銃を抜き、これ見よがしに振った。「ただし、おれにはこいつがある」

彼女は携帯電話を取りだした。「わたしには録音した音声がある」

トラッパーは彼女の手から携帯を奪った。「これで電話はおれの手に移った」

「でもあなたは暗証番号を知らない」

「そんなもの、設定されてない」

「ええ、あなたから渡された時点ではね」小生意気な笑みを浮かべ、車のドアを開けた。

「すぐに荷物を持ってくるわ」

「父さん？」ソファに横たわっていたハンクは、階段を下りるグレンの足音を聞いて起きあがった。

「決まって四段めがきしむ」グレンが不満を漏らした。

「なんで起きてるんだ？　しかも制服まで着て」

「ジェンクスからさっき電話があって、〈ピット〉で落ちあう約束をした」

「〈ピット〉で？　あんな遠くまで、これから？」

「ジェンクスが言うには、行方不明者が見つかったらしい。そのなれの果てがな」

ハンクは立ちあがり、長靴下をはいた足で父親を追ってキッチンに向かった。グレンは食器棚の最上段にあったガンベルトを手に取った。「誰かほかに任せられる人がいるだろ？」

ハンクは言った。

「もちろんいる。だが、おれが行く。明日までは、まだ保安官だ」グレンはベルトのバックルを留めて腰におさめると、ドアの近くにあるフックからカウボーイハットを取った。

「父さんが出かけるのを、母さんは知ってるの？」

「職務を果たすのに、母さんに許可を求めてどうする」険しい顔をハンクに向けた。「引き止められると面倒だから、少なくとも五分は告げ口するのを待て」

「出かけちゃだめだ。だいたい、運転なんかできる状態じゃないだろう？　そうとう飲んでるし、薬も使ってる。それにトラッパーからあんな目に遭わされて――」

ハンクに向きなおったグレンは、息子の胸の中央を突いた。「耳をかっぽじってよく聞けよ、ハンク。トラッパーはおれをどんな目にも遭わせちゃいない。すべておれが招いたことだ」その発言を裏付けるようにうなずき、カウボーイハットをかぶった。

ハンクは網戸を透かして父親が保安官専用車に乗りこみ、私道をバックで遠ざかるのを見た。公道に出るまで、父は回転灯を作動させなかった。ハンクは点滅する明かりが坂道の向こうに消えるのを見送った。

リビングに戻ると、ズボンのポケットから携帯電話を取りだして、電話をかけた。最初の呼び出し音でジェンクスが出た。

ハンクは言った。「なにを言ったか知らないが、引っかかったぞ。いま向かっている」

「おれはここで待ち受ける」

「なんなら、手伝いの者をやるが」

「おれひとりでじゅうぶんだ」

「日曜みたいな大失態はかんべんだぞ」

「おれもだ」ジェンクスは言った。「任せてくれ」

ハンクは電話を切り、ソファに寝転んだ。母親が起きてくるまでに、少し眠っておかなければならない。夫婦のベッドからグレンがいなくなったのに気づいたら、一階まで探しにくるだろう。

32

　とっさにベッドサイドテーブルの携帯に手を伸ばしたトマスは、呼び出し音の出どころが携帯ではなくてインターコムのパネルであることに気づいた。上掛けをはねて、壁に設置されたパネルに近づいた。〝正門〟のライトが赤く点滅している。窓のカーテンを開くと、ふたつのヘッドライトの明かりが鉄柵のあいだから差しこんでいた。小声で悪態をつきながらパネルまで戻り、ボタンを押した。「ジェンクスか？」

「ハズレ。ただし、興味深いまちがえ方だ」

　トラッパーか。

「なんの用だ？」

「そうだな、なぜおまえがおれをジェンクス保安官助手だと思ったたか、まずはそこから説明してもらおうか。管轄でもないここへ、真夜中にやつがなにをしに来るんだ？」間を置いて、いやみを言った。「返事はなしか？　それらしい言い訳のひとつもないのか？　心を開いてくれないと、友だちにはなれないぞ、トム」

「いい知らせなんだろうな」

「じつはそうなんだ。おまえのタマを握りしめて真っ青にしてやる材料を持ってきた。おっと、いい知らせって、おまえにとってってことか？　だとしたら、申し訳ない」そこで態度を一変させて、おふざけを引っこめた。「門を開けろ」

トマスはボタンを押した。

就寝まえまで着ていたカシミアのスウェットの室内着を引っかけ、革製のスリッパをはいて、寝室をあとにした。階段まで来て、いったん戻る。足音を忍ばせてグレタの部屋まで進み、閉じたドアに耳をつけた。物音はせず、ドアの下から明かりも漏れていない。

なるべく急ぎつつできるだけ静かに引き返し、階段を下りて、警報装置を解除し、玄関のドアを開けると、トラッパーが呼び鈴に手をかけようとしていた。

「やめてくれ。妻が眠っている」

トラッパーは言った。「また寝床に戻ったのかと思った」

ケーラ・ベイリーが一緒だった。どちらもくたびれた恰好をしているが、自分を見るケーラの視線にたじろいだ。トマスの目の奥にあるものを探るように、凝視している。

「去年、わたしがインタビューをしたときのことよ。わたしがペガサスホテルの写真の少女だと知っていたの？」

予想外の質問にふいを衝かれた。とっさに返事が出てこなかったので、ドアを広く開いた。

「入って」ふたりがホワイエに入った。トマスは警報装置をセットしなおし、書斎へと手招きした。

「まさか警備員がいないとは」トラッパーが言った。「いや、実際はいて、茂みに隠れてたりしてな。屋根のうえに狙撃手とか？　ドーベルマンを従えた見張り番とか？」

トマスはトラッパーのいやみを鉄面皮で受け止めた。今夜はこの男に揺さぶられているわけにはいかない。「ティファニーが殺されたあと、うちの敷地内に侵入されての犯行だったわけじゃないが、試しに警備員を雇ってみた。だが、グレタは安心するどころか、彼らが〝ここぞ〟――と、彼女が言ったんだが――することで、かえって神経質になった」

「監視カメラは？」トラッパーは尋ねた。

「ない」

「そりゃそうだ。罪深い時間に訪ねてくる堕落した警官の姿をとらえられても困る」

書斎に入ると、ケーラはさっと暖炉に近づき、肖像画を見あげた。「きれいなお嬢さんね」

「内面も外面も」トマスは部屋の一画にしつらえられたバーカウンターを手で示した。「なにか飲み物でも？」ふたりは断った。「飲んでもかまわないかね？」

「おまえの酒だ」トラッパーは答えた。

トマスはバカラのデカンターに入っていたスコッチを生《き》のままグラスに注いだ。ふたりを振り返ると、トラッパーはガンマンよろしく、持ち手に螺鈿細工が施された婦人用の拳銃を人さし指でまわしていた。

「おまえのデスクの引き出しにあったぞ、トム。しばらく預からせてもらう。おまえとのあいだに信頼がないってわけじゃないんだが」

トマスはケーラに肘掛け椅子を勧め、彼女が腰かけると、自分は少し移動して革製の二人掛けソファに腰を下ろした。トラッパーはデスクの角に尻をもたせかけたまま、拳銃をデスクに置いた。すぐに手に取れる場所だ。

トマスはシングルモルトで口を湿らせた。「わたしはきみのことを必要だと明言している。そんな人間がなぜきみを撃たなければならない?」

「そのことだが」トラッパーは腕組みをして、足首を重ねた。「その件を話しあいたくて来た。交渉しよう、トム。力関係が変わった」

「そんなわけがないだろう?　きみはUSBメモリを盗まれた」

「USBメモリが盗まれたのは確かだが、壁の内側にあったUSBメモリにはポルノ動画が入ってた」

なるほど、そうだったのか。ジェンクスが埋もれていたお宝を発見したと報告しなかった理由がこれでわかった。あの保安官助手はこけにされたのだ。さらに腹立たしいのは、自分までトラッパーの演技にだまされたことだ。「その口ぶりからして、別のUSBメモリがあるようだな」

「そうとも」トラッパーは言った。「いかがわしい動画以上においしい中身の入ったUSBメモリが」

「なにが入っている?」

「前菜として、すべてを語るバークリー・ジョンソンの動画が入ってる。彼が殺される二日まえの日付入りだ」

「わたしの記憶にまちがいがなければ、彼の申し立てはただの腹いせで処理された」

「ところが、彼の鬼気迫る動画に加えて、録音された音声がある……」トラッパーは無言でケーラに合図を出した。彼女がハンドバッグから携帯を取りだし、しかるべき手順を踏んでいく。スピーカーからトマスの声が流れだした。

トマスは三十秒ほど音声に耳を傾けると、切ってくれ、と静かにケーラに告げた。「きみはそれを使うことができない」彼は言った。「ジャーナリストとしての誠実さを損なうことになるからね。きみは非公開という条件に応じていた」

「文字にしろ音声にしろ、公表するつもりはないわ」ケーラはさらりと応じた。「それに、このときのわたしは特異な状況に置かれていたのよ。命の危険にさらされるという」

「この会話も録音しているのか？」

「いいえ」

「それをわたしに信じろと？」

「おまえはジェンクスを使ってケーラの車に追跡装置を取りつけたのは自分じゃないと言った。それをおれたちが信じるのと同じさ」

トマスはトラッパーに顔を向けた。「わたしではない」

「だろ？　お互い、ある部分じゃ相手の言葉を素直に受け入れるしかないってことさ。それじゃ、ケーラの質問に答えてもらおうか」

「彼女が写真の少女だと知っていたかどうかか？」トマスは彼女の目をまっすぐ見た。「もちろん知っていた。爆破から数週間後にはきみの名前も、きみが叔母夫婦によってバージニア州に移されたこともわかっていた」

彼女がうっすらと口を開く。

「驚くようなことかね？」トマスは尋ねた。「すべての生存者について、あらゆることを把握しておく必要があった。爆発が起きたとき建物のどこにいて、誰やなにを目撃している可能性があるかまで」

「わずか五歳の子どもでも？」

「油断はできない。きみの個人情報は厳重に守られていたので、工夫と金は必要だったが、ここにいるトラッパー君同様の目端の利く男たちがわたしに雇われ、きみの名前や居場所を突きとめた。

そして監視を続けた。年月を重ね、きみは成長した。どこから見ても、ごくふつうの少女に。きみもきみの親族も爆破事件のことを語らず、きみが生存者であることは伏せられたまま、そうした話が恵みになるかもしれない職業に就いてからもそれは続いた。それで、きみのことは恐れる必要がないとみなした。ところがきみはダラスに引っ越してきた」

「おれと同じように目端の利く男たちなら、さぞかし興味を持ったろう」トラッパーが口をはさんだ。

「きみは引っ越してすぐに」トマスはケーラに話しかけつづけた。「わたしにインタビューを申しこんだ」

「大パニックだな」トラッパーが混ぜっ返した。

こんどもトマスは聞き流した。「わたしはインタビューを受けた。きみを探るためにだよ、ケーラ。わたしのことを下調べするうちに、わたしをペガサスホテルの事件と結びつけたのかどうかを」

トラッパーは言った。「このまえは、娘を殺した連中を揺さぶるためにインタビューを受けたと言ったぞ」

「それもほんとだ、嘘じゃない。だが、ケーラが脅威たりうるかどうかを見きわめたかった」ふたたび彼女を見た。「きみは爆破事件にはいっさい触れず、ホテルの跡地にわたしが建てた複合施設のことも持ちださなかった。それでまたわたしは、緊張を解いた」

「ところがその後、わたしが少佐にインタビューする計画があるのを知った」彼女は言った。

トマスはスコッチを飲んだ。「そこまで行くと、偶然では片付けようがなかった」

「わたしと少佐を殺すしかないと考えたのね」

「最初は」すんなり認めたために、ふたりがあぜんとしたのがわかった。とくにケーラは。

トマスはスコッチのグラスを左右の手のひらで転がした。「だが、ふたりを立てつづけに殺害することがもたらす好ましくない結果を考えてみろと、忠告された。当然、捜査されるし、なにかと面倒なことになる。それで、われながら過剰反応だったかもしれないと考えなおした」

「それで、わたしたちの処刑を中止した」

「いや、延期だ」真正直に答えた。「インタビューの余波を見きわめてから、決断するつもりだった。放送を観たが、わたしを狼狽させるような内容はなかった」言葉を切って、つけ加えた。「どうやら意見の異なる人間がいたようだが」

トラッパーは人さし指を立てた。「なぜ襲撃がインタビューのまえではなくてあとだったのか、いまわかった。おまえとはちがって、日曜の夜ケーラが伝えるまで、そいつらにはケーラの重要性がわかっていなかったんだ」

「だが、彼女は世間に公表した――」

「それで大慌てでした」

「連中はすかさず動いた」

「ジェンクスとほかに誰だ？」

トマスはそれには答えなかった。

「黙ってないで吐いちまえよ、トム。あとはおれが引き受ける。悪徳保安官助手を突きだせば、ＦＢＩの覚えがさらによくなるかもしれないだろ」

トマスは頭でケーラの手にある携帯を指し示しながら、トラッパーに言った。「その音声にはさほど価値がない。話しているのはほとんどきみだし、わたしは罪に問われるようなことは言わなかったし、尋ねられても認めていない。ただきみが一般受けしそうな物語を語っただけだ」

「おまえはおれがまちがったときは軌道修正すると言った。最終弁論として、おれがどこでまちがえたのか教えてくれ」

トマスは無言を貫いた。

トラッパーが口調をやわらげた。「そうけちらなくていいだろ、トム。さもないと——もちろんおまえが自分でいまの会話を録音して、コットン・ボウルのスタジアムにスプレーで落書きするとか、市街地の空に飛行機で文字を書くとか、自分の皮膚に刻みつけるとかはできるにしても——首を突っこむのはごめんこうむる。おまえの代理としてＦＢＩには行かない。

そうやっていつまでも黙りこんでるなら、お仲間のジェンクスに電話して、おまえが彼のことをチクったと言ってやってもいい。そうなったら、おまえはおしまい、おれはこれ以上一分たりともおまえにこだわって人生を無駄にしなくてすむ。さあ、すべてが帳消しにならないよう、いますぐ話せ」

トマスは自分の置かれた立場を顧みた。いらだたしいことだが、トラッパーが優位に立っているのは疑いようがない。ティファニーのために正義が行われるかどうか、たった一度のチャンスにかかっている。そのための交換条件は、みずからの悪事をトラッパーに認めることだ。

グラスのなかのウイスキーを回転させながら、慎重に言葉を選んだ。「きみのあやまちは、考えすぎたことだ。きみが思い描いていたのは、志を同じくする者たちの一派、秘密結社のたぐいだ。きみはある教義のうえにそうした組織が設立されたと考えた。なぜなら、想像を絶するほどの単純さを思いつくことができなかったからだ。高邁《こうまい》な目的などどこにもない。これまでだってなかった。哲学も主義主張もなく、きみが推測したようななにかは存在しない。理想もなければ反逆精神もなく、魂を揺さぶられるような閃《ひらめ》きもない」

「だったら、どうやって仲間に引き入れる?」

「なにかしなければならないことがあると、わたしは候補者を探す。単独のことも複数のこともある。誰かしらを選びだし、彼らが心から願っていることを探る——」

「そして、それを提供する」

トマスは声には出さなかったものの、軽くうなずいた。「公職や不動産、金融会社の取締役の地位や全国優勝。欲望の対象はさまざまだ。大がかりなものもあれば、既婚女性を自由の身にするという俗っぽいものもあった」

トラッパーは言った。「夫を失わせるんだな」

「ときに事故は起こる」トマスは説明した。「そして死に至ることは珍しくない」

「見下げ果てた人」ケーラはつぶやいた。

トマスは柔和にほほ笑んだ。「彼女との結婚を切望していた男は、そうは思わなかったようだ。しごく感謝して、ホッケーのリーグ決定戦でうまく負けてくれた」

見るのも疎《うと》ましげに、彼女がトマスから視線をそらした。

トラッパーは思案げに眉をひそめている。「末期の胃がんだと診断されたばかりの男……」

水を向けられて、トマスが続けた。「健康状態と生命保険が不十分だった男は、妻子が一生困らないだけの収入をありがたがる」

「彼に求められるのは、時限爆弾をホテルに持ちこみ、大量無差別殺人を自供することのみ」

トマスは両手を肩の高さまで上げたものの、こんども声に出しては認めなかった。

「だとしても」トラッパーは言った。「説得するのは容易じゃない。来世の幸福を約束できるわけじゃなし」

トラッパーの発言は、トマスを成功に導いた核心的な要素に触れていた。トマスは言った。

「利益はしばしば受益者が知らないうちにまえもって与えられる」

「ああ、なるほど！　相手はおまえから頼みごとをされた段階で、すでに義務を背負わされてる。それじゃ断れないよな、首に輪縄がかかってるんだから。誓約書に署名しないと、落とし戸を開かれちまう」

トマスはまばたきした。

トラッパーは彼が驚くのを見て、にやりとした。「ああ、誓約書のことなら知ってるぞ。それがおまえの保険なんだろ？　おまえが堕落させた人間たちのリストがさ。いったいどれぐらいの人数がいるんだ、トム？」

「数年にわたってＦＢＩの手をわずらわせられる程度には」

「たくさんの未解決事件がまた動きだすな。ペガサスホテルの一件を含めて」

「わたしの娘が殺された事件もだ。それが目的でわたしはきみに接触した。わたしたちが求めている相手は同じだ。わたしはそいつをきみに引き渡すが、そいつが法に定められた最高刑に処せられるという約束が欲しい。娘に薬物を打った男ともども」

トラッパーは両膝に手を置いて、まえのめりになった。「よくわかった。だが、おまえにもわかっておいてもらわなければならないことがある。おまえにならやすやすとその男を引き渡すことができる。相手が切り裂きジャックであろうとだ。だが、国のために働くアンクル・サムの面々はペガサスホテルの事件に関しておまえを無罪放免にはしない。バークリー・ジョンソンひとり、あるいは工場火災で亡くなったふたりに関してなら、それもありうる。だが、百九十七人が亡くなったんだぞ。それはありえない」

「どうだろうか。きみはわたしのリストに載っている名前の威力を知らない。連邦の検察官たちは大喜びし、それを差しだしたわたしに感謝するだろう」

「たとえば誰だ？　ヒントをくれ」

「わたしのために取引をまとめてくれたら、リストを渡す」

「リストがなければ、取引はしない」

「となると、わたしたちはリンボに入りこんで身動きできなくなる」

「おれはいまでもリンボにいる」トラッパーは言った。「知ってるか？　できの悪い英雄の息子という評判は、悪いばっかりじゃないんだ。人から期待されない分、責任も少ない。リンボに入りこんで身動きできない？」肩をすくめる。「おれは慣れてる。痛くも痒くもない。

問題はおまえがそれに耐えられるかだ。自分の娘を殺した人間たちを裁かせたいんだろ？　そいつらは少佐に重傷を負わせたが、彼はまだ生きてる。ティファニーは死んだ。そいつらはおまえの注意を引くためだけに、巨象を倒せるほど大量のヘロインをおまえの娘に打った。その後ものうのうと暮らしてる。おまえはこれからもそんな状況に耐えられるのか？」

「あなたには耐えられないでしょうね」ケーラが口を開いた。「トラッパーが必要としているものを渡したら、彼が娘さんの殺人犯たちに罰が下るようにしてくれるわ」

　トマスはぐらっときた。

「リストはどこにある？」トラッパーは尋ねた。「ここか？」

「いや。それに署名した人間たちはひとり残らず、絶対に手の届かない場所にあるのを知っている。そうでなければ、誰かがとうにわたしを殺して、この家を家捜ししているだろう」

「どうしてやつらはそれに手が届かないのを知ってるんだ？」トマスに答える時間を与えるより先に、トラッパーの目に光が灯った。「誓約書を連中のところへ持っていくんじゃなくて、連中を誓約書のほうに連れていくんだな？　銀行の金庫室のなかか？　それとも、インディ・ジョーンズの映画みたいなもんか？　罠だらけの迷路のようなトンネルを抜けないといけない洞窟とか、掩体壕《えんたいごう》とか？」

「旺盛な想像力だな」

「そうとも。だが、肝心なのはこういうことだ。もし哀れな野郎がおまえの誓約書に署名して、そのあと気が変わったとすると、そいつは二重に追いつめられることになる。誓約書には手が届かないし、誰かに誓約書のことを漏らすこともできない。誰が署名しているかわからないからだ。おまえはほかの連中の名前を見せないようにしてたはずだ」

なぜこんなに詳しいのか。トマスはいぶかりながらも、尋ねなかった。おそらくグレン・アディソンあたりから漏れたのだろう。

「すてきな抜け道があったもんだな、トム」

「おかげでわたしは生きていられる」

「いままでは。だが、未来の見通しはそこまで明るくない。おまえは反乱軍を抱えてる。娘を殺してもおまえが屈しなかったから、さらに大胆になって、日曜の夜には、自分たちで処理すべく乗りこんできた。連中が今後もおまえの決定を無視して動きつづけたら、いずれとんでもないことをしでかして、逮捕される。そのとき連中が首謀者として指さすのは誰だ？〝トマス・ウィルコックスだと？　ジョン・トラッパーがくどくど言ってた男じゃないか？〟と」トラッパーはここでふたたび肩をすくめた。

「時間切れになるまえに動いたほうが身のためだぞ、トム。裏切って逮捕されるのと、裏切って殺されるのと、どちらがいい？　おまえが早死にした場合、おれがリストを持ってないと、娘さんを殺した犯人たちはその先ずっと野放しになる」

トラッパーの口からこぼれだす言葉のひとつひとつが、トマス自身が至った結論に重なっていた。「不測の事態に対する備えはしてある」

「さすがだな。不測の事態とは？」

「元の文書の署名のなかには、読み取れないものもある。わたしがいれば教えられるが、それができない場合に備えて、すべての名前をアルファベット順にタイプした。用紙、数枚分になった」

「そりゃ便利だ。助かるよ、恩に着る。で、その紙はどこにある？」

トマスは暖炉を手で示した。火格子の向こうに冷たくなった灰の山がある。「だが、燃やすまえに用紙を一枚ずつ携帯で写した。証拠としては弱いが、元の文書を手にするまでのつなぎとしてはじゅうぶんな説得力があるだろう」

「その写真を撮った携帯はどこだ？」

「安全な場所にしまってある」

「避難用の地下室も安全なら、月の裏側も安全だ。どの安全な場所だ？」トラッパーは書斎のなかを見まわし、肖像画に目を留めた。つかつかと歩み寄る。

「やめろ！」

だが遅きに失した。トラッパーは早くも装飾の施された額縁の横側についていた蝶番《ちょうつがい》を見つけて、手をかけていた。開くと、キーパッドつきの埋めこみ式金庫が現れた。トマスを振り返り、眉を吊りあげた。

「だめだ」トマスは強固に拒否した。「今夜は開けない。明日――」

トラッパーがブザー音をまねた。

「きみが連邦捜査官との会合を決めたら。そう、上級の捜査官と」トマスは語気を強めた。

「わたしからその捜査官たちに携帯を手渡す」

「おまえが金庫を開けてくれたら、すぐにでも」

「免責特権が保証されてからだ」

「ありえないぞ、トム。連中が今夜おれの話に耳を傾けてくれたとしても、〝情報提供に感謝する、トラッパー、さっさと失せろ〟とおれに言って、おまえを逮捕しにくるだけのことだ。まえもってリストを提供しないかぎり、取引のチャンスはない」

トマスは考えてみて、しぶしぶうなずいた。「いいだろう。携帯の写真があれば対話の端緒にはなる。だが、しょせん長々とタイプした名前の一覧でしかない。オリジナルの署名は保証が得られるまで取っておく」

「いっそのこと誠意の証として──連邦の捜査官は誠意にめっぽう弱いから──いまその携帯を渡して、おれに対話をはじめさせたらどうだ？」

「さっききみが指摘したとおり、きみが一笑に付されておしまいということになるかもしれない。怒りっぽい変わり者というきみの評判を考えたら、それもいたしかたないことではないか？」その言葉に反応するトラッパーをまえにして、胸のつかえが下りた。この男にもそこまでの確証はないのだ。

「それに」トマスは続けた。「きみの呼びかけで話を聞く人間が出てきたとしても、会って話してみた結果がどうなるかはわからない」視線を天井に向けて、二階を示した。「グレタはこの件をいっさい知らない。彼女は繊細でね。この先に待ち受ける困難に耐えられるよう、準備しておいてやる時間がいる」

　トラッパーは考えこむような顔で金庫を見ると、肖像画を元の場所に戻し、それをしげしげと眺めてから、ふたたびトマスを振り向いた。「いいだろう。だったらこうしよう。おれはこのあと夜を徹して電話をかけ、素面《しらふ》のおれがまともな話をしてるんだとわかってくれる相手を探してみる。もし話を聞いてくれるやつが見つかったら、おまえに電話して、オリジナルのリストとタイプした名前の一覧の写真をいつどこに持ってきたらいいか伝える。それと、優秀な弁護士も。優秀な弁護団を率いてきたほうがいいぞ」

「オリジナルのリストはなしだ」

「いや、オリジナルだ」トラッパーは有無を言わせない口調だった。「いま挙げた条件をひとつでも満たせないなら、おれは手を引くから、あとは神にでも祈ってろ。おれがおまえを殺さなくとも、ジェンクスがやるだろう。FBIが保護留置してくれるかもしれないが、もはや交渉の余地はないぞ。事前取引のチャンスをのがしたからだ。しかも、おまえの裏の顔は白日のもとにさらされる。だろ、ケーラ？」

「カメラマンを連れてお宅のゲートの外で張るわ」彼女は言った。「そして、あなたがペガサスホテルの爆破を計画したという嫌疑に答えようとしていないと、わたしがまっ先に報道させてもらう。たくさんの報道があとに続くでしょうね。爆破からわたしの命を救ってくれた男性にインタビューをした直後だもの、世界じゅうのマスコミが大騒ぎになるんじゃないかしら」

「きみはそんな話を裏付けもなく報道しない」トマスは言った。「しかもトラッパーは信頼できる情報源とは言いがたい」

「わたしの報道自体が嫌疑の申し立てになるわ。事実かどうかに関係なく」ケーラは応じた。「この社会では、いったん疑いが投げかけられると、ほぼ有罪とみなされる。あなたも知ってると思うけれど」

トラッパーは言った。「誓約書があろうとなかろうと、危機を察知した瞬間、署名した連中のなかから、おまえに反旗をひるがえす人間が出てくるかもしれない。刑期の短縮だったり、名誉を守るためだったり」まっ向からトマスをにらみつけた。「認めろよ、トム、おまえの運は尽きた。おまえはもう試合に参加できない。取引するか?」

トマスはしばしためらったのち、短くうなずいた。

「口で言え」

「取引する」

トラッパーはコートのポケットから携帯電話を取りだした。「場所と時刻が決まったら、どの番号にかけたらいい?」トマスが口で伝えた番号を入力した。「連絡する」携帯電話をポケットに戻し、デスクをまわりこんで、拳銃を引き出しにしまった。

「きみの元同僚たちに話を聞いてくれる人間がいなかったらどうなる?」トマスは尋ねた。

「おまえはおしまいだ」トラッパーは音をたてて引き出しを閉めた。「おまえに殺されたすべての命と、おまえに地獄に突き落とされたすべての人たちのことを考えたら、当然の報いだ。行くか、ケーラ？」

彼女は純然たる憎しみのまなざしでトマスをにらみつけながら脇を通りすぎ、書斎を出た。トラッパーがあとに続き、トマスはしんがりについた。警報装置を解除して、ふたりのために玄関のドアを開けた。

どの口からもあいさつの言葉は出てこなかった。

ケーラが先に外に出た。トラッパーが続いたが、彼は正面階段まで行くと、突然回れ右をして、引き返してきた。開いたドアから手を突きだし、まえがファスナーになったトマスのトップスをつかんだ。そのままポーチまで引っ張りだし、レンガの外壁に背中を叩きつけた。トマスの顔に顔を近づけ、小声ながら、殺意を滲ませた。「おれはペガサスホテル爆破事件に人生を支配され、そのことにうんざりしてる。そして明日、破れかぶれのおれの未来を賭けてみる。舐めたまねをしやがったら、おまえの心臓をえぐりだして食ってやるからな」

トラッパーの青い瞳が目に突き刺さるようだった。と、つかんだときと同じように、トラッパーは唐突に手を放した。壁に倒れかかったトマスは、ふたりを乗せた車が出ていってゲートが閉まるのをそのままの姿勢で見ていた。

壁から体を起こし、着衣の乱れを直した。喉の奥から笑いが漏れる。「トラッパーよ、スコッチぐらい飲んでいけばいいものを」

ドアにかんぬきをかけ、警報装置をセットした。もう一杯飲もうと、書斎に向かった。だが部屋に入ると、立ち止まった。「グレタ。驚くじゃないか。なぜ起きているんだ？」

彼女はティファニーの肖像画のまえで、真鍮《しんちゅう》の薪《まき》載せ台を支えにして立っていた。「本当なの？」

「ふらついているようだ。ベッドに入ったほうがいい」

「本当なの？　わたしのベイビーはあなたのせいで殺されたの？」

「グレタ、聞いてくれ。きみがなにを聞いたか知らないが――」

「かわいいわたしの子」肖像画を見あげる彼女の目から、涙があふれだした。「わたしのベイビー」

トマスの声が割れる。「あの子はわたしにとってもかわいいわが子だよ」

グレタがさげすみに充ちた憎しみの目を向けてくる。「人でなし」

33

トラッパーがケーラのマンションのキッチンに入ると、コンロのまえにいた彼女が振り返った。「洗面所の場所、わかった？」

「ああ。これはなんだい？」

「食べ物」フライパンから二枚の皿にスクランブルエッグをよそった。「なんだかわからなくもなるわよね。わたしたちが最後に食事をしたのは、いつだったかしら」さらにバターを塗ったトーストとベーコンを皿に置き、彼に差しだす。「座って」

温かい料理のにおいに胃が反応して鳴り、ケーラが笑った。彼は自分の皿を小さなテーブルに運んだ。彼女もやってきて、食事をはじめた。

「まずは誰に電話するの？」彼女が尋ねた。

「マリアンのほかに少なくとも二、三人は、頭から拒否せずに話を聞いてくれる人間がいる。まずそいつらから声をかけてみる。そのなかの誰かがＡＴＦかＦＢＩにつないでくれるかもしれない。

だが、ウィルコックスにはああ言ったが、電話をするのは朝になってからだ。むかし泥酔して、元同僚に電話したことがあってね。馘になった直後はとくにひどかった。そのときと同じだとそいつらに思われたくない」

食事を終えると、トラッパーは空の皿をシンクに運び、蛇口の水で流した。「うまかった」

ケーラは彼の隣に移動した。「ケーキは焼かないけど、スクランブルエッグぐらいなら作れるのよ」

「おれはケーキがなくてもやっていける」トラッパーは手を拭いてから、彼女の手を取った。「きみがウィルコックスとの対決についてくると言ったとき、おれは反対した。だが、いま思うと、あのときみに負けておいてよかった。一緒にいてくれたことに感謝してる」

ケーラに礼を言いたかった。彼女は自分を信頼し、その言葉を受け入れ、自分の味方として一緒にいてくれる。だが、湿っぽくならずにそれを伝える方法が見つからなかったので、それ以上は黙っていた。

彼が言わなかったことまで察したように、ケーラはほほ笑んだ。「どういたしまして」手を握ったまま、彼をキッチンから押しやり、リビングを通り抜けた。全面ガラスの窓からダラスの高層建築群が一望できた。

ふたりは廊下を進んだ。ここへ来たあと彼が使った狭い洗面所を通りすぎ、主寝室に入った。ほかの部屋同様、趣味のよい調度で整えられていた。

「すごいうちだな」

「気に入ってもらえて嬉しいわ」

「でも、おれとの差をひしひしと感じるよ」

「そんなこと言わないで」

「だが、事実だ」彼女の両肩をつかんだ。「上品な男なら卵料理のお礼を言いながらきみの頬にキスをして、そのまま立ち去る」かがんで髪に顔をつけ、鼻で髪をかき分けて耳の後ろのやわらかな場所にたどり着いた。「じゃないにしろ、少なくともまずはきみをベッドに横たえる」

「まずはって、そのあとになにがあるの？」

彼女を壁に押しやった。「トップスを脱がせる」

「窓のシェードが開いたままなんですけど」

「ほら。おれには上品さがないから、誰に見られようと、おかまいなしだ」

冗談だと思って、彼女はけらけら笑った。

彼女のトップスを頭から脱がせると、両手で顔をはさんで、唇を奪った。誰よりも色っぽくて魅力的な唇、この先一生、懐かしむことになるだろう唇を。

なぜ懐かしむことになるのか。彼女には言っていないが、明日思ったようにことが運ばなかったときは、彼女を失敗の泥沼に引き入れないと決めているからだ。キャリアを危険にさらしてまで、ウィルコックスの件を報道させるわけにはいかない。彼の罪を裏付けられる人間は自分のほかにいないのだ。彼女にはきっぱり〝さようなら〟を告げる。

だがいまは彼女が目のまえにいて、夢中でキスを返してくれている。そう、少なくともそれだけは実現できた。

彼女の唇をとらえたまま、自分のシャツのボタンを外した。シャツを脱いだら、つぎは彼女のブラジャーだった。ストラップに親指を差し入れて肩から下ろすと、カップが体から離れた。左右の手で乳房をすくいあげ、キスするのをやめて、彼女の目を見た。

声を低めた。「今夜はもうさんざん乱暴に扱ったからね」

「あれから何時間もたってるわ」彼女がささやく。「もうだいじょうぶよ」

「助かった」小声でつぶやくや、頭を下げた。

ケーラが前立てのボタンを外して彼の分身を取りだし、根元から先端へとしごきだす。

「待ってくれ」その手をどけて、彼女は、彼女のジーンズのファスナーを下げた。ひざまずいて、ジーンズを引きおろす。足を抜く彼女は、トラッパーの肩に手を置いて体を支えていた。トラッパーはレースの小さなパンティ越しにそっと彼女に嚙みつき、息を吸いこんだり、吹きかけたりした。彼女がため息とともにトラッパーの名を呼んだ。

トラッパーはかがんで下着を脱ぎ、体を起こした。彼女に自分のものを握らせてその股間に導き、手を握ったまま耳元にささやいた。

ケーラが顔を見あげて、驚きをあらわにした。「あなたを使う……わたしが？」

「おれが夢想してきたことのひとつだ」

ケーラに委ねるべく手を引いた。彼女がためらうのではないかという心配は杞憂《きゆう》に終わった。トラッパーは彼女が自分のものを使って行うことと、彼女の顔とを、交互に眺めた。嚙みしめられた豊かな下唇。つるりとした先端を下の入り口に押し入れ、快感に眉をひそめている。

敏感な部分にゆるゆると擦りつけられる感覚だけで達しそうだったが、意識を彼女のほうに向けて耐えた。速まる息づかい、肩と胸の緊張の高まり、強まる締めつけ、つんと突きだした乳首。トラッパーは狙いすましたようにその乳首の片方を舌で舐め、彼女は絶妙のタイミングによってもたらされた純然たる喜びに息を呑んだ。

彼女を抱きしめながら、キスを続けた。肌と肌を重ねるうちに、彼女の絶頂感がゆっくりと螺旋を描くように引いていく。最後には壁に頭をつけて、目を開いた。

彼女は気だるげにほほ笑んだ。「あなたは？」

「それはこれからふたりで」

彼女を抱きあげて、ベッドに運んだ。彼女を横たえ、残っていた服を脱いだ。両肘を立てて、彼女の脚のあいだにおさまる。迎え入れようと彼女が腰を傾け、根元までひと息に貫いた。驚くほど潤っているのに、握りしめられているようにきつい。彼女とつながっていられることがただそれだけで嬉しくて、かすかな収縮を感じ取った。それがどんどん強まる。トラッパーはほどなく息を切らしはじめた。

彼はうめいた。「おれを殺す気か」

「最善を尽くしてるのよ」

「きっちり伝わってる」

彼女の両手をつかんで、腕を頭上に押しやる。お互いの両方の手のひらを重ね、指をからめあわせて、腰を前後した。彼女にこのことを覚えていてもらいたいと、このときも思った。おれの記憶にはまちがいなく刻みこまれる。ペニスにまとわりつく感触、腰に巻きつけられた太腿、官能的に波打つ腹部、自分の胸毛が粒だった乳首の先端をかすめる光景。

そして、キス。

彼女へのキス。強烈な感覚をもたらすものはほかにもあるけれど、トラッパーを制御不能に陥れたのは、貪欲に自分の舌を受け入れる彼女の口だった。トラッパーが爆発すると、彼女が腰をそらせて張りつめた骨盤に股間を押しつけてくる。それでまた魂が揺さぶられるような絶頂感が押し寄せた。

あとになってみると、いつ彼女から離れたのか、思いだせなかった。一瞬、ふたりしてまどろみに落ちていたのかもしれない。少しして意識が戻ると、ふたりは横向きに体を重ねていた。ぐったりしたペニスが、彼女の体の隙間にすっぽりとおさまり、手のひらには、彼女の心臓の鼓動が響いている。彼女から手を離して上掛けをかけ、またすぐに乳房に添えた。彼女が眠たそうに名前を呼んで、体を擦りつけてくる。

この数年ではじめて、トラッパーは怒りから解放されて、穏やかな眠りについた。

少佐が経過を見守ってくれていた医師と話をしていると、ハンクがドアのあいだから頭をのぞかせた。「あとでまた来るよ」

「その必要はないですよ、牧師さん」医師が言った。「もう終わります」

医師は立ち去り、ハンクが病室に入ってくる。冴えない笑顔に、おずおずとした態度。悪い知らせがあると顔に書いてある。「入院中なのに、なかなか来られなくて。ずいぶん調子がよさそう——」

少佐はさえぎった。「よく来たな、ハンク。聖職者としてのあいさつは省いてもらってけっこうだ。どうかしたのか？」

「父さんがどこにもいない」

その意味を理解しようとしたが、うまくいかなかった。「具体的に話してもらえるか？」

「父さんに最後に会ったのはぼくで、真夜中だった」

「わたしが最後に彼と話したのは、昨日の早い時間だ」

「昨日か」ハンクは親指と中指でこめかみを揉んだ。「昨日はおぞましい一日だった」

「グレンが不安発作を起こしたそうだな」

「ほかの病気でなくて、そう診断されてひとまず安心したんだけど、そのあとうつうつとしだして」ハンクは、父親が帰宅を許されるや意気消沈しはじめたことを話した。「食事も母さんがフォークで口に運んでやらなきゃ食べないぐらいだった。ジャックダニエルのボトルが空くころ、トラッパーが現れた。こちらが招いていないのに夜遅く、ケーラ・ベイリーを連れてね。それで、父さんに好き勝手なことを言いだすまえに——」

「グレンに好き勝手なことを言う？」

ハンクがため息をついた。「トラッパーがまた突飛なことを言いだしたんだ。ペガサスホテル爆破事件の黒幕はダラスの実業家で、実行犯はただの手先だったとか。それで、その男――ウィルコックスっていうんだけど――が、父さんの首根っこを押さえていて、少佐の襲撃になんらかの形で巻きこんだんじゃないかって」

「グレンがか？」

「最初はトラッパーがまた悪ふざけをしてるんだと思った。でも、そうじゃなくて、真剣そのものだった。なにより信じられなかったのは、父さんが自供したこと……」みじんも楽しさを感じさせない笑いを漏らし、首を振った。「日中、明るいなかで話すと、異様だね。夢でも見たみたいだ」

「話してみろ」

「父さんは自供したんだ。誓約書みたいなものに署名して、その男のためにあなたを、そう少佐をだよ、スパイしてたって。見返りは保安官に再選されることだった」

「前回の選挙か？」

「いいや。九〇年代の後半の」

少佐は胸を衝かれた。

「さらに異様なことに」ハンクは言った。「そのウィルコックスが今週、父さんにあなたの殺害を命じたんじゃないかって言いだして」

少佐はショックのあまり絶句した。

ハンクが首を振る。「異様だって言ったのは、こういうわけなんだ」

「グレンがわたしの自宅に男たちを送りこんだのか？」

「まさか！　父さんはウィルコックスにその計画を放棄させることができたと思っていたらしくて、自分はかかわっていないとケーラに誓ってた」うかがうような目つきで少佐を見る。「なにをどう考えたって、おかしいよね？」

少佐はどこを見るともなく、虚空を見つめていた。

「少佐？」ハンクは彼の意識を呼び戻すように、いらだたしげに声をかけた。「こんなことはあなたもまったく信じないと思うけれど」

「グレンがわたしを傷つけるようなことをするかという意味なら、絶対に信じない。だが、トマス・ウィルコックスが爆破事件の背後にいるというトラッパーの主張は、昨日今日にはじまったものじゃない。それで、昨日の話はどう終わったんだ？」

「トラッパーは父さんに最後通牒《つうちょう》を突きつけた。今日のうちに保安官を辞めるようにと。父さんは二階に上がり、トラッパーとケーラは帰った。二時間後、制服姿で父さんが下りてきた。ジェンクスから電話があったから、行方不明者の捜査に行ってくる、と言ってた」

「おまえはその場にいたんだな？」

ハンクは自分が実家に残ることにした経緯を話した。「父さんにはそんな状態で外出しないでくれと言ったんだが、聞いてもらえなかった」

「それで、グレンはジェンクスに会って、どうなった？」

「そこなんだ」ハンクは説明した。「ジェンクスが言うには、行方不明者の件にしろなんにしろ、昨晩は電話してない、薬で動けないだろうと思ってたって。実際、そうでなきゃいけなかった」髪をかきあげる。「しばらくは起きて待ってたんだけど、いつのまにかソファで寝てたら、朝早くに母さんが起きだしてきて、父さんはどこかと尋ねられた。

それで父さんの携帯に電話したんだけど、かけても留守番電話につながる。で、ジェンクスに電話した。ジェンクスが呼び出しの電話などしてないことがわかったあとは、彼が保安官事務所じゅうの人間に当たってくれて、でも、今朝父さんを見かけた人はいなかった。それでひょっとしたら、通信係に言わずに、あなたのところへ来てるんじゃないかと思った」

「グレンのことを捜してるのは？」

「バッジをつけてる人間は全員。州公安局の警官も、保安官事務所のみんなも。父さんのことを案じていない人は、ひとりもいない。昨日倒れたばかりだから、なおさらだよ。でも、日曜の夜からずっとおかしかったんだ。いや、もっとまえ、あなたがケーラのインタビューを受けると聞いたときからかもしれない」言葉を切り、苦々しげに言い足した。「その知らせを届けにきたのも、トラッパーだった」

少佐の思考は、ピンボールのようにある一点から別の一点へと飛んだ。「ひょっとしたら、話を聞いてもらおうとジョンを探しているのかもしれない」

「確かに、ありうる」ハンクは言った。「トラッパーがどこにいるか知ってますか？」

「あれに会ったのは、昨日の午後、ここに訪ねてきたのが最後だ」

「さっき立ち寄ったけど、モーテルにはいなかった」

「ジョンを探しだして、どうするつもりだ？　グレンの居場所を尋ねるのか？　それとも、また殴るつもりか？」

「悪かったとは思うけど」ハンクはぼそぼそ言った。「もう一度殴りたいぐらいだ。あいつは昨日の夜、父さんを奈落に突き落とした」親指の爪の甘皮をいじっている。「父さんはぼくよりトラッパーのほうを買ってる。いや、否定しないで。あなたもよくご存じなんだから。父さんが買収されていたかどうかにかかわらず、父さんが心底こたえたのは、トラッパーからそれを非難されたことだ。トラッパーはあなたにもそのことを話したんですか？」

「グレンのことをか？　いいや」だが、なにかが引っかかっていた。ジョンは昨日、訪ねてきたとき、何度となくグレンの名前を口にした。

「ウィルコックスについてはなにか？」

「この何年か、ジョンの関心事になっていた」

「でも、すべては憶測だったんですよね？　じゃなきゃ、ウィルコックスは刑務所に送られていただろうから」

「公式の捜査はＡＴＦを辞めた時点で終わっていた」

「でも、非公式には？」

「なんらかの共謀関係にあると疑っていた」

「ジーザス」ハンクはつぶやいた。「これは悪態じゃなくて、祈りですから」

ハンクはベッドの角に腰かけた。ハンクは知らないが、そこは二十四時間まえにグレンが腰かけ、トマス・ウィルコックスのことを知らないふりをしていたのと同じ場所だった。生涯の友が、黙っているという形にしろ、自分に嘘をついていたことがつらかった。

「怖いんです」ハンクは言っている。「もしこの期におよんで父さんの名誉に疑問が投げかけられることになったら、辞職より安直な道を選びそうで」

「自殺？」少佐は声をうわずらせた。「グレンは絶対にそんなことはしない。自分のためにも、おまえのためにも、リンダのためにも」

「でも――」

「彼のことは、おまえよりわたしのほうがむかしから知っているんだぞ、ハンク。そんなことはしない」突然、ハンクに対する嫌悪感が湧いてきた。「グレンがジョンのほうを買っていただと？　なぜだかわかるか？　おまえはグレンを案じていると言ったが、もしジョンなら、ここで手をこまねいていないで、必死になって駆けずりまわっている。いったいおまえはなにを油を売っているんだ？」少佐はハンクを指さした。「さっさとここを出て、グレンを捜してこい」

トラッパーがケーラの仕事部屋である予備の寝室に立てこもっていたこの一時間のあいだ、ケーラはやることを探してほかの部屋を行ったり来たりしていた。忙しく立ち働いていれば、閉じたドアの奥でなにがどう進んでいるのか、考えずにすむ。けれど、部屋から出てくる音がするや、廊下にいたトラッパーのもとへ駆けつけ、期待に充ちたまなざしを向けた。

トラッパーは皮肉っぽい笑みを浮かべた。「思ったほど大変じゃなかった」

ケーラはどっと息をついた。「トラッパー！」彼を押し倒しそうな勢いで、両腕を開いて抱きついた。

彼も抱き返してくれる。「トマス・ウィルコックスのおかげで事態が一変した。おれは道を踏み外した元捜査官でしかないが、あのウィルコックスが取引を望んで弁護団を引き連れてくるとしたら、〝なにかの件で〟有罪だと言ってるようなもんだ。それに、おれは知らなかったが、三年まえにおれの報告書を読んだなかに、頭から却下しなかった局員がいたらしい。ＦＢＩは捜査官を内部に潜入させて――」

彼の発言をさえぎるように、ケーラの携帯が鳴った。「電話はあとでいいから、続きを話して」

「複雑すぎて全部は話せないが、結論としては、今日の午後二時、連邦ビルで会合が行われることになった。それならウィルコックスも弁護団を組織して、虎の子のリストを回収する時間がある。わが身がかわいければ、やつは来る。いまなら向こうも聞く耳を持ってる」

「あなたのＵＳＢメモリはあるの？」

彼はジーンズのポケットを叩いた。「シャワーを浴びていいか？　剃刀も使いたい。なんなら出かけてズボンとドレスシャツを買ってくるかな。見苦しくない恰好をしていきたい」

ふたたび彼女の携帯が鳴った。

「出ろよ。おれはシャワーを浴びてくる」

「剃刀はふたつめの引き出しの右側だから」もう一度、彼に明るくほほ笑みかけた。「ほんとによかった」

「おれも嬉しいよ。向こうが大笑いしたのは、唯一、ウィルコックスが完全な免責を求めていると伝えたときだった。ただし、そのことはやつが向こうに着くまで伝えないよ」

彼は唇に軽くキスして、廊下を洗面所へと歩きだした。キスの余韻に唇をむずむずさせながら、ケーラは電話に出た。

グレーシーの大声が耳に飛びこんできた。「さあ、出番が来たわよ！」

「あら、グレーシー、連絡しなくてごめんなさい。この数日は――」

「謝罪なんていらない。あっつあっ、とびきりのニュースがあるの」

「わたし、病欠中なんだけど」

「それはおしまい。総力戦よ」

「でも――」

「いいこと、ケーラ、あなたがキー局のインタビューをすっぽかしたとき、あたしはあなたのために全力で闘った。あなたがあまりに不安定で弱々しかったから、あなたの味方になったの。ほかも、いろいろ。でもね、今回はそうはいかない。それに、あなただってそれを望まないはず。これから報道用のバンをそっちにやるわ。十分後にあなたの自宅まえであなたを拾うから、すぐに支度して」

まだ仕事に復帰する心の準備はできていないけれど、トラッパーもこれから忙しくなる。今日の会合が首尾よくいけば、この先数カ月はてんてこ舞いだろう。今日はもう彼の力になれることはないし、自分の仕事を守れるのは自分だけだ。いや、救いだすと言うべきか。

「わかったわ。十分ね。それで、あっつあっつとびきりのニュースというのはなんなの？」

数分後、ケーラは主寝室に入った。シャワー室にいたトラッパーがドア越しに視線を投げてよこした。「ちょうどよかった。背中を洗ってくれないか？　なんならまえも」

だが、ケーラの表情を読んだらしく、彼の目のなかにあったからかいの光が消えた。蛇口を閉めて、ガラスのドアを開けた。「どうした？」

「トマス・ウィルコックスが死んだって」

34

「無理心中らしいの」ケーラは言った。「奥さんが彼を撃ってから、自分を撃ったそうよ」

トラッパーはタオルに手を伸ばして、体を拭きだした。「どこでその話を?」

「いまグレーシーから電話で」

「つまりマスコミにはもう伝わってるわけだ」

「このニュースを報道するため、わたしにお呼びがかかったの。グレーシーの手配で、わたしを拾うためにいまこちらに報道用のバンが向かっているわ」

「つい三十分まえにおれが話をしたFBIの捜査官たちは、おれがどうやって死人を連れてくるつもりか、不審に思うだろうよ」タオルを投げつけると、ケーラをよけて寝室に戻り、自分の衣類を拾い集めはじめた。

「これからどうするの?」

「服を着る」

「そうじゃなくて、わたしが言いたいのは——」

「バンはいつ来る?」

ケーラは振り払うように手を動かした。「あと何分かしたら」

「バスルームが空いたぞ。急げよ。おれは一瞬でここを出る」

「どこへ行くの？」

「きみが事務所のドアをノックするまえに送っていたとおりの暮らしに」

「いまさらなかったことにはできないわ、トラッパー」

彼はホルスターのクリップを留めると、彼女に鍵束を投げた。彼女が受け取ろうとしなかった鍵束は、床に落ちた。「栗色のセダンのキーだ。どうせカーソンは気にしないから、ロダルからきみの車が戻ってくるまで使ってろ」

「あなたはどうするの？」

「ウーバーで車を呼ぶ」

「ウィルコックスのことを訊いてるの」

「なにができる？　おれは葬儀業者じゃないし、やつだっておれに棺《ひつぎ》を運んでもらいたいとは思わない」

「ＦＢＩの捜査官に会うのよ、トラッパー。そして説明するの。わたしも口添え――」

「いや」

「肖像画の奥にある金庫に携帯電話があることを伝えるの」

「名前の一覧が写真に撮ってあるだけなんだぞ。ウィルコックスがクリスマスカードを送る相手の一覧だと言われれば、それまでだ」

「たぶんアディソン保安官の名前もあるわ」

「ウィルコックスのような立派な市民は、地域のために働く公務員への感謝を忘れない」

「でも、グレン・アディソンが――」

「話すと思うか？　昨日の夜、おれたちにした話を録音させると？」ありえない、と首を振った。「バッジを返して辞職はするかもしれないが、それにしたって、健康不安かのんびりした老後を理由に挙げるだろう。認めれば、四十年にわたる保安官人生を棒に振ることになる……しかも、なにを認めるんだ？　アメリカの英雄を注意深く見守ったことが違法行為か？　称賛されこそすれ、非難されることはない」

「どうしてそう悲観的なの？」

「悲観的なんじゃない、ケーラ。現実的なんだ」

「それなら言うけど、先週の日曜日に何者かがわたしと少佐を殺そうとしたのも、現実よ」

「誰が犯人だろうと、捕まろうと捕まるまいと、それがウィルコックスに結びつけられることはない」

「でも、保安官はわたしたちがあぶないと知っていて、なにもしなかったわ」

「その点についても彼には言い分がある。それに、いいか、おれは嘘つきの陰謀論者で有名な男だぞ」

「わたしもその場にいたのよ。わたしが今週見聞きしたことすべてをもってすれば、この件を世間に公表できるわ」

「裏付ける証拠もなしにか？」

「あなたが裏付けよ」

「よしてくれ。おれはマスコミには話さない」

「わかった。あなたがいなくても、どうにかなる。ハンク・アディソンが父親の話を聞いていたもの」

「ハンクにしてみたら、おれが地面に膝をついて辱めを受けるぐらい、楽しいことはないんだぞ。記憶喪失になるか、じゃなきゃ、おれが酒と抗うつ剤で前後不覚になってるグレンに圧力をかけて、偽の自供をさせたとでも言うか。そりゃそうさ。実際、おれのやったことはそういうことで、グレンの自供は嘘だったのかもしれない」

「レスリー・ダンカンをやってもいない罪で有罪にさせるの？」

「いや、おれの勘のほうがまちがってて、やつの犯行かもしれない。そうじゃないとしても、あいつがろくなもんじゃないのは確かだし、おれには関係のないことだ」

　トラッパーは忘れ物がないのを確認して、寝室を出た。ケーラはリビングでコートを着ている彼に追いつき、手を伸ばした。コートの袖だけだったけれど、しっかりつかんだ。

「わたしはごまかせないわよ、トラッパー」彼女は言った。「このまま投げだすなんて、あなたにはできない」

「どうかな」

「ウィルコックスを引きずりおろそうとしていた人たちが――」

「そんなやつらはいないのかもしれない」

「彼の娘さんは何者かに殺されたのよ」

「自分で薬を打って、量をまちがえたのかもしれないだろ？　ウィルコックスがうちの事務所に来たのも、おれがどこまで知っているか探りを入れるためで、おれたちに話したことはおもしろ半分の嘘八百だったのかもしれない」

「心にもないことを、よく言うわね。わたしはそうは思わない。彼が語ったことはすべて真実だったと思う」

「証明してみろ」

ケーラは口を開いたものの、返す言葉がなかった。

「おれにも証明できない」トラッパーは彼女の手から袖を引き、ドアを開けた。

「これだけの情報をどうしたらいいの？」彼女が尋ねた。「聞いたことを忘れろと？」

「好きにしたらいいさ。ただ、無謀なことは勧めない。裏付ける証拠もなしに報道すれば、きみの評判は失墜して、そのあときみがどうなると思う？　肥溜めに落ちるのさ。おれのように」彼女の全身に目を走らせた。「ただし、別方面の偶発事故は悪くなかった」

トラッパーは外に出て、ドアを閉めた。

エレベーターを待たずに、非常階段を使った。中程にあたる十一階の踊り場まで来ると、壁にもたれて、目をつぶった。捨て台詞《ぜりふ》を投げつけられたケーラの傷ついた顔を遮断したかった。

うまくいかない。

ジグザグに折り重なる階段を見あげた。駆け戻って、彼女に謝りたい。彼女を抱き寄せて、そのままでいたい。だが、甘い抱擁と耳に心地よい別れの言葉を交わしたところで、状況は変わらない。今日の会合がうまくいかなかったときは、彼女を道連れにしないと誓ったではないか。すっぱり別れるのが、なによりの餞別だと。

それに、いま別れを告げに戻ったら、もう一度立ち去る自信がなかった。

ケーラのマンションからオフィスのあるビルまで、トラッパーはウーバーの運転手とひとことも交わさなかった。

目的地で降ろされると、エントランスまでの途中には、いまだ歩道に倒れたままになっているパーキングメーターがあった。それで自分の車のことが頭をかすめたものの、とくに興味も不安も浮かんでこなかった。

建物に入るとすぐに、法律事務所のドアが開いた。カーソンはトラッパーをひと目見るなり言った。「もう聞いたのか?」

「おまえは誰から聞いた?」

「ケーラがウィルコックスの自宅まえから中継してた」

「案外、時間がかからなかったな」トラッパーはつぶやいた。そしてカーソンに向かって言った。「彼女にあんなブラジャーを買ってきやがって、絞め殺してやる」

「彼女にじゃなくて、おまえに買ってきてやったんだぞ。気に入ったか？」

トラッパーはひとにらみして、カーソンの脇をすり抜けようとした。だが、カーソンが脇にずれて、エレベーターへの道を封じた。「おまえのオフィスを片付けにきたやつらがいる」

「誰だ？」

「おれが管理人に許可したのは錠前の交換とガラスの入れ替えだけだったんだが、たぶんひと儲けできるチャンスだと思ったんだろう。昨日の午後、ふたり連れの男が来て、上をがたぴしやってった。のぞいてみたが、きれいになってたぞ。支払いはおれが代わりにすませておいた」ズボンのポケットから鍵を取りだし、トラッパーに手渡した。「切れこみのほうを下にして、差しこめよ」

「どうも」

「当然のことながら、もろもろの支払いはおまえにまわさざるをえない」

「なんでもいいから、カーソン、おれを通してくれ。頼む」

カーソンはこんどはトラッパーの胸に手を置いて、押しとどめた。「ウィルコックスはおまえのために特別なお菓子を準備してたんだろ？　ちがうか？」

「ご明察」

「奥さんがやつを殺したんだってな。細工のきれいな六連発拳銃で」

「世も末さ」トラッパーが引き出しに戻したリボルバーだ。だが、ミセス・ウィルコックスはしまってある場所を知っていたのだろう。「死亡推定時刻を言ってたか？」

「午前二時前後だそうだ」

自分とケーラが立ち去った直後だ。

カーソンは言った。「子どもが亡くなったあとひどいうつ状態だったという、奥さんの友人の話を紹介してたぞ。そういうことだから、もろもろ考えあわせるに、トラッパー、これが最善の結末だったのかもしれない」

トラッパーは怒りに目を細めた。「殴られたいのか、カーソン」トラッパーから手を払いのけられた弁護士は、賢明にも後ずさりをした。トラッパーはエレベーターに向かった。

事務所のある階でエレベーターを降りると、新しい塗料のにおいが鼻を衝いた。ドアの磨りガラスは交換されているものの、まだ事務所の名前は入っていない。このままでいいかもしれない。新しい借主が入れなおさずにすむように。

トラッパーは引っ越し資金ができしだい、ここを出るつもりになっていた。これからなにをするのか、どこへ行くのか、自分でもわからないが、ここに用事がなくなったことだけはわかる。

望んだような結末にはならなかった。疑いの余地のない絶対的な形で決着がつくことを願っていた。汚名がそそがれることも重要だが、幕引きにしたいという思いのほうが強かった。どちらに倒れるにしろ、あいまいさに悩まされたり、疑いに苦しめられたりする余地のない、完璧な幕引きを。

だがこのままだと、リンボから出られない。一生リンボが続く。

あのときウィルコックスには平気だと語ったものの、実際はちがう。とりわけケーラと出会い、この一週間を過ごしたいまは。

事務所の床に散らばっていたガラスの破片は、きれいに片付けられていた。トラッパーはファイルキャビネットを開けてみた。事務所じゅうに散乱していた無意味な書類が、無意味な束となって引き出しのなかに入っている。ソファはもはや残骸でしかないが、クッションから引っ張りだされていた詰め物はなくなっていた。家具もすべて元どおりに立っている。

コートをドアの裏のラックにかけると、デスクまで行って、奥に腰かけた。デスクの表面が艶出し材でぴかぴかだった。ここに事務所を構えてから、はじめてのことだ。ひとつずつ引き出しを開けた。いちばん下の引き出しには、よく使う事務用品が入っている。中くらいの厚さの空のファイルフォルダーや、彼が撮った不届きな逢い引きの写真を保管するのに使うビニール袋を丸めたもの。いちばん上の浅い引き出しには、拡大鏡だけが残されていた。

そのまま手をつけずに、引き出しを閉めた。

椅子を回転させると、電気のコンセントプレートが取り替えられているのに気づいた。石膏ボードを継いで、ペンキを塗りなおしてある。

誰があのUSBメモリに入っていたいやらしい動画を観たんだろう？　ふとそんなことが気になった。ジェンクスかグレンか？　いや、ウィルコックスか？　ウィルコックスはUSBメモリの中身を知らないと言っていたけれど、いまとなってはなにも信じられない。

脚を伸ばして、ジーンズのポケットに手を突っこみ、もうひとつのUSBメモリを取りだした。手のひらではずませながら、有頂天になっていた自分を冷ややかに振り返った。USBメモリをマリアンに送りつけておいて、ウィルコックスには隠し場所が見つかって保険が奪われたかに見せかけた。

大博打《ばくち》だったが、説得力を持たせようと自然な演技を心がけた。ウィルコックスはまんまとだまされ、ケーラまでが引っかかった。

もう一度USBメモリをはずませたところで、手の動きが止まった。全身が微動だにせず、呼吸すら止まっていた。

つぎの瞬間、打ちあげられたロケットのように椅子を飛びだした。回転する椅子を残してオフィスを出ると、非常階段のドアを駆け抜け、一階まで二段飛ばしに階段を下った。

カーソンの事務所に飛びこみ、元ストリッパーの受付係の度肝を抜いた。「彼ならクライアントと打ちあわせ中ですけど」

だが、トラッパーは早くもカーソンの部屋のドアを押していた。「どんなふたり組だった?」

カーソンのクライアントは罪の意識に応じた動きを見せた。はじかれたように立ちあがり、コートの袖からナイフを取りだして、振りまわしたのだ。

カーソンも立ちあがり、なだめるように手を動かした。「刃物をしまって。この男は無害だから」

「無害なものか」トラッパーは薄ら笑いを浮かべる悪党に言った。「そのナイフをおれの顔のまえからどけないと、腕をへし折るぞ」クライアントは真に受けたらしく、素直に従った。トラッパーはふたたびカーソンに言った。「おれの事務所の修理をしたやつらのことだ。ふたり組だと言ってたよな？　何者だ？」

「知るかよ。オーバーオールを着た男たちってだけで。工具やペンキ缶なんかを持ってた」

「明細書に載ってた名前は？」

「明細書はなし。現金払いで一割引きになった」

「ここにハンマーはあるか？」

カーソンは人魚の尻尾はあるかと尋ねられたような顔でトラッパーを見た。

「ハンマー、金槌はあるかと訊いてるんだ」

「なんでハンマーなんか持ってなきゃならないんだ？」

トラッパーはあっけにとられる三人を残して立ち去った。やってきたときと同じように、自分の事務所まで大急ぎで階段を駆けのぼった。デスクの回転椅子を押しやって奥に急ぎ、コンセントプレートのすぐ上の壁を蹴った。ブーツのかかとでくり返し蹴るうちに、壁がへこんできた。

だが、手を差し入れるにはまだ穴が小さい。

いちばん上の薄い引き出しから拡大鏡を取りだし、それをハンマーのように振るって、金属製の枠で石膏ボードを叩いた。砕けた石膏の塊が落ちてくる。穴が大きくなると、肘までなかに差し入れた。

携帯電話は間柱の一本にダクトテープで留めてあった。

それを引っ張りだし、額に叩きつけながら、やられたやられたやられたと、呪文のように唱えた。ウィルコックスが言っていた、不測の事態への備えだ。

それから十秒は喜びに浸ることを自分に許した。

そのあと三十秒はいま手の中にあるものがもたらす衝撃を思って、恐れおののいた。

開いて見るしかない。

電源を入れると、ありがたいことに暗証番号は必要なかった。写真にアクセスした。フォルダのなかには五枚の写真が入っていた。

心臓を高鳴らせながら、最初の一枚を開いた。拡大しないと名前が読めない。リストに目を走らせた。有名人の名前がいくつか目に飛びこんできた。故人も含め、政治家の名前もあった。頭に〝ドクター〟のついた名前や、〝閣下〟のついた名前、特定の地位を表す呼称もあった。

リストはアルファベット順なので、グレン・アディソンの名前は最初のほうにあった。二枚め、そして三枚めの写真を表示した。あるだろうと思っていた名前がいくつか見あたらない。

恐怖に胸が張り裂けそうになりながら、頭文字がTの人名までリストをたどった。トラッパーの名はなかった。

喜びがかすれた悲鳴となって口から漏れた。ほっとしすぎて膝が笑い、床にしゃがみこんだ。言葉にならない祈りがため息となった。

携帯を握りしめてしゃがみこみ、動悸《どうき》が鎮まってふつうに呼吸ができるようになるのを待った。リストの残りを改めて見た。アルファベット順のリストは四枚めの写真の中程で終わっていた。

五枚めにして最後の写真をタップした。ページのど真ん中に、名前がひとつだけあった。タイプではない。署名だ。

フランクリン・トラッパー少佐
見まちがえようがない。偽造するには特徴的すぎる筆跡。父の署名だ。

トラッパーは壁に倒れこんだ。肩胛骨を強く打ったが、その感覚がなかった。両膝を立てて体を伏せ、涙のないままむせび泣いた。その苦しさに胸骨が痛んだ。

ずっと恐れてきた。真実を探し求める旅の果てにこんな結末が待っているのではないかと思っていた。ショックはないし、幻滅もしていない。疑っていたから、いや、予期していたからだ。だが、それがはっきりとわかったことにこれほど傷つくとは、予想外だった。

これでウィルコックスがトラッパーにリストを託した理由が明らかになった。仲間のひとりから訴えられたり暗殺されたりすることを恐れたからでも、トラッパーの脅しに屈したからでもなく、娘を殺した犯人に鉄槌を下すためですらなかった。仮にいま生きていたとしたら、ウィルコックスにはトラッパーを使って敵を排除することができた。

トラッパーが追い求めてきたもの、それがこのリストだった。

ウィルコックスは長きにわたる不正行為と殺戮《さつりく》の証《あかし》として、そのリストをトラッパーに差しだした。だが、リストを証拠にしてウィルコックスを罪に問えば、避けようもなく父をも罪に問うことになる。

捜査を打ち切り、質問を引っこめて、自分を厄介者におとしめ、ＦＢＩの捜査官には「ただの冗談だった」と告げて、ペガサスホテル爆破事件に関する嫌疑を葬り去るしかない。それが誰かの陰謀だとする自分の信念の正しさは、立証されることも、法的に認められることもなく終わる。そして不完全燃焼に終わった人間として、自分の名前が出るたび人からあきれた顔をされつづけなければならない。

その気になれば、五枚めの写真を削除することはできる。だが、オリジナルの誓約書には少佐の署名が残り、仮に警察がその存在を知らずにすむとしても、トラッパー自身があることを知っている以上、この先死ぬまで自分は司法妨害をしたという事実を抱えて生きていかなければならない。ウィルコックスにはそれがどんなに厄介なことか、よくわかっていたのだろう。よくぞ大笑いせずにいたものだ。

ウィルコックスがすでに死亡していることも関係がなかった。世間に少佐を英雄だと思わせておきたければ、聖戦を放棄するしかない。

金輪際、きっぱりと。アーメン。

床に座りこみ、指が白くなるほど携帯をきつく握りしめたまま、涙に光る瞳で父の署名を凝視した。

やがて涙をぬぐって、立ちあがった。

「おれを舐めるな、ウィルコックス」

35

こんども同じように驚く秘書を横目に、トラッパーはカーソンの部屋に直行すると、まださっきのクライアントがいた。しょげた顔で背中を丸め、将来を悲観している。

トラッパーは言った。「借りたいものが——」

カーソンが鍵束を投げてよこした。「だいじょうぶか？」

「おれなら元気だ」

カーソンが立ちあがった。「ほんとか？　その顔——」

「これはどの車のキーだ？」

「おまえのだ。忘れたか？　新品同然にして、裏に停めてある」

「助かる。恩に着るよ」

「トラッパー？」

だが、すでにトラッパーは事務所をあとにしていた。

車に乗ると、携帯の充電器を探してコンソールの収納スペースとグローブボックスを調べた。なくなっている。カーソンが使った修理業者がくすねたのだろう。コートのポケットを叩いてみると、まだバッテリー切れになっていない携帯が見つかったので、それを使ってさっき話をしたATFの元同僚に電話をかけた。「三分後におまえのオフィスまえに車をつけるから、そこで待っててくれ」

実際は四分かかった。向こうに着くと、さっきの元同僚がそこにいた。ウィルコックス死亡のニュースを聞いたのだろう。耳から湯気が立ちのぼりそうな形相だった。

トラッパーは運転席の窓を下げて、封をしたプラスティックの袋を差しだした。「ぬか喜びさせて悪かった。ウィルコックスは引き渡せないが、電話で話した携帯がここにある。ここにはリストの写真が入ってる。とてつもないリストだ。USBメモリにはおれが撮ったバークリー・ジョンソンの動画と、ウィルコックスと電話で話したときの録音が入ってる。パスワードはすべて大文字で〝RED〟。FBIに渡してくれ」

まごつく元同僚に口を差しはさむ隙を与えず、トラッパーは走り去った。

つぎに電話したのはケーラだった。二度の呼び出し音で留守番電話に切り替わった。メッセージは残さなかったが、隙を見つけてはさらに三度電話し、いずれもつながらなかった。交差点で信号待ちしながら音声アシスタント機能を使ってテレビ局に電話をかけさせた。自動音声ガイダンスの選択肢を延々とたどると、最後にようやくニュース編集局で働く生身の人間につながった。

トラッパーは名前を告げ、グレーシーを名指ししてつないでもらった。「ケーラに話さなきゃならないことがある」

「彼女はいま現場よ。もうすぐ生中継なの」

「緊急の用件なんだ」

「あなたの緊急の用件のせいで、ケーラは仕事を失いかけたのよ。彼女が目を赤く腫らして、ペットが死んだばっかりみたいな顔をしてるのは、あなたのせいよね」

「話さなきゃならないことがある。これから言うことを、彼女に伝えてくれ」

「あのね、彼女は忙しいの。つぎになにか頼むときは、まず許しを請うことね」

「そういうことじゃないんだ。おれたちふたりのことじゃなくて――」

「あと六十秒で生中継だから、行くわよ」

「伝えてくれ――」

「もう行くから。じゃあね」

「ああ、もう、頼むから！」トラッパーは息をついた。「わかった、おれはクソ野郎だ」

「そう、ジョン・トラッパーはクソ野郎。しかと書き留めておくわよ」

「書き留めるんならこっちを頼む。彼女に電話してもらいたい番号だ」使用中の携帯の番号を二度くり返した。「書いたか？」

「書いたわよ」

「携帯電話のありかは絵の裏じゃなかったと彼女に伝えてくれ」

「酔っ払ってんの？」

「ケーラにはこれで通じる。ごまかしだった。壁のコンセントプレートと同じだったと」

「わかった」

「リストを手に入れた、とも伝えてくれ」

「あなたはリストを手に入れた」

「全部覚えておけるか？」

「あと三十秒よ。行かないと」

プロデューサーは電話を切った。


「その後の経過について、最新の情報をお伝えします。担当は、わたくし、ケーラ・ベイリーです」

中継が切れると、カメラマンが合図をしてよこした。ケーラは手にしたマイクを鉛のように重く感じて、脇に下げた。

慣れ親しんだ現場だった。大ニュースとなった事件の発生現場で、同業者と陣取り合戦をくり広げている。パラボラアンテナを積んだバンが列をなし、カメラマンたちは流し撮りをしている。音声の担当者はマイクの音量をテストし、リポーターたちは準備してと言われたときにすぐに対応できるように、耳のイヤホンをいじったり、鏡代わりになる手近な反射物に自分を映して身なりを確認したりしている。

これがケーラが生き甲斐としてきた世界だった。けれど今日は自分だけ切り離されたように感じる。型どおりに動いてはいるが、心ここにあらずだった。ウィルコックスには脅しのつもりでカメラマンを連れてゲートの外で張りこむと圧力をかけたけれど、まさか無理心中事件を報道することになるとは思っていなかった。何人もの命を奪っておきながら、それに対して良心の呵責を感じない彼には不快感しかないが、彼を死に追いやった絶望ゆえの行動に哀れみを覚えないとしたら、ケーラもまた情け知らずのそしりをまぬがれないだろう。

同業者なら誰でも、犬歯のように大切なものを差しだしてでも、ウィルコックスが妻から殺害される直前に、ケーラが要塞めいた邸宅のなかで彼とじかに対面していたことを知りたがるはずだ。それこそスクープ中のスクープだが、自分から明らかにするつもりはなかった。彼が根っからの悪党だったにしろ、その死は悲劇的なものであり、哀れなウィルコックス夫人に至ってはなんの罪もない。とても利用する気にはなれなかった。

それに、彼から許可があるまで、事件全体を公表しないとトラッパーに約束してある。

「ケーラ、グレーシーが話があるって」

そんなことを考えていたので、自分とトラッパーがウィルコックスを昨晩訪ねたことがグレーシーにばれたのかも知れないと思った。そうではありませんように。即刻、お払い箱にされてしまう。

伝えに来てくれた制作アシスタントにお礼を言って、バンに引き返した。助手席に乗りこみ、ハンドバッグから電話を取りだして、短縮ダイヤルボタンを押した。

最初の呼び出し音でグレーシーが出た。「画面だとまだ目が赤く見えるわね」

「アレルギーなの」

「そう。だったら、アレルゲンから電話があったわよ」

心臓が飛び跳ねたけれど、なにも言わなかった。

「当然のごとく、大慌てでね。あなたに話をしなきゃならない、でも〝ふたりのこと〟じゃないって強調してた。で、あなたに伝言を頼まれたの。携帯は絵の裏にはなかった。コンセントプレートと同じように、ごまかしだった。それから、リストを手に入れたって」

「リストを？」

「酔っ払ってんのって、言ってやったんだけど」

重苦しさが消えて、活力が湧いてきた。「彼がいまどこにいるか聞いた？」

「いいえ。でも、番号を聞いてる」

「メールで送って。いますぐ電話するから」

「ちょっと待って。あなたに頼みたい仕事がもうひとつあるの」

「グレーシー、いまの段階で警察から聞きだせることはすべて聞きだしてある。警察の広報官に食いさがっても、現在捜査中としか言わないわ。家政婦は警察の監視下に置かれてて近づけないし、殺人課の主任刑事はわたしのことを避けている。つまり、いまのわたしには同じ話をくり返すことしかないってこと」

「そっちには代わりにビルを送るから。あなたにはロダルに行ってもらいたいの」

「どうして？」

「少佐が退院するのよ」

「え、今日？　ただのうわさじゃなくて？」

「あたしには信頼できる情報源があるのよ。病院にいるあいだになにか新しいことがあったり、うわさを聞いたりしたときは連絡してもらおうと思って、用務係を買収しておいたの。さっきその彼と話したところ。この件はまだあなたが担当よ、ケーラ。急げば夜のニュースで独占スクープできる」

息継ぎだけして、先を続けた。「あなたがこの仕事を受けないほどばかじゃないと思って、心からのお願いをさせてもらうけど、あなたと少佐を一緒にカメラにおさめさせてくれたら、こんなに嬉しいことないわ。少佐のコメントまでひとこともらえたら、昇天しちゃうかも。それと、言うまでもないけど、あなた、全国ネットの絶対女王になれるわよ」

ケーラはめんくらっていて、少佐の退院以降の話を聞いていなかった。「その情報源は信頼できるの？」

「彼、あたしのオレンジ色の眼鏡にぞっこんでね。撮影班は先に出発して、現地であなたを待ってるわ」

「わたしの車――」

「リムジンを呼ぶとか、ヒッチハイクするとか。どんな手を使ってもいいから、その目の赤いのをなんとかして、現地にお尻を運んで」

トラッパーは自分がいまロダルに向かっていることをグレンに知らせたかった。彼に直接会って、すでにウィルコックスがらみの証拠がＦＢＩに渡ったことを伝えたかったのだ。昨夜は厳しいことを言ったけれど、グレンがウィルコックスに不利な供述をしてくれるなら、彼のために情状酌量を求める司法取引を取りつけたい。

何度電話しても、留守番電話に切り替わった。業を煮やしたトラッパーは、保安官事務所の代表番号にかけ、グレンとじかに話したいと頼んだ。だが、電話はつながれず、逆に名前を尋ねられた。

「ジョン・トラッパーだ」

「今日は保安官は出勤していません」

「友人だ」

「ええ、存じてます。ですが、こちらにはいないんです」

「どこに連絡したらいいか、わかるか？」

「すみません、わかりません」

電話を切ったあと、紋切り型の返事ではぐらかされた気がして、落ち着かなくなった。そこでアディソン家に電話をかけると、女性が出た。「やあ、リンダ、トラッパーだ」

「アディソン夫人は携帯に出てらして、いま外せないんです」

「あなたは？」

女性はアディソン家の友人だと名乗った。なぜリンダは友人を必要としてるんだ？「グレンはそちらに？」

「いいえ。悪いけれど、わたしにはそこまでしかお話しできないんですよ」

「どうして？」

「なんならハンクに電話してください」女性は電話を切った。

ひょっとしたら、自分は避けられているのかもしれない。ハンクが好ましからざる人物だと言いふらしたのか？

あるいは、すでに辞表を提出したグレンが、詮索されるのを嫌って人を避けているか。でなければ、重度の不安発作に襲われたか。いや、不安発作ですめばいいが。

心配の材料を思い浮かべながら病院に電話をかけた。グレン・アディソンが患者として入院していないかどうか尋ね、電話交換台のオペレーターから、していないと教わって、ひと安心した。

「よかった。ありがとう」いま父と話をしたらどんな気分になるだろう？　あんな発見をした直後だけに、トラッパーはためらった。

「ほかにご用はありませんか？」オペレーターが尋ねた。

「そうだな。トラッパー少佐の病室につないでくれ」

「それはできません」

「息子なんだが」

「すみません、ミスター・トラッパー。おつなぎできないのは、お父さまがすでに退院されたからです」

「なんだって？」

「病院を出られました」

「いつ？　なぜおれに連絡がない？」

「あの……わたし……」

「いや、いいんだ。父のいたフロアの上級看護師につないでくれ」

携帯のバッテリーを消費しつつ、少なくとも二十回は呼び出し音が鳴った。あきらめてまた交換台に電話しようかと思ったとき、男が電話に出た。あわただしい口調だった。トラッパーが名前を告げるや、男はそのフロアの看護師長を名乗り、言い訳がましくなった。

「連絡しようとしたんですよ、ミスター・トラッパー。あなたのお父さんのカルテに載っていたどの番号にかけても、電話が通じなくてですね。それで、あなたに連絡がつくまでいてくれるようお願いしたんですが、なにがなんでも退院するとおっしゃって。主治医は言葉を尽くして反対したんです。でも――」

「いつのことだ？」

「三十分ほどまえです。いや、もう少しまえかも」

「自宅へは救急車で？」

「いいえ。こちらに来てらしたアディソン牧師が、送っていくと言われて」

36

少佐宅のまえにハンクのものだとわかるミニバンが停まっていた。

トラッパーはゲートを走り抜け、私道に土埃を巻きあげた。急ブレーキを踏んだせいで、車体は横すべりしながら耳障りな音を立てて止まった。すかさず車を降り、ポーチの階段を駆けあがった。

玄関に鍵はかかっていなかった。トラッパーは飛びこんだ。そして入るなり、立ち止まった。

少佐はリクライニングチェアに上体を起こしたまま座っていた。顔が青ざめ、小刻みに震えている。体まで小さくなったようだが、同時に怒りにはち切れんばかりだった。

その少佐を見おろすようにして立っていたハンクは、何歩か後ずさりをして、少佐に向けていたライフルの銃口をトラッパーに向けなおした。トラッパーは尋ねた。「いったいなんのつもりだ？」

ハンクが答えた。「見てわからないか？」

「聖書はなしか？」

「こっちのほうが効き目がある」

「持ってるのがほかのやつならそうかもしれないが、おまえだと遊んでるみたいだぞ」

茶化してみたものの、その実、内臓は締めつけられ、ハンクの口調や表情に全神経を傾けていた。ハンクの指が鹿狩り用のライフルの引き金を軽く叩いていたからだ。

だが、いちばんの気がかりは父の息が苦しそうなことだ。「あんたを退院させるとは、あの病院を訴えてやる」

「一緒にグレンを捜そうとこいつに言われてな」少佐はハンクを顎で示した。「ところが連れてこられたのは、ここだった。キャビネットからライフルを取りだして……」

「黙ってろ。その先は想像がつく」そう応じつつも、トラッパーの頭は〝グレンを捜す〟という言葉にとらわれていた。どういうことだか説明してもらいたいが、まずはハンクからライフルを取りあげなければならない。「だいたい弾の装填のしかたを知ってるのか？」

「ぼくのために装填されてた」

「へえ、当ててみようか。ジェンクスだな？」

「重宝な男さ」

「だろうとも。だがな、ハンク、悪いことは言わない。人を傷つけるまえにライフルを置け」

「いいね、まずはおまえから」

「おまえには納屋の広い壁だって撃てるかどうか。おまえがおれを撃ちそこなえば、おれはおまえを殺さなきゃならない。それはごめんだ。おまえうんぬんより、おまえの家族に申し訳ない」

「片方の手を使って、ホルスターを外せ。ゆっくりだぞ」

「ホルスター？」

「いますぐ言うとおりにしないと、少佐を撃つ」

「おれの母親がプレゼントしたライフルでか？　そりゃあんまりだろう？」

「言うとおりにしろよ、トラッパー」

ハンクの目の光が、いまの膠着状態を血まみれの大惨事に一変させかねないことを物語っていた。状況を把握できるまでは、危険な賭けはできない。「片手でホルスターをつかむには、コートを脱がなきゃならないぞ」

「ゆっくりやれよ」

トラッパーは体を揺すって肩からコートを脱ぎ、あとは袖が腕をすべり落ちるに任せた。コートが床に落ちると、片方の手を背後にまわし、ウエストバンドから九ミリ口径の拳銃がおさめられたホルスターを外した。

「肩越しにうしろに投げろ」

「あぶないぞ。安全装置がオンになってるかどうか、自信がない」

「やれよ」

トラッパーはホルスターが硬い木の床を打つ音で、落下地点を特定しようとした。

「両手は上げたままだ」ハンクが言った。

トラッパーは両手を肩の高さに上げた。「で、つぎは？　このまま我慢大会か？　いままでそんなふうに腕を突きだしてたことなんか、ほとんどないんだろ？」

「黙れ！」

少佐が息を吸う、かすれた音がした。「ハンク、なぜこんなことをする？　自分を見失っているのか？」

「見失ってるのは、魂だろ」トラッパーは言った。「で、グレンを捜すとかって話は、なんなんだ？」

少佐が答えた。「グレンが昨夜から行方不明になってる。電話で連絡を取りあった人間もいない」

「自宅から電話で呼びだされた」ハンクが補足した。

トラッパーにはその声音が気になった。いや、勝ち誇ったような彼の表情のほうかもしれない。「呼びだされた？」

「ジェンクス保安官助手から」

「保安官事務所の仕事でか？」

「そうじゃない」

「そうじゃなくて、なんだ？」

「ぼくはジェンクスに連絡して、父さんに良心が芽生えて——そう、おまえが言ってたよな——洗いざらい自供したと伝えた。ぼくたちにしたら、問題発生だ。ジェンクスは父さんを

〈ピット〉におびきだした。これで問題がなくなった」

「彼がグレンを殺したのか？　なんという」少佐がつぶやいた。「なぜそんなことを？」

トラッパーが言った。「こちらにおられる牧師さまが、トマス・ウィルコックスに代わって悪事の総代になりたがったからさ」鼻先で笑った。「ところがハンクはすっかり裏をかかれて、そのことに気づいてもいない」

「こんどはなにが狙いだ、トラッパー。ぼくは引っかからないぞ」

「なにも狙ってないさ。聞いてないのか？　ウィルコックスが死んだ」

「そのことなら、血みどろの細部まで全部聞いた。おまえの恋人がウィルコックス邸のまえから中継してた」

「ところが、おまえの知らないことがあるんだ。そろそろ教えてやってもいいだろうから言うが、昨晩ケーラとおれはあの邸宅でウィルコックスに会ってた」

ハンクは大笑いした。

「神にかけて誓う」

「ウィルコックスに会いに行ったのか？」

「おまえの家を出たあとで」

「そしたら彼がおまえたちを大歓迎したと？」

「そうは言わないが、この何日かのあいだに、おれたちのあいだには相互に有益な協力関係めいたものができつつあった」トラッパーは言葉を切り、片方の眉を吊りあげた。「おや、おまえの度肝を抜いてやれたらしいな。知らなかったか」ため息をつき、悲しげに首を振った。「ああ、一度はトムから銃口を向けられもしたが、おれを殺すまではいかなかった。代わりに話しあって、立場のちがいを乗り越え――」

「昨夜の話を続けろ」

「話さなかったら、おれを撃つか？　おまえはそんなことしないさ。にしたって、おれの心はすでに傷ついてるが。あの小屋に呼びだされたことを怒ってるのは、わかってる。にしたって、その仕返しにしてはやりすぎだろう？」

「さっさと話せ」ハンクがぴしゃりと言った。

「どこまで話したっけか？　ああ、そうそう。おれたち三人――ウィルコックスとケーラとおれで、興味深い会話をしたんだ。話題はふたつ。夜中の一時ごろだった」

「父さんが裏切ったことを彼に言ったのか？」

「いいや、言ってない」

「信じられない」

「おまえが信じようと信じまいと、知ったこっちゃない。事実だ」

「だったら、言えよ。ぼくがいまだあったと信じていないその会合とやらで、なにが話しあわれたんだ？」

「深刻な問題さ、まじめな話。ウィルコックスにはある材料があった。署名付きの自白書とまではいかないが、それがＦＢＩに渡れば、ペガサスホテル爆破事件が再捜査になるであろう証拠だ。やつはそれをおれに渡すことに同意した」

「おまえみたいなやつに、ウィルコックスが時間を割くとは思えない。ましてや自分が有罪になる証拠を渡すわけがない」

「ふつうに考えたらそうだ。最初はもったいぶってた。やつは手ごわい交渉相手だ。やつがどんな男だか、おまえも知ってるだろ？　完全な免責特権をよこせと言って聞かなかった。だが、そんなこまかい話、興味ないよな。興味を持つのは、連邦検事ぐらいなもんで」

「さっさと話せ」ハンクはさっきと同じことを、こんどは言葉を押しだすような口調で言った。

「そうやっておまえが邪魔をするから……ウィルコックスがおれみたいなはぐれ者のところへやってきて、自分の代理人として交渉してくれと頼むとしたら、考えられる理由はひとつしかない」

「なんだ？」

「殺された娘の復讐さ」

ハンクがまばたきした。目には心が表れる。

「やつはそれを最優先にするとおれに約束させた」トラッパーは小声で続けた。「で、おまえは誰に殺らせたんだ？　おまえにはそんなことをする度胸も根性もない」

「黙ってろ、トラッパー」

トラッパーは笑顔になった。「わかった、黙ってやる。最後にもう一度、くり返すぞ。いいか、ハンク、おまえは裏をかかれたんだ。その気になれば、おまえにはおれが殺せる。少佐も殺せる。だが、昨晩はケーラが一緒だった。彼女はウィルコックスの誓約書のこと、それに署名した人間たちがあいつのために汚れ仕事をしたことを知ってる。彼女が誓約書に署名した人間全員を明らかにして、その罪に見あった処罰を受けさせるだろう」

ハンクは大笑いした。「トラッパー、トラッパー、トラッパー。おまえはいつだってぼくをたぶらかそうとする。でも、今回はその手に乗らないぞ。ぼくはそのくだらない誓約書に署名していないからさ」ハンクはドラキュラ伯爵のように声を響かせた。「銀行の金庫室へと下り、長く暗い通路を奥の小部屋へと進んで――」

いつもの声に戻った。「昨日の夜、父さんが語ったみたいに、ぼくも締めあげられたよ。ウィルコックスは耳に心地よい声で、礼拝堂の建設基金として多額の寄付をしたことを持ちだした。彼がモンブランで一筆したためただけで、駆けだしのテレビ伝道師に基盤ができたんだ。支払い期限が来た。彼はそんなようなことを言った。そして、点線のうえに署名しろと迫った。

けれどぼくは〝それは性急にすぎるよ、トマス〟と言い返した。じつは、そのまえの日曜日に、説教壇から気前の良い寄付者が現れたと公表しておいたのさ。ハレルヤ！　聖人たちをことごとく称えよ！」彼はまた大笑いした。「やつになにができる？　金を取り返すか？全能なる神への献金を引っこめるのか？」

「やつの望みはなんだったんだ？　罪の赦《ゆる》しか？」

「ささいなことさ。父さんが崩壊しそうで、心配してた。父さんは歳を取るほど感傷的になって、しょっちゅう酒を飲みすぎてはメソメソしてた。ウィルコックスは父さんが少佐に対してしてたことを、ぼくが父さんに対してするよう求めた」

「スパイか」

少佐の簡潔なひとことが、トラッパーには意外だった。それを感じ取ったらしく、少佐がトラッパーのほうを見あげた。「ハンクから聞いたぞ。おまえが昨日の夜グレンを訪ねて、彼が自供したそうだな」

「おれにとっても、楽しくて居心地のよいひとときじゃなかった」

「だろうとも、ジョン」

少佐は諦観《ていかん》と失意が滲んだような顔をしている。だが、それより心配なのは、刻一刻と弱っていくらしい父の肉体のほうだった。ハンクがウィルコックスとの敵対関係をどう語るか、じっくり聞いてみたいのは山々だが、ここは急がせるしかない。

「なるほど、それでおまえは誓約書への署名を拒んだ。おまえの豪胆さにやつは腹を立て、腹立ちまぎれに脅しをかける。〝誰に対してものを言っているか、わかっていないようだな〟と。だが、ウィルコックスはゲーム巧者だった」

「おまえにもわかるだろう」ハンクは言った。「やつのやり口は何十年も通用してきた」

「何世紀もだ。マキアベリ主義。むかしながらの手法だが、効力はある。おまえはそれに習い、それをやつに見せつけた。やつの娘を殺したんだ」

「ぼくじゃないさ、わかってるだろうけど」

「ああ。腰抜けすぎておまえには無理だ。誰を使った？」

「薬物を使ったことのある人間に正しさに至る道を指南してやった」

「罪の贖《あがな》いとして、人の命をひとつ」

ハンクは天使のように清らかな笑みを浮かべた。「神の御業《みわざ》の不思議さよ」

「それを言ったら、悪魔もだ」トラッパーの笑みはそちら寄りだった。「なあ、さっきおれが言ったろ？　おまえは裏をかかれて、そのことに気づいてもいないと？　なるほど、おまえはウィルコックスの誓約書に署名してないかもしれない。となると、ＦＢＩにもおまえの署名は手に入らない。だが、連中はあるものを手にしてる。おれが渡したからだ——そう、ウィルコックスがご丁寧にもアルファベット順にタイプした名前のリストをだ。さて、やつはそのリストに誰の名前をつけ加えたと思う？」

ウィルコックスはそんなことはしていなかった。名簿にはハンクの名前などなかったが、こう言えば、ハンクが信じるかもしれない。ウィルコックスならただいやがらせのためだけにでもしそうなことだ。

「悪いな、ハンク」残念そうな顔をして、彼に一歩近づいた。

ハンクがライフルを突きだす。「嘘だ」

「殺したきゃ殺せばいいが、ＦＢＩに渡ったリストは取り戻せないし、入手の経緯はケーラが証明する。彼女なら一部始終を証明できる」

「だったら、少佐の退院を伝えようと彼女が駆けつけてくれたことをなおさら喜ばないといけないな」

トラッパーの胃がどすんと重くなった。「なんだと?」

「あれ、驚かせちゃったのかな?」ハンクがからかう。「知らなかったのか?」そして、言った。「ケーラ?」

玄関ホールとリビングのあいだの戸口に彼女が現れた。ジェンクスが左手でその上腕をつかんでいる。右手には、文句のつけようのない口径のリボルバーがあった。

ケーラの唇は恐怖に血の気を失っていたが、それでも、表向きは勇敢そのものだった。

「グレーシーからあなたの伝言を聞いたわ。電話したんだけど」

「携帯のバッテリーが切れた」

「わたしたちがここにいることを伝えたかったんだけど、そんなことをしたら全員殺すとわたしも少佐も言われてて」

「どのみちそのつもりさ」トラッパーは彼女を見て、苦笑いした。そこに込められた申し訳なさと後悔を彼女が読み取ってくれることを願いながら。

「ジェンクス、彼女をこちらへ」ハンクが言うと、ジェンクスはケーラをまえに押しだした。ハンクは近づいた彼女の腕をつかんで、トラッパーの正面に立たせた。「このライフルを持ってろ」

「地獄に堕ちるがいいわ」彼女がハンクの腹に肘打ちを食らわした。

トラッパーはとっさにまえに出た。

ハンクが叫ぶ。「ジェンクス、撃て！」

「待てよ！」トラッパーはぴたりと足を止め、両手を高く掲げた。「ケーラにかまうな。おれがいれば事足りるはずだ」

ハンクの息は苦しげだった。興奮しているのか？「親切なことだな、トラッパー。だが、条件を決めるのはおまえじゃないぞ。なににつけてもぼくのほうが有利だからね。ケーラにライフルを持たせろ」

トラッパーはジェンクスに視線を投げた。少佐の傍らに移動している。リボルバーで誰を狙うにも最適の位置だった。トラッパーはケーラに目を戻して、うなずいた。「こいつの言うとおりにしろ、ケーラ」

彼女はトラッパーを見たまま、ハンクにうながされて手を動かし、彼が止めた位置で手を止めた。左手で銃身を支え、右手はトリガーガードにかかっている。そしてハンクの指は引き金にかかったままだった。

彼はケーラの肩越しにトラッパーを見て、低い声で笑った。「好運もここまでくると奇跡だね。少佐と病院を出てバンに乗せようとしてたら、彼女が駐車場に入ってきたんで、一緒に乗っていかないかと誘った。スタッフには連絡してここで落ちあえばいいからと言って。ただし——」

「ただし、実際に連絡しようとしたら」ケーラが先を引き取った。「彼に逆手打ちにされて、携帯を奪われたわ」

トラッパーは冷ややかな目でハンクを見た。「やっぱりおまえを殺すしかないらしい」自分の肩越しにうしろを見ると、二メートルほど先の床にホルスターがあった。銃弾が装塡されているのはわかっているが、どうやってホルスターから拳銃を抜いたものか……。

その思いを読んだように、ジェンクスが言った。「悪いことは言わないからやめておけ」

「こいつには気をつけたほうがいいぞ、トラッパー」ハンクが言った。「法の執行官だから、びっくりするような秘策を知ってる」

「仮釈放違反を犯してる白人のクズに殺人未遂の罪をなすりつけるべく、証拠をでっち上げるとかか？」

「そんなのはジェンクスの才能のごく一部だ」ハンクは言った。「彼には跡形もなく人を消すことができる」

「〈ピット〉か」

「死体は永遠に見つからない」

「日曜の夜の相棒みたいにか？」

「ピーティ・モス」ハンクが言った。

「三人めは誰だったの？」ケーラが尋ねた。

「三人めなどいない」そう答えたのはジェンクスだった。

「いや、いた」トラッパーはケーラの視線を少佐へとうながした。

彼女は少佐を見おろし、困惑に口をうっすら開いた。少佐が力なくうなずく。「そうだ」

父が認めたことに満足感を覚えられたらどんなによかっただろう。だが、トラッパーにはできなかった。ケーラに言った。「おれがここへ来た日、きみが銃声を聞くまえにドアを開こうとしたのは少佐にちがいないと思った。だが、その理由がわからなかった。いや、言い方がちがうな」父を見おろした。「おれは理由がわかりたくなかったんだ。いまはその理由がわかってる」

「そうは思わんぞ、ジョン」少佐は言った。「わたしは彼らがやってくる音を聞いて、ケーラに警告しようとした。だが、時間がなかった。それだけのことだ」

トラッパーは父のまなざしをとらえた。息を吸い、息を吐く。内側からの圧迫が強すぎて肋骨が折れそうだった。心はすでに砕けている。

ハンクが言った。「おやおや。意味深な沈黙だな」

それを聞き流して、トラッパーはジェンクスの大きな手のなかにある六連発拳銃を見た。

「いますぐ少佐を病院に戻さないと、あんたが殺人罪に問われるぞ」

「撃ったのはおれじゃない、ピーティだ。ケツの穴がちっちゃいせいで、興奮してた」

ハンクが言った。「言葉に気をつけろ、ジェンクス、言葉に」

トラッパーの目は保安官助手の無慈悲なまなざしをいまだとらえていた。その一方で、頭のなかでは日曜の夜のシナリオを組み立てなおしていた。細部をつなぎあわせ、ジェンクスの視点から事件の推移を見ようとしたのだ。「ピーティは性急に拳銃を抜いた。あんたには気づいた」

予想外のことだった。つぎの瞬間には少佐が倒れ、化粧室の明かりが消えたことにあんたは

「それも予想外だった」ジェンクスが言った。

「ほかには誰もいないはずだった」

「そうだ。彼女は」ケーラに目をやる。「迷惑なサプライズ・ゲストだった。彼女さえいなければ、万事首尾よく終えてた」

保安官助手の揺るぎない目をのぞきこみながら、トラッパーはつぶやいた。「ところが、ことは計画どおりに運ばなかった」

「そういうことだ」

「このままはな」気ぜわしげな声に引かれて、トラッパーはハンクに視線を戻した。ライフルの銃口は、いまもトラッパーの胸に向けられている。「いまはちがう。今回はぼくが万事首尾よく終える」

トラッパーは一瞬ケーラと視線を交わした。恐怖がむきだしになった顔をしている。トラッパー自身も動悸がするが、なにげないふうを装って、のんびりと言った。「おまえがか？後学のために教えてくれないか、ハンク。どうやったら、おれたち三人を殺しておいて、逃げおおせるんだ？」

「ぼくは誰も殺さない」彼はケーラの人さし指を引き金にかけさせた。「ケーラが殺《や》るんだ」

「いやよ！」

「誰を先にするかは、彼女に選ばせる」ハンクはライフルの銃身をわずかに動かし、少佐に銃口を向けた。「彼女は少佐を悲惨さから救いだすことができる。詩的だと思わないか？ 少佐から命を救われた彼女が、少佐の命に終止符を打つ。その皮肉なめぐりあわせにぞくぞくするよ。あるいは」銃口をトラッパーに戻す。「彼女はおまえを撃つこともできる」

「そのライフルじゃ無理だ。銃弾が装塡されてない」トラッパーは両手を下げた。

「手を上げろ」ハンクがどなる。

「だめ、やめて」ケーラは自分の指にかかるハンクの圧力にあらがっている。

「ハンク、後生だから、こんなことはやめないか」少佐はリクライニングチェアの肘掛けに手を置いて体を持ちあげるそぶりを見せたが、ジェンクスが引き戻して、リボルバーの撃鉄を起こした。

トラッパーの目はケーラにそそがれつづけている。「引き金を引け」

彼女は小さく、けれどきっぱりと首を横に振った。

「装塡されてない」

ハンクの笑い声が耳に響いて、彼女はすくみあがった。「そんなごまかしにぼくが引っかかると思うのか？」

「チェックしたのか、ハンク？」

ハンクがためらった。「そんな必要はない」

「ジェンクスはつねにおまえの指示に従うのか？」

「かならずだ」

トラッパーは首をまわして、ジェンクスを見た。無表情なまま石のように固まって身じろ
「かならずだ」

ぎひとつしないが、こちらのわずかな目の動きにも警戒している。

トラッパーはハンクに目を戻した。「ライフルが装塡されてるのが確かなら、いまから数秒後にはおれが死んで、おまえはご機嫌ってわけだ」

「ジョン、なにを考えてる？」少佐は肩で息をしていた。「こいつを追いつめるのはやめろ」

トラッパーは言った。「ケーラ、撃つんだ」

「できない」かろうじて聞き取れるかどうかの、哀れっぽい声。

「なにも起きない」

ハンクが嬉しそうに笑った。「はったりだろ、トラッパー」

「引き金を引け、ケーラ」

「トラッパー、やめて」すすり泣いている。「わたしにはできない」

「おれを信頼してるんだろう？」トラッパーは小声で訴えた。

彼女はすがるような目でトラッパーを見て、うなずいた。

「だったらやれ。引き金を引くんだ」

心臓の鼓動一拍分だけためらって、彼女が引き金にかけた指を引いた。

ライフルはカチッと乾いた音を立てただけで、銃弾は発射されなかった。

ハンクがあっけにとられた隙を衝いて、トラッパーは飛びだした。ケーラを脇に押しやり、

ハンクに襲いかかった。ハンクがライフルを棍棒のように振りまわす。側頭部を鋼鉄製の筒で殴られながらも、トラッパーは突進してハンクの胴体にぶつかり、まるでタックルダミーを押すように後ろへ数メートル押して、最後には床に押し倒した。

ハンクは後ろざまに逃げようとしたが、トラッパーはシャツをつかんで引き起こした。「グレンになにをしたか知らないが、これはその分だ」トラッパーはこぶしを引いて、彼の顔の中央を力任せに殴った。骨が折れ、血が飛び散り、ハンクの悲鳴があがった。彼は顔からまえにくずれ落ちた。

トラッパーは髪をつかんで、ハンクの頭を引き起こした。「これは少佐の分」また殴る。さっきよりも強打したせいで顎の骨が外れたが、髪はつかんだままだった。「この偽善者面した卑劣漢め。ティファニー・ウィルコックスにおまえがしたことを思ったら、息の根を止めてやるべきなんだろうが、虫けらみたいな残りの人生、おまえが腐ってくのを見届けてやるよ」そう言って、ハンクの腹部にこぶしを繰りだしたものの、こんどはジェンクスに邪魔された。ジェンクスは苦労してトラッパーをハンクから引き離した。

トラッパーは彼を振り払った。「わかった、わかった」頭を強打されたせいで、ふらふらしながら立ちあがり、ジェンクスのほうを向いた。「この食わせ者め。ＦＢＩなんだろ？」

「ノーステキサス支局所属だ」彼はＦＢＩの身分証明書を提示した。

「ヒントぐらいくれたらよかったんだ」

「気持ちはわかるが、それだと命令に反する」

「あの日、あやうくおまえを撃ちかけたんだぞ」

ジェンクス捜査官が苦笑いする。「言われなくても承知してる。いつから疑ってた?」

「ほんの一分ぐらいまえだ。おまえがただそこに突っ立って傍観してる理由がわからなかった。そいつでおれを片付ければ早いものを」いまもジェンクスの手にあるリボルバーを指し示した。「そしておれの直感が正しいことを神に祈った。応援は来るのか?」

「いまこちらに向かってる」

トラッパーはハンクの膝を蹴った。「こいつに被疑者の権利を読みあげてやれ」

「トラッパー!」

トラッパーはケーラのうわずった声を聞いて、振り返った。

37

ケーラは少佐の椅子の背を倒して、その上に身を乗りだしていた。トラッパーはいまだふらつきながらもリクライニングチェアまで行き、傍らに膝をついた。

椅子の向こう側からケーラが悲しげな表情で少佐の体に注意をうながした。少佐の胴体の左側がふくれあがり、内出血していることが見てわかる。

少佐が言った。「血があふれだした。退院はまだ早い、また肺に穴が開く、と外科医に言われたんだが、グレンのことが――」

「いいから、じっとして」トラッパーは言った。「すぐに助けが来て、病院に運んでくれる。あの医者は優秀だからな。またじょうずに縫ってくれるさ」

制服姿の男たちが到着して、リビングを歩きまわっているのは、うっすらわかっていた。ジェンクスの合図があるまで、待機していたのだろう。ジェンクスが視界の隅に現れた。

「少佐？」ジェンクスは少佐の肩に手を置いた。「わたしのミスで、あなたに負傷させてしまいました。まえもってお知らせできなかったので、頭を殴って倒れていてもらうつもりだったんですが、まさかピーティがあんな――」

「詳しい話はあとだ」トラッパーは言った。「救急車はこちらに向かってるのか?」

ジェンクスはうなずきつつ、少佐から目を離さなかった。「あなたの友人のグレン・アディソンの身柄は確保してあります。ハンクが言ってたとおり、わたしが〈ピット〉に呼びだしましてね。ただし、グレンを守るためです。向こうに待たせておいた警官に引き渡して逮捕してもらいました。ピーティ・モスについても同様です。アディソン保安官は元気で、全面的に協力してくれています。あなたに伝えてくれと、彼から折り入って頼まれました。少佐は大事な友だちだ、なにがあってもそれは変わらない、と」

少佐は尋ねた。「グレンはハンクのことを知っているのか?」

「まだです。彼の耳に入れるのが気の毒でなりません。保安官は善人です。一、二度選挙で不正をしたにしても、職務は立派に果たしてきたんですからね」

「彼の伝言を伝えてくれて、感謝する」

ジェンクスは力づけるように少佐の肩を叩くと、すぐにその場を去った。やってきた警官たちに手短に状況を伝えて指示を出すためだ。

少佐はトラッパーを見た。「ウィルコックスのリストでわたしの名前を見たんだな?」

「見落としようがないようにしてあった」

「それでも、FBIにリストを提出したのか?」

「渡すしかなかった。渡したくなくて、悪あがきした。でも――」

「そう、おまえなら提出せずにはいられない」

「ああ、そうした」

少佐がうっすらほほ笑んだ。「そんなおまえを誇りに思う」体を震わせながら、息を吸った。「なんとかすべてが丸くおさまって、おまえに知られずにすんだらと思っていた」

「いや、丸くはおさまらないさ。それに知ってたんだ。すべて知ってた。唯一わからないのが、あんたとウィルコックスのあいだの協定内容だ。本の出版と映画化の契約に関係あったのか？」

「いいや」

トラッパーはかがみこみ、涙をまばたきに紛らわした。「教えてくれ……ペガサスホテルを爆破したのは、あんたじゃないんだよな？」

少佐は息子の手を探して、それをつかんだ。「ああ、ジョン。わたしじゃない。おまえはそんなことを思っていたのか？」

「おれはそれを恐れてた。それが怖くて、地獄の苦しみだった。爆破事件の捜査をはじめたとき、犯人とされた三人が何者かの指示に従って犯行におよんだのがおれにはわかった。それで、あんたも実行犯のひとりだったのに、運良く脱出できたのかもしれないと思った」

「なぜそう思った？」

「ウィルコックスはべつにすると、あの災難で誰より得をしたのはあんただ。あの事件を足がかりにしてキャリアを築いた」

「運命だ。そのとき、その場所にいたという、それだけの」

「だったら、なんでウィルコックスと取引した？」

「おまえの母親に誓って言うが、彼との取引がはじまったのは、おまえが猛然と彼の捜査に乗りだした三年まえのことだ。それまではなかった」

「おっと、そうきたか」トラッパーはうめいた。「そんな話は聞きたくない」

「おまえはまちがったことはしていない。仕事に邁進《まいしん》していただけだ。ただきわめて有能で、粘り強かったことが、徒《あだ》になった。ウィルコックスはわたしをおびき寄せ、おまえの信用を傷つけろ、傷つけなければならない、と言った。おまえの唱える陰謀説をしりぞけて、おまえ自身やおまえの訴えを公然と非難しろと」

「そうしなかったら、なにをすると？　あんたを英雄の地位から引きずりおろすと？」

「マリアンを殺すと言われた」

　トラッパーはたじろいだ。

「さらに悪いことに」少佐は言った。「あらゆる証拠を偽造して、おまえを犯人に仕立てあげると」

　トラッパーがケーラを見ると、恐怖の面持ちになっていた。「おれはリストを見た。あの顔ぶれなら、実現可能だったろう」ふたたび父を見て、尋ねた。「なぜ彼女を？　おれを撃てばそれですむものを」

「おまえがなにを探りあてているか、やつにはわからなかった。真相にどこまで迫り、どこまで上司に話しているか。おまえを殺した場合、そのあとになにかが残されて、それが後々また検討の対象になるかもしれないことをやつは恐れた。だが、わたしによるおまえの非難は長持ちする。おまえの信用を地に落とせ、とやつは言った。たとえ婚約者殺しの罪をまぬがれたとしても――」

「おれは人からの信頼を失い、人生を踏みにじられる。事実、そうなった」

「すまない、ジョン。わたしはこれ以外の選択肢はありえないと信じて、それを選んだ」

「マリアンはそのことをなにも知らないんだろう?」

「知らない」

「せめてもの救いだわ」ケーラが小声でつぶやいた。

「おれはあんたをウィルコックスから守ってるつもりでいた」トラッパーは少佐に言った。「あんたはおれを守ってた。あのろくでなしめ、おれたちを互いに競いあわせてやがった」

徐々に力を失いつつも、少佐はトラッパーの手を握りしめた。「おまえから聞かされたときは、つらかった。このわたしとウィルコックスとペガサスホテルの爆破事件がおまえの人生だったと」

「適当にふかしただけだ」

「いいや、そうじゃない。あの日の事件がわたしたち家族から人生を奪った。デブラの、わたしの、そしておまえの人生を」

深く悔やむ父をまえにして、トラッパーはいたたまれなくなった。首をめぐらせ、開いた玄関のドアから外を見た。救急車が猛スピードでゲートを抜けてくる。それでもまだ足りない、もっと速く、とトラッパーは念じた。少佐はひと息ひと息が苦しそうで、血の気の失せた顔に青ざめた唇をしていた。

「またスポットライトを浴びたかった」少佐は荒い息をしながらも、ケーラに話している。

「あなたにはスポットライトが似合ったもの」彼女は涙をこらえて、彼の肩に手を置いた。

「だから受けたかった……インタビューを」短くなっていく呼吸が、もどかしそうだった。まだまだ言いたいことがあるのが、はっきりとわかる。「わたしのエゴのせいで、きみの命まで危険にさらしてしまった。申し訳ないと思っている。口では言い表せないほど」

「謝罪などいりません」

少佐の目に膜がかかる。「わたしの失墜の原因は虚栄心だ。ジョンはそのことを知っている。名声はあらがいがたく、癖になる」身じろぎする。「それを夢中で求めた。そのつけの大半をジョンに払わせた」

「なあ、いいか、おれはなんともない」トラッパーは言った。少佐の口角に血の泡が浮かんできた。トラッパーは自分のシャツの袖でそれをぬぐった。「救急車が来たから、話はここまでだ。黙ってたほうがいい」

少佐が力の入らない手を上げ、トラッパーの顔に触れた。「おまえは絶対に屈しない」

「おれの場合はそれが失墜の原因さ。強情なんだ」

「悪いことじゃないぞ、ジョン。長所だ」

喉がせばまって、トラッパーは話せなくなった。救命士がわらわらと入ってきて、彼を押しのけようとしたが、少佐は驚くほど強い力で息子の手を握りつづけた。「ジョン、頼むからデブラの日記を公表しないでくれ。わたしのためじゃない、彼女のためだ。わたしと一緒に墓におさめてくれ」

トラッパーは袖口で洟をぬぐって、笑顔になった。「その件なら心配無用だ、父さん。母さんは日記なんかつけてなかった」

郡立病院に到着すると同時に、フランクリン・トラッパー少佐の死亡が確認された。この施設がマスコミの注目を集めるのは、この一週間で二回めとなる。

ケーラは三回の現場中継を行い、最後の中継はキー局の夜のニュースで流れた。

男性キャスターが重厚なバリトンで言った。「アメリカはわが国の象徴とも呼べる人物を失いました。ですが、あなたは少佐を個人的にご存じだった。いまなにを思いますか、ケーラ?」

「ともに過ごせた時間は短いものでしたが、この喪失感が癒えることはないでしょう。トラッパー少佐がいなければ、わたしの人生は二十五年まえに終わっていたのですから」あふれそうになる涙を飲みこみ、なんとかこらえた。

「亡くなる直前も一緒だったそうですね」

「少佐のご自宅から救急車のあとをついてきました。彼は病院へ向かう車内で息を引き取られました」

「ダラスの著名な実業家であるトマス・ウィルコックス氏は昨夜、自宅で無理心中に巻きこまれるという悲劇的な死を遂げられ、地元聖職者が逮捕されるという事件がありました。このふたつの事件と少佐が亡くなられたことのあいだには関連があると聞いていますが、その点に関して、話せることはありますか？」

「わたしにお話しできることがあるとすれば、ＦＢＩがウィルコックス氏とアディソン牧師に関して、徹底的な捜査を開始したということだけです」

「さる情報筋によると、連邦の捜査官たちはペガサスホテルの爆破事件までさかのぼって、その関連を探っているそうですね。あの歴史的な事件の被害者という特異な立場から――」

「国の捜査に関して、わたしからコメントできることはありません。またペガサスホテル爆破事件ですが、わたしの特異さは、当時五歳だったわたしが、死に瀕《ひん》した母親からトラッパー少佐に託されたことです。彼は命の恩人です。この時点でわたしに言えること、また言いたいことは、それに尽きます」

「アディソン牧師の逮捕には、少佐のご子息であり、元ＡＴＦの捜査員であったジョン・トラッパー氏も関与したと聞いていますが、事実ですか？」

「はい」

「そしてトラッパー氏は負傷された。いま彼はどのような状況なのでしょう？」

「頭部を負傷して病院に収容されましたが、命にかかわる傷ではありません。良好な状態にあります」

「著名な父親を亡くされたことに対して、彼から公式な声明は出されていますか？」

「いいえ」

「近くその予定は？」

「いいえ。トラッパー氏が会見に応じる予定はありません」

この残念な発言を機に、キャスターは彼女の中継を切りあげた。質問を投げてくるリポーターたちの人波をかき分けて、病院のメインロビーまえのエントランスを塞いでいるバリケードまでたどり着くと、驚いたことに、グレーシーがいた。

「驚かないで。〈エンターテインメント・トゥナイト〉から電話があってね。キー局との契約条項を一時的に停止するから、契約上は禁じられてる――」

「これはエンターテインメントじゃないのよ、グレーシー」そう言って、彼女の脇を通り抜けようとした。

「〈ザ・ビュー〉が明日あなたを使いたいって」

「明日は忙しいの」

「わかった、あたしから言っとく。でも、来週なら一日ぐらいどう？」

「こちらからいいと言うまで、わたしに仕事を振らないで」

「ケーラ、ここは賢く立ちまわってこの機会を利用しないと」ケーラに向かって、人さし指を振る。「あなたがおいしい情報をたっぷり抱えこんでるのは、わかってるんだから。いま報道しなければ、この件をキャリアの足がかりにできないわよ」

トラッパーが少佐に言った言葉にあまりに近いので、とっさに反発した。「それがいまいちばんしたくないことよ。さあ、失礼させてもらうわね。ジェンクス保安官助手から話を聞きたいと言われているの」

彼は病院のロビーで待っていた。制服姿のまま、いまもFBIの捜査員ではなく、高位の保安官助手のふりを続けている。ケーラを人から話を聞かれずにすむ一隅まで導き、彼女の二の腕を指さした。「腕を強く握りすぎてないといいんですが」

「どうしてあそこに戻ったときに、FBIの捜査官だと言ってくれなかったんですか?」

「すみません。ですが、もっともらしく怖がってもらわなきゃならなかったんで。ハンクを逮捕するまえに、ウィルコックスの娘の殺害に関してやつの自供が欲しかったんです」

「トラッパーは今朝になって、FBIが潜入捜査官を送りこんでいると聞かされたそうよ」

「実際はふたり」ジェンクスが言った。「もう二年ほどになります」

「あなたのパートナーも保安官事務所内にいるの?」

ジェンクスは愛想よくほほ笑んだだけで、質問には答えなかった。

バツが悪くなって、ケーラは謝った。「ごめんなさい。いくらオフレコだからって、そんなこと尋ねてはいけなかったわね。公表しませんから」

「わかってますよ」

「グレン・アディソンがFBIのレーダーに最初に引っかかったのはどうしてなのか、尋ねてもいいかしら?」

「彼が思っているよりうんとおおぜいの人間がトラッパーの話に耳を傾けていました」ジェンクスは言った。「彼が探りだしたことを元にして、まずはウィルコックスの身辺を洗うと、あやしいにおいがしました。とくに内偵捜査によって、やつが保安官と密に連絡を取りあっていることがわかった。それも、なんと、その保安官が少佐の親友だというんですからね。

トラッパーが少佐と血縁関係にあることを理由に」ジェンクスは続けた。「上層部はそのことを聞かされたトラッパーが客観性を保ちうるという確信が持てなかった。それでわたしたちをこちらに送りこみ、トラッパーを蚊帳《かや》の外に置いた」

「まちがった捜査方針ね」

「同感です。ですが決定を下すのは、給与ランクが上の人たちです。わたしは保安官を捜査していた。ハンクが〝いい仕事がある〟と言って近づいてきたときは、驚いたのなんの。彼には壮大な計画があったんです」

「どんな計画だったの？」

「ウィルコックスのリストを入手して、そのリストに載っている連中を脅迫するつもりだったんです。金持ち連中に教会を支援させて、テレビの人気伝道師になりたがっていた。人々に意欲を与えるスーパーマン、どんな質問にも答えられる人物に」

「神の代弁者ね」

「そういうことです。建設中の礼拝堂は手はじめにすぎません。彼はウィルコックスのやり口を見ていた。猜疑《さいぎ》心をあおることで人が効果的に操れることを学び、それをまねた」

「今日はなにがあったの？」

「わたしに電話をしてきて、少佐を病院から自宅に送り届けるから同行し、そのあと死体を片付けるようにと。じつはこのところ、ハンクは手に負えなくなっていて、いっきに山場を迎えそうだったんで、騎兵隊に連絡して待機してくれるように頼んでおきました。そのうえで駐車場で彼と落ちあい、バンに乗りこもうとしたら、ひょっこりあなたが現れた。日曜の夜も予想外でしたがね」

「驚くことばっかりだったのね」

「教えてください。ハンクの当初の計画では、日曜日に少佐宅に行くのはわたしだけだったんで、わたしは少佐に事情を説明して、しばらく町を離れていてくれるよう頼むつもりでした。そして少佐がいないあいだに、捜査局とわたしとでティファニー・ウィルコックス殺害の容疑でハンクを逮捕起訴できるだけの証拠があるかどうかを見きわめるつもりでした。

ところが直前になって突然、ピーティが割りこんできた。やはり応援要員がいるとハンクが判断したんです。これで潜入捜査中であることを隠したままでは、少佐に忠告する時間が取れなくなった。それで少佐の自宅に近づくときはなるべく音を立て、頭を殴って少佐を倒しました。謝るのはあとでもできます。まずはピーティに対処しなければならなかった」

「ところがピーティはむやみやたらに発砲するたちだったのね」

「この命が尽きる日まで、わたしはやつの動きに気づかなかった自分を責めるでしょう」

彼の表情を見て、本気だとわかった。「死んでいくのはどういう気分かと尋ねたのは、ピーティだったのね?」

「そうです。そのとき化粧室の明かりが消えた。なかの人を助けるか、少佐の手当てをするか、どちらか選ばなければならなかった。正直に言うと、あのときは少佐が死んだと思っていました」

「わたしを撃たないでくれて助かったわ」

「とにかくあなたを避けて、それ以外を手当たりしだいに撃ったんです。あなたと少佐の息の根を止めそこなって、ハンクは不機嫌でした。そしてあなたが退院するとすぐに、またわたしに殺害を命じた」

ジェンクスの話に耳を傾けていたケーラは、彼がモーテルの部屋のクローゼットに隠れていたと聞いて、絶句した。「あなたのプロデューサーに見つかるわけにはいかなかった。見つかれば、身分を明かすしかなくなる」

「でも、もしわたしが部屋に戻って、あなたを見つけていたら?」

「そうなるといいと思っていたんですよ。あなたに自分の正体と捜査の内容を話して、政府に協力してもらえないかと頼めますから。すなわち、ピーティともども〈ピット〉にいるとハンクに思わせるため、何日か姿を消してもらいたかったんです」ジェンクスはくすくす笑った。「トラッパーがあなたを誘拐してくれたおかげで、その手間が省けましたがね」

彼は真顔に戻って、続けた。「あなたを二度殺りそこねたわたしは、ハンクが別の人間を送るのを恐れていました。ピーティのように自分の忠実さを示したがる人間か、あるいは、ウィルコックスの娘の殺害に使われたような人間をです。ところで、その男ですが、テキサス・レンジャーに逮捕されましたよ。ハンクの指示で動いていたことを認めているそうです。

話をあなたに戻します。わたしはあなたの身の安全を確保できるかどうか、不安でした。あなたを追跡できるよう、車に追跡装置を取りつけました。ところがなんのことはない、トラッパーは用心深かった。あなたを連れて何度も姿をくらましたんですから」言葉を切って、言い足した。「まったく、食えない男ですよ」

ケーラは小声で笑った。「ええ、ほんとに」

「この先ですが、捜査局からウィルコックスについて徹底した事情聴取があります。そしてハンクに不利な証言をするため、召喚状を受け取ることになると思います」

「それは問題ないけど」ケーラはぶるっと身震いした。「彼はソシオパスなんじゃないかしら」

「そうですね。ただ彼が心神喪失の申し立てをするつもりなら、考えなおしたほうがいい。連邦の捜査官たちは令状を持って今日から信徒たちの家をまわりはじめていますが、思ったほど献身的でない取り巻きも出てきています。そういう人たちは、ハンクを裏切ることで、保身を図ろうとするでしょう。ですが、そのあたりの差配をするのは、わたしより地位の高い人たちでしてね。ですから、ミズ・ベイリー、これがお別れになるかもしれない……」ケーラは差しだされた手を握った。

「お会いできて楽しかったとは言えませんね、ジェンクス保安官助手」

ジェンクスは屈託なくほほ笑んだ。「これからもテレビであなたを拝見してますよ」歩き去ろうとする彼を、ケーラは呼び戻した。

「いつあなたがＦＢＩの捜査官だとトラッパーに明かしたんですか？」

「明かしていません」

「だったら、彼はライフルが装塡されていないのをどうやって知ったんでしょう？」

捜査官は肩をすくめた。「彼には知るよしもないことでした」

エピローグ

ケーラは自宅に入ると、入ってすぐの場所にあるコンソールテーブルに鍵束を落として、ショルダーバッグを床に置いた。リビングに向かいながらジャケットを脱ぎ、スカートのウエストバンドからブラウスを引っ張りだした。ブラウスのボタンの上ふたつを外したところで、トラッパーが目に入った。

彼は全面ガラスの窓のまえに立ち、煌めきを放つビルの輪郭に背後から照らしだされていた。けれどシルエットを見れば、どこにいても彼とわかっただろう。

「そこでやめるなよ」彼は言った。「続けて。ただし、ハイヒールはそのまま」

何週間も連絡がなかった彼をまのあたりにして心臓がふくれあがったが、冷ややかで無関心な口調を保ちつつ、ハイヒールを脱いだ。「どうやって入ったの？」

「錠前をこじ開けた」

「じゃあ、この建物には？」

「ドアマンに消防規則違反の捜査をしているＡＴＦの捜査員を名乗った」

「ドアマンはそれを信じたの？」

「身分証明書を提示したんでね」

「じゃあ、まえの職場に戻ったのね？」

「とりあえずようすをうかがってるとこだ」

無頓着を装っているが、ケーラはだまされなかった。ただし、それを指摘する愚はわかっている。「あなたが上階からいなくなったら、カーソンが寂しがるわ」

「あいつはこんどの土曜日で、結婚して一カ月になる。これまでの最長記録だ。今後もよその女にいかがわしいブラジャーを買うようなら、記録更新はできないと言っておいた。まだ持ってるか？」

「ええ」

「いまつけてるのか？」

「およそ仕事には不向きよね。今日は編集スタッフと一日一緒だったから――」

「そいつも気に入ったはずだ」

「彼女と一緒に一時間の番組を編集してたの。いまわたしが手がけてるフランクリン・トラッパー少佐の特集番組よ」

トラッパーはふざけた態度を引っこめた。「キー局の番組なのか？」

「日曜日から二週間にわたって放送される予定よ。少佐がいかにしてその名声をチャリティや教育プログラムに生かしたか、その功績をたどる番組になるわ。あなたがふたつ返事で承諾してくれて、感謝してる」

少佐の死をめぐるごたごたのなか、ジェンクスとの話を終えたケーラは、トラッパーを探した。待っていたのはただの紙切れ一枚。彼女に宛てた書き置きが彼が寝ていた病院のベッドに残されていた。〝ＯＫ〟という活字体の下に彼の署名が添えてあった。

「きみの中継をいくつか観た」彼は言った。「どれもよかった」

「ありがとう」

「きみは不適切な部分を省いて報道してた」

「世間に知らせるべきことは知らせたわ」

ケーラには報道に寄与する義務があった。少佐の死とそれに先立つ経緯も、トマス・ウィルコックスがすでにペガサスホテル爆破まえに犯罪行為に手を染めていたことも、アディソン牧師が虚栄心に取り憑かれて神の恩寵《おんちょう》を失ったことも。

そこでトラッパーに対する言及を最小限に留めて、立証しうる事実だけを報道した。グレーシーからは〝商品を出荷しろ〟と圧力をかけられたが、そんなことを言いつづけるならやめると脅し、食物連鎖の上方にいるプロデューサー連中は、世間の注目を集めているいまの自分なら、どこの地方放送局でも諸手を挙げて迎え入れてくれるだろう、と牽制した。これで彼らも引きさがった。

彼女の報道はすべてを網羅していたが、それでいて、トラッパー家のプライバシーをいっさい侵害していなかった。

「この先はどうするんだ？」彼は尋ねた。「ニューヨークか？」

「わたしを追っ払うつもり？」

「この大ヒットを足がかりにして、つぎを目指したいだろうと思ってさ」

「ここからの眺めが好きなの」彼の背後に広がる壮麗な光景を手で示した。

「ニューヨークは眺めがいいことで有名だぞ」

「ここの眺めが好きなのよ」

　ふたりは見つめあった。彼のもとに駆け寄りたいという衝動をどうにか抑えつけていた。自分を押しとどめるようにウエストに両腕を巻きつけ、丸まって敷物に埋もれている自分の足の指先を見おろした。「お葬式は内輪ですませたのね」彼がなにも言わないので、顔を上げた。

「くだらない大騒ぎに耐えられる自信がなかったんだ、ケーラ」

「耐える必要もないわ」

「ああ。だが、それが世間から期待されていることだった。ロダルの人たちは自分たちから華やかな催しが奪われたと感じてるかもしれない」

「あなたには説明の義務のないことよ」

「父は母さんの隣に埋葬した。墓石じゃなくて、ただの銘板にして」

「日記はなかった」

「日記はなかった」彼の顔に陰気な笑みが浮かぶ。「かつがれた当人にまで、まんまとだまされたと褒められた」

「少佐、笑ってたわね」

「この何年かではじめて、ふたりで笑った。それが最後になった」

黙りこんでから、続けた。「一緒に笑えてよかった」その数分後に少佐は亡くなった。トラッパーは少佐に付き添って救急車に同乗した。

彼が湿っぽいのが嫌いなのをよく知っているので、ケーラは話題を変えた。「ハンクはあなたがライフルのことではったりを言ってると思ったのね」

「あのときばかりは、包み隠さず本当のことを言ってたんだが……」

「もしあなたの誤解だったら――」

「ハンクが来るのに、ジェンクスがライフルを装塡したままにしておくとは思えなかった」

「でも、ジェンクスが潜入捜査官だと思ったのは、ただの勘だったんでしょう？　それがまちがってたら、わたしはあなたを撃って、わたしの目のまえであなたは死んでたかもしれないのよ」声が割れた。

「まあね。おれは無鉄砲なんだ。強情どころの騒ぎじゃない。欠点の寄せ集めさ」

「なかでもいちばんの欠点は無作法なことね」いくらか熱を込めて言った。「招いてもいないのにここに現れたりして。消えるときだって、さよならも言わなかった」

「悪いと思ってる、ケーラ。頭を縫ってもらうとすぐに――」

「姿を消した」

「ばか騒ぎがいまにもはじまろうとしてた。病院にいてその騒ぎから逃げられなくなるのはいやだった」

「あなたに会いたかったのよ、トラッパー。あなたが無事なのを確認して、慰めたかった」

「心にもない慰めは聞きたくなかった」

「わたしは聞きたかった」ケーラは手のひらで胸を押さえた。

トラッパーはなにかを言いかけたが、考えなおして、口を閉ざした。肩に緊張感がみなぎっている。「おれはクソ野郎だ。グレーシーに聞いてみろ。彼女が書き留めてる」

時が刻まれた。ケーラは眉を揉んで、気持ちを落ち着かせた。ふたたび彼を見た。「頭の傷はだいじょうぶなの？」

「カーソンから聞いたよ。問いあわせの電話をくれたんだってな」

「なにがなんでも、それだけは知りたかった。あなたがちゃんと立って動けているのか、繊細な技術を要する脳の手術を受けたのか」

「頭の傷は深刻なものじゃなかった。ニュースでも言ってたろ？　いや、待てよ。あれを報道してたのは、きみじゃなかったっけ？」

ケーラは彼をにらみつけた。

ごめんと言う代わりに、彼は降参の仕草をした。「浅い傷で、何針か縫っておしまいだった。こぶも数日で引いた」間を置いて、強調する。「だが、頭をまっすぐに起こしてなきゃならなかった、ケーラ」

事実に向きあうことを意味する慣用句だが、さまざまな意味が込められていた。彼をまえにしたら、いつまでも腹を立ててはいられない。「そうでしょうね」

彼は身じろぎすると、室内を見まわした。ふたたびケーラを見て、ハンクの話題に移った。「こんど殴ったら、顎を針金で固定した口で説教しなきゃならないぞと警告した」

「厳罰が下るといいんだけど」

「厳罰が下ったも同然さ」

「グレンのこと?」

「今日会ってきた。ハンクのことで袋叩きにされてるが、少なくとも拘束はされてない。健康上の不安を理由に保釈が認められたし、起訴ということになれば、彼の序列はかなり下のほうだ。彼は国側の証人になった。たぶん実刑は食らわずにすむ」

「そうなるには、あなたも手を貸したんだと思うけど」

彼は否定もしない代わりに認めもしなかった。ケーラは訳知り顔で笑いかけた。「つまりね、トラッパー、あなたはクソ野郎にはほど遠いってこと。みんなにそう思わせたいだけなのよ」

「たいがいの人がそう思ってるから、そうとうな役者ってことだな」

言いたいことはたくさんあり、言えば反論できるが、ケーラはそれを放棄した。「招いてもいないのにあなたが来た場合に備えて、とっておいたものがあるのよ。来て」

彼を寝室に導き、クローゼットまで行って、内側の明かりをつけた。段ボール箱を引っ張りだし、床をすべらして、ベッドの脇に置いた。「あなたが家と土地を売りに出して、家具類をすべてオークションにかけたと聞いたの」

「誰に聞いた？」

「情報源は明かせないわ」

「本気でその切り札を使うつもりか？」

「事実なの？」

「ああ。あの家をわが家だと思ったことはないし、これだけのことがあったいまは、なおさら住むとは思えない」

「座って、箱を開けて」

彼はベッドの端に腰かけ、蓋を持ちあげた。なかに入っていたのは、少佐宅の彼の寝室にあった写真だった。

ケーラは隣に腰かけた。「オークションにかけるまえに写真を回収してとジェンクスに頼んだの。あなたが欲しいんじゃないかと思って。いまはそう思えなくても、いつかこの先」

トラッパーは額入りの写真のかずかずを見おろしている。だが、触れようとしない。深い息づかいで胸が上下していた。「信じたいとは思ってるんだ、ケーラ、でも……」

「信じるって、なにを？」

「少佐が死ぬまえに話したことを。彼が爆破の実行犯ではなくて、掛け金のかかったドアをがたつかせたのはきみに警告するためだって――それ以外に理由はないと」

「それ以外になにがありうるの？」

彼は髪を掻きむしった。「わからない。ひょっとしたら、ウィルコックスが――」

「トラッパー、そのことはもう忘れて」

「よせよ。おれがそうしたくないとでも思うのか？　おれだって、ここの写真に写ってる男、おれの記憶にある父親が堕落した理由は、本人が認めたように、運命と名声だけだったと信じたいさ。信じたいのに、受け入れられないんだ」

「どうして？」

「ウィルコックスはきみを黙らせようとした。きみと少佐はあの家にふたりきりだった。彼はなにをした？　そう、彼はガンキャビネットを開けて、ライフルを取りだした。銃声を聞いたとき、きみは少佐が暴発させたかもしれないと思った。そう供述したのはきみだ。たまたま事故が起きたのかもしれない。だが――」

「発砲したくても、できなかったわ。ライフルは装塡されてなかったんだから」

彼が鋭い目つきでケーラを見た。

「あなたは知ってると思ってた」

彼が首を振る。「なんでそのことを？」

「グレン・アディソンから聞いたのよ。わたしが退院した日、グレンとテキサス・レンジャーから事情聴取を受けたときに。世間に伏せてあったこまかな事実ひとつが、ライフルが少佐の手の届くところに転がっていたことよ。わたしが異なる供述をするまで、グレンは少佐が侵入者の物音を聞きつけてキャビネットからライフルを取りだしたからだと考えていた。

取りだしたところで役には立たなかったとグレンは言ったわ。そう、弾は込められていなかったから、と」

両手をトラッパーの前腕に置いて、ぎゅっと握った。「装塡されていなかったのよ、トラッパー。少佐にはわたしを傷つける意図などなかった。たぶんライフルをキャビネットに戻そうとしていたときに、ジェンクスとピーティ・モスの物音を聞いたのね。それでわたしに伝えにきた。そのことを受け入れて」ケーラは声を落とした。「少佐があなたを愛していたことを受け入れるの。そして、あなたの人生を生きるのよ。彼のじゃなくて」

彼はボール箱のなかに積みあげられた写真を見おろした。いちばん上には、前歯が一本ないトラッパーの写真があった。草の染みがついたソフトボールのユニフォームを着て、彼よりも背の高いトロフィーの隣に膝をついている。少佐はその背後に立ち、満面の笑みで息子の肩に手を置いていた。

トラッパーは切なげにほほ笑んで、蓋を戻した。段ボール箱を脇に押しやって、彼女を見た。「父を愛する以外の選択肢はありえない。親父がいなかったら、きみと出会えなかった」

ケーラの胸はいっぱいになった。

「おれは招かれていないのを承知でここへ来なきゃならなかった、ケーラ」

ケーラは尋ねるように、小首をかしげた。

「きみはカーソンに電話をかけてくるのをやめた」

「彼が迷惑そうにしだしたから」大急ぎでつけ加える。「それに、わたしにだってプライドってものがあるわ」

　彼はケーラの目をのぞきこみ、しばらくすると、そっと尋ねた。「おれが言い寄ったら、あの板ガラスの窓からおれを投げ落とすか?」

「危険を承知でそんな大胆なことができるのは、よほど無鉄砲な男でしょうね」

「無鉄砲なんじゃない、破れかぶれなんだ」

「だったら、一か八か賭けてみる価値があるかも」

「そうだな、やってみるか」彼は手を伸ばして、親指でケーラのほくろを左右に撫でた。

「慰めはいらないと言ったのは嘘だ」彼女の首の脇を撫でおろし、襟を押し開いて、首と鎖骨のあいだに顔をうずめた。「必要としてる。きみが必要なんだ。きみのことが好きで好きで、どうにかなりそうだ。カーソンにはそれは愛だと言われた。愛しすぎておかしくなってる、と」

「あなたはどう思うの?」

　彼が顔を上げて、こちらを見た。「おれにわかるのは、きみがそばにいていいと言ってくれなかったら、またきみをさらわなきゃならないってことだ」

「そばにいるって、どのくらい、トラッパー?　一時間?　それともひと晩一緒にいたら、またさっさと逃げだすの?」

「いや、おれの苦しみが癒えるまで」ケーラの下唇を撫でる。「だが、きみがいない生活を考えると、それだけで気が遠くなるから、いつまでとは決められない」

「悪循環ね。わたしには終わりが見えない」

「おれにもだ。返事をするのは、そこを考慮してからにしてくれ」

ケーラは考えるふりをした。ふりを続けていると、彼が小声で悪態をついて、キスをしてきた。そのキスに込められたやさしさがケーラの深い愛情を呼び覚まし、情熱が彼女のなかの女を燃えたたせた。

キスを中断することなく、向かいあわせにベッドに横になった。ようやく彼が顔を遠ざけると、ケーラは息をあえがせた。「なにに対しても、まだ同意してないんだけど」

「しないとどうなるか、わかってるよな？」

「さらうってこと？」

「迷わず。ただし、盗難車は使わない。それと、まずはセックスに関する夢をかなえる」

「具体的に言ってもらえないかしら？」

「ニュースを読むスタイルのままのきみを愛する」スカートの下に手を差し入れ、内腿をさすりあげた。パンティに親指をかけて、引っ張っている。

「あなたはコートもブーツも身につけたままで？」

「そうさ。それも夢の一部なんだ。できうることなら、きみにはハイヒールをはいたままでいてもらいたかった」

「あら、ひょっとしたらこれがその埋めあわせになったりして？」

「なに？」

伸びあがって、彼の耳に口をつけ、「あなたが気に入りそうなもの」と、ささやいた。ブラウスのボタンが外れ、下のブラジャーが見えると、トラッパーは笑み崩れた。

解説

akira

『赤い衝動』！ なんとそそられるタイトルなのでしょう！

「赤い」と聞くとつい反応してしまう昭和脳全開ですみません。一九七〇年代、〝赤いシリーズ〟と呼ばれた大映テレビ制作の連続サスペンスドラマが放映されていました。中でも当時トップアイドルだった山口百恵を主演に据えた『赤い疑惑』『赤い運命』『赤い衝撃』の三作は高視聴率を獲得し、多くの老若男女がお茶の間のテレビの前に陣取ったものです。シリーズの特徴をざっくりと言うと、平凡ながらも幸せだったヒロインが、ある日突然過酷な運命に引きずり込まれるというもの。裕福な生活から一転して貧乏暮しを強いられたり、難病を患ったり、犯罪に巻き込まれたりと、ヒロインにふりかかる災難は様々ですが、その過程で運命的な出会いをした男性と恋に落ちるという設定は一貫しており、そこが大きな見どころの一つでした。思い返せば、そうした連続ドラマは今皆様が手にしているロマンティック・サスペンスと多くの共通点がありました。

同じころ、花の二十四年組と呼ばれ現在も第一線で活躍中の萩尾望都氏、青池保子氏、竹宮惠子氏他そうそうたる少女漫画家たちが、漫画史に残る傑作を次々と生み出していました。

その代表作の一つ『ポーの一族』が、連載開始から四十年以上経った二〇一八年に宝塚歌劇団で舞台化されて大好評を博したことも話題になりましたが、劇的で波乱万丈、かつ繊細な感情に彩られたそれら少女漫画の数々は、時代を超えて少女のみならず大人の女性の心をもつかみ、今も愛されています。

前述の〝赤いシリーズ〟の主人公は、今考えるとやや従順というか、当時の男性目線での理想の女性を想定したキャラクターだったように思います。ところが萩尾氏らと同じ昭和二十四年生まれで、やはり一九七〇年代から今も活躍している一条ゆかり氏の作品は、世間が思うような少女漫画の世界観とは一線を画すものでした。とりわけ一九七四年に月刊少女漫画誌「りぼん」で連載された『デザイナー』は、子供心にもその刺激的で甘美な毒のあるアダルトな物語に魅了されましたが、大人になった今読み返しても全く魅力が失せませんし、あの時代の一般的な女性像を考えるとかなり先駆的な作品だったことがわかります。夢を断たれた主人公が仕事で再生に賭ける一代記であり、華麗な復讐譚であり、残酷な運命に翻弄される悲劇でもありました。自立した大人の女性をヒロインに据えたこの作品も、同じくロマンティック・サスペンスの系譜として捉えてもいいのではないかと思います。なお、少女漫画誌で初めて一糸まとわぬ男女のラブシーンを描いたのも一条氏でした。

だいぶ回り道をしてしまいましたが、本書の著者である大御所サンドラ・ブラウンの諸作をはじめ、現在読まれているロマンス小説の主人公は、読者の皆様がよくご存じの通り、自分というものをしっかりと持っています。仕事に責任を持ち、悩み、周りに流されず、好きな相手は自ら選ぶ。理想的でありながら、リアル。男性の添え物ではない生気に満ちたヒロイン像は、どれも読んでいて応援したくなるキャラクターばかりです。

本書の主人公ケーラは、テキサスのローカル・テレビ局の花形リポーター。二十五年前にダラスで起きたホテル大規模爆破事件のヒーローで、今は退役軍人のフランクリン・トラッパー少佐へのインタビューを行っている場面から物語は始まります。以前は事件のヒーローとして頻繁に公の場に出ていた少佐は、なぜかこの三年間メディアからぷっつりと姿を消していました。ところが事件からちょうど二十五周年を迎えるその日、久しぶりにテレビ出演するということで、番組の注目度は全国的に高まりました。

実はその番組、少佐が出演交渉に全く応じないため直前まで実現できるかどうか不明でした。万策尽きたケーラは六日前に少佐の息子ジョンを訪ねていたのですが、彼は猛烈な二日酔いで最悪の出逢い。父親とは三年前から断絶状態にあるとけんもほろろに追い出される寸前、ケーラはジョンに一枚の写真を渡します。難攻不落の少佐と息子の態度を変えたのは、その写真に隠されたある重大な秘密でした。

まだわずか四十二ページ目だというのに、ここでいきなりメガトン級の事実が発覚！　こんなすごい秘密、もっと後まで取っておけばいいのに！　などと読んでいる方がけちくさい心配をするほどの大ネタがぶちかまされますが、なんとこれは序の口。そのことが引き鉄となって、あらたな事件が起きてしまいます。突然渦中の人となったケーラに接近してきたジョンは、誰もが到底信じられないようなことを語り始めるのでした。

粗野でぶっきらぼうだけど、甘い笑顔のカリスマ性たっぷりなウルトラセクシー野郎と二人きり。いよいよめくるめく情熱の嵐が吹き荒れるのかと思いきや、かたや元ATF（アルコール、タバコ、火器及び爆発物取締局）の敏腕捜査官、かたや冷静で頭の切れるジャーナリストという二人にとって、なによりも重要なのは事件の真相究明！　遠い昔に解決済みだったはずのホテル爆破事件を調べれば調べるほど驚愕の事実が浮上し、恐るべき真相に近づいていた二人の命は危険にさらされます。

作者自身も地方テレビ局のキャスターをしていた経験があるからか、視聴率にまつわるえげつないエピソードは作り事とは思えないほどリアル。ケーラの危険を恐れない記者魂や論理的に物事を考える冷静さと同様に、倫理観とキャリアアップを天秤にかけざるをえないジレンマも生々しく描かれていて、ここも読みどころの一つとなっています。

そして特に注目すべきは、サスペンス・ミステリーとしてのクオリティの高さ！　大勢の過去を掘り起こし、現在を脅かす一枚の写真の謎。誰を信じていいのか、誰が裏切っているのか。疑心暗鬼になるのは主人公だけではありません。原題の〝Seeing Red〟とは激怒する、かっとなるという言い回しで、雄牛が闘牛士の赤いマントを見て暴れ出すことからきた言葉だそうですが、本書では一体誰が、なぜ激怒したのでしょうか。そしてクライマックスで彼らを待つ衝撃の事実とは。それが明らかにされた時、今まで見ていた風景が一変するような驚きの結末を迎えます。なるほどそうだったのか！　と最初から読み直したくなる人も多いはず。筆者もすっかり欺《だま》されました。お見事！

ところで、本書がベストセラー入り六十八作目というサンドラ・ブラウンの作品、どのぐらい映像化されているかというと、本国では『最後の銃弾』『その腕に抱かれて』『火焔』（集英社文庫）、『氷のまなざし』（新潮文庫）の四作がTV映画として作られ、日本では二〇一六年に栗山千明を主演にNHKが制作・放映したミニ・シリーズ『コピーフェイス：消された私』（新潮文庫）があるのみ。全世界にこれだけファンがいるならば、もっとドラマや映画になっていてもおかしくないはずですが、実はロマンティック・サスペンスはあまり映像化に向いていないのではないかと思い当たりました。なぜなら、読者一人一人が持つ理想の相手というのは千差万別。たとえば本書のジョンなら、百九十センチを超える巨体、がっしりした胸板、ワイルドでセクシー、という条件で思いつくだけでも、アレクサンダー・スカルスガルド（国籍ちがうしなあ）、クリス・ヘムズワース（拳銃というよりハンマーが似合う）、ジョー・マンガニエロ（ご存じなければぜひ画像検索を！）などなど、こんなにもタイプの違うメンズが出てきてしまうので、どんな俳優を使っても、

「わたしが想像していたジョンじゃない！」

とがっかりする人が続出する可能性が高いわけですね。

人気作品を映像化する際のキャスティングの難しさといえば、完結編『フィフティ・シェイズ・フリード』の映画が二〇一八年秋に公開された〝フィフティ・シェイズ〟シリーズ。もともとロマンティック吸血鬼サーガ『トワイライト』の大ファンだった著者E・L・ジェイムズがその大人版二次創作として書き始めた作品で、ヒロインの相手役クリスチャン・グ